MURIEL ZAGHA

High Heels und Gummistiefel

GOLDMANN
Lesen erleben

Buch

Daisy ist eine junge Engländerin, die nichts so liebt wie Mode. Und so wird für sie ein Traum wahr, als sie für ein Jahr nach Paris gehen kann, die Stadt, in der die Mode geradezu erfunden wurde. Sie tauscht ihre Wohnung mit der Studentin Isabelle Papillon, einer ernsthaften Pariserin, die in London an einer wissenschaftlichen Arbeit schreiben will: Isabelle erforscht Leben und Werk der englischen Krimiautorin Meredith Quince, die in den Dreißigerjahren mit Romanen wie *Der Tod der Bauchrednerin* oder *Mord in Glacéhandschuhen* berühmt wurde.

Auf beide Frauen warten in ihrer neuen Heimat so einige Überraschungen und viele neue Bekanntschaften. Isabelle schließt in London bald Freundschaft mit ihren etwas ungewöhnlichen Mitbewohnern Jules und Chrissie. Außerdem lernt sie bei ihren Nachforschungen zu Meredith Quince einen äußerst charmanten Gärtner kennen, der ihr nicht mehr aus dem Kopf geht.

Daisy wiederum stellt in Paris fest, dass es gar nicht so leicht ist, unter den französischen Männern den richtigen zu finden. Vielleicht sucht sie ihn aber auch nur am falschen Ort …

Autorin

Muriel Zagha wuchs in Paris auf, wo sie Englische Literaturwissenschaft studierte. Mit 21 Jahren kam sie als Dozentin nach Cambridge, und es gefiel ihr in England so gut, dass sie vergaß, nach Hause zurückzukehren. Nach Abschluss ihrer Dissertation verließ sie den Elfenbeinturm und stürzte sich in Londons Modewelt. Heute arbeitet sie als freie Journalistin für verschiedene Zeitungen und Zeitschriften. Mit ihrem ersten Roman, »High Heels und Gummistiefel«, eroberte sie sofort die Herzen unzähliger Leserinnen. Muriel Zagha ist mit einem Engländer verheiratet, hat einen Sohn und lebt in London.

Von Muriel Zagha außerdem erschienen:

Ein Prinz für die Köchin (Klappenbroschur, 54694)

Muriel Zagha

High Heels und Gummistiefel

Roman

Aus dem Englischen
von Marie-Luise Bezzenberger

GOLDMANN

Die Originalausgabe erschien 2010 unter dem Titel
»Finding Monsieur Right«
bei Ebury Press, an imprint of Ebury Publishing
A Random House Group Company

FSC
www.fsc.org
MIX
Papier aus verantwortungsvollen Quellen
FSC® C014496

Verlagsgruppe Random House FSC-DEU-0100
Das FSC®-zertifizierte Papier *München Super* für dieses Buch
liefert Arctic Paper Mochenwangen GmbH.

1. Auflage
Taschenbuchausgabe Dezember 2011

Umschlaggestaltung: UNO Werbeagentur, München,
unter Verwendung der Umschlaggestaltung
der Agentur R•M•E, Roland Eschlbeck/Ruth Botzenhardt
Umschlagillustration: Natascha Römer / die KLEINERT
Redaktion: Martina Klüver
AB · Herstellung: Str.
Druck und Bindung: GGP Media GmbH, Pößneck
Printed in Germany
ISBN: 978-3-442-47191-1

www.goldmann-verlag.de

Für Robert und Hector und Emma und Suzanne,
meinen »Hexenzirkel«

Prolog

Paris, 1. April

Also, es gab überhaupt keinen Grund, in Panik zu geraten. Alles war in bester Ordnung. Solange Daisy nur die Augen noch ein klein wenig länger geschlossen hielt. Aller Wahrscheinlichkeit nach war das alles nur ein Traum. Aber vielleicht sollte sie doch ein Auge einen winzigen Spalt öffnen, nur um sicher zu sein. Na gut, gaaanz langsam ... Jawohl, genau wie sie gedacht hatte. Sie stand tatsächlich im Abendkleid auf dem Dach der Pariser Oper und schaute auf ein wogendes Lichtermeer hinab. Daisy blickte zu den kalten Aprilsternen auf. Es war wie auf dem Mond. Und dieses Dach war so verdammt glitschig. Sie konnte kaum das Gleichgewicht halten. Wahrscheinlich war es ganz gut, dass sie vorhin bei dem üblen Streit mit dieser französischen, äh, Hexe ihre Schuhe verloren hatte. Hohe Absätze wären hier oben nicht gerade hilfreich.

Also, um es zusammenzufassen: Das hier war *kein* Traum. Sie saß lediglich ein bisschen in der Klemme, das war alles. Daisy zwang sich, tief durchzuatmen, und stemmte sich fest gegen die Tür. Doch es nützte nichts, die Tür war abgeschlossen. Die französische Hexe hatte sie tatsächlich ausgesperrt. Daisy spürte, wie ihr vor Wut die Tränen in die Augen stiegen. Und was diesen verlogenen Dreckskerl angeht, dachte sie, warte nur, bis ich den in die Finger kriege – ich erwürge ihn! Bei näherem Nachdenken erschien es ihr jedoch klüger, nicht wild in die Luft zu boxen; dabei könnte sie nur allzu leicht den Halt verlieren. Sie hockte sich hin – nicht ganz einfach in einem Mini-Reifrock und einem Walbein-Korsett –, lehnte sich gegen die Tür und atmete abermals tief durch. Während sie auf die glitzernden Boulevards hinunterstarrte, die in alle Richtungen vom Place de l'Opéra wegführten, gestattete Daisy sich einen Augenblick der wehmütigen Bewunderung. Sie hatte schon immer gewusst, dass diese Stadt genau das Richtige für sie war. Daisy Keen, die Fashion Queen in Paris: Es war eine Fügung des Himmels gewesen! Und wo war sie jetzt gelandet, nachdem sie es irgendwie geschafft hatte, alles an diesem Ort und an den Menschen, die hier lebten, falsch zu verstehen? Sie war wirklich ein einziger großer Aprilscherz, dachte Daisy traurig. Und Isabelles Leben war jetzt ebenfalls ruiniert. Das Ganze war eine einzige Katastrophe.

Dabei hatte sie die Idee mit dem Wohnungstausch anfangs einfach nur genial gefunden, damals, vor einem Jahr …

Schneller, schneller, sonst würden sie es niemals rechtzeitig schaffen, dachte Isabelle, als der Motorroller schwankend durch die Straßen hinter dem Place des Victoires kurvte. Sie klammerte sich noch fester und blickte sich um, ob die anderen auch folgten. Zuerst dachte sie, sie hätten sie verloren, doch dann konnte sie auch die anderen erkennen: eins, zwei, drei … insgesamt acht schwarz gekleidete Gestalten. Auf schwarzen Motorrollern wanden sie sich im Zickzack zwischen den spätabendlichen Taxis und Bussen hindurch. Jetzt dröhnten sie alle die Avenue de l'Opéra hinauf; das hell erleuchtete Opernhaus lag vor ihnen wie eine riesige Torte, mit seiner reich verzierten Fassade, dem grünen Kuppeldach und den schimmernden Statuen. Aus den Augenwinkeln bemerkte Isabelle, dass ein paar von den anderen zu ihnen aufschlossen. So nervös sie auch war, brachte Isabelle doch ein kleines Lächeln zustande. Sie war stolz auf ihre Freunde.

Eine letzte Runde um den Platz, und die ganze Truppe hielt vor den Stufen des Opernhauses. Sie sprangen von ihren Rollern und hasteten auf die Mitteltür zu. Isabelle sah, dass sie erwartet wurden. Die Tür flog auf, und sie eilten wie eine Schwadron Racheengel in ihren engen schwarzen Overalls die große Treppe hinauf. Sie durften keine Zeit verlieren. Nicht eine Sekunde.

Ein Jahr vorher

1

Isabelle

Näher als in den ersten E-Mails, in denen sie sich über ihren Wohnungstausch geeinigt hatten, waren Isabelle und Daisy sich nie gekommen.

WOHNUNGSTAUSCH. Seriöse, zuverlässige junge Französin möchte ab Anfang Juli für ein Jahr Wohnung in Paris (linkes Seine-Ufer) gegen ähnliche Wohnmöglichkeit (ruhige Lage bevorzugt) in London tauschen. Kontakt: isabelle.papillon@lenet.fr

Von: dizzydaze@interweb.com
An: isabelle.papillon@lenet.fr
Salut Isabelle!
Je suis une fille anglaise avec un grand maison à Londres. Et je voudrais tellement échanger avec toi! Cela serait fantastique! Je partage avec mes deux »Mitbewohner« (ils louent une partie du maison), Chrissie et Jules, ils sont très sympa. Il y a un grand jardin. Là ou j'habite, c'est comme une petite village dans Londres, très mignonne. Moi, j'adore Paris, c'est mon rêve depuis toujours de vivre là. Certainement tu vas avoir beaucoup d'applications mais s'il te plaît, il faut me choisir! Tu ne regretteras pas!!
Alles Liebe
Daisy xxxxxxx

Nachdem Isabelle etwas förmlicher – »Liebe Miss Keen«, »Mit freundlichen Grüßen« – geantwortet und erläutert hatte, dass sie

Doktorandin sei und in London Recherchen durchführen wolle, stellte sich im Zuge weiterer E-Mails heraus, dass Daisy in der Modebranche tätig war. Das erklärte auch den grellen rosa Hintergrund und die verschnörkelte Schrift ihrer Mails, beides nach Isabelles Dafürhalten hochgradig unpassend. Sie selbst bevorzugte für derartige Schriftwechsel die saubere Lesbarkeit von Palatino und schlichtes Schwarz-Weiß, schließlich handelte es sich um geschäftliche Korrespondenz. *Enfin*, Daisy war keine Französin, daher sollte Isabelle Nachsicht mit ihr haben.

Während sie noch hin und her überlegte, gab Isabelles Freund Clothaire eines Morgens, als sie in seiner Wohnung im Bett lagen, zu bedenken, es wäre vielleicht besser, mit jemandem zu tauschen, der wie sie einen akademischen Hintergrund hatte.

»Wenn diese Frau beruflich mit Mode zu tun hat, ist sie höchstwahrscheinlich eine Spinnerin oder ein Flittchen«, sagte er und strich ihr übers Haar, während er die *Le Monde Diplomatique* überflog. »Sie ist bestimmt ganz anders als du. Macht dir das keine Sorgen?«

Tatsächlich hatte Clothaire nie besonders viel von Isabelles Plan gehalten und hatte sein Bestes getan, ihr den Tausch auszureden. London war ja für ein Wochenende ganz schön, aber warum länger bleiben? Ihr Freund, dachte Isabelle liebevoll, war ein Gewohnheitstier. Würde man ihm den Zugang zu den Buchhandlungen in Saint-Germain-des-Prés versagen, wo er so gern stöberte, die Spaziergänge im Jardin du Luxembourg, die Kinos auf dem Montparnasse und das Café, wo er jeden Tag zwischen den Vorlesungen zu Mittag aß (*Salade landaise* und ein Glas Brouilly), so würde er wahrscheinlich anfangen, nach Luft zu schnappen wie ein Fisch auf dem Trockenen.

»Aber ich brauche doch nicht mit ihr *zusammenzuwohnen*«, wandte Isabelle in ihrem präzisen, melodischen Tonfall ein. »Genau genommen habe ich überhaupt keinen Grund, mich mit ihr zu treffen. Das ist ein rein geschäftliches Arrangement.«

Mit leicht verdrossener Miene legte Clothaire die Zeitung hin und nahm seine Schale mit *Café au lait* vom Frühstückstablett.

»Du willst das also wirklich tun?«

»Es ist wichtig für meine Doktorarbeit, das weißt du doch. Ich muss die englischsprachigen Quellen auswerten. Und ich finde, ich sollte jetzt fahren, bevor wir heiraten und eine Familie gründen. Danach komme ich wahrscheinlich nicht mehr dazu.«

Eigentlich war das gar nicht Isabelles Meinung, sondern das, was Agathe gesagt hatte. Agathe war ihre beste Freundin und beriet Isabelle stets bei wichtigen Entscheidungen. Agathe mochte Clothaire – tatsächlich hatte sie Isabelle vor vier Jahren mit ihm bekannt gemacht. Isabelle könne von Glück sagen, dass sie so einen tollen Fang gemacht habe, sagte Agathe oft, um sie aufzuziehen. Andererseits hatte sie Isabelle immer zugeredet, nach London zu gehen. Es würde Clothaire guttun, wenn er sie mal eine Weile vermisste, meinte Agathe. Und er konnte ja ganz einfach mit dem Eurostar für ein Wochenende rüberfahren, wenn ihm der Sinn danach stand.

Jetzt schmollte Clothaire hinter seiner Zeitung.

»Es ist doch nur für ein Jahr«, beschwichtigte Isabelle. »Und sehr weit weg ist es auch nicht.«

»Werd bloß nicht zur Engländerin, das ist alles«, knurrte Clothaire eingeschnappt. Isabelle lächelte ihn an und schlang die Arme um seinen Hals. Was für eine lächerliche Vorstellung. Sie war 25, und sie war Pariserin, kein naives kleines Provinzmäuschen. Sie war Großstädte gewöhnt. Wie könnte London sie irgendwie verändern?

Drei Monate später, im Juni, schaute Isabelle zum wiederholten Male verzweifelt auf ihren brandneuen Londoner Stadtplan, dann wanderte ihr Blick die Reihen roter Giebelhäuser hinauf und hinunter. Die verlassene Straße sah im morgendlichen Sonnenschein unheimlich aus, wie die Kulisse eines jener Angstträume, die sie immer vor Prüfungen oder vor einer wichtigen Vorlesung hatte. *Zut, zut et zut,* dachte sie gereizt. Das hier musste die richtige Straße sein, aber die Hausnummern endeten bei 45. Es gab kein Haus mit der Adresse Cavendish Gardens 80. Wie konnte das sein? Isabelle griff in ihre Tasche, zog die Klarsichthülle hervor, in der sie ihre Reiseunterlagen aufbewahrte, und las abermals den Ausdruck von Daisys letzter E-Mail. »Geh immer weiter, bis du ein Haus mit einer gelben Tür siehst. *Et voilà!*«, schloss die Mail triumphierend. Isabelle war jetzt mit ihrem kleinen Rollkoffer im Schlepptau schon zweimal die Straße hinauf- und hinuntermarschiert und hatte Haustüren von fast jeder Farbe gesehen, außer Gelb. Obwohl sie der Jahreszeit entsprechend gekleidet war (dunkelblaue Jeans, ein eleganter Gürtel aus marineblauem Leder, gestärkte hellblaue Bluse und ein lose um die Schultern geknoteter grauer Pullover) wurde ihr allmählich heiß vor Ärger, und sie fühlte sich ein wenig verschwitzt.

Mit gefurchter Stirn schürzte sie die Lippen. Was sollte sie tun? Sie hatte Daisys Anweisungen mit äußerster Sorgfalt befolgt. Doch rein gar nichts lief nach Plan – sehr zu ihrem Verdruss. London schien sich gegen sie verschworen zu haben. Seit ihrer Ankunft heute Morgen war sie endlos in der überfüllten und ihr völlig unvertrauten U-Bahn unterwegs gewesen und zweimal in die falsche Linie eingestiegen, weil Daisys Anweisungen nicht genau genug waren. Dann war sie vom Bahnhof aus meilenweit zu Fuß gegangen und immer mal wieder rechts oder links abgebogen, durch Straßen gewandert, die alle gleich aussahen und einander kreuzten wie in einem Labyrinth. Und immer noch keine gelbe Haustür. Um das Maß vollzumachen, funktionierte auch noch ihr Handy in diesem sonderbaren Land nicht, also konnte sie nicht bei Daisys Mitbewohnern anrufen und nach dem Weg fragen. Dieser Jules sollte heute Vormittag zu Hause sein und auf Isabelle warten, um ihr einen Hausschlüssel zu geben.

Isabelle schaute nach unten, wollte nach ihrem Koffer greifen und fuhr ein wenig zusammen. Eine weiße Katze stand vor ihren Füßen und schnupperte an der grob gerippten Schleife auf ihrem marineblauen Schuh. Als sie sah, wie die Katze plötzlich kehrtmachte und um die Ecke stolzierte, folgte Isabelle ihr instinktiv ein paar Schritte. Wie hieß diese Straße? Ein Straßenschild war nicht vorhanden, und auch der Stadtplan half ihr nicht wirklich weiter. An der Stelle, wo sie sich im Augenblick anscheinend befand, war nur ein Gewirr aus einander überlappenden Namen in winzigen Lettern zu erkennen. Vielleicht war es ein Fehler gewesen, einen so kleinen Straßenplan zu kaufen, doch Isabelle hatte gern alles ordentlich und kompakt. Sie ging noch ein Stückchen weiter und folgte dabei der Katze, die immer wieder anhielt und dann weitertrottete. Nachdem die Hausnummern bei 121 angefangen hatten, wurden sie jetzt kleiner. Schließlich blieb die Katze vor einem Haus stehen, und als Isabelle sie einholte, sah sie die Zahl 80, die über einer gelben Haustür stand. Die Tür stand einen Spalt weit offen.

Konnte dies das richtige Haus sein? Sachte drückte Isabelle auf die Klingel. Nichts geschah. Die Katze hatte dicht vor der Türöffnung Position bezogen. Gerade als Isabelle beschloss, abermals zu klingeln, wurde die Tür weit aufgerissen. Eine junge Frau in ihrem Alter, die eine große Brille mit dunklem Gestell trug, stand auf der Schwelle. Bekleidet war sie mit kurzen schwarzen Hosen, einem schwarzen T-Shirt, auf dem in grellroten Lettern »Rampage!« über einem Piraten-Totenschädel stand, sowie mit schweren Motorradstiefeln. Ihr schwarzes Haar war zu einem Prinz-Eisenherz-Bob mit langem Pony geschnitten, und ihr Gesicht war auffallend blass. Sie kam Isabelle ungeheuer groß vor.

»Verzeihung.« Isabelle errötete ein wenig. »Ich, *heu, enfin* ...« Nein, es schien nicht ein einziges englisches Wort kommen zu wollen. *L'horreur totale!* Ihr Kopf war vollkommen leer. Sie hatte ja gewusst, dass sie einen Auffrischungskurs hätte machen sollen, bevor sie hierherkam.

»Ich sehe, du hast Raven gefunden. Prima«, sagte die junge Frau, ohne zu lächeln. Sie hob die weiße Katze hoch, dann stand sie mit dem Tier im Arm da und sah Isabelle an, die ein wenig von ihrer Fassung zurückgewonnen hatte.

»Können Sie mir sagen, ob das hier das Haus von Daisy Keen ist?«

»Na ja, kommt ganz drauf an.«

Isabelle starrte sie an. Die Engländer waren seltsame Leute. Sie zog Daisys E-Mail hervor und zeigte auf die Adresse, die darin angegeben war.

Ihr Gegenüber schob die Brille zur Nasenspitze herunter und las, dann richtete sie ihre ausdruckslosen dunklen Augen auf Isabelle. »Na, was sagt man dazu. Da gibt's nichts zu wollen, fürchte ich. Du wirst wohl reinkommen müssen.«

Als Isabelle ihr mit einigem Zögern ins Haus folgte, sagte die junge Frau: »Die Hausnummern sind total komisch, und die Straße macht ständig irgendwelche Biegungen, wo man's nicht erwartet. Aber du hast uns ja gefunden. Ich bin übrigens Jules. Du bist bestimmt *la belle Isabelle.*«

»Oh, du sprichst Französisch?« Genau genommen hatte Isabelle vorgehabt, während ihres Londonaufenthaltes ihr Englisch zu verbessern, aber das würde alles so viel leichter machen, besonders am ersten Tag.

Die Frau namens Jules musterte sie streng durch ihre Stirnfransen hindurch. »Ganz bestimmt nicht. Wie kommst du denn darauf?«

Sie blickte auf Isabelles Köfferchen hinunter. »Wo ist der Rest von deinen Sachen?«

»Das ist mein ganzes Gepäck.«

»Echt? Mann, Daze könnte echt was von dir lernen.« Sie hob Isabelles Koffer auf und ging voran, trampelte mit ihren schweren Stiefeln die Treppe hinauf.

Während sie allmählich die Tatsache verdaute, dass Jules kein Junge, sondern ein Mädchen war, schickte Isabelle sich an, ihr zu folgen. »Chrissie wohnt im Erdgeschoss«, erklärte Jules. »Ich bin im ersten Stock, und du bist im zweiten, in Dazes Zimmer.« Als sie den zweiten Stock erreichten, stieß Jules eine Tür zur Rechten auf. »Hier. Das Bad ist gegenüber. Na dann.« Und sie stampfte die Treppe wieder hinunter. Die Katze Raven war ebenfalls verschwunden.

Isabelle warf einen ersten Blick in Daisys Schlafzimmer und taumelte zurück. Dort drin schien es kein freies Fleckchen auf dem Fußboden zu geben. Stattdessen war dieser von einem knöcheltiefen Teppich aus ineinanderverschlungenen Kleidungsstücken bedeckt. Und von Schuhen: ein Meer aus Schuhen in allen Regenbogenfarben. An der gegenüberliegenden Wand, die in grellem Pink gestrichen war, hingen zahlreiche Hüte und Handtaschen. Isabelle fragte sich, wo Daisy wohl ihre Bücher aufbewahrte. Alles, was sie sehen konnte, waren Hunderte von Modezeitschriften, die gefährlich hoch aufgestapelt waren und aussahen, als könnten sie jeden Moment umkippen. Isabelle blinzelte. Ganz kurz dachte sie an ihr schlichtes weißes Schlafzimmer in Paris mit dem einsamen Matisse-Poster, so karg wie eine Mönchszelle.

Zumindest gab es in diesem Zimmer auch ein Bett, stellte sie einigermaßen erleichtert fest. Sie watete hinüber, schob Kleiderhaufen zur Seite, um Platz zu schaffen, und setzte sich. Ein Paar rote Stöckelschuhe lagen auf dem Kopfkissen, wie die Schlüssel einer Stadt, die einem ausländischen Würdenträger präsentiert wurden. Oh, das war zu viel! Wie sollte sie dieses völlig inakzeptable Zimmer beziehen?

Nachdem sie sich die Hände gewaschen, ihren Pferdeschwanz neu festgezurrt und den Pullover gerade gerückt hatte, der um ihre Schultern hing, machte sie sich auf die Suche nach Jules und fand sie in der Küche im Untergeschoss, wo sie an einem großen runden Kiefernholztisch saß. Der Raum war blassgelb gestrichen und beherbergte einen großen, cremeweißen Kühlschrank und eine altmodische Anrichte mit einer Riesenmenge Geschirr darin, darunter etliche Teekannen von unterschiedlicher Größe und Gestalt. Um den Tisch herum standen mehrere Stühle, die nicht zusammenpassten. Hinter Jules befand sich das Spülbecken (das anscheinend voll schmutzigem Geschirr war, wie Isabelle missbilligend bemerkte) und darüber ein Fenster, das auf den sonnenhellen Garten hinausging. Jules las in einem Buch, das an einer Teekanne lehnte, und aß einen Keks. Sie blickte kurz auf.

»Alles klar? Alles eingeräumt und so?«

»Ja, *heu*, nein. Als Daisy abgereist ist … hätte sie wohl fast den Zug verpasst, oder?«

»Wie meinst du das?«

»Sie hatte keine Zeit, ihre Kleider einzupacken.«

»Oh nein, sie hat massenweise Klamotten mitgenommen. Das macht sie immer so, anders geht's bei ihr nicht.«

Isabelle dachte an ihre eigene, präzise Methode, ihren Koffer anhand einer Liste zu packen und sich dabei gnadenlos auf ein paar erprobte und bewährte Kombinationen zu beschränken. Alle Teile aus ihrem kleinen Kleiderschrank passten grundsätzlich zusammen. Ein erschreckendes Bild tauchte vor ihrem geistigen Auge auf, von einer übergeschnappten Daisy, die Isabelles Wohnung mit Kleiderhaufen vollstopfte, sogar das Badezimmer, vielleicht sogar den Kühlschrank …

»Möchtest du Tee oder sonst irgendwas?«

Automatisch dankte Isabelle ihrer Gastgeberin und setzte sich, während sie überlegte, wie sie die Sache mit dem Zimmer erneut ansprechen sollte. Sie schaute auf, als Jules ihr einen riesigen Becher hinschob, der wie ein Humpen geformt war. Ein großes rosafarbenes D zierte das Gefäß.

»Das ist Daisys Becher. Ich denke, du kannst ihn ruhig benutzen, solange du hier bist.«

Im Gegensatz zu der zarten goldenen Flüssigkeit, die Isabelle als Tee anerkannt hätte, enthielt der Becher ein fremdartiges, undurchsichtiges Getränk von grau-beiger Farbe. Sie nippte einmal daran und stellte es dann hastig wieder hin.

»Bitte …«, setzte sie so entschieden wie möglich an, doch ehe sie fortfahren konnte, hörte sie jemanden die Treppe hinunterpoltern.

»Chrissie ist zu Hause«, verkündete Jules. »Hurra.«

Isabelle drehte sich zur Tür um; sie war jetzt doch neugierig auf die andere Frau, die in diesem Haus wohnte.

Die Person, die zur Tür hereinkam, war jedoch ein sehr gut aussehender blonder junger Mann mit ziemlich langem, glattem Haar. Er trug ein enges weißes T-Shirt und – was für Isabelle extrem absonderlich aussah – einen Sarong. Ihr fiel zwar wieder ein, dass die Briten manchmal Kilts trugen, wie zum Beispiel Prinz Charles, doch sie wusste nicht, was sie von diesem eigentümlichen Aufzug halten sollte. An den Füßen trug Chrissie leuchtend gelbe Flipflops. Mit ausgestreckten Armen steuerte er geradewegs auf Isabelle zu.

»Hi, *Darling!* Ich bin Chrissie!«

»Hallo. Nett, dich kennenzulernen«, murmelte Isabelle höflich.

Doch Chrissie hatte irgendwie ihre Hände zu fassen bekommen und zog sie auf die Füße. Einen verrückten Moment lang dachte sie, er würde sie dazu nötigen, durch die Küche zu tanzen. Stattdessen schloss er sie kurz in die Arme, dann schob er sie von sich und küsste sie rechts und links auf die Wange.

»Mwah, mwah! So. Genau wie die Franzosen. Und jetzt lass dich mal anschauen.« Er starrte sie einen Moment lang an und brach dann auf ziemlich verletzende Art und Weise in schallendes Gelächter aus. »Ach du meine Güte! Was bist du doch für ein *entzückendes* Franzosenpersönchen! Jules, schau dir doch bloß mal an, wie *hinreißend* sie ihren frechen kleinen *Pulli* trägt!«

Isabelle errötete bis zu den Haarwurzeln. Jules hielt den Blick fest auf ihr Buch geheftet, doch sie lächelte ein wenig.

»Moment, Moment, Moment, das ist noch nicht *alles*«, fuhr Chrissie fort und betrachtete ihren Gürtel. Ist das etwa … *Hermès?*«

»Äh, ja«, antwortete Isabelle ruhig. »Er hat meiner Mutter gehört.«

Chrissie gab ein hohes Quieken von sich. Isabelle zuckte ein wenig zurück. Dann verkündete er mit gedämpfter, respektvoller Stimme: »Das Teil ist ein *echter Klassiker!*«

Eine kurze Pause entstand.

»Genau wie ich, ich mache heute komplett auf Beckham. Ich *weiß*, was du gleich sagen wirst«, sagte er und hob urplötzlich die Hand, wenige Zentimeter von Isabelles Gesicht entfernt. »Aber die Sache ist die, verstehst du, das ist so *dermaßen* von Gestern, dass es schon wieder richtig *frisch* rüberkommt, geradezu frech. Das Ding ist *Kult. Echt!*«

Isabelle, die sich nicht für Fußball interessierte, verstand kaum ein Wort von diesem Vortrag. Er hatte etwas von einer Story gesagt. Ein Roman, den er gerade las oder lesen wollte?

»Mein *Liebes,* du siehst ein bisschen erschüttert aus«, bemerkte Chrissie nicht unfreundlich. »War das Zimmer unserer süßen Daisy vielleicht ein bisschen heftig für dich? Ich *versuche* ja andauernd, sie dazu zu bringen, sich zu ändern, aber sie *hat* es einfach nicht mit dem Aufräumen. Weißt du, wir haben einen Dachboden. Ich helfe dir, ihre Klamotten in Kartons zu packen, und wir verstauen sie da oben. Sie hat bestimmt nichts dagegen.«

»Wahrscheinlich kriegt sie's nicht mal mit, dass das Zeug weg ist«, fügte Jules mit ausdrucksloser Stimme hinzu.

»Aber zuallererst mal ein schönes Tässchen Tee!«

Isabelle war dankbar für Chrissies Angebot und hätte es eigentlich vorgezogen, wenn er sich gleich darangemacht hätte, es in die Tat umzusetzen. Doch es war sehr schwer, seinen rasanten Redefluss zu unterbrechen, vor allem, da ihr Englisch ein wenig eingerostet war.

»Weißt du, Daisy hat mich eines Tages angerufen und erzählt, sie hätte sich da dieses absolut *riesige* Haus gekauft, und ob ich bei ihr einziehen will. Ich hab gesagt, Darling, es wäre mir eine *Ehre!* Die Sache ist die, das Ganze kam ja so was von zum richtigen *Zeitpunkt,* weil, ich war gerade aus einer echt schwierigen Beziehung ausgestiegen. Der totale Mick-the-Shit-Albtraum«, fügte er an Jules gewandt hinzu. »Seit Tagen hatte ich bei anderen Leuten auf dem Fußboden gepennt, hab praktisch unter der *Brücke* genächtigt. Aber jetzt habe ich dieses *bezaubernde* Riesenzimmer, wo ich schlafe und Besuch empfange, und direkt daneben ist mein Studio, da arbeite ich. Es ist göttlich, man kann den ganzen Garten sehen.«

Ein Studio … das hieß *atelier.* Das war ja interessant. »Bist du Künstler?«, erkundigte sich Isabelle.

»Aber *ja,* Darling«, antwortete Chrissie ernst. »Wie ungeheuer scharfsinnig von dir, dass du das gleich gemerkt hast.«

»Chrissie ist Putzmacher«, sagte Jules zu Isabelle. Dann, als sie sah, dass sie noch immer nicht begriff, erklärte sie: »Er macht Hüte.«

»Hüte, Diademe, Kopfschmuck, alles, was mir unterkommt. Komm in mein Boudoir, Darling, dann zeige ich es dir, ich *merke* doch, dass dich das interessiert. Also, lass mal sehen …«

In Wahrheit war Isabelle nicht im Mindesten interessiert, nachdem sie nunmehr erfahren hatte, dass Chrissie sich, genau wie Daisy, mit so etwas Nutzlosem und Frivolem wie Mode befasste. Was für eine Zeitverschwendung.

»Kannst du mir bitte mit meinem Zimmer helfen?«, warf sie verzweifelt ein, solange sie noch die Möglichkeit dazu hatte. »Ich würde gern meinen Koffer auspacken.«

Chrissie sah ein bisschen ernüchtert aus. »Ja, gewiss doch, gewiss doch.«

Glücklicherweise packte Chrissie ebenso schnell, wie er redete, und es dauerte nicht lange, bis Daisys Zimmer leer geräumt war. Dann ließ er Isabelle zu deren Glückseligkeit in ihrem neuen Heim allein: ein extrem geräumiges Zimmer, in das wahrscheinlich ihre ganze Pariser Wohnung hineingepasst hätte. Es hatte drei Bogenfenster, durch die sie den blauen Himmel und die Wipfel der Bäume im Garten sehen konnte. Es war richtig beschaulich. Sie beschloss, Daisys Schminktisch vor das mittlere Fenster zu rücken. Er hatte genau die richtige Größe für ihren Laptop und würde einen idealen Schreibtisch abgeben. Dann stellte sie ein gerahmtes Foto darauf, auf dem sie mit Clothaire und Agathe auf der Île de Ré am Strand saß. Letzten Sommer war das gewesen. Der Kleiderschrank enthielt jetzt ihre gebügelten Jeans und dunkelblauen Hosen, ein paar gerade geschnittene, knielange Röcke, Blusen in Pastelltönen, drei Pullover (grau, dunkelblau und beige), die unaufdringliche Baumwollstrickjacke von agnès b. (grau mit hübschen

Perlmuttknöpfen, ein Geschenk von Agathe), einen Regenmantel mit Gürtel und ein kleines Schwarzes.

Als Erstes würde sie morgen in die Bibliothek fahren und sich einen Ausweis besorgen, dann würde sie den ganzen Tag damit zubringen, das Bücherverzeichnis zu durchforsten. Von jetzt an hieß es Arbeit, Arbeit und noch mal Arbeit.

2
Daisy

Die Arme fest um den Oberkörper geschlungen, lag Daisy im Bett und lächelte. Sie war verliebt. Jeden Morgen erwachte sie mit einem Kribbeln im Bauch und wusste plötzlich wieder, wo sie war. Ganz Paris war unten und wartete auf sie. Die ersten paar Tage war sie einfach nur in seliger Trance von einem Geschäft zum nächsten gewandert, während die Namen all der Pariser Designer ihren Verstand leuchten ließen wie einen Weihnachtsbaum. Gelegentlich hatte sie einen Espresso nachgetankt, bevor sie sich von Neuem auf ihre Mode-Pilgerfahrt gemacht hatte. Morgens manövrierte sie sich in Isabelles winziges Bad, duschte vorsichtig (viel Ellbogenfreiheit gab es dort nicht) und lauschte den Geräuschen des Pariser Verkehrs unten auf der Straße. Dann brauchte sie Stunden, bis sie ausgehfertig war. Was sollte sie anziehen? Vielleicht das Teekleid aus den 30ern und die silbernen Sandalen mit Zehenloch? Genau das Richtige, um auf den Flohmärkten umherzustreifen. Oder vielleicht etwas weniger Ausgefallenes, falls sie Lust hatte, sich in das noble Bon-Marché-Kaufhaus zu stürzen – schmale Hosen aus smaragdgrüner Seide, mit Schmucksteinen besetzte Pantoletten, eine Pucci-Bluse und ihre riesige weiße Jackie-O-Sonnenbrille. Und dann das Make-up. Puder, Rouge, roter Lippenstift in unterschiedlichen Schattierungen, und *immer* sorgfältig aufgepinselter schwarzer Eyeliner, um ihr die Katzenaugen einer Rive-Gauche-Sirene zu verleihen.

An diesem Morgen, eine Woche nach dem Wohnungstausch, erwachte Daisy aufgeregt wie immer, allerdings hatte sie, wie sie feststellte, auch ziemlichen Hunger. Sie ging in Isabelles Küche, um Nachforschungen anzustellen. Abgesehen von einer Flasche Evian war der winzige Kühlschrank vollkommen leer. Daisy dachte einen Augenblick nach, dann kam die Inspiration. In dem Begrüßungsbrief von Isabelle hatte etwas davon gestanden, dass jeden Samstag auf dem Boulevard Markt war; dort würde sie sich etwas Schönes zu essen besorgen.

Ihren Plänen entsprechend entschied sie sich bei der Kleiderwahl für eine Art Bauernlook – weiße Folklorebluse, ein langer, schwingender Rock, hochhackige rote Clogs, ein rotes Tuch um den Kopf und als Abrundung Isabelles Einkaufskorb aus Weidengeflecht, den sie in der Küche gefunden hatte.

Als sie an der Bäckerei in Isabelles Straße vorbeikam, beschloss Daisy, Brot zu kaufen. Sie ging hinein, und die Besitzerin, eine rundliche Frau in mittleren Jahren mit riesigem weißblonden Haarknoten und rosa Schürze, sang ihr ihren Gruß praktisch entgegen: »*Bonjour, Mademoiselle!*«

»Äh, *Bonjour*«, erwiderte Daisy fröhlich. »*Une baguette, s'il vous plaît.*«

Seit ihrer Ankunft war sie sich ständig vorgekommen wie die Hauptdarstellerin in einem Musical und hatte halb damit gerechnet, dass die Menschenmengen auf der Straße eine wohlchoreographierte Gesang- und Tanznummer hinlegten. Und wäre es nicht wirklich wunderschön, überlegte sie träumerisch, während man ihr das warme, in Papier gewickelte Brot reichte und sie ihr Wechselgeld einsteckte, wenn jetzt üppige Musik einsetzen und die *Boulangère* anmutig über den Tresen setzen (zugegeben, es war ein bisschen schwer, sich das vorzustellen, aber egal), sie bei der Hand nehmen und mit ihr eine Art *Pas de deux* durch den Laden tanzen würde? Daisy ging hinaus und legte das Baguette behutsam in ihren Korb. Jetzt hatte sie den Teil des Boulevards erreicht, wo der Markt begann. Eine Riesenhorde Menschen schob sich langsam zwischen den Ständen hindurch. Daisy schloss sich ihnen an und betrachtete im Vorbeigehen die hohen, symmetrischen Pyramiden aus Tomaten, Zucchini und Aprikosen. Wie lange dauerte es wohl, die zu errichten? Das hier machte viel mehr Spaß als die allwöchentlichen Fahrten mit Jules zum nächsten Supermarkt in London, wo Daisy versuchte, die Fixierung ihrer Freundin auf Baked Beans und Schokolade einigermaßen in Grenzen zu halten. Es wäre ja so wundervoll, wenn dieser (ehrlich gesagt recht leckere) Obst-und-Gemüse-Verkäufer da anfangen würde, mit ein paar Pfirsichen zu jonglieren, und die junge Mutter dort in dem umwerfenden ärmellosen Leinenkleid würde dazu einen knackigen Beat auf der Griffstange ihres Kinderwagens trommeln. Immer mehr Menschen würden es ihnen gleichtun, würden jonglieren und trommeln, bis schließlich der ganze Markt lauten Gesang anstimmen würde. Tra-la-la-la-la-la-la-la-la ... Dann würde der Obst-und-Gemüse-Typ sie hoch in die Luft heben, sie würde die Arme ausstrecken und ihre große Nummer bringen: »*Paris, je t'aime! Paris, j'adore!*«

»*Non mais! Pouvez pas faire attention, non?*«

Oh nein! Sie war geradewegs in einen Mann hineingelaufen, der ein Tablett voller Melonen trug, und die waren allesamt davongerollt. Er sah sehr verärgert aus.

»*Oh, pardon!* Hier, ich helfe Ihnen.« Unbeholfen hantierte Daisy herum und bemühte sich vergebens, die Melonen zwischen den wogenden Füßen der Marktbesucher ausfindig zu machen. Der Mann stellte sich geschickter an und bekam ein paar zu fassen.

»*Idiote!*«, schleuderte er Daisy entgegen, ehe er mit seinem Tablett weiterging. Das war ja nicht sehr nett! Sie hatte es doch nicht mit Absicht getan.

»*C'est pour aujourd-hui ou pour domain?*«, erkundigte sich eine andere Stimme, die ebenfalls ärgerlich klang. Daisy blickte auf. Ein Standbesitzer starrte sie erwartungsvoll an. Und hinter ihr drängten sich ungeduldige Leute. Anscheinend war sie unverhofft an die Reihe gekommen und hielt alles auf.

»Äh, *des cerises, s'il vous plaît. Et quatre nectarines.*«

Daisy kehrte in die Wohnung zurück, nachdem sie bei einem freundlicheren Händler noch Ziegenkäse und Oliven erstanden hatte. Sie war erschöpft. Typisch pariserisch zu sein war ehrlich gesagt ziemlich harte Arbeit. Nach dem Mittagessen sollte sie sich wirklich ein paar Gedanken übers Schreiben machen. Daisy war von *Sparkle*, einer angesagten, erfolgreichen Internet-Modezeitschrift, beauftragt worden, einen Blog über die Erfahrungen einer Londoner Modeexpertin in Paris zu schreiben. Diese Vereinbarung war ganz kurz vor ihrer Abreise nach Frankreich zustande gekommen, was hinsichtlich ihrer Finanzen eine feine Sache war. Damit konnte sie das bisschen, was ihre Eltern ihr an Geld gegeben hatten, die Miete, die sie von Jules und Chrissie bekam, und alles andere aufstocken, was sie sich mit ein wenig Freelance-Styling oder Schaufenstergestaltung dazuverdienen konnte. Nachdem sie eine Weile als hausinterne PR-Beauftragte für eine Designerin tätig gewesen war, hatte sie impulsiv beschlossen, dass sie eine Abwechslung von der Londoner Modeszene brauchte, ohne sich eigentlich allzu viele Gedanken um praktische Dinge zu machen. Tatsächlich ging Daisy normalerweise in dem Vertrauen durchs Leben, dass sich »schon irgendwas ergeben« würde, und so kam es für gewöhnlich auch.

Mit knurrendem Magen stieg sie die fünf Treppen zu der Wohnung hinauf. Als sie die Tür aufsperrte, erschrak sie heftig. Die Tür war nur zugezogen, nicht abgeschlossen, und sie war sich sicher, dass sie beim Hinausgehen den Schlüssel umgedreht hatte.

Ein Einbrecher? Daisy drückte die Tür auf und rief zaghaft: »Hallo?« Eine Frauenstimme antwortete: »*C'est Daisy?*« Ein Einbrecher würde nicht wissen, wie sie hieß, überlegte Daisy. Resolut marschierte sie in das mit Büchern vollgestellte Wohnzimmer, das Isabelle auch als Arbeitszimmer diente.

Eine fremde junge Frau, die an Isabelles Schreibtisch gesessen hatte, erhob sich, als sie Daisy erblickte, und streckte ihr die Hand entgegen.

»Hallo«, sagte sie. Sie sprach fließend Englisch. »Du bist bestimmt Daisy. Ich heiße Agathe, ich bin eine Freundin von Isabelle. Ihre beste Freundin.«

Agathe, stellte Daisy fest, war sehr schön, mit großen braungrünen Augen und langem, goldblondem Haar, das sie zu einem Pferdeschwanz gebunden hatte, und das glänzte wie Glas. In Jeans und weißer Bluse sah sie unglaublich elegant aus. Mit einem kleinen Achselzucken lächelte sie Daisy an.

»Du fragst dich bestimmt, warum ich hier bin.«

»Na ja …«

»Ich habe etwas hiergelassen, das mir gehört, und ich habe einen Zweitschlüssel für Isabelles Wohnung, für Notfälle. Ich wollte nur schnell meine Sachen holen. Das ist alles.«

»Oh, das ist schon okay. Aber …«

»Wirklich toll, was du da anhast!«, rief Agathe.

»Oh, danke.«

»Das ist sehr originell. Sehr *folklorique.*«

»Was ist das?«

»Das bedeutet traditionell, aus der Provinz. Du weißt schon, in der Bretagne zum Beispiel tragen die Frauen schwarze Kleider und so einen hohen weißen Kopfputz, und die Männer spielen alte Instrumente.« Anmutig tat sie so, als drehe sie eine Kurbel. »Und sie singen Lieder auf *patois.*«

»Was ist denn *patois?*«

»Das ist der dortige Dialekt.«

Eine Pause entstand, dann kniff Agathe die Augen zusammen und fragte, was Daisy sich denn da an ihre Bauernbluse gesteckt hätte.

»Ach, das. Das ist meine Herzbrosche. Absoluter Ramsch, aber ich finde sie toll. Wie sie einen anblitzt, irgendwie 3-D-mäßig, wie diese Kitschpostkarten. Siehst du?«

Sie schüttelte sich ein wenig, um es zu demonstrieren. Agathe, die eine zarte Perlenkette trug, nickte. Ihre Miene war völlig neutral.

»Die hat mir mal vor ein paar Jahren mein damaliger Freund geschenkt, als Witz«, erklärte Daisy.

»Er ist nicht mehr dein Freund?«

»Oh nein! Ehrlich gesagt hat sich seitdem herausgestellt, dass er total schwul ist. Mode, du weißt ja. Im Augenblick bin ich Single.«

Agathe lächelte mitfühlend. »Also, ich gehe heute Abend auf eine Party. Möchtest du mitkommen?«

»Oh *ja!* Vielen Dank, das wäre super!«

»Viele von Isabelles Freunden werden da sein. Sie sind alle sehr neugierig und möchten dich gern kennenlernen.«

Agathe ging und versprach, später anzurufen, um eine Zeit auszumachen. Als sie allein war, hüpfte Daisy zunächst vor Aufregung durch die Wohnung, dann nahm ihr Gesicht einen ernsteren Ausdruck an. Sie setzte sich, kramte ihr Handy hervor und tippte eine SMS an Chrissie: »MODE-NOTDIENST ALARM SOS.« Mittlerweile müsste er wach sein.

Tatsächlich piepste ihr Handy fast augenblicklich. »*ICI LE* MODE-NOTDIENST. WIE KANN ICH DEINE FABELHAFTIGKEIT FÖRDERN?«

»HEUTE PARTY IN PARIS. WAS ZIEHE ICH AN?«

»OH DARLING DAS IST EIN CODE. KREISCH. WESSEN PARTY? DESIGNER?«

»NUR EINE FREUNDIN VON ISABELLE«, tippte Daisy zurück. Dann hatte sie eine Idee. »SIE UM TIPPS BITTEN?«

»ACH MEIN LIEBSTER SCHATZ NEIN«, kam die Antwort.

»WARUM NICHT?«

»ISABELLE ++SÜSS ABER KEIN MODEGURU. LEHNT MEINE HÜTE AB. OBERPEINLICH.«

Wie typisch für Chrissie, alles persönlich zu nehmen und total zu übertreiben. Was machte es schon, wenn Isabelle nicht auf Hüte stand? Wahrscheinlich war sie stattdessen verrückt nach Schuhen.

»ALSO WAS RÄTST DU MIR?«

»KNALLHARTES BONDGIRL. PUSSY GALORE.«

»?«

»LEDER-CATSUIT.«

»ZU SCHWITZIG. ++HEISS IN PARIS.«

»WIE BRAUN BIST DU LIEBLING?«

»+. SOLARIUMBRÄUNE HÄLT NOCH.«

»DANN ALLES KLAR. VOLLES DALLAS-KITSCHPROGRAMM. NECKHOLDER-TOP, WEISSER CHEERLEADER-MINI, COWBOYSTIEFEL IN BRONZE-METALLIC. TRÈS CHIC.«

»TOLL, DANKE.«

»HAARE TOUPIEREN.«

»LOGISCH. ALLES KLAR BEI EUCH?«

»DER HIMMEL AUF ERDEN. MUSS SCHLUSS MACHEN, JULES UND ICH GUCKEN MTV CRIBS. MWAH!«

Ihr erster *Sparkle*-Blog konnte also von Party-Klamotten handeln. Hervorragend: Sie würde sich amüsieren und gleichzeitig wichtige Recherchen betreiben. Ihr Pariser Leben nahm langsam Gestalt an.

3

Isabelle

»Oh, ich hab's! Ich könnte Totengräberin werden«, verkündete Jules und hielt ihren Löffel hoch.

»Mmm, *ja*, das kann ich mir absolut vorstellen. Nur, ich glaube wirklich, da müsstest du als Lehrling anfangen. Das ist doch ein richtiges *Handwerk*, nicht wahr? Außerdem, muss man dafür nicht *Kirchendiener* sein oder so was?«

»Weißt du, das könnte ich nicht – ich bin Heidin.«

»Natürlich, Darling. Aber, *hach*, das wäre *umwerfend*, stell dir doch mal vor, zwischen all diesen wunderschönen Grabsteinen und Grüften herumzuschweben, so was von *total* Buffy die Vampirjägerin.«

»Na ja, vielleicht.« Jules lächelte ein bisschen, den Mund voller Müsli und Weizenkleie.

Chrissie half Jules gerade beim gemeinsamen Samstagmorgenfrühstück dabei, eine Entscheidung bezüglich ihres nächsten Karriereschritts zu treffen. Wie üblich um diese Zeit waren beide *en déshabillé;* Jules in ihrem violetten Samtschlafrock und Chrissie in seinem flauschigen weißen Bademantel. Jules' lange Stirnfransen waren mit einer Haarklemme aus Plastik festgesteckt, wahrscheinlich damit sie sehen konnte, was sie aß. Müsli, wie immer. Das schien alles zu sein, was sie zu sich nahm. Chrissie, der an einer halben Grapefruit herumstocherte, hatte sich eine grüne Schlammmaske ins Gesicht geschmiert. Raven, die Katze, saß auf der Anrichte und putzte sich hinter den Ohren. Isabelle, die ebenfalls am Küchentisch saß, beteiligte sich nicht an der lächerlichen Unterhal-

Jules stand auf, nahm ihre leere Schale und ihren Becher und ging langsam zum Spülbecken hinüber. Es war nie wirklich leicht, dachte Isabelle bei sich, dahinterzukommen, ob ihre neue Mitbewohnerin etwas ernst meinte oder nicht. Sie trank ihren Kaffee aus und schob ihre Notizen zu einem ordentlichen kleinen Stapel zusammen.

»Alles bereit zum Abmarsch, Darling?«, bemerkte Chrissie. »Gehen wir mal wieder in die *Bibliothek?*«

Isabelle nickte. Sie war jetzt seit über einem Monat in London, und es war ihr gelungen, einen guten Rhythmus zu finden. Jeden Morgen schloss sie sich einer kleinen Schar Enthusiasten an, die darauf warteten, dass die British Library öffnete, dann ging sie zu ihrem Lieblingsplatz, dicht bei den Katalogen und mit viel Luft über dem Kopf. Bei ihrer Ankunft hakte Isabelle die anderen Stammgäste auf einer imaginären Liste ab. Der Wolfsmann, so genannt wegen seiner Dickens-Koteletten und seinen extrem haarigen Händen. Die Extrem Dürre Frau mit der Riesenfrisur und den Perlenketten, die ihr Haar anscheinend jeden Tag höher aufsteckte und täglich mehr Ketten um den Hals trug und kleine Mantras vor sich hinmurmelte – »ja, ja, alles klar, alles klar« – wie Zeilen aus einem Beatles-Song. Normalerweise saß Isabelle »Miss Marple« gegenüber, einer Dame von ungemein strengem Äußeren im steifen Tweedkostüm mit Cameo-Brosche. Die mysteriöse Meredith Quince hatte wahrscheinlich so ähnlich ausgesehen, dachte Isabelle jedes Mal staunend, wenn sie sie sah.

»Draußen ist es so schön«, ließ sich Jules tonlos vom Spülbecken her vernehmen, wo sie gerade den Abwasch machte.

Isabelle warf einen Blick auf die Uhr und stellte mit gelindem Verdruss fest, dass sie bereits ein wenig spät dran war. »Ich sollte mich lieber auf den Weg machen«, sagte sie.

»Zuckerschneckchen«, sagte Chrissie und betrachtete sie ernst durch seine grüne Gesichtsmaske hindurch. »Ist dir entgangen, dass heute *Samstag* ist?«

»Ja, aber das ist schon in Ordnung. Die Bibliothek hat den ganzen Vormittag auf.«

»Ich *verstehe«*, antwortete Chrissie streng. Er stand auf. »Ich für meinen Teil gehe wieder ins Bett. *Irgendjemand* in diesem Haus muss schließlich die italienische *Vogue* richtig durchsehen. Bis später, ihr Süßen.« Isabelle hörte ihn die Treppe hinaufspringen, dann schaute sie auf und stellte überrascht fest, dass Jules neben ihr stand.

Einen Augenblick lang starrte Jules auf ihre Füße, dann sagte sie sehr schnell, ohne Isabelle anzusehen: »Ich finde, es wäre vielleicht schön, ans Meer zu fahren. Nach Brighton oder so. Willst du mitkommen?«

Isabelle war völlig verblüfft. Sie hatte nicht gewusst, dass Jules vorhatte, übers Wochenende wegzufahren. »Ach, du hast dir einen Platz im Zug reserviert? Du hast ein Hotel gebucht?«

Jules sah sie seltsam an. »Äh, nein … ich wollte mich einfach ins Auto setzen und losfahren. Nur für heute.«

Ins Auto setzen und losfahren? Einfach so? Aber Brighton war doch so weit weg! Es war schlicht nicht machbar. Isabelle geriet in Panik.

»Aber normalerweise arbeite ich samstags. Und morgen …«

»Also, ja, morgen ist auch noch ein Tag. Bis dahin sind wir vielleicht tot, wer weiß?«

Sie sahen einander an. Jules schob die Brille auf der Nase hoch. Ihr ganz und gar ungeschminktes Gesicht sah weniger furchterregend aus als sonst. Isabelle dachte nach. Es war ein wunderschöner Tag, klar und sonnig, und sie liebte das Meer. Vielleicht konnte sie ja nur dieses eine Mal nicht in die Bibliothek gehen. Außerdem gab es in Küstenstädten oft gute Second-Hand-Buchläden. So dass der

Ausflug in Wirklichkeit eine Möglichkeit sein konnte, ihre Recherche weiterzuverfolgen, und nicht etwa ein freier Tag.

»Die Sache ist die«, sagte Jules, »wir sollten so bald wie möglich losfahren, wegen dem Verkehr. Wir treffen uns in zwanzig Minuten draußen, in Ordnung?«

»*Heu*, ja, in Ordnung.«

Isabelle hatte Jules' Auto, einen ziemlich mitgenommenen braunen Mini, bisher nur von außen gesehen. Als sie sich zum ersten Mal auf dem Beifahrersitz niederließ, sah sie, dass die Polster im Leopardenmuster bezogen waren. Es sah verdächtig danach aus, als hätte Jules das selbst gemacht, mit einem Tacker. Jules stieg ein; sie trug ein T-Shirt mit der Aufschrift »Evil likes candy too«. Außerdem hatte sie immer noch die Plastikklemme im Haar, wahrscheinlich, damit sie besser fahren konnte. Energisch ließ sie den Motor an, und sie fuhren schweigend auf die Straße hinaus. Nach einer Weile erkundigte sie sich: »Dieser Franzose, der da immer so abgefahrene Nachrichten auf unserem Anrufbeantworter hinterlässt, ist das deine schlechtere Hälfte?«

»Clothaire ist mein Freund, ja.«

»Vermutlich kommt er mit seiner eigenen Sprache besser zurecht.«

Ein solcher Kommentar, dachte Isabelle bei sich, war wirklich unangebracht. »Sein Englisch ist gar nicht so schlecht. Moderne Linguistik ist nicht sein Fachgebiet.«

»Cunnilinguist oder Nicht-Cunnilinguist, das ist hier die Frage«, murmelte Jules vor sich hin.

»Er ist ein ungeheuer brillanter Wirtschaftswissenschaftler.«

Jules nickte. Dann, nach einer kurzen Pause, fragte sie: »Kommt er dich mal besuchen?«

»Ja, in ein paar Wochen. Er hat in Paris sehr viel zu tun.«

Isabelle vermisste Clothaire wirklich, vor allem seine klare Meinung von Menschen oder Dingen. »*Nul*«, pflegte er zu verkünden oder, seltener, »*Pas mal.*« Dann wusste man, woran man war.

Jules, die vielleicht schloss, dass Isabelle nicht weiter über dieses Thema reden wollte, ging zum nächsten über: »Weißt du, ich verstehe immer noch nicht so ganz, um was es in deinem Buch geht.«

»In meiner Doktorarbeit.«

»Von mir aus. Ging's da um eine Frau, die irgendwas vergessen hat?«

»Äh, nein. Der Titel lautet ›Die vergessene Vertreterin der Moderne: Entstellungs- und Täuschungsstrategien.‹«

»Au weia.«

»Es geht um Meredith Quince, eine Schriftstellerin aus den Dreißigerjahren.«

»Okay. Also, was gefällt dir so an ihr?«

»Sie ist vollkommen unbekannt.«

»Und das ist was Gutes?«

»Ja, weil ... Ein paar von meinen Freunden schreiben zum Beispiel über sehr bekannte Autoren, wie Jane Austen, und dann muss man alles lesen, was vorher über sie geschrieben worden ist.«

»Aber bei dieser Frau kannst du alles erfinden?«

»Nun ja, ein paar Sachen kann ich auftreiben«, entgegnete Isabelle etwas schroff. »Das ist Recherche.«

»Und was hat sie geschrieben?«

»Ein wundervolles, experimentelles Werk namens *The Splodge.*«

»Cool. Um was geht's da?«

»Das weiß ich nicht. Ich habe es nicht gelesen.«

»Was?«

Isabelle holte tief Luft. Dieses Gespräch hatte sie schon etliche Male geführt, nicht zuletzt mit ihrem Doktorvater, Professeur Sureau, dem bekannten Spezialisten für Angelsächsische Literatur des frühen 20. Jahrhunderts.

»Also, tatsächlich wurde es nie veröffentlicht. Und niemand weiß, wo das Manuskript ist.«

Jules nickte vor sich hin. »Also ... du schreibst ein Buch über ein Buch, das du nie gelesen hast.«

»Nein, ich meine ... Sie hat auch noch andere Bücher geschrieben. Die habe ich gelesen.«

»Und was sind das für welche?«

»Nun ja, eigentlich sind das, äh ... Detektivgeschichten. Du weißt schon, wie Agatha Christie.«

Das war der Punkt gewesen, wo Professeur Sureau anscheinend drauf und dran gewesen war, mit Schaum vor dem Mund rücklings umzukippen. Seine Fakultät war konservativ, und oberflächlich betrachtet mangelte es Quinces Romanen an akademischer Glaubwürdigkeit. *Der Tod der Bauchrednerin, Mord in Glacéhandschuhen* und *Pink Gin unter dem Rasen* waren im Grunde Krimis, in denen jedes Mal dieselbe Amateurdetektivin die Hauptrolle spielte, eine junge Aristokratin namens Lady Violet Culpeper. Jules reagierte ganz anders. Sie wirkte ungewöhnlich lebhaft.

»Echt? Sind die gruselig?«

Isabelle wusste nicht, was sie sagen sollte. Bestimmt sah Jules doch ein, dass es darum gar nicht ging. Worum es ging, war natürlich *The Splodge*, Quinces verlorenes Werk, das sie laut einer Fußnote in den Memoiren ihres Literaturagenten 1932 verfasst hatte. Sie versuchte es weiter: »In Wirklichkeit interessiere ich mich für das andere Buch, das, das verschwunden ist. Ich versuche dahinterzukommen, wie es war, indem ich die anderen lese.«

Isabelles Theorie lautete folgendermaßen: Das Scheitern von *The Splodge* hatte Quince während ihrer ganzen restlichen literarischen Schriftstellerkarriere nicht mehr losgelassen. Es war ihr gelungen, einige Elemente ihres verschmähten Experiments in ihre späteren, erfolgreichen Romane zu übertragen und sie dort zu verbergen. Die

Lady-Violet-Bücher hatten jede Menge grelle Sensationslust zu bieten. Das war misslich, und Isabelle war sich darüber vollständig im Klaren. In *Tod unter dem Mistelzweig* zum Beispiel musste Lady Violet sich als Kaminkehrer-Lehrling ausgeben, wurde dann um Haaresbreite von einem als Falle präparierten Weihnachtsbaum zermalmt und enttarnte den Mörder schließlich bei Cocktails im Savoy. (Jules, die zusammengesunken auf ihrem Sitz hockte, lebte an dieser Stelle sichtlich auf.) Doch in den Büchern ging es in Wirklichkeit um etwas ganz anderes: sich wandelnde Strukturen, mehrdeutige Erzählstimmen, eine kubistische Ästhetik, die ein alternatives, prismatisches Gefühl von Raum und Zeit erzeugte. (Jules war vollständig verstummt. Kein Wunder, das war ja auch der intelligente Teil, der, der Professeur Sureau überzeugt hatte.) Quinces Reißer enthielten allesamt Spuren atemberaubenden literarischen Experimentierens. Sie deuteten lockend darauf hin, wie *The Splodge* beschaffen sein könnte.

»Ohne Zweifel etwas, worauf Virginia Woolf oder James Joyce stolz gewesen wären«, schloss Isabelle mit vor Erregung rosigen Wangen. Länger Englisch zu sprechen fühlte sich immer noch so an, als singe man ein schwieriges Lied.

»Meine Fresse«, sagte Jules knapp und sah starr auf die Straße.

Eine ganze Weile fuhren sie schweigend weiter.

Später, als sie Seite an Seite den Pier hinuntergingen, dachte Isabelle bei sich, dass sie bestimmt einen höchst ungewöhnlichen Anblick boten. In weißer Bluse, heller Leinenhose und pastellfarbenen Tennisschuhen bemühte sie sich, mit Jules Schritt zu halten, die gemächlich in ihren Stiefeln mit den klotzigen Absätzen dahinstapfte und den Oberkörper dabei vollkommen ruhig hielt. Ihr bodenlanger schwarzer Ledermantel wallte in der Brise. Dieses nicht unbedingt sommerliche Kleidungsstück hatte sie aus dem Kofferraum gezerrt, als sie das Auto geparkt hatten, und es kommentarlos antung, die sie insgeheim reichlich geschmacklos fand. Sie blieb vollkommen stumm, während sie abwechselnd an ihrem schwarzen Kaffee nippte und ein kleines Stück von ihrem getoasteten Baguette abbiss und dabei die Notizen durchging, die sie sich gestern in der Bibliothek gemacht hatte.

Jules war gegenwärtig »in einer Übergangsphase zwischen zwei Jobs.« Davor hatte sie in einem Pub, in einer Videothek und in einem Klamottenladen gearbeitet, doch nichts davon hatte ihr zugesagt. Sie war auf der Suche nach etwas Coolerem, etwas, das mehr Atmosphäre hatte. Das alles hatte irgendetwas damit zu tun, dass Jules etwas war, das man als »Goth« bezeichnete, ein Informationsbröckchen, das Chrissie geliefert hatte. Es war *lebenswichtig*, dass Goths ständig Schwarz trugen, hatte er gesagt, sonst könnten sie einer spontanen *Selbstentzündung* zum Opfer fallen. Das beeindruckte Isabelle nicht besonders, die Jules' üblichen Aufzug – klobige Motorradstiefel, düstere Kleidung (zu der normalerweise irgendwelche seltsamen Auswüchse aus Netzstoff und Spitze gehörten) und dramatisches Make-up, mit dem sie aussah wie ein Waschbär – beklemmend und vor allem schrecklich unweiblich fand. Und dazu noch hässlicher schwarzer Nagellack, bemerkte Isabelle aus den Augenwinkeln. *Quelle horreur!*

»Ehrlich gesagt«, brummte Jules in ihrem üblichen ausdruckslosen Tonfall, »hab ich einen Superjob angeboten bekommen.«

»Darling, das ist ja fantastisch. Wo denn?«

»In einem Fetisch-Laden in Soho.«

Isabelle vergaß, dass sie gar nicht hingehört hatte. Erstaunt blickte sie auf. »Du meinst ... ein Sexshop?«

Ungerührt sah Jules sie an. »Genau. Das gefällt mir ja daran. Scheint genau das Richtige zu sein, um den Mann meines Lebens kennenzulernen.«

Chrissie prustete.

Die beiden bogen sich vor Lachen und verfielen dann in zufriedenes Schweigen.

»Übrigens«, setzte Isabelle an, »weißt du, ob es hier Second-Hand-Buchhandlungen gibt?«

»Klar, massenweise. Hey, sollen wir losziehen und nach *The Clot* suchen?«

»*The Splodge.*«

»Meine ich ja.«

»Nun ja, nein«, antwortete Isabelle ruhig. »Das Buch ist nie veröffentlicht worden, erinnerst du dich? Aber vielleicht gibt es ja andere interessante Sachen.«

Als sie die Buchläden von North Lanes durchstöberten, stellte Isabelle überrascht und durchaus gerührt fest, dass Jules auf ihre eigene teilnahmslose Art wirklich darauf erpicht war zu helfen. Sie schaffte es sogar, triumphierend ein zerlesenes Exemplar von *Der abtrünnige Smaragd* von Meredith Quince aufzutreiben.

»Vielen Dank«, sagte Isabelle.

»Ist das eins, das du noch nicht hast? Ein ganz seltenes?«

»Ich habe es schon.«

»Oh.« Jules machte Anstalten, das Buch wieder ins Regal zurückzustellen.

Isabelle hatte eine plötzliche Eingebung. »Nein, ich kaufe es trotzdem.«

An der Kasse reichte Isabelle Jules das Buch, das in einer braunen Papiertüte steckte. »Für dich.«

»Aber du musst mir doch nichts schenken. Ich brauche kein Geschenk.«

Isabelle lachte ein bisschen. Den Briten war anscheinend alles peinlich.

»Bitte nimm es. Es ist …« Was hatte Jules noch mal gesagt? »Es ist gruselig. Ich hoffe, es gefällt dir.«

Auf dem Rückweg nach London war die Atmosphäre im Auto deutlich entspannter, zumindest bis Jules den Arm ausstreckte und eine CD einlegte. Es war ohrenbetäubende Elektro-Gitarrenmusik von genau jener Art, die Isabelle nicht ausstehen konnte. »Was ist das?«, erkundigte sich Isabelle nach einer Weile.

Jules räusperte sich, dann sagte sie: »Das ist eine Band namens The Coven.«

Die Musik war absolut grauenvoll: ein gewaltiges, gnadenloses metallisches Geschepper, vermengt mit kreischendem Gesang. Ein paar Minuten lang saß Isabelle höflich schweigend da. Schließlich konnte sie nicht mehr. »Entschuldige, aber das klingt genau wie dieser schreckliche Film ... *L'Exorciste?*«

»*Der Exorzist*«, sagte Jules. Dann grinste sie breit, etwas, was Isabelle noch nie erlebt hatte. »Vielen Dank. Die anderen werden hin und weg sein.«

»Welche anderen?«

»Die anderen aus der Band.« Wieder räusperte Jules sich. »Das ist meine Band. Die Bassgitarre, das bin ich.«

»Oh.« Isabelle unternahm eine beträchtliche Anstrengung, genauer hinzuhören. »Ah, ja.« Das musste Jules sein, die dieses sich ständig wiederholende, dumpfe Wummern hervorbrachte. »Wie heißt denn das Lied?«

»›*Eviscerate Me.*‹« Jules verstummte kurz, dann lächelte sie Isabelle an. »Es ist ein Liebeslied.«

4

Daisy

»HI DAZE. WIE WAR DIE PARTY.«

»OK«, tippte Daisy nach einigem Überlegen.

»AHNE TRAGISCHEN KATER. HAST DU DICH ZUGESOFFEN UND EINEN STRIP HINGELEGT, DU BÖSES MÄDCHEN?«

Daisy lächelte. Es war wirklich so, als wäre Chrissie hier im Zimmer.

»WAS UNTERSTEHST DU DICH? GRÄSSLICHER KERL«, antwortete sie liebevoll.

Eine sehr lange SMS wäre nötig gewesen, um Chrissie klarzumachen, dass das gestern Abend wirklich nicht *so* eine Party gewesen war. Absolut nicht! Es hatte sehr viel Champagner gegeben, doch unerklärlicher- und wie Daisy fand unnatürlicherweise hatte sich anscheinend niemand betrunken. Lediglich *ein* Mädchen war ziemlich beschickert gewesen und in einem der Schlafzimmer umgekippt. Die Leute hatten im Flüsterton darüber geredet wie über etwas völlig Neues und ungeheuer Abgefahrenes. Man hatte Daisy zusammen mit Agathe und ein paar anderen Gästen zu dem Zimmer geführt, um die hingestreckte Gestalt auf dem Bett anzustarren. Sie hatten alle zusammen dagestanden, gedämpfte Laute des Erstaunens von sich gegeben und hinter vorgehaltener Hand leise gelacht. Daisy war drauf und dran gewesen, damit herauszuplatzen, dass sie und Jules einmal im Nachthemd im Garten eingeschlafen waren, platt auf dem Bauch, nachdem sie eine ganze Ladung Hasch-Brownies verdrückt hatten, doch eine kleine Stimme in ihrem Kopf hatte ihr zugeflüstert, sie solle das lieber bleiben lassen.

»ABER DU HAST DEINEN SPASS GEHABT?«

Nun ja, ja, wenigstens hin und wieder. Agathe hatte sie in Isabelles Wohnung abgeholt. Es war aufregend gewesen zuzusehen, wie sich ihre neue Freundin mit unglaublichem Selbstvertrauen durch den furchterregenden Verkehr wand, der um den Arc de Triomphe herumstrudelte. Vor einem großen, glamourösen Café hatten sie Halt gemacht, um drei junge Männer abzuholen, die einander zuerst so ähnlich sahen – dunkelhaarig, lässig und schlaksig –, dass Daisy sie für Brüder hielt. Alle drei standen auf, als Daisy mit ihnen bekannt gemacht wurde, und küssten sie mit einer so geübten Ungezwungenheit und Leichtigkeit auf beide Wangen, dass sie – Luftkuss-erfahrene Fashionista, die sie war! – sich wie ein unbeholfenes Landei vorkam. Dabei stellten sie sich in fast identischem schleppenden Tonfall vor. »*Bonsoir. Octave.*« »*Bonsoir. Bertrand.*« »*Bonsoir. Stanislas.*«

Später, als sie zu der Party kamen, war Daisy froh, zu einer Gruppe zu gehören. Sonst hätte es verdammt viel Überwindung gekostet, da hineinzumarschieren. Octave, Bertrand und Stanislas verschwanden übergangslos in einem anderen Zimmer voller Menschen, und sie folgte Agathe in ein Schlafzimmer, wo sie ihre Taschen ablegten und ihre Gesichter noch einmal einer Überprüfung unterzogen. Agathe, die die Haare offen trug, sah bildhübsch aus; sie trug ein schwarzes Kleid mit winzigen weißen Punkten. Daisy erkannte den Schnitt wieder, von dem bekannten Poster von Marilyn Monroe auf dem Gitter über dem U-Bahn-Schacht, doch an Agathes schmaler, zarter Figur wirkte das Kleid eher raffiniert als unverschämt sexy.

Ihre Freundin lächelte Daisy im Spiegel zu. »*Bon, on y va?*«

»Äh, *d'accord.*«

Die gedämpft beleuchtete Wohnung schien riesig zu sein, und Daisy folgte Agathe durch endlose Flure, in denen überall lässige junge Männer und Frauen in ernste Gespräche vertieft waren, bis sie in die etwas hellere Küche kamen. »*Salut*«, sagte Agathe mehrmals und hielt diversen Kussanwärtern die Wange hin. Irgendjemand bot zwei Gläser Champagner an. Während des Fischzuges durch einen der Haupträume, wo Gäste in kleinen Grüppchen auf Sofas oder auf dem Boden saßen und sich unterhielten, wurde Daisy Dutzenden von Leuten vorgestellt. Bald wurde ein Muster sichtbar.

»*Alors, voilà, je vous présente Daisy*«, sagte Agathe jedes Mal und trat zur Seite; dann fügte sie hinzu, »*qui vient de Londres.*«

Die Männer küssten Daisy auf die Wangen (sie versuchte, sich den richtigen Dreh dafür anzueignen, indem sie Agathe beobachtete, die dabei auf höchst anmutige Weise unbeteiligt blieb) und nahmen sie dann mit schmalem Lächeln in Augenschein. Die Frauen küssten sie ebenfalls, mit einem kühleren »*Bonsoir. Sophie*« oder »*Bonsoir. Elise*«, musterten sie einmal von Kopf bis Fuß und wandten dann den Blick ab. Vielleicht lag das daran, dass sie alle eher wenig gewagt gekleidet waren – viel Schwarz und eine Menge kurze Röcke mit sittsamen Blusen oder Strickjäckchen –, wenngleich Daisy zugeben musste, dass sie alle ziemlich gut aussahen. Es würde Chrissie und die Leser ihres Blogs sicher interessieren, zu erfahren, dass in dieser Runde nicht viele Toupierfrisuren präsent waren. Oder, was das anging, künstliche Sonnenbräune. Dito Cowboystiefel in Bronze-Metallic. Daisy sann gerade darüber nach, als jemand – Octave, oder? – vor ihr auftauchte.

»Möchtest du tanzen?«

Daisy lächelte und nickte. Gerade lief eine Art Trance-ähnlicher Hip-Hop, mit völlig unverständlichem Rap auf Französisch.

Nichtsdestotrotz stellte sie erschrocken fest, dass alle paarweise tanzten; die Männer wirbelten die Frauen herum. Das musste dieser *Ceroc* sein, den die Franzosen von Geburt an beherrschten. Sie blieb stehen und schaute Octave an. »So kann ich aber nicht tanzen.«

»Aber ja doch. *Laisse-toi faire*«, widersprach er und legte den Arm um ihre Taille. Nach zwei Gläsern Champagner war es ganz schön, im Arm gehalten und sanft hierhin und dorthin geschubst zu werden. Octave war sehr geduldig, er hielt inne und sammelte sie wieder ein, wenn sie zu weit von ihm fortwirbelte, um seine ausgestreckte Hand zu fassen zu bekommen, und wiederholte bestimmte, komplizierte Schritte, damit Daisy beim nächsten Mal wusste, was sie tun sollte. Wenn man einmal heraushatte, wie es ging, machte es Spaß.

»HAST DU DIR WAS GEANGELT?«

»NÖ.«

»ABER DA WAR DIESER KLEINE FRANZOSE, STIMMT'S?«

Chrissie war wirklich erstaunlich: Seine Antenne funktionierte sogar über den Ärmelkanal hinweg.

»NA JA, IRGENDWIE SCHON …«

Das Lied endete, und Octave küsste ihr die Hand, frech, aber charmant. Sie setzten sich zusammen auf ein Sofa und sahen den anderen zu. Allmählich gewöhnten sich Daisys Augen an die stimmungsvolle Beleuchtung. Das Zimmer war riesig und von einem dunkelgoldenen Schein erfüllt.

»Agathe ist so eine tolle Tänzerin«, bemerkte Daisy wehmütig, als ihre neue Freundin mühelos an ihnen vorbeigeschwebt kam, eine Hand in der ihres Partners und eine *brennende* Zigarette in der anderen. Wie zum Teufel machte sie das?

»Ja, sie ist sehr gut«, pflichtete Octave ihr bei, den Blick auf Agathes verschwimmende Silhouette geheftet. »Du aber auch«, fügte er galant hinzu.

Daisy verbrachte den Rest des Abends mit Octave als Partyführer. Er schien alle und jeden zu kennen, und sie konnte endlich ihre Neugier befriedigen und ein bisschen mehr über diejenigen Gäste herausfinden, die ihr auffielen. Die junge Frau in dem roten Minirock, mit der hochmütigen Miene und dem dunklen Haar, das sie im Nacken zu einem lockeren Knoten geschlungen hatte, war Claire, die Gastgeberin. Die Wohnung gehörte ihren Eltern, doch sie wohnte immer noch hier, genau wie ihre Schwester Amélie – das etwas rundliche jüngere Mädchen dort, das gerade mit Stanislas tanzte.

»Dann sind das also alles Isabelles Freunde?«, wollte Daisy später wissen, als sie Seite an Seite in der riesigen Diele standen. Auf einem Tisch waren hübsche kleine Goldpapierbecher aufgereiht, jeder mit einer Kugel Fruchtsorbet darin – violettes Johannisbeer-, orangefarbenes Mango-, dunkelrotes Himbeer-, schneeweißes Zitronensorbet. Sehr stilvoll, und Daisy, wie gebannt vor Bewunderung, hatte eine Weile geschwankt, welches sie nehmen sollte. Schließlich hatte sie auf Octaves Rat gehört und schlemmte jetzt vergnügt köstliches blassgrünes Apfelsorbet.

»Die meisten von ihren Freunden sind hier, ja. Das da ist Clothaire, ihr Freund, der gerade hereingekommen ist. Der mit Claire redet. Es ist wirklich seltsam, ihn ohne Isabelle zu sehen, weißt du. Normalerweise sind sie immer zusammen.«

Daisy, die gierig ihren Becher ausgekratzt hatte, blickte auf. Das klang ja so was von süß! Isabelle hatte Glück, in so einer romantischen Beziehungskiste zu stecken.

»Ich glaube, ich sollte vielleicht Hallo zu ihm sagen.«

»Komm, ich stelle dich vor.«

Gemeinsam durchquerten sie die Diele, gerade als Clothaire aus der Gruppe auftauchte, die er gerade begrüßt hatte.

»*Bonsoir, cher ami*«, sagte Octave, während die beiden jungen Männer sich die Hände schüttelten. »Ich habe dir eine hübsche Überraschung mitgebracht: Daisy, Clothaire; Clothaire, Daisy.«

Clothaire sagte Hallo zu Daisy, dann zog er die Brauen hoch und wandte sich an Octave: »*Ah, d'accord, je vois.*«

Unbeirrt bedachte Daisy ihn mit einem freundlichen Lächeln. »Hi! Schön, dich kennenzulernen! Ich habe das Gefühl, als würde ich dich irgendwie schon kennen! Wegen Isabelle«, fügte sie hinzu, durch sein Schweigen verunsichert.

»Aber du kennst Isabelle ja gar nicht, denke ich«, erwiderte Clothaire und schaute über Daisys Schulter hinweg. Er lächelte irgendjemandem hinter ihr zu.

»Nein. Aber dadurch, dass ich in ihrer Wohnung wohne, kommt es mir vor, als kenne ich sie doch ein kleines bisschen. Und, warst du schon mal bei mir zu Hause?«

»Bitte?« Clothaire zog ein Päckchen Zigaretten aus seinem Jackett hervor und vollführte damit die knappste aller Gesten in Daisys Richtung. Sie schüttelte den Kopf, und er zog eine Zigarette für sich selbst heraus.

»Ich meine, hast du Isabelle schon in London besucht?«

»Noch nicht. Ich fahre bald hin, hoffe ich.« Clothaire zündete seine Zigarette an und blies eine lange Rauchfahne aus. »Gefällt dir Paris?«

»Oh ja! Was ich wirklich *ganz* toll finde, ist …«

Die dunkelhaarige Claire mit der hochmütigen Miene war wiederaufgetaucht und schob den Arm in Clothaires Armbeuge, um ihn auf sich aufmerksam zu machen. Sie flüsterte ihm etwas zu und lachte.

»Entschuldige mich«, sagte er distanziert und ging davon.

Daisy kam sich seltsam im Stich gelassen vor. Aus irgendeinem Grund hatte sie erwartet, dass Isabelles Freund ein ganz klein wenig neugierig darauf sein würde, was für ein Mensch sie war. Vielleicht war Clothaire ja schüchtern, sagte sie sich. Das wäre nicht überraschend, wenn er so romantisch veranlagt war. Und bestimmt fehlte ihm Isabelle sehr. In diesem Augenblick kehrte Octave, der in eine Gruppe in der Nähe hineingeschlendert war, an ihre Seite zurück, und sie gingen auf den Balkon, um ein wenig Luft zu schnappen. Claires Wohnung nahm das halbe obere Stockwerk ein, und die Aussicht auf die von Bäumen gesäumte Avenue de l'Observatoire und den Jardin du Luxembourg war geheimnisvoll und wunderschön.

»Dir ist doch nicht kalt, hoffe ich?«

»Nein, alles bestens. Ich mag diese Brise.«

»*Tout va bien, Octave?*«, erkundigte sich Bertrand und trat zu ihnen auf den Balkon.

»Brauchst du Hilfe?« Stanislas – er war der Größte von den dreien – war auch da.

Octave sah nicht aus, als wäre er sehr erfreut, sie zu sehen. Seine beiden Freunde traten neben Daisy und drängten ihn mit den Ellenbogen beiseite.

»Octave, du beanspruchst *la petite Anglaise* ganz für dich allein«, beschwerte sich Stanislas und wedelte tadelnd mit dem Finger vor seinem Freund herum.

»Das ist zu viel: Du übertreibst«, befand Bertrand.

»Also, genau genommen bringe ich Daisy jetzt nach Hause«, gab Octave verärgert zurück.

»*Oh non, mon vieux.* Wir gehen alle zusammen, ja?«, schlug Bertrand vor und legte Daisy den Arm um die Schultern.

Sie schaute alle drei an und lachte. Drinnen im Zimmer konnte sie Agathe sehen, die ihr ein Zeichen gab. »Ehrlich gesagt, Agathe nimmt mich mit«, verkündete sie sittsam.

»Und, hast du dich gut amüsiert?«, fragte Agathe, als sie den verwaisten Boulevard Saint-Michel hinunterschossen, auf dem Weg zu Isabelles Wohnung in der Rue de la Harpe.

»Ja, und wie, vielen Dank«, antwortete Daisy ein wenig schläfrig. »Octave und seine Freunde sind wirklich süß, nicht wahr?«

»Manchmal schon.« Agathe blickte zu Daisy hinüber und lächelte. Dann biss sie sich auf die Unterlippe. »Da gibt es etwas, was ich dir sagen muss, Daisy, und ich hoffe, du nimmst es mir nicht übel. Verstehst du, es war meine Idee, Octave zu bitten, nett zu dir zu sein. Weil ich Angst hatte, du würdest vielleicht den ganzen Abend ... *faire tapisserie,* ein Mauerblümchen sein. Das wäre doch wirklich schrecklich gewesen!«

Daisy hatte vor sich hingedöst, auf diese Worte hin jedoch öffneten sich ihre Augen wieder. Aus irgendeinem Grund fühlte sich ihr Gesicht ganz heiß an.

»Aber das macht dir doch nichts aus?«

»Nein, natürlich macht es mir nichts aus«, versicherte Daisy rasch. Ein kleiner Schock war es schon, zu erfahren, dass Octave gar nicht wirklich daran interessiert gewesen war, sich mit ihr zu unterhalten. Dann fiel ihr das schwierige Gespräch mit Clothaire wieder ein, und die kühlen, abschätzigen Blicke der anderen Frauen auf der Party. Sie hatten sie also alle nicht ausstehen können! Na schön.

Agathe hielt an der Ecke des Boulevard Saint-Germain, ließ Daisy aussteigen und versprach, sie bald anzurufen, dann fuhr sie in Richtung Sèvres-Babylone davon, wo sie wohnte.

»HAST DU SCHON ANSCHLUSS GEFUNDEN?«

Na ja, zumindest mit einem Menschen habe ich mich angefreundet, dachte Daisy, und ihre Stimmung hob sich. Denn natürlich hatte Agathe es gut gemeint, sie hatte sie schützen wollen. Das war nett gewesen. Obwohl es vielleicht noch netter gewesen wäre, nichts davon zu wissen.

»AGATHE IST KLASSE«, simste sie zurück. »UND ICH HABE JEDE MENGE GENIALEN STOFF FÜR MEINEN BLOG. OVER AND OUT.«

5

Isabelle

»Suchen Sie irgendetwas Bestimmtes?«, fragte plötzlich eine Stimme. Isabelle drehte sich um. Es war die Frau, die die Buchhandlung leitete. Isabelle hatte auf dem Heimweg von der Bibliothek in Bloomsbury herumgestöbert und war in dieses spezielle Geschäft gelockt worden, weil es behauptete, »die größte Krimi-Buchhandlung der Welt« zu sein. Sie ging geradewegs zu den Regalen P–Q, um nachzusehen, was es hier von Meredith Quince gab, und nahm die grauhaarige Frau kaum zur Kenntnis, die hinter einem Tresen saß und las. Ellery Queen … Quince kam normalerweise als Nächstes, doch stattdessen war dort eine Lücke, gefolgt von Dutzenden von Ian-Rankin-Romanen.

»Ich habe nach Meredith Quince gesucht, aber …« Mit einer Geste deutete Isabelle auf das Regal.

Die Dame nickte verständnisvoll. »Die verkauft sich immer sehr schnell. Sie ist mächtig in Mode gekommen, Sie verstehen.«

Isabelle zuckte innerlich zusammen. *In Mode,* also wirklich! Gewiss war eine literarische Pionierin wie Meredith Quince doch über solche oberflächlichen Bezeichnungen erhaben!

»Ach? Das wusste ich nicht.«

»Darf ich fragen, woher Sie kommen?«

»Frankreich.«

»Ach, wirklich? Wie reizend. Ist Quince ins Französische übersetzt worden?«

»Ja, aber vor langer Zeit, in den Fünfzigerjahren. Die Übersetzungen sind sehr altmodisch und voller Fehler.«

»Wie interessant.«

»Jedenfalls vielen Dank.« Isabelle wandte sich zum Gehen.

»Wissen Sie«, meinte die Dame, »die Quince Society würde bestimmt gern etwas über diese französischen Übersetzungen erfahren. Vielleicht geben sie sogar neue in Auftrag.«

Verwirrt starrte Isabelle sie an. *»Die Quince Society?«*

»Kennen Sie die denn nicht? Oh, Sie müssen unbedingt beitreten. Ich bin auch Mitglied, ich kann das in die Wege leiten.«

Wie Fern, die Dame aus der Buchhandlung, Isabelle erläuterte, war die Quince Society vor ungefähr dreißig Jahren von einer kleinen Schar begeisterter Anhänger gegründet worden und seither stetig angewachsen – zu einer etwas größeren Schar etwas älterer begeisterter Anhänger. Die Mitglieder trafen einmal im Monat zum Abendessen und zu Lesungen in einem Haus in Hampstead zusammen. Manchmal unternahmen sie auch Pilgerfahrten zu Schauplätzen der Romane. Leider hatte Isabelle das letzte Treffen am Freitag *gerade* verpasst, aber Fern würde sie mit Freuden zur nächsten Zusammenkunft mitnehmen.

»Ich setze Sie auf die Liste«, verkündete Fern und gab Isabelle die Adresse des Hauptquartiers in Hampstead. »Kommen Sie einfach hin. Wir legen sehr wenig Wert auf Förmlichkeiten.«

»Haben Sie vielen Dank.«

»Also, erzählen Sie doch mal, welches ist Ihr Lieblingsroman?«, wollte Fern wissen und drückte die Hände an den Busen. Sie trug ein langes, braunes Schlabberkleid und eine Halskette aus dicken orangeroten und silbernen Perlen. Ihr Haar war ein Helm aus blassgrauen Flusen. Insgeheim dachte Isabelle, dass die meisten Frauen, die sie in der Schule in Englisch unterrichtet hatten, ein bisschen so ausgesehen hatten.

Sie wollte schon antworten, dass sie eigentlich für Detektivgeschichten als solche nicht besonders viel übrighabe, aber Fern unterbrach sie. »Nein, nein, sagen Sie es mir nicht! Heben Sie sich das für das Treffen auf.«

Als Isabelle mit der Bahn nach Hause fuhr, drehte sie Ferns Visitenkarte zwischen den Fingern und schaute nachdenklich zum Fenster hinaus. Die Quince Society hatte keinerlei akademische Legitimation. Wie konnte ein Treffen mit ganz gewöhnlichen Krimi-Fans für ihre Arbeit irgendwie von Nutzen sein?

Als sie ins Haus trat, hörte sie Musik aus Chrissies Zimmer dringen. Jules war nicht da; am Montag hatte sie ihre neue Stelle in dem Fetisch-Laden angetreten. Beim Frühstück hatte sie sich die Brille auf der Nase hochgeschoben und gemeint, die Kunden wären ja vielleicht Perverse, aber sie wären bemerkenswert höfliche Perverse. Sie würden »bitte« und »danke« sagen und einen mit »Madam« anreden. Der Laden hieße nicht umsonst *House of Discipline,* hatte sie in ihrer knochentrockenen Art abschließend bemerkt.

In ihrem Zimmer schlüpfte Isabelle in ihren schwarzen Badeanzug, zog eine weiße Hemdbluse darüber und fuhr in ein Paar Sandalen. Das Wetter war schön, und sie wollte sich in den Garten setzen und ihre Bibliotheksnotizen überarbeiten. Sie holte sich ein Glas eiskalten Orangensaft und ein Kissen aus der Küche und ging zu der Holzbank hinüber, die im Schatten der Magnolie stand. Dort machte sie es sich bequem, seufzte zufrieden und wandte sich ihren Notizen zu. Das hier, erinnerte sie sich, war genau das, was sie sich vorgestellt hatte, nachdem sie Daisys erste E-Mail bekommen hatte: sie selbst bei der Arbeit, allein, vollkommen konzentriert. Keine Ablenkungen, keine Stör–

»HILFE! HILFE! HIIIILLLFEEEE!«

Isabelle erschrak furchtbar. Chrissie stand in der Küchentür, die Hände ins Haar gekrallt. Sie rannte zu ihm hinüber.

»Was ist passiert? Was ist denn?«

Wimmernd sank Chrissie ihr in die Arme. »Oh, Isabelle, was soll ich nur *tun?*«

»Wie meinst du das?«, fragte Isabelle ängstlich.

»Es ist eine *Katastrophe!* Mein Leben ist *zu Ende!*«

Isabelle trat einen Schritt zurück und musterte ihren Mitbewohner eingehend. Nirgends Blut, keine blauen Flecken. Seine Hände, bemerkte sie, waren voller Klebstoff und Pailletten. Chrissie sank auf die Türschwelle, wiegte sich vor und zurück und fuhr sich mit den Fingern durchs Haar – in dem er auf diese Weise reichlich Kleber verteilte. Isabelle öffnete bereits den Mund, um ihn darauf aufmerksam zu machen, überlegte es sich dann jedoch anders. Es war nicht nötig, noch mehr zu seinen Sorgen beizutragen. Sie setzte sich neben ihn.

»Chrissie, bitte hör auf zu jammern«, sagte sie ungerührt, »und erzähl mir, was los ist.«

»Es ist … Savage«, offenbarte er mit gebrochener Stimme.

»Was ist *savage?*«

Mit Augen voller Tränen sah Chrissie Isabelle an. »Nein, Darling, das ist ein *Mensch*«, erklärte er geduldig, als spreche er mit einem Einfaltspinsel. »Savage ist eine *geniale* Designerin. Daisy hat die PR für sie gemacht, und ich kreiere die Hüte für ihre Schau im September. Was für mich eine *Wahnsinnschance* ist. Aber *oooooh*«, wimmerte er von Neuem los, »sie wird mich *umbringen.*«

»Komm schon«, sagte Isabelle und half ihm auf. »Zeig mir, was das Problem ist. So schlimm kann es doch nicht sein.«

Als sie Chrissies Zimmer betraten, stellte Isabelle befriedigt fest, dass ihr der schrille Farbenmix fast nichts mehr ausmachte. Bei ihrem ersten Besuch hier, kurz nachdem sie eingezogen war, hatte sie lediglich eine Masse wirbelnder Farben wahrgenommen, die auf sie einstürmten. Sie erinnerte sich, dass sie zwei Fernseher gesehen hatte, einen viereckigen orangefarbenen und einen runden weißen (später stellte sich heraus, dass Chrissie sich oft gern zwei Sendungen parallel ansah), eine Reihe Lavalampen auf dem Kaminsims und in der Ecke ein großes, mit weißem Kunstfell bedecktes Bett, über dem ein grellbuntes Porträt von Chrissie hing, das (von einem Freund, und nicht besonders gut) im Stil von Andy Warhols Marilyn-Serie gemalt war.

Mittlerweile war sie aber durchaus imstande, in diesem Zimmer zu stehen, ohne zu hyperventilieren, selbst wenn Chrissies riesige elektrische Disco-Kugel sich mit Höchstgeschwindigkeit drehte, so wie heute.

Sie betraten das sonnenhelle Studio. Auf Chrissies Arbeitstisch, der sich über die ganze Länge des Raumes erstreckte, reihten sich Gläser voller bunter Perlen, Pailletten und Federn aneinander. Vor ihnen lag ein schmaler Filzstreifen, bestickt mit einer einzigen Perle, die ziemlich verloren wirkte – ein Werk im Entstehen, das nicht gerade vielversprechend aussah. Der unglückliche Hutmacher sank auf ein orangefarbenes Aufblas-Sofa. Vorsichtig nahm Isabelle neben ihm Platz. Frühere Erfahrungen hatten gezeigt, dass ein zu abruptes Hinsetzen den anderen durchaus von seinem Sitz katapultieren konnte. Nach einigem Nachfragen erfasste Isabelle Chrissies Lage allmählich. Er hatte schon früher den einen oder anderen Hut für Savage gefertigt, normalerweise irgendein kompliziertes Knalleffekt-Stück für den letzten Auftritt, und er hatte sich bereit erklärt, auf derselben Geschäftsbasis an dieser Kollektion zu arbeiten. Jetzt jedoch hatte Savage plötzlich verfügt, dass sie nicht einen, sondern acht Hüte für jeden der zehn Looks haben wollte, die sie plante.

»Wieso denn acht?«

»Das wissen wir noch nicht. Das hat alles irgendwas mit einem revolutionären Modekonzept zu tun, das sie sich ausgedacht hat, und sie will uns nicht sagen, was es ist.«

»Das sind also achtzig Hüte. Und wann ist die Modenschau?«

»Mitte September«, winselte Chrissie.

»Jetzt ist doch erst Ende Juni«, wandte Isabelle resolut ein.

»Ja, aber Savage, will, dass ich ihr *sämtliche* Hüte in vier Wochen liefere. *Je-den Ein-zel-nen!*«

»Warum denn das?«

»Sie schließt sich während der letzten paar Wochen gern ein, geht ihre Kollektion noch einmal durch und verpasst allem den letzten Schliff. Das gehört zu ihrem *Prozedere.*«

»Ich verstehe.«

»Und für jeden Hut, den ich kreiere, brauche ich bis zu drei oder vier Wochen, um ihn *genau richtig* hinzukriegen. Das ist *mein* Prozedere.«

»Ja, du hast ein Problem«, gab Isabelle zu. Sie überlegte einen Moment. »Also, sie kann nicht einfach auf diese Weise die Geschäftsbedingungen ändern. Das ist doch nicht fair. Was steht denn in deinem Vertrag?«

»*Dar-ling*«, erwiderte Chrissie geduldig, »ich habe doch keinen *Vertrag.* Ich tue, *was sie sagt.* Ganz einfach. Ich habe ja ein solches Glück, diese Chance zu kriegen. Mit ihr zu arbeiten könnte mich ganz groß rausbringen.«

»Ich verstehe.« Es war, als hätte man einen neurotischen, aber durchaus respektierten Doktorvater.

»Die Sache ist die, sie ist einfach *nicht menschlich!* Als ich das erste Mal mit ihr zusammengearbeitet habe, ist sie eine Woche vor der Schau total ausgerastet und hat beschlossen, dass sie die ganze Kollektion *grauenhaft* findet. Sie hat *alles* vernichtet, unsere ganze Arbeit, und hat neu angefangen, hat die Nächte durchgemacht. Wir hatten alle total *Schiss,* aber sie war dabei eigentlich ganz gut drauf.«

Mitfühlend sah Isabelle Chrissie an. Diese Savage hörte sich wirklich nach einem schwierigen Fall an.

»Vielleicht … könntest du ein paar Leute anstellen, die dir helfen?«

»Das kann ich mir nicht leisten. Das Einzige, was ich an Geld für das Ganze kriege, sind die Materialkosten. Mehr *gibt's* nicht.«

Isabelle war zutiefst schockiert. »Du meinst, du wirst nicht für die Arbeit bezahlt, die du machst?«

»*Neiiin!* Savage zahlt *niemandem* was. Sie ist selbst pleite, und außerdem hat sie das nicht nötig. Sie ist die *heißeste* Designerin der ganzen Szene, verstehst du?«

Es war unglaublich, dachte Isabelle, dass irgendeiner verrückten Modeschrulle solcher Respekt und solche Hingabe entgegengebracht wurden. Schließlich war sie ja wohl kaum Mozart oder Michelangelo. Jäh hörte Chrissie auf, vor- und zurückzuschwanken und seinen Kopf mit beiden Händen zu umklammern. Er atmete tief ein und ergriff mit von vereinzelten Pailletten gezierten Fingern Isabelles Hand.

»Isabelle, tust du mir einen *Riesen*gefallen?«

»Ja, natürlich«, antwortete Isabelle automatisch. Vielleicht wollte er ja einen Humpen voll beigefarbenem Tee oder einen Keks.

»Kannst du mir bitte, *bitte* hierbei helfen?«

»Dir helfen … die Hüte zu machen?«

»Ja! Du bist doch Französin, nicht wahr? Bestimmt hast du doch *jede Menge* Talent. *Ja,* ich sehe es vor mir!« Er drückte ihren Arm; seine Stimmung besserte sich sichtlich. »Oh, das wird ja solchen *Spaß* machen! Bitte sag ja!«

»Als ich das letzte Mal etwas gebastelt habe, war ich sechs Jahre alt«, erwiderte Isabelle behutsam. »Wir haben Blumen aus Filz ausgeschnitten und sie auf Stofftaschen geklebt. Als Geschenk zum Muttertag. Meine hat ein bisschen seltsam ausgesehen.«

»Das ist *perfekt!* Du kennst dich schon mit den Grundlagen aus!«

Isabelle schwankte heftig zur Seite, als Chrissie von seinem Sitz emporfederte; er hatte wieder ganz zu seinem üblichen sonnigen Selbst zurückgefunden. »Fangen wir an?«

»Ich glaube nicht …«, setzte Isabelle an, doch Chrissie schob sie bereits auf die Gläser mit den Federn zu.

Sehr viel später klopfte es an der Tür. Es war Jules, die von einer Probe mit The Coven kam. Da es nicht ihrer Natur entsprach, Verblüffung an den Tag zu legen, stand sie lediglich da, schaute schweigend ins Zimmer und ließ den unerwarteten Anblick von Chrissie und Isabelle auf sich wirken, die mit dem Rücken zur Tür Seite an Seite am Arbeitstisch saßen und so vertieft waren, dass sie sich gar nicht umdrehten. Beide trugen Hüte: Chrissie eine kleine schwarze, mit Pailletten verzierte und kess schief sitzende Katzenohren-Kappe, und Isabelle, die aus irgendeinem Grund einen Badeanzug anhatte, einen hohen, kegelförmigen Hut aus blassblauem Tüll, den rosa Rosenknospen zierten. Eine Wäscheleine war quer durch den Raum gespannt worden und fast in ihrer ganzen Länge mit Entwürfen vollgeklammert. Chrissie, der ein bisschen vor sich hinsummte, suchte gerade Fasanenfedern von unterschiedlicher Länge aus und arrangierte sie zu einem Zierbusch. Isabelle schnitt vorsichtig Formen aus einer goldenen PVC-Platte aus.

»Hallo«, sagte Jules nach ein paar Minuten.

»Oh, hey, Ju-Ju!«, rief Chrissie und wirbelte fröhlich zu ihr herum. Er zeigte auf Isabelles Kopf. »Was hältst du von diesem Schmuckstück hier? Ich nenne es ›Horn der Fülle‹. Ist das Teil nicht einfach *absolut* himmlisch?«

»Es ist Wahnsinn«, bemerkte Jules trocken.

»Ich weiß. Und das hier«, fuhr er fort und lüftete kurz die Katzenohren, »ist ›Auf Trebe.‹ *Trés chic,* wenn ich das mal so sagen darf. Gestatte mir, dir meine neue Assistentin und Produktionsmanagerin Isabelle vorzustellen.«

Beim Klang ihres Namens schien Isabelle aus einer Art Trance aufzufahren. Sie drehte sich zu Jules um und blinzelte. »Ich bleibe nur ein paar Minuten«, beteuerte sie rasch. »Ich habe meine Notizen im ...« Sie schaute durch die Glaswand und schien überrascht zu sein, dass es draußen dunkel war. »*Heu* ... wie spät ist es?«

Jules lächelte fast unmerklich. »Zehn. Ich nehme nicht an, dass ihr schon zu Abend gegessen habt?«

Während sie alle in der Küche den von Jules zubereiteten Käsetoast aßen, machte Isabelle sich mit großen Enthusiasmus daran, einen detaillierten Arbeitsplan für die Kollektion zu erstellen. Ihre Vorliebe fürs Organisieren hatte sich bemerkbar gemacht, sobald ihr klar geworden war, wie misslich Chrissies Lage war. Sie hatte ihn überredet, methodisch vorzugehen (für ihn ein revolutionäres Konzept) und mit den schwierigsten Stücken anzufangen; schlichte Feder-Stirnbänder würden als Letztes an die Reihe kommen. Außerdem bestand Isabelle darauf, dass sie auch weiterhin vormittags in die Bibliothek fahren müsse.

»Wir sehen uns also morgen um halb eins, dann können wir mit diesem asymmetrischen Harlekin-Zweispitz anfangen«, schloss sie munter.

Jules machte den Mund weit auf und klappte ihn dann mit einer Hand unter dem Kinn wieder zu – um anzudeuten, dass ihr gerade die Kinnlade in den Schoß gefallen war und wieder an Ort und Stelle gebracht wurde.

»Also, Isabelle«, meinte sie, »ich wage zu behaupten, dass du dir den Chrissie-Virus eingefangen hast. Keine Angst. Irgendwann passiert das uns allen.«

gezogen. Es war, als ginge man mit Frankensteins Kreatur spazieren, dachte Isabelle, und das Ganze war erst recht unvereinbar mit den sorglosen und reichlich kitschigen Popmelodien, die aus einer unsichtbaren Lautsprecheranlage dudelten. Sie und Jules kauften sich Eis mit einem unerwarteten Schokoladenstiel darin und ließen sich neben zwei kichernden alten Damen auf einer Bank nieder. Isabelle atmete den Geruch des Meeres ein.

»Fehlt dir die Bibliothek nicht?«

Isabelle sah Jules an und lächelte. »Nein. Es ist schön, hier zu sein.«

»Ja, am Meer fühlt man sich irgendwie frei.«

»In der Bibliothek fühle ich mich auch frei.«

»Ach ja?«

»Das ist schwer zu erklären.«

»Versuch's mal.«

»Wenn ich im Lesesaal sitze, dann komme ich mir vor … wie ein Passagier in einem sehr großen Raumschiff, das durch die Galaxien reist. Und da ist dieser schwarze Turm voller kostbarer alter Bücher, alle hinter Glas. Das ist so schön. Beim Mittagessen sitze ich am Fuß dieses Turms. Es ist, als wäre ich Teil einer großen Mission – sämtliche Bücher zusammenzutragen, die Summe aller Kultur, und sie zu einem anderen Planeten zu bringen.« Wieder lief Isabelle rosarot an. »Du findest das bestimmt dumm.«

»Ehrlich gesagt finde ich es ziemlich cool. Verstaubte alte Wälzer voller geheimem Wissen. Macht bestimmt Spaß.«

Sie hatten ihr Eis aufgegessen. Die beiden Damen, die allem Anschein nach sehr alte Freundinnen waren, unterhielten sich über einen Tanzabend, bei dem sie beide während des Krieges gewesen waren. Damals hatte die eine einen Jungen namens Ernie kennengelernt, und der war »… einfach hinreißend gewesen«, seufzte sie. Ihre Freundin stupste sie mit ihrer Handtasche in die Rippen.

6
Daisy

Vielleicht hätte Daisy ihren Bewunderer früher bemerkt, wenn sie nicht so sehr in das Schaufenster vertieft gewesen wäre, das sie gestaltete. Sie hatte eine rein weiße Komposition zusammengestellt, um eine wohltuend kühle Modeoase für die Pariser Passanten zu schaffen, die sich durch die *canicule* schleppten, die Hitzewelle. Außerdem würde das hervorstechen, eingerahmt von der schwarzen Ladenfront, an der in gestochener roter Schrift der Name »Organdi & Néoprèn« prangte. Daisy legte letzte Hand an ihr Werk, indem sie aus einem Mehlsack zusammengeknüllte Zeitungsfetzen und Porzellanscherben auf den Boden schüttete – um so ein gequältes, post-apokalyptisches Gefühl zu erzeugen –, dann trat sie einen Schritt zurück, um das Resultat zu bewundern. Das Fenster beherbergte zwei abstrakte Gebilde aus Stahlrohr, die an die weibliche Gestalt gemahnten. Eins davon war mit weiten Hosen mit Mini-Schleppen anstelle von Hosenbeinen sowie einem Top aus ungebleichtem Papier von Savage und einem ganz kurzen Satincape bekleidet, das wunderschön zerfetzt war. Für die andere hatte Daisy einen bodenlangen Reifrock eines bahnbrechenden ungarischen Designers und ein kurzes Jäckchen aus Känguruleder ausgewählt. Beide Schaufensterpuppen trugen identische weiße Perücken, die mit Klebstoff gesteift waren, so dass es aussah, als stünden ihnen die Haare zu Berge.

Also, überlegte Daisy kritisch, war das jetzt alles ein bisschen zu verbreitet, zu langweilig, zu sehr déjà-vu?

»Anouk! *Tu es là?* Komm her und sag mir, wie du es findest!«, rief sie in den Laden.

Anouk, eine kompromisslose Modeexpertin, war die Inspiration, die hinter Organdi & Néoprèn steckte. Sie verkaufte ausschließlich handverlesene Einzelstücke internationaler Designer, je angesagter, desto besser. Daisy war ein großer Fan von ihr, und es war eine Ehre, die Schaufenster des Geschäfts zu gestalten. In ihrem nächsten Blog für *Sparkle* würde es um Anouk gehen.

Es war eine Erleichterung gewesen, eine Pariserin kennenzulernen, die Mode ernst nahm. Agathe und ihre eleganten Freundinnen zeigten keinerlei Interesse an irgendwelchen Trends. Manchmal hatte Daisy sogar das Gefühl, dass sie das alles irgendwie *komisch* fanden.

»*J'arrive!*« Anouk stieg ins Schaufenster und trat neben Daisy. Sie war winzig, ohne erkennbares Alter (Daisy hätte auf irgendetwas über fünfzig getippt), und – das wusste Daisy, weil sie sie oft bei den Schauen in London gesehen hatte, wo sie für ihre Kollektionen einkaufte – Anouk trug immer denselben Look: ein schwarzes Kittelkleid über schmalen schwarzen Hosen, Ballerinaslipper, das kurze, orangerote Haar sorgfältig mit der Brennschere gewellt und die Lippen zu einem dunkelroten Amorbogen nachgezogen. Mit einem Blick erfasste sie Daisys Werk und klatschte entzückt in die Hände. »*J'adore! C'est simple, élégant … Merci, ma petite Daisy.*« Anouk drehte sich um, schaute auf die Straße hinaus und tippte Daisy auf die Schulter. »Aber ich glaube, du hast Besuch.«

Daisy sah sich um: Es war Octave, mit einem Motorradhelm unter dem Arm. Ausnahmsweise war er allein. Er und Daisy waren sich auf Partys begegnet, doch er wurde stets von Bertrand und Stanislas begleitet. Er nahm die Zigarette aus dem Mundwinkel und verbeugte sich tief. Daisy kicherte und winkte ein wenig, dann kletterte sie in den Laden zurück und ging hinaus, um Hallo zu sagen.

»Hi, Octave, wie geht's?«

»*Salut,* Daisy. Ich traue meinen Augen nicht. Was sind denn das für unglaubliche Dinger?«

»Fantastische Klamotten von fantastischen Designern.« Daisy seufzte selig und warf über die Schulter einen Blick auf ihr Werk.

»Aber ...« Hilflos deutete Octave auf den Reifrock. »Wer würde denn so was anziehen? Und warum?«

Beklommen sah Daisy ihn an. »Ach? Du meinst, als Look funktioniert das nicht?«

»›Als Look?‹ Oh mein Gott!« Octave brach in schallendes Gelächter aus. »Es ist ... sehr originell«, schloss er diplomatisch, bevor er das Thema wechselte. Hatte Daisy kurz Zeit für einen Kaffee? Sie hatte. Rasch ging sie in den Laden zurück, um sich von Anouk zu verabschieden, die *»trés mignon«* flüsterte und verschwörerisch den Daumen emporreckte.

Als sie auf der Terrasse eines kleinen Cafés in der Rue Montorgueil im Schatten saßen, nahm Daisy Octave genau in Augenschein und beschloss, dass er, obwohl er wirklich attraktiv war – schlank, mit breiten Schultern, sehr weißen Zähnen und glatter, leicht gebräunter Haut –, ihr definitiv *viel* zu glatt war. Sein Haar zum Beispiel – eine gepflegte braune Außenwelle, die laut und deutlich »Muttersöhnchen« schrie! Und was er anhatte – ein richtig langweiliges blau-weiß gestreiftes Hemd, dunkelblaue Levi's 501 und schwarze Halbschuhe (kein Helmut Lang weit und breit) –, also damit würde Daisy gar nicht erst anfangen, nahm sie sich fest vor.

Nichtsdestotrotz verfügte Octave über jede Menge gallische Nonchalance. Lässig auf seinem Stuhl zurückgelehnt, redete er gerade über seinen tollen Job als leitender Irgendwas im Fernsehen.

»Octave«, warf Daisy ein, als er innehielt, um an seinem *express* zu nippen, »kann ich dich etwas fragen? Weißt du noch? Auf der Party, auf der wir uns zuletzt gesehen haben?«

Octave kniff die Augen zusammen; offenbar scannte er Myriaden von Erinnerungen an unlängst gefeierte Partys. »*Heu, voyons…* du hattest ein sehr kurzes Kleid an, glaube ich.«

»Ja«, bestätigte Daisy und errötete. »Octave, warum habt ihr euch da in dem Kleiderschrank versteckt?«

»Habe ich das getan?«

»Ja, weißt du nicht mehr? Ich habe dich, Bertrand und Stanislas in Marie-Laures Schlafzimmer aus dem Kleiderschrank kommen sehen. Ihr hattet jeder eine Flasche Champagner dabei. Ich habe gewinkt, aber ihr seid glatt an mir vorbeigelaufen; ihr hattet es anscheinend sehr eilig.«

»Du hast recht, wir hatten es eilig. Wir wollten nicht unhöflich zu dir sein.«

Daisy zog die Brauen hoch. »Also? Erklär's mir.«

Ganz kurz sah Octave peinlich berührt aus. Dann zog er lange und bedächtig an seiner Zigarette, blies den Rauch aus und sah Daisy unverwandt an. Er beugte sich vor und ergriff ihre Hand. »Hör mir zu, Daisy, das ist wichtig. Kann ich dir vertrauen? Ich meine, hundertprozentig?«

»Äh, ja, natürlich.« Das wurde ja alles ziemlich aufregend.

»Schön.« Resolut drückte Octave seine Zigarette aus. »Hast du schon mal von der *Confrèrie des Pique-Assiettes* gehört?«

Ein *assiette* war ein Teller, das wusste Daisy. Und dann irgendetwas von einem Piekser. Was das erste Wort betraf, hatte sie nicht die leiseste Ahnung. »Was ist das? Ein Restaurant?« Das klang wahrscheinlich. Schließlich gab es doch ein Restaurant in Paris, das so viel wie »Rind auf dem Dach« hieß, oder so.

»Na ja, in gewisser Weise schon, jedenfalls manchmal« erwiderte Octave lächelnd. »In Wirklichkeit ist es eine Gruppe von Leuten.«

»Ach? Wer denn?« Daisy ertappte sich dabei, dass sie flüsterte. Octave tat so verdammt geheimnisvoll. »Gehörst du auch dazu?«

Er nickte und drückte ihre Hand. Es fühlte sich recht schön an. Auch wenn er nicht ihr Typ war.

»Wer noch?« Vor Daisys innerem Auge erschien ein Bild von Octave bei all den Partys, auf denen sie ihm begegnet war. Das war es; er war nie ohne seine beiden Freunde unterwegs. »Bertrand und Stanislas?«

Wieder ein Nicken, und ein noch längerer Händedruck.

»Und was heißt dieses Irgendwas pieks-assiette?«

»*Confrèrie* – heißt Bruderschaft. Und ein *pique-assiette* ist … ein ungeladener Gast, so etwas wie ein blinder Passagier. Eigentlich so eine Art Geheimagent.« Octave lächelte selbstzufrieden. »Es ist extrem cool, ein *pique-assiette* zu sein.«

»Und was genau macht ihr?«

»Wir tauchen auf Partys auf, zu denen wir genau genommen gar nicht eingeladen worden sind.«

»Oh, ich verstehe«, sagte Daisy steif und zog ihre Hand weg. »Ein *pique-assiette* ist das, was wir einen Schnorrer nennen. Davon gibt es in London während der Fashion Week jede Menge.«

»*Ein Schnorrer?*«

»Mm, ja. Oder ein Schmarotzer. Du und deine Freunde, ihr seid die Schmarotzerbruderschaft.«

»Das klingt aber nicht sehr schmeichelhaft«, bemerkte Octave abwehrend, ehe er zu einer langen Lobeshymne auf die Lebensweise der *pique-assiettes* ausholte. Der wahre *pique-assiette* interessierte sich nicht für Essen und Trinken. Jedenfalls im Allgemeinen nicht, fügte er hinzu, als ihm wieder einfiel, dass Daisy Zeugin seines noch nicht lange zurückliegenden Kavaliersdeliktes mit dem Champagner geworden war. Nein, die *pique-assiettes* waren in Wirklichkeit Helden, Abenteurer, die Amateur-Aristokratie der Nacht!

»Also, diese Party in Auteuil, das war ein ziemlicher Coup für uns. Privatpartys in einem schönen *hôtel particulier* bringen viel mehr Punkte.«

»*Punkte?*«

»Ja, wir haben ein Punktesystem. So macht es mehr Spaß. So eine Party ist eine Menge wert, weil man eigentlich einen *carton* braucht, eine richtige Einladung, um reinzukommen.«

»Und wie habt ihr euch die besorgt?«

»Gar nicht.«

Daisy starrte Octave an. Sie erinnerte sich ganz deutlich, dass sie und Agathe an der Tür gebeten worden waren, ihren *carton* vorzuzeigen, ehe man sie hineinließ. Obwohl die Party von Agathes Cousine Marie-Laure veranstaltet worden war.

»Moment mal. Ich kann das mit dem Schnorren ja verstehen, wenn es um irgendwelche Veranstaltungen geht und so, aber sind das nicht deine Freunde?«

Octave wischte diesen Einwand mit einer Handbewegung beiseite. »Das ist doch nicht wichtig. Es hat da ein kleines Missverständnis gegeben, und jetzt ist Marie-Laure eingeschnappt, das ist alles. Alles total albern.«

»Aber der Champagner, den ihr geklaut habt – hat sie das denn nicht gestört?«

»Ach, das würde ich nicht als Klauen bezeichnen. Den hat doch keiner vermisst.« Er räusperte sich. »Verstehst du, manchmal gönnen wir uns eben eine kleine Trophäe.«

»Wie seid ihr reingekommen?«

»Hinten an der Regenrinne hochgeklettert und dann durch ein Fenster.«

»Das ist nicht dein Ernst.«

»Doch, absolut. Ehrlich gesagt ...« Einen Augenblick lang sah er Daisy an, dann schüttelte er den Kopf. »Nein, vergiss es.«

»Was denn? Was?«

Jetzt rückte Octave um den Tisch herum, so dass er direkt neben ihr saß; sein Gesicht war ihr sehr nahe. Er hatte Grübchen. Außerdem roch er sehr, sehr gut. Typisch aalglatter Franzose. Überhaupt nicht ihre Kragenweite.

»Hättest du Lust, heute Abend mitzukommen? Ist nur eine Vernissage in einer Kunstgalerie, aber es dürfte interessant werden. Und danach gibt's eine Eröffnung von so einem Restaurant-Club-Lounge-Dingsda, *très hype.*«

»*Très hype,* sagst du?«

»Ja«, flüsterte Octave und beugte sich noch ein wenig weiter zu ihr vor. Lächelnd hielt Daisy seinem Blick stand, dann wich sie sehr langsam vor ihm zurück. Allmählich machte ihr das Ganze Spaß. Also, würde sie heute Abend mitkommen? Ja, sie würde.

Aus irgendeinem Grund brauchte Daisy noch länger als sonst zum Anziehen. Das hatte *eindeutig* überhaupt nichts mit Octave zu tun. Es war immer schwerer, etwas Passendes zu finden, wenn es heiß war. Glücklicherweise würde sie sich bei der Mission des heutigen Abends nicht irgendwo abseilen oder durch irgendwelche Büsche kriechen müssen, daher konnte Daisy etwas Knappes tragen, *eindeutig* die praktischste Option. Dieses kurze Punk-Teilchen – ein rotes Spaghettiträger-Kleid, verziert mit Dutzenden von Reißverschlüssen – wäre bestens geeignet. Sie kombinierte es mit Sportschuhen aus rotem Lackleder und band sich das Haar zu einem hoch sitzenden Pferdeschwanz, um es so kühl wie möglich zu haben.

Als sie auf dem Weg nach draußen an dem Spiegel in der Diele vorbeikam, sah sie, dass sich wie üblich ein paar Locken aus dem

Gummiband gelöst hatten. Agathes Haar dagegen war stets diszipliniert und makellos. Wie machte sie das nur?

Octave, der in schmalen schwarzen Hosen und dunkelblauem Hemd ziemlich gut aussah, wartete unten auf sie, an seinen schwarzen Motorroller gelehnt. Als er ihr für den Begrüßungskuss die Hand ins Kreuz legte, wurden Daisy ein wenig die Knie weich.

»Dein Kleid gefällt mir«, meinte er. »All diese Reißverschlüsse. Wirklich vielversprechend.«

Dann deutete er mit fragendem Blick auf die Herzbrosche. Daisy erklärte.

»Ja, es ist Kitsch«, erwiderte er mit einem Lächeln. »Aber das spielt keine Rolle, weil du Cristalle trägst.«

Daisy war beeindruckt. Ein Hetero, der ihr Lieblingsparfum von Chanel erkannte. Galant bestand Octave darauf, Daisy eigenhändig ihren Helm aufzusetzen. Sie stieg hinter ihm auf, fasste ihn fest um die Taille, und sie sausten los, in Richtung Saint-Germain-des-Prés, wo sie sich in einem Café gegenüber ihres ersten Anlaufpunktes mit den beiden anderen *pique-assiettes* treffen wollten.

Stanislas und Bertrand begrüßten Daisy mit großem Trara, allerdings nicht ohne die übliche angedeutete Ironie.

Während Daisy eine erfrischende *citron pressé* trank, erläuterte Stanislas ihren Angriffsplan: »Als Erstes muss man sich in einem Fall wie diesem – wenn man keine Einladung hat – einen Beobachtungsposten suchen und den Eingang im Auge behalten.«

Daisy schaute über die Straße. Ein stämmiger Mann in Schwarz stand an der Tür der Galerie. Deren schneeweißes Inneres war bis auf ein paar schwarz gekleidete junge Frauen, die mit ihren Handys telefonierten, noch leer.

»*Les attachées de presse* – die PR-Mädchen.« Mit einem Kopfnicken deutete Bertrand in ihre Richtung.

»Gut, dass die normalerweise nie sehr lange in ihren Jobs bleiben«, warf Stanislas ein. »Sonst würden sie uns bald wiedererkennen.«

»Und gut, dass PR-Weiber nicht allzu schlau sind«, fügte Bertrand hinzu. Octave versetzte ihm unter dem Tisch einen kräftigen Tritt. »Außer dir natürlich, Daisy«, beteuerte Bertrand hastig. Er sah so betreten aus, dass Daisy lachen musste.

»Wisst ihr, ihr solltet uns wirklich nicht unterschätzen«, meinte sie verschmitzt und warf Octave einen Seitenblick zu. Er lächelte zurück. »Wenn ich in London bei einer Modenschau an der Tür stehe«, fuhr sie fort und musterte sie alle streng, »dann bin ich sehr höflich, aber auch völlig erbarmungslos. Ich merke es *immer,* wenn jemand versucht, sich reinzumogeln. Das funktioniert bei mir *nie.«* Daisy erwähnte lieber nichts davon, dass sie ihre Freunde sehr wohl hineinließ; stattdessen fragte sie: »Wie kommt ihr darauf, dass die Mädels da nicht genauso harte Nüsse sind?«

Stanislas sah kurz beklommen aus, dann riss er sich zusammen: »Selbstverständlich muss man die richtigen Methoden anwenden. Zuerst muss man beobachten und entscheiden, wie man am besten vorgehen soll.«

Octave rückte ein bisschen dichter an Daisy heran und legte den Arm auf ihre Stuhllehne. Ihr Herz führte in ihrer Brust einen kleinen Tanz auf.

»Also, zum Beispiel«, erklärte Octave, »zeigen die Leute ihre Einladung vor, oder gibt es dort nur eine Gästeliste? Wollen die einen Ausweis sehen? All so was?«

»Manchmal«, schilderte Bertrand aufgeregt, »marschieren die Leute einfach so rein. Es ist absolut toll.«

»Man lässt sich also Zeit«, fuhr Stanislas fort. »Man bleibt ganz cool. Man überlegt sich alles genau.«

Allmählich wurde Daisy klar, wer in diesem Rudel der Welpe war und wer der Leitwolf. Aber was war mit Octave? Was war er?

»Ehrlich gesagt, ich glaube, heute Abend haben wir Glück«, bemerkte Octave nonchalant. »Schaut mal.«

Daisy blickte zu der Galerie hinüber, wo allmählich die Gäste eintrafen. Davon, dass Einladungen vorgezeigt oder Namen auf einer Liste abgehakt wurden, war nichts zu sehen.

»Hervorragend.« Stanislas rückte seine Krawatte zurecht. »Teilen wir uns auf. Am besten, ich gehe mit Daisy zuerst rein, und wenn alles gut geht, kommt ihr nach.«

»Das glaube ich kaum, *mon vieux*«, entgegnete Octave süffisant. »Daisy ist *mein* Gast. Es war meine Idee, sie einzuladen, und sie hat uns eindeutig Glück gebracht. *Venez, ma chère.*« Er stand auf und bot Daisy den Arm.

Als sie auf den Eingang zuhielten, flüsterte Octave: »Überlass das Reden mir. Komm einfach mit.«

»Okay. Ich kann's kaum erwarten, dich in Aktion zu erleben.«

»*Bonsoir*«, sagte Octave zu dem Mann an der Tür. »*Je suis François Polisson, journaliste à* Zurban. *Nous venons pour le vernissage.*«

Insgeheim dachte Daisy, dass sie dem Türsteher bestimmt unfreiwillig Signale sandte (ALARMSTUFE ROT, ALARMSTUFE ROT: WIR SIND DIE ABSOLUTEN MEGA-SCHNORRER). Vielleicht hätte sie ihre Brosche nicht tragen sollen: Etwas Blitzendes, Rotes musste ja irgendeine unterschwellige Botschaft senden. Doch der Mann winkte sie durch, ohne sie auch nur forschend zu betrachten.

Im Innern der Galerie stießen sie mit ihren Champagnerflöten an und taten so, als interessierten sie sich für die Kunst. »Also«, fragte Daisy, »François Polisson? Wer ist das?«

»Manchmal ich ... Es ist einfach nur ein Name, den man sich leicht merken kann. *Zurban* ist eine große Zeitung, da arbeiten jede Menge Leute.«

Später hatte Daisy Gelegenheit, die ruhige Effizienz zu bewundern, mit der Bertrand und Stanislas den Großteil der Canapés vertilgten. Nur mit Mühe gelang es Octave, ein paar für sie zu retten.

Nachdem sie sich gestärkt hatten, gingen Bertrand und Stanislas getrennte Wege und machten sich daran, die anwesenden Mädchen zu begutachten, wobei sie die Kunst vollkommen ignorierten.

»Die beiden tun mir irgendwie leid«, meinte Octave, während er die Hand nach einem vorüberschwebenden Tablett ausstreckte und zwei weitere Champagnerflöten angelte. »Anscheinend kommen sie nur so mal aus dem Haus und lernen Mädchen kennen.«

»Ich weiß nicht recht ... ihr scheint doch eine ganze Menge Mädchen zu kennen!«

»Agathe, Isabelle *et compagnie?* Ah, ja, aber das sind *unsere* Mädchen. Ehrlich gesagt sind die meisten von denen mit mindestens einem von uns verwandt. Es ist schön, ab und zu mal aus seinem Milieu herauszukommen. Man lernt ein paar spannende Menschen kennen.«

Sie lächelten einander an, während Daisy darüber nachdachte, dass sie zum Beispiel immer nur mit Stylisten, Fotografen und Modeschauproduzenten unterwegs gewesen war. Diese ganze Modenummer wurde nach einer Weile ein bisschen ermüdend, und es war eine willkommene Abwechslung, mit einem süßen Franzosen zu flirten, der mit Mode überhaupt nichts am Hut hatte. Nicht dass sie geflirtet hätte, natürlich.

Sich Zutritt zu dem »Restaurant-Club-Lounge-Dingsda, *très hype«* zu verschaffen, erwies sich dank Daisys Improvisationstalent als nicht viel schwieriger. Der Laden – schlicht »Le Trend« genannt – befand sich in einer kleinen Straße unweit der Champs-Elysées. Genau wie vorhin standen Daisy und die *Pique-assiettes* ein Stück entfernt, um die Lage zu peilen.

Nachdem er gesehen hatte, wie etliche Leute das Lokal betraten, war Stanislas pessimistisch.

»*Merde alors.* Die hatten alle so einen besonderen Pass. Den haben die PR-Leute ihnen bestimmt zugeschickt. Davon hat mein Kontaktmann nichts gesagt.«

»*Attendez-moi.*« Unvermittelt löste Daisy sich von ihren Freunden. Die *Pique-assiettes* sahen zu, wie sie auf eine Gruppe junger Frauen zuging, die ein Stück weiter unten am Straßenrand stand und offensichtlich nach Taxis Ausschau hielt. Daisy sprach kurz mit ihnen. Die Mädchen wühlten in ihren Taschen und fischten ... vier Eintrittspässe für Le Trend heraus.

Mit vom Triumph leicht geröteten Wangen kehrte Daisy zu den anderen zurück. »Die waren echt nett. Sie waren früh hier, und sie wollen noch woanders hin.«

»Es ist mir eine Freude, eine neue Schwester ehrenhalber in der Bruderschaft willkommen zu heißen«, verkündete Stanislas lächelnd.

Die Eröffnung erwies sich als wahrhaft gelungene Veranstaltung, und nachdem sie einmal drin waren, verbrachten Daisy und die *Pique-assiettes* viele glückliche Stunden mit Tanzen – allmählich wurde Daisy klar, wie sehr die Franzosen auf Disco standen –, bevor sie in den frühen Morgenstunden aus dem höhlenartigen Keller von Le Trend auftauchten. Der Himmel war blau; es würde wieder ein schöner Tag werden. Daisy hielt sich an Octave fest und ließ den Kopf auf seiner Schulter ruhen, als sie auf seinem Motorroller gemächlich nach Hause gondelten. Vor ihnen hoben Bertrand und Stanislas zum Abschied eine Hand, als sie auf ihren eigenen Rollern in Richtung der Wohnung abbogen, die sich die drei *Pique-assiettes* teilten, nicht weit vom Boulevard Malesherbes.

Als Octave Daisy zur Haustür brachte, überlegte sie, ob sie ihn zum Frühstück einladen sollte. Warum zum Teufel eigentlich nicht? Noch während sie sich zu einer Entscheidung durchrang, wand Octave eine verirrte Strähne ihres Haares um seinen Finger und zog sie sachte über ihre Oberlippe.

»Das würde dir gut stehen, glaube ich, ein *moustache«*, verkündete er ernst.

»Oh ja, auf jeden Fall«, gab Daisy zurück. »Die Leute sagen immer, ich soll mir einen wachsen lassen.«

Jetzt! Jetzt würde er sie küssen!

Sanft strich Octave die Haarsträhne wieder an ihren Platz. »Also … hat es dir Spaß gemacht, mit uns auszugehen?«

»Es war toll.«

»Alors, à bientôt.«

»À bientôt.«

Das war's. Keine Knutscherei. Nur diese verdammte Luftkuss-Nummer. Natürlich war es viel besser so, sagte Daisy sich, während sie schmollend die Treppe hinaufstieg. Octave war einfach nicht ihr Typ. *Merde alors.*

7
Isabelle

Englische Pubs, beschloss Isabelle, mussten etwas für Kenner sein. Wo *waren* jene behaglichen Etablissements, über die sie in *Marie-Claire Maison* gelesen hatte, mit Kaminfeuer, Balkendecke und köstlichem Essen? Allem Anschein nach höchstwahrscheinlich nicht in Camden. Abgesehen von einem sehr alten Mann, der am anderen Ende der Bar über seinem Bier schnarchte, waren Chrissie und sie bisher die einzigen Gäste im Dungeon.

Der große und sehr kalte Raum, in dem sie saßen, war ganz und gar schwarz gestrichen. Eine Tafel warb für die Auswahl an hausgemachten Sandwiches des Dungeon, die einem angeblich das Blut in den Adern gefrieren ließen, sowie für das »Grim Reaper's Drei-Gänge-Menü«, doch um diese Uhrzeit war die Küche (sehr zu Isabelles empörten Erstaunen) geschlossen. In ihrer Verzweiflung hielt sie sich an Chrissies Chips mit Krabbencocktail-Geschmack, ein seltsames, fremdartiges Nahrungsmittel. In Sachen Gastronomie war das Ganze ein ziemlicher Tiefpunkt.

Jules' Band The Coven sollte heute Abend im Dungeon spielen; im Moment waren sie gerade »backstage« (in der Kammer, wo die Besen und anderen Putzgeräte des Pubs ihr Dasein fristeten) und bereiteten sich auf ihren Auftritt vor.

»Also, ich *muss* sagen, *Darling,* das kommt mir *sehr* gelegen. *Wirklich* sehr gelegen. Ich war einfach ganz *wild* darauf, loszuziehen und einen zu heben«, verkündete Chrissie mitteilsam.

»Ja, wir haben wohl ganz schön hart gearbeitet.« Isabelle zog ein kleines Notizbuch hervor. In ihrer sauberen Handschrift hatte sie sorgsam darüber Buch geführt, welche Hüte fertig waren und welche noch angefertigt werden mussten. Sie lächelte, erfreut über die stetigen Fortschritte, die sie und Chrissie gemacht hatten. »Also, morgen nehmen wir uns die Turbane mit dem Paillettenbesatz vor. Und dann sind wir fertig.«

»K-k-kool and the Gang.«

Isabelle steckte das Notizbuch weg und blickte zur Tür. »Glaubst du, es kommt noch jemand?«

»Oh, keine Angst, Darling. The Coven haben ihr eigenes Gefolge. Ich hab's gesehen. Ist *echt* unheimlich. Schau's dir an.«

Isabelle folgte seinem Blick. Das Publikum des heutigen Abends trudelte allmählich ein. Zuerst fiel es Isabelle schwer, Details auszumachen: Es war wie eine schwarze Flutwelle. Nach einiger Zeit jedoch merkte sie, dass *le style goth* es einem wie alle Uniformen eigentlich leichter machte, die Gesichter der Menschen wahrzunehmen. Und was für Gesichter waren das. Allem Anschein nach gab es wirklich so etwas wie *schwarzen* Lippenstift, und Goths konnten gar nicht genug davon kriegen, besonders, wenn er auf Gesichter aufgetragen war, die so weiß waren, dass sie fast blau wirkten, und vor Piercings nur so starrten. Nach und nach begriff Isabelle, dass Jules' üblicher Aufzug – schwarze Jeans und T-Shirts – tatsächlich eher zurückhaltend war. Andere weibliche Goths schreckten nicht vor geradezu irrwitzigen Kostümierungen zurück: ein Samtcape mit schwarzen Perlenfransen und Kapuze über einem roten Korsettkleid aus Gummi, zum Beispiel, oder ein lila Kleid mit Kimonoärmeln und eine Handtasche in Sargform als Accessoire. Und dann die Frisuren. Manche Leute kräuselten sich das Haar, so dass es vom Kopf abstand. Andere zogen es vor, ihre Locken durch tentakelartige Gummischläuche zu fädeln, nachdem sie sich vorher sicherheitshalber noch die Augenbrauen abrasiert hatten.

Innerhalb von zwanzig Minuten, nachdem die Ersten eingetroffen waren, hatte sich die Atmosphäre im Dungeon vollständig gewandelt. Das Management hatte irgendeine angemessen trauervolle Rockmusik aufgelegt, und in jeder Ecke und jedem Winkel plauderten Goths miteinander. Isabelle fiel auf, dass sie anscheinend alle dasselbe tranken, und überraschenderweise war es kein Bier.

»Absinth, Darling.«

Im Pub war es mittlerweile ziemlich laut geworden.

»Was hast du gesagt? Sie sind was?«

»Nein, das ist der Goth-Drink *du jour*. Da fahren die alle total drauf ab.«

»*Absinthe?*«, stieß Isabelle hervor, als hätte urplötzlich ein Einhorn den Raum betreten. »Aber nein, das ist unmöglich. Das Zeug existiert doch gar nicht mehr. Es ist verboten worden; es ist äußerst gefährlich! In Frankreich haben sich im 19. Jahrhundert viele Dichter und Künstler mit Absinth zugrunde gerichtet. Sie sind blind geworden oder wahnsinnig, oder sie sind gestorben.«

»Wirklich, Darling? Wie *traurig.*« Chrissie hielt inne, um an einem Chip zu knabbern. »Aber andererseits könnte ich mir vorstellen, dass so was das Zeug für unsere kleinen Freunde nur noch *reizvoller* macht.« Er senkte die Stimme. »Die verführerische Umarmung des *Todes!* Wie *ungeheuer* spannend! Obwohl, eigentlich glaube ich ja, dass du recht hast«, fügte er hinzu, belustigt über Isabelles entsetzte Miene. »Das alte Zeug ist *total* illegal. Das hier ist bloß so ein langweiliger Anisfusel.«

Eine Gruppe Coven-Fans hatte sich bereits die Plätze am Fuß der Bühne im Nebenraum gesichert. Nach und nach gingen auch alle anderen hinüber, einschließlich Chrissie und Isabelle. Das Licht wurde abgedunkelt, und Gejohle erhob sich aus der Menge.

Vier Silhouetten kamen hinter einem schwarzen Vorhang hervor. Die Erste stapfte mit völlig reglosem Oberkörper langsam zum linken Bühnenrand: Es war Jules.

»Hach, Isabelle, sieht sie nicht *umwerfend* aus? Ich fühl mich wie ein stolzer Vater.«

Tatsächlich sah Jules, hochgewachsen und schlank, in ihrem bodenlangen Ledermantel und den knöchelhohen Schnürstiefeln im viktorianischen Stil ziemlich spektakulär aus. Ausnahmsweise hatte sie ihre Brille weggelassen, damit man das aufwendige Bühnen-Make-up besser sehen konnte, das Chrissie ihr verpasst hatte – eine opulente Angelegenheit aus Eyeliner und falschen Wimpern, die sie aussehen ließ wie einen Filmstar aus den 20ern. Dann ließ sich eine rothaarige junge Frau in Röhrenhosen aus PVC und Armband-Tattoos hinter dem Schlagzeug nieder.

»Das ist Ivy«, erklärte Chrissie hilfsbereit. »Und da ist Belladonna.«

Ein pummeliges Mädchen mit glattem, rabenschwarzem Haar nahm ihren Platz hinter dem Synthesizer ein.

»Und das ist Legend.«

Die Lead-Gitarristin betrat als Letzte die Bühne; sie trug Stiefel mit so enorm hohen Plateausohlen, dass sie ebenso gut auf Stelzen hätte gehen können, und ihr Haar war sehr hoch am Kopf zu einem Pferdeschwanz zusammengebunden. Das Publikum begann einen rhythmischen Sprechgesang; sie riefen etwas, das Isabelle nicht verstand.

»Das ist der Name des Sängers: Karloff.«

»Er heißt Carlos?«

»Nein, noch besser«, antwortete Chrissie dicht an ihrem Ohr. »*Karloff*, wie Boris. Er ist sozusagen ein *Original*.«

Die Drummerin hob die Schlagstöcke und ließ sie dann mit ohrenbetäubendem Dröhnen niedersausen. Es fühlte sich an, als habe jemand Isabelle in den Magen geboxt. Jules und Legend begannen zu »spielen«. Es war dasselbe misstönende, metallische Getöse, an das sich Isabelle von dem Ausflug nach Brighton her erinnerte. War das »Eviscerate Me«? Möglicherweise. Genau konnte sie es nicht sagen. Sie hielt sich die Ohren zu und hoffte, dass die umstehenden Fans zu beschäftigt wären, um es zu merken und Anstoß an ihrem Mangel an Begeisterung zu nehmen. Die Menge begann zu brüllen und mit den Füßen zu stampfen. Dann bemerkte Isabelle eine Bewegung hinter dem Bühnenhintergrund, als versuche ein Insekt, das sich irgendwo verfangen hatte, sich zu befreien.

»Mach dich *bereit,* Darling. Gleich wird Karloff bei uns sein.«

Wie aufs Stichwort erschien Karloff in der Manier einer Kanonenkugel auf der Bühne. Isabelle war voll Bewunderung für die geübte Art und Weise, mit der Jules haargenau im richtigen Augenblick ein paar Schritte zur Seite trat, um eine Kollision zu vermeiden. Karloff rannte geradewegs auf die Wand zu und stieß dann einen durchdringenden Schrei aus, genau im Einklang mit der Musik. Das Publikum geriet völlig außer sich und heulte vor Entzücken. Karloffs Oberkörper war in bizarre schwarze Stoffwickel gehüllt, die ihm allem Anschein nach die Arme an den Brustkorb fesselten.

Isabelle wandte sich zu Chrissie um. »Das verstehe ich nicht. Was hat er denn da an?«

»Ach, *das!* Na, das ist Karloffs schwarze Zwangsjacke, natürlich. Das ist sein *Markenzeichen,* weißt du? Hat irgendwas mit viktorianischen Irrenanstalten zu tun. Er fährt echt total auf diese Vibes ab.«

Karloff war vornübergekrümmt von einem Ende der Bühne zum anderen gerannt. Jetzt drehte und wand er sich in der Bühnenmitte; die Ärmel seiner Zwangsjacke flatterten wie Flügel. Im Laufe des nächsten Liedes tauchte er daraus hervor und enthüllte ein schwarzes Hemd, weite schwarze Cargohosen und Halsketten aus schwarzen Perlen. Mit seinem schwarzen Augen-Make-up sah er aus wie ein verrückt gewordener Panda.

Als das Konzert seinen Lauf nahm, versuchte Isabelle, an etwas anderes zu denken, um sich von dem Krach abzulenken. Hätte sie doch nur genug Weitsicht besessen, ihre Ohrstöpsel mitzubringen. Sie sah sich in der Menge um. Ein paar der Männer waren als Dichter der Romantik verkleidet, mit weißen Rüschenhemden und Umhängen; sie hatten sogar Gehstöcke mit silbernen Spitzen dabei.

Dann schaute sie wieder auf die Bühne. Irgendetwas hatte sich verändert. Obwohl Karloff noch immer in der Mitte der Bühne stand, hatte er sich nicht dem Publikum, sondern Jules zugewandt, die sich ihrerseits zu ihm herumgedreht hatte. Wumm, wumm, wumm machte Jules mit ihrer Bassgitarre. Dabei sah sie ... anders aus, lebendig und sogar ... andächtig. Und sie ... starrte Karloff an! Isabelle nahm den Frontman der Band genauer in Augenschein. Er »sang« (ein unverständliches Jaulen) und »tanzte« (stolperte in seinen Riesenstiefeln umher wie ein Bär) im Einklang mit Jules' Instrument. Isabelles Gehirn begann zu rattern. Sie blickte von Jules zu Karloff und wieder zurück. Die beiden funkelten einander mit schwarz umrandeten Augen finster an, ihre Körper schwankten, und Karloffs Stimme ertönte als Antwort auf Jules' Rhythmus. Zwischen ihnen war eine Art Energie, wie eine mächtige, unsichtbare Kette, an der ständig gezerrt wurde. Ja, natürlich! Es bestand kein Zweifel. Nachdem es zu dem offensichtlichen Schluss gekommen war, fuhr Isabelles Gehirn das Tempo wieder zurück, und sie lächelte. Wie ungemein faszinierend.

Sie wandte sich Chrissie zu, der sich herabbeugte, damit sie ihm mehr oder weniger ins Ohr brüllen konnte. »Sind Jules und Karloff eng befreundet?«

Einen Augenblick lang sah Chrissie verstimmt aus. »Ich *nehme es doch an,* Schätzchen. Ja, sie verstehen sich bestimmt ganz gut.«

»Nur das: ›gut verstehen‹?«

Chrissie folgte Isabelles Blick und schaute auf die Bühne. Das

Mikrofon an die Brust gedrückt, wand Karloff sich zu Jules' Füßen am Boden wie ein überdrehter Welpe.

»Na ja …« Chrissie verstummte, gebannt von dem, was er sah. Er packte Isabelle am Arm. »Mein Gott, sie macht tatsächlich einen *Schmollmund*. Isabelle! Ist dir *klar*, was das *heißt?*«

Schweigend tauschten sie ein Kopfnicken und platzten dann laut heraus. Den Rest des Coven-Konzerts verbrachten sie damit, über jegliches Anzeichen dafür zu kichern, dass Jules und Karloff mächtig ineinander verknallt waren.

Am Ende der Vorstellung gingen Chrissie und Isabelle schnell nach Hause und überließen die Band ihren bewundernden Fans. Der Hutmacher hatte sich bereit erklärt, sich nicht mehr die Nächte um die Ohren zu schlagen, bis er die Kollektion vollendet hatte. Dieser Plan war in jeder Hinsicht ein Gewinn, fand er, denn früh schlafen zu gehen würde für seine Haut wahre Wunder wirken. Als sie zu Hause ankamen, blinkte der Anrufbeantworter im Flur. Chrissie ging nach unten, um sich eine Tasse Malzmilch zu machen, und Isabelle drückte auf WIEDERGABE.

»*Oui*. Hallo, guten H'Abend.« Es war Clothaire, der mit sehr lauter Stimme sprach; wie immer, wenn er sich an einer fremden Sprache versuchte. »Ich möchte hintergelassen ein Nachtricht für Ma-de-moi-selle I-sa-belle Pa-pil-lon«, dröhnte er beinahe drohend. »Kann sie – Ma-de-moi-selle Pa-pil-lon – mich rufen, wenn sie bekommt die Nachtricht? *Voilà. Ah, mais est-ce que ça marche?* Funketioniert es? *Heu*, sagen Sie ihr, dass dies ist Clothaire. Clothaire. Ich hintergelasse die Nachtricht.« Dann folgte ein gereiztes »*Ah, ces machines infernales!*«, und die Verbindung brach ab. Isabelle lächelte. Clothaire verabscheute jegliche Form von Technik. Sie sah auf die Uhr. In Paris war es jetzt nach Mitternacht, und Clothaire war immer ziemlich mürrisch, wenn sie seinen Schlaf störte. Es war besser, ihn morgen früh anzurufen. Sie löschte die

Nachricht. Es brachte nichts, sie auf dem Anrufbeantworter zu lassen, damit Jules sie abhörte. Fairerweise musste gesagt werden, dass Jules jetzt, wo sie und Isabelle freundschaftlicher miteinander umgingen, aufgehört hatte, Clothaires Stimme und seine Art nachzumachen (zumindest nicht mehr offen und ungeniert), aber warum sie in Versuchung führen? Außerdem würde nach dem heutigen Abend der Spieß umgedreht werden. Jetzt war Isabelle damit an der Reihe, Jules wegen ihres Liebeslebens aufzuziehen.

8
Daisy

Daisy und Agathe gingen einkaufen. »Französinnen beim Kleiderkauf« würde das Thema von Daisys nächstem *Sparkle*-Blog sein, und sie war sehr erpicht darauf, diesbezüglich etwas von ihrer Freundin zu lernen. Das war ja das Komische an den Franzosen: Sie machten alles anders.

Zuerst einmal gab es anscheinend eine korrekte Art und Weise, ein Geschäft zu betreten. Man lächelte den *vendeur* oder die *vendeuse* zum Beispiel *nicht* an und sagte fröhlich *»bonjour!«* Was man dagegen tat, war jede Begrüßung seitens der Verkäufer beiseitezuwischen und sämtliche Hilfsangebote mit einem unterkühlten *»merci«* abzuwehren, gelegentlich von einem ultrakurzen Lächeln begleitet. Dann wandte man ihnen den Rücken zu.

Wenn man die Kleiderständer durchsah, verlieh man seiner Begeisterung oder Bewunderung *nicht* Ausdruck. Stattdessen blätterte man die Kleidungsstücke verächtlich durch, zog gelegentlich etwas heraus und verschmähte es dann rasch als hässlich und unter aller Kritik. »Agathe eine Art Terminator, nur hübscher«, kritzelte Daisy aufgeregt auf ihren Block. »Scheint in Trance. Würde wahrscheinlich nichts merken, wenn Erdbeben oder Ende der Welt. Verkäuferin rät zu anderer Farbe. A. lacht vernichtend. Sehr effizient, aber ein bisschen unheimlich.« Das Faszinierende dabei war, dass ihrer Freundin das Ganze zwar nicht besonders viel Spaß zu machen schien – sie machte ein Gesicht, als lege sie gerade ein Examen ab –, Daisy jedoch zugeben musste, dass Agathe einen sehr guten Blick dafür hatte, was ihr stand.

Nach drei Stunden hatte Agathe zwei Tops gekauft, ein schwarzes und ein olivgrünes – beide mit ungemein schmeichelhaftem Ausschnitt – sowie einen schokoladenbraunen Faltenrock aus Seide, der ihre Fohlenbeine unglaublich grazil wirken ließ. Daisy hatte unterdessen ein riesiges limettengrünes Ansteckstäußchen aus Samt, einen violetten Wickelrock mit Rüschen, jede Menge Armreifen, eine babyblaue Wildlederjacke und ein Paar mit Plastikfrüchten verzierte Bastsandalen mit Keilabsatz erstanden.

»Aber diese Sachen passen doch alle gar nicht zusammen«, gab Agathe zu bedenken, als sie bei einem Perrier ihre Einkäufe sichteten.

»Na ja, nein … aber letzten Endes finde ich doch immer Verwendung für alles! Ich verspreche dir, eines Tages werde ich in meinem Kleiderschrank wühlen, weil ich ausgehen will, und ich werde mir sagen: ›Ich wünschte, ich hätte einen … lila Wickelrock! Einen mit Rüschen!‹ Und dann werde ich ihn finden, und das wird so eine tolle Überraschung sein, weil ich ihn dann natürlich ganz vergessen haben werde. Das ist meine Art, für alle Eventualitäten zu planen.«

Agathe lachte und mimte ein zierliches Schaudern. »Das könnte ich nie.«

»Aber es ist doch toll, jede Menge witzige Klamotten zu haben.«

»Vielleicht. Ich mag schöne, gut geschnittene Sachen. Aber bei dir ist es natürlich anders. Du bist ja Engländerin.« Sie bedachte Daisy mit einem freundlichen Lächeln.

Dieser Satz war für Agathe zu einer vertrauten Methode geworden, anerkanntermaßen mit Daisy nicht einer Meinung zu sein. So war es zum Beispiel vor Kurzem gewesen, als Agathe ein paar Leute zum Abendessen eingeladen hatte und Daisy früher gekommen war, um ihr zu helfen. Tatsächlich war Agathe so organisiert, dass es für Daisy nur sehr wenig zu tun gab, mit einer Ausnahme. Um ihr Menü aus *taboulé au melon et jambon de parme* und *saumon en papillote* abzurunden, hatte Agathe einen Schokoladenkuchen gebacken. »Er muss ein bisschen dekoriert werden«, hatte sie nachdenklich gesagt. »Was meinst du?«

Daisy hatte den Kuchen betrachtet – einen vollendeten, mit Schokoladenpulver bestäubten Quader – und erwidert: »Ja, vielleicht sieht er so ein bisschen langweilig aus.« Dann hatte sie einen Geistesblitz gehabt. »Weißt du was, ich habe Smarties in meiner Handtasche. Die könnten wir da überall draufkleben, das würde klasse aussehen.«

»Hmmmm …«, sagte Agathe mit ansteigender Stimme. Es war eine Art halbes Miauen, das zwar zustimmend klang, es aber, wie Daisy jetzt von früheren Erfahrungen her wusste, wahrscheinlich nicht war. Wenn sie es recht bedachte, war dieses Geräusch jedes Mal Agathes Antwort gewesen, wenn Daisy bei ihrer Shoppingtour einen ihrer Funde hochgehalten hatte.

»Magst du keine Smarties?«, erkundigte sich Daisy und überlegte, dass Gummibärchen vielleicht auch gehen würden.

»Früher schon, du weißt schon, als ich noch ganz klein war.« Agathe drehte sich um und öffnete einen Schrank. »Nein … ich dachte mehr an … so etwas wie das hier.« Sie wickelte ein Stück essbares Blattgold aus und ließ es geschickt über den Kuchen fallen, so dass das ganze Ding plötzlich wie ein Kunstwerk aussah.

»Oh, Agathe! Das sieht ja fantastisch aus!«

»Nun ja, es ist sehr einfach. So etwas mache ich gern für meine Gäste. Aber bei dir ist das natürlich anders. Du bist ja Engländerin.«

Und es hatte noch weitere Gelegenheiten gegeben. Viele sogar … Doch genau das war ja der Grund, warum es so toll war, mit Agathe befreundet zu sein! Sie wollte gar nicht kritisch rüberkommen: Sie war ganz einfach *dermaßen* französisch! Das Ganze war ein gleichermaßen bereichernder kultureller Austausch.

»Also, ich freue mich wirklich über die Sachen, die ich gekauft habe. Und ich kann's kaum erwarten, sie zu tragen«, schloss Daisy vergnügt.

»Was möchtest du jetzt machen?« Agathe war auch sehr gut darin, das Gesprächsthema zu wechseln, wenn es schwierig wurde. »Wir könnten zum Paris-Plage gehen.«

»Was ist denn das?«

»Ein Strand am Seineufer.«

»Wirklich? Gibt's da auch Sand?«

»Natürlich, und auch Palmen. Es ist sehr schön. Wir könnten die Sachen in meiner Wohnung abstellen, und ich leihe dir einen Bikini.«

Ungefähr eine Stunde später saßen Agathe und Daisy in Liegestühlen aus blauem Segeltuch und blickten durch ihre Sonnenbrillen auf den gleißenden Fluss. Den ganzen *quai* entlang wechselten sich Kübelpalmen mit stilvollen blauen Bannern ab, die wie Segel aussahen. Daisy staunte über den enormen Aufwand, der betrieben worden war. Keine Frage, die Franzosen wussten, wie man das Leben genoss. Es musste eine Ewigkeit gedauert haben, das alles so hinzukriegen, und in ein paar Wochen würde es nicht mehr da sein. Sie hatten wirklich an *alles* gedacht. Es gab Cafés und Rasenflecken, wo man ein Picknick veranstalten konnte. Dort drüben konnte man auf einem *boulodrome* Boules spielen. Und es gab sogar einen Siesta-Bereich, wo die Leute friedlich hingestreckt lagen wie Robben, die sich in der Sonne wärmten. Es war unwirklich. Eben ging man noch durch das ganz gewöhnliche Paris voller Großstadtmenschen, die ihren eigenen Geschäften nachgingen, und dann fand man sich plötzlich in Saint-Tropez wieder. Hier wimmelte es nur so von durchgestylten Strandmiezen in Dior-Badeanzügen, die nach Kokosnussöl rochen. Aber eigentlich, dachte Daisy, war das hier *besser* als Saint-Tropez: Es war Paris Am Meer.

Wenn man sich umblickte, wusste man ganz genau, wo man sich befand. Man konnte den Louvre und die Île Saint-Louis sehen. Unter der Brücke waren Graffiti-Künstler und Skateboarder zugange. Auf der Pont Saint-Louis gab eine Gruppe Musiker in gestreiften Pullovern Akkordeonmusik der 30er Jahre zum Besten. Daisys Musical-Fantasie nahm von Neuem Gestalt an.

Dann klingelte Agathes Handy; es gab einen kurzen Schwall dramatischer Musik von sich, bei dem es sich, wie sie Daisy erklärt hatte, um Wagners »Walkürenritt« handelte.

»*Allo? … Près du petit café. Et vous êtes où? Ah oui!* Schau mal, Daisy, da drüben!«

Agathe begann zu winken. Eine Gruppe vertrauter Gestalten kam auf die Stelle zu, wo sie und Daisy saßen. Daisy erkannte Agathes Freundin Claire (die hochmütige, dunkelhaarige junge Frau, die jene erste Party veranstaltet hatte) und ihre kleine Schwester Amélie, die in ihrem Kittelkleid geradezu schmerzhaft unsicher wirkte. Eindeutig war das Kleid in dem Versuch gewählt worden, ihren Babyspeck zu kaschieren. Hinter den beiden kam Isabelles Freund Clothaire, und Bertrand, Stanislas und Octave bildeten den Schluss.

»*Salut.*« Claire küsste Daisy flüchtig und betrachtete sie von oben bis unten. »Ist das nicht dein Bikini, Agathe, der von Princesse Tam-Tam?«

»Ja«, bestätigte Daisy. »Wir haben uns ganz plötzlich entschieden herzukommen, und Agathe hat ihn mir geliehen. Er ist hübsch, nicht wahr?«

Claire sah immer noch Agathe an. »Es ist nur, an Daisy sieht er so anders aus.«

»Aber Daisy ist ja auch viel …« Stanislas stockte und dachte scharf nach. »Sie ist *pulpeuse.*«

»Was heißt *pulpeuse?*«

»Das heißt, du bist, *heu …*« Bertrand lächelte und nahm die Hände zu Hilfe, um eine Sanduhr-Figur anzudeuten. »So. *Bien roulée, quoi.*«

Daisy wollte schon fragen, was *das* bedeutete, überlegte es sich jedoch anders. Clothaire starrte vor sich hin und sah gelangweilt aus. Octave, der eine Sonnenbrille trug, hatte sich von der grellen Sonne abgewandt und überprüfte die Nachrichten auf seinem Handy.

»Ja, nun, sie ist viel fülliger als Agathe«, schloss Claire trocken, streifte ihre Jeans ab und enthüllte einen eleganten schwarzen Badeanzug. Eine Pause entstand, während die Männer zu den blauweiß gestreiften Zelten hinübergingen, um sich umzuziehen.

»Eigentlich bin ich ja neidisch auf Daisys Figur«, bekannte Agathe, als Claire und ihre Schwester, nunmehr beide im Badeanzug, sich neben ihnen niederließen. »Es muss schön sein, richtig große Brüste zu haben.«

»So groß sind sie doch gar nicht«, wehrte Daisy ab und zerrte in dem Versuch, mehr von ihrem Busen zu bedecken, an dem Dreiecks-Oberteil. »Dein Oberteil sitzt bei mir einfach ein bisschen knapp.«

»Hmmmm«, ließ sich Claire hinter ihrer Sonnenbrille vernehmen. Sie lag auf dem Bauch und fing an, die *Marie-Claire* durchzublättern.

Wieder entstand eine Pause. Die vier jungen Männer kamen mit Badehosen bekleidet zurück. Alle machten sich ernsthaft ans Sonnenbaden. Als sie bemerkte, dass Amélie eine französische Übersetzung des letzten Harry-Potter-Bandes las, begann Daisy, mit ihr darüber zu plaudern. Zum Glück wusste sie alles, was es über Harry Potter zu wissen gab, da Jules sie praktisch mit vorgehaltener Pistole gezwungen hatte, sämtliche Bände zu lesen. Zuerst war Amélie schüchtern, bald jedoch fragte sie Daisy mit leiser, sehnsüchtiger Stimme, ob sie auch auf eine Schule wie Hogwarts gegangen sei.

»Eigentlich nicht. Ich war nicht im Internat. Aber wir hatten Schuluniformen.«

»Oh, das ist ja toll! Ich hätte so gern eine englische Schuluniform. Welche Farbe?«

»Ehrlich gesagt war sie potthässlich. Braun mit orangefarbenen Paspeln. Ich habe meine leidenschaftlich gehasst.«

»Habt ihr wirklich ein Spiel wie Quidditch gespielt? Ohne zu fliegen, natürlich.« Amélie gab sich große Mühe, erwachsen zu wirken.

»Na ja, ja und nein ... Hockey. Und außerdem Netzball. Ich fand's immer ganz toll, wenn man sich dabei so auf einem Bein drehen musste ...«, erzählte Daisy, machte es vor und schielte dabei aus den Augenwinkeln, ob Octave hersah. Er sah nicht her.

»Und dann bist du nach Cambridge gegangen?«, erkundigte sich Stanislas und blickte zu Daisy auf. »Ich war mal einen Sommer lang dort, es ist schön da.«

»Oh nein!« Lachend schüttelte Daisy den Kopf.

»Dann warst du aber bestimmt in Oxford? Das ist auch gut, glaube ich.«

»*Nein!* Nichts dergleichen. Ich war in Bangor auf der Uni. Ich wollte Publizistik studieren, obwohl ich nicht so *ganz* genau wusste, was das heißt, aber ich fand, dass sich das cool anhört. Aber dann wurde es mir langweilig, also war ich eines Tages bei Harvey Nichols – das ist ein wirklich tolles Kaufhaus in London –, und ich hab einfach so einen Job da gekriegt, und das hat eine Weile unheimlich Spaß gemacht. Und dann war da so ein Mädchen, das ich kannte, die hat sich um einen PR-Job in der Modebranche beworben, und *dann* sagt sie plötzlich: ›Ach, ich fahre mal eben so nach Thailand, um ein bisschen herumzureisen‹, also ist *sie* nach

Thailand gefahren und *ich* bin an ihrer Stelle zu dem Vorstellungsgespräch gegangen. *Voilá.*«

Auf diese Eröffnung hin sahen alle reichlich erstaunt aus, außer die 15-jährige Amélie, deren rundes Gesicht völlig verklärt war.

»Ihr Engländer«, sagte Agathe und sah Daisy mit strahlendem Lächeln an. »Ihr seid so exzentrisch!«

Einen Moment lang herrschte Schweigen.

»Das beweist wohl«, ließ sich Clothaire hinter seiner Zeitung hervor vernehmen, »dass die Engländer wirklich ein empirisches Volk sind. Seit dem 18. Jahrhundert hat sich nichts geändert.«

»Kommt jetzt wieder die Diskussion über Newtons Apfel?«, wollte Stanislas wissen. »Weil, dafür brauche ich Kaffee.«

Daisy sah Amélie an, und die beiden wechselten einen verwirrten Blick.

»*Enfin,* Clothaire.« Träge streckte Agathe einen schlanken, braunen Arm aus, um Clothaires Zeitung herunterzudrücken. »Sei bitte nicht so unhöflich. Nicht jeder kann so kartesianisch sein wie du.«

Clothaire lächelte sie an und las weiter. Daisy blätterte kurz in der *Vogue,* dann drehte sie sich zu den drei *Pique-Assiettes* um, die sich neben Claire niedergelassen hatten. Octave lag auf dem Rücken, die Sonnenbrille auf der Nase; er sonnte sich und hörte irgendetwas auf seinem iPod. Na schön, dachte Daisy ein wenig verstimmt, wenn er mich ignorieren will, *tant pis!* Bertrand und Stanislas dagegen saßen aufrecht da und schauten – mal wieder typisch – den Mädchen nach, die vorbeigingen. Hin und wieder, bemerkte Daisy, musterte einer der beiden eine der Vorübergehenden genauer, nickte begeistert und sagte leise etwas zu dem anderen. Das ging eine Weile so weiter, dann griff Bertrand nach seinem kleinen Notizbuch und begann hineinzukritzeln.

»Kein schlechtes Ergebnis diese Woche«, ließ er Stanislas auf

Französisch wissen. »Aber natürlich kannst du dir fast denken, wer immer noch in Führung liegt, nicht wahr?«

»Was machst du da, Bertrand?« Daisy war zu den *Pique-Assiettes* hinübergegangen. »Darf ich mal sehen?«

Mit nervösem Kichern warf Bertrand das Notizbuch Stanislas zu, der die Hand hochriss, es geschickt auffing und es dann an Octave weiterreichte. Mittlerweile hatte Bertrand sich erhoben und stand Daisy gegenüber. »Es ist nichts Besonderes. Nur so ein langweiliges Spiel.«

Jetzt war Daisy wirklich neugierig. »Weißt du, was ich glaube?«, fragte sie lachend. »Ich glaube, ihr gebt Mädchen Noten, von eins bis zehn!«

Daraufhin stützte sich Octave auf einen Ellenbogen und schaute Daisy über seine Sonnenbrille hinweg an. Er lächelte ganz leicht. »Ah, das denkst du also von uns, Daisy? Dass wir nichts weiter sind als dumme Machos?«

»Na ja, ich weiß es nicht. Seid ihr dumme Machos?«

Octave stand auf, schob Bertrand sanft aus dem Weg und trat dicht vor Daisy hin. »Ich habe eine Idee. Eine sehr gute sogar«, sagte er langsam.

»Ach ja?«, erwiderte Daisy und hielt seinem Blick stand.

»Ja. Hättest du Lust auf ein Eis?«

»Oh, kann ich auch eins haben?«, rief Amélie.

»Gehst du zu Berthillon?«, erkundigte sich Clothaire, ohne die Zeitung zu senken. »Bring mir eine Kugel von dem Bitter-Schoko-Sorbet. Kein gewöhnliches Schokoladeneis, das mag ich nicht. Nur Bitterschokolade.«

»Für mich bitte Erdbeer und Banane«, bat Amélie.

»Hmmm, Amélie, *hallo?* Weißt du noch, was die Diätberaterin über Süßigkeiten gesagt hat?«, fuhr Claire dazwischen.

»Ach ja«, murmelte Amélie geknickt.

»Für mich nichts«, sagte Agathe. »Ich habe mein Evian.«

»Ich habe einen Apfel«, verkündete Claire.

Bertrand machte den Mund auf, doch Octave brachte ihn mit einem starren Blick zum Schweigen. »Wenn nur Daisy und ich gehen, dann können wir nicht für alle Eis mitbringen. Clothaire, *mon pote*, du kannst dir deins selbst holen, wenn du so weit bist. Ich bin nicht der Ersatz für Isabelle.«

Wütend blickte Clothaire auf. »*Ich* kann nicht alles machen. Ich versuche hier ein bisschen zu lesen.«

»Ja, wir sind ungeheuer beeindruckt. Also, wenn du ein Eis haben willst, dann hör einfach auf zu lesen und geh selbst rüber zur Brücke. Ganz ehrlich, du brauchst Bewegung«, fügte Octave hinzu und lächelte Amélie an, die schüchtern zurücklächelte.

Während dieses kurzen Gesprächs hatte Daisy sich angezogen und machte Anstalten, auf die Treppe zuzugehen. Nachdem er hastig Jeans und Hemd übergestreift hatte und barfuß in italienische Slipper gefahren war, holte Octave sie ein. Er ergriff ihre Hand, und sie zog sie nicht weg.

»Was hast du eben damit gemeint, als du gesagt hast, du bist nicht der Ersatz für Isabelle?«

»Clothaire übertreibt manchmal. Er kann eine richtige Nervensäge sein. Isabelle ist lieb. Und sie hat es gern einfach. Es ist einfacher, Ja zu Clothaire zu sagen, als sich zu streiten.«

Mittlerweile standen sie in einer sehr langen Schlange vor einer winzigen Eisdiele.

»Aber Clothaire ist doch sehr romantisch, oder nicht?«

Octave zog die Augenbrauen hoch. »Clothaire, romantisch? Eigentlich nicht. Absolut *tyrannique* sogar.«

Allmählich sah Daisy Isabelles Beziehung mit Clothaire in einem ganz anderen Licht. »Du findest also, er weiß Isabelle nicht zu würdigen?«

»Nun ja, manche Dinge weiß er zu würdigen. Es gefällt ihm, eine hübsche Freundin zu haben. Sie kleidet sich elegant und sie ist eine gute Köchin. Und sie ist sehr intelligent, also wird sie eine gute Gastgeberin sein, wenn sie heiraten und Leute zum Abendessen einladen.«

Daisy war schockiert. »Das klingt ja grässlich! *Warum* ist sie denn mit ihm zusammen?«

»Gute Frage. Clothaire ist ein ziemlich interessanter Kerl, aber er ist so aufgeblasen. Ich finde, Isabelle ist zu gut für ihn. Aber Frauen sind manchmal seltsam.« Octave lächelte Daisy an. »Man weiß nie, was sie denken.«

Langsam gingen sie zurück, aßen dabei ihr Eis und blieben eine Weile auf der Brücke stehen, um den Fluss zu betrachten.

»Es ist so heiß!« Daisy fächelte sich nicht eben wirkungsvoll mit ihrer Handtasche Kühlung zu.

»Wenn du möchtest«, meinte Octave beiläufig, »dann könnte ich dir ja mal in den Nacken pusten. So.«

Er hob ihr Haar an, und Daisy spürte seinen kühlen Atem auf ihrer Haut.

»Besser?«

»Mmm.«

»Wollen wir jetzt zurückgehen?«

»Okay.«

Hand in Hand gingen sie zum Strand hinunter. Doch anstatt auf Agathe und die anderen zuzusteuern, führte Octave Daisy weiter die Promenade hinunter.

»Wenn dir immer noch zu heiß ist, mir ist gerade eingefallen, dass es hier dieses Wasserdings gibt. Wie so eine Art Springbrunnen. Du wirst schon sehen.«

Sie kamen zu einigen verblüffend riesenhaften Fontänen. Daisy war beeindruckt. Die Franzosen hatten wirklich Stil! Man wartete, bis man an der Reihe war, dann stellte man sich an eine strategisch günstige Stelle, bis ein feiner Wasserstrahl aus der Mauer hervorspritzte. Die Kinder, sah sie, rannten mit Vorliebe direkt darunter und wurden durch und durch nass, während die meisten Erwachsenen sich lediglich Arme oder Beine kühlten. So würde sie es auch machen. Sie stellte sich in der richtigen Entfernung auf und wartete. Das Wasser kam. Daisy machte sich die Hände nass und fuhr sich damit über Hals und Nacken. Oh, hurra, wie erfrischend! Sie wartete geduldig, und nach einer kurzen Pause folgte ein neuerlicher Wasserschwall. Als sie ihre Schuhe abstreifte, um sich die Füße zu kühlen, fühlte sie plötzlich, wie sich Octaves Arme um sie schlangen, während er mit ihr geradewegs in den Wasserstrahl hineinmarschierte, sie gegen die Wand drückte und sie mit überraschender Heftigkeit küsste.

9

Isabelle

An einem regnerischen Septembernachmittag tauchte Isabelle, in ihren Regenmantel gehüllt und mit Jules' gigantischem schwarzen Schirm ausgerüstet, aus dem U-Bahnhof Hampstead auf. Nachdem sie noch einmal ihren Stadtplan zurate gezogen hatte, öffnete sie den Schirm und marschierte zuversichtlich in die ungefähre Richtung des Hampstead Heath, auf der Suche nach den wuseligen kleinen Straßenbiegungen, die sie zu Lucy Goussays Haus führen würden. Miss Goussay war die Präsidentin der Quince Society, und Isabelle war unterwegs zu ihrer ersten Zusammenkunft. Als sie das Haus am Ende einer von Bäumen gesäumten Straße erreichte, fiel ihr ein schlammbespritzter Land Rover auf, der davor parkte. Wie merkwürdig. Es war schwer, sich vorzustellen, dass eine alte Dame so ein Auto fuhr. Isabelle sah auf die Uhr, um sich zu vergewissern, dass sie weder zu früh noch zu spät dran war, sondern genau pünktlich kam. Dann, als sie rasch die paar Stufen zur Tür hinaufstieg und dabei ihren Regenschirm ausschüttelte und ihn zusammenklappte – der Mechanismus klemmte ein wenig –, lief sie unversehens in jemanden hinein, der genau in diesem Moment aus dem Haus kam. Sie ließ den Schirm fallen, und derjenige, mit dem sie zusammengestoßen war, hob ihn auf.

»Ach, verflixt, tut mir leid«, beteuerte er geistesabwesend. »Ich fürchte, ich habe Sie nicht gesehen. Alles in Ordnung?«

»Ja, natürlich. Das macht doch nichts.«

Der Fremde, der eine Hornbrille trug und auf dessen glattem blonden Haar ein brauner Filzhut saß, war außerdem mit einer von diesen grünen englischen Wetterjacken bekleidet, deren Name, wie Isabelle wusste, ein bisschen wie Babar klang – aber so hießen sie nicht.

»Ich fürchte, ich hab's ein bisschen eilig«, sagte er. »Aber Sie sind sicher, dass nichts passiert ist?«

Isabelle nickte. Eigenartigerweise steckten anscheinend drei Spielkarten in seinem Hutband, wie sie feststellte. Sie konnte nicht genau erkennen, was für welche, allerdings glaubte sie, Herz, Karo und Pik ausmachen zu können.

»Na, also dann, Wiedersehen«, sagte er. »Ich muss wirklich los.« Irgendwie zerstreut sah er Isabelle an. »Ich hoffe, Sie haben Spaß bei dem Treffen. Die sind ganz in Ordnung, wirklich. Sie werden sehen.«

Damit reichte er ihr den zusammengeklappten Regenschirm, ging die Stufen hinunter und strebte auf den Land Rover zu. Isabelle sah ihm nach. Er trug Jeans, die er in schlammige Gummistiefel gestopft hatte. Was für ein sonderbarer Mensch, dachte sie. War er vielleicht ein Mitglied der Society? Wenn ja, warum lief er dann davon, wenn das Treffen gerade anfing? Es war seltsam. Bestrebt, nicht zu spät zu kommen, verdrängte Isabelle den Fremden aus ihren Gedanken und drückte auf die Klingel. Gleich darauf vernahm sie aufgeregtes Geplapper im Innern des Hauses, und die Tür wurde von einer schon etwas betagteren Dame geöffnet, die eine dunkel getönte Brille trug. Ihr ziemlich kurzes Haar leuchtete in einem Violett, das in der Natur gemeinhin nicht vorkam.

»Ja?«

»Guten Tag«, sagte Isabelle höflich. »Ich komme wegen des Treffens der Quince Society. Mein Name ist Isabelle Papillon.«

»Oh, wie wunderbar! Sie sind die französische Gelehrte! Kommen Sie doch herein!«

Die lilahaarige Lady packte Isabelle am Arm und zog sie hinein.

Eine andere, stämmigere Dame mit grauen Locken und dem Aussehen eines verschüchterten Schafes stand im Flur. Eine davon musste die Gastgeberin sein, dachte Isabelle, während ihr höchst effizient Mantel und Schirm abgenommen wurden, aber welche?

»Hallo, meine Liebe«, sagte die Schafdame, »und herzlich willkommen! Ich bin Wendy!«

»Und *ich* bin Maud«, stellte die Lilahaarige in einem Ton klar, der keinen Widerspruch duldete. »Kommen Sie, wir stellen Ihnen den Rest der Bande vor.«

Sie geleiteten Isabelle in ein Zimmer, in dem sich mehrere Menschen um ein großes, in braunes Packpapier gewickeltes Paket drängten. Alle blickten auf, als Isabelle eintrat.

»Das hier ist Miss Peppy-on«, verkündete die Dame namens Maud. »Fern Goody kennen Sie ja wohl, denke ich, aus der Buchhandlung.« (Fern bedachte Isabelle mit einem enthusiastischen kleinen Winken und formte mit den Lippen das Wort »hallo.«) »Und das daneben ist Peter Holland.« (Ein graubärtiger Mann, der aussah wie ein Erdkundelehrer.) »Das ist Selina Dexter.« (Eine kleine, runde Frau mit Topfhaarschnitt, die eine Art bodenlangen Poncho trug.) »Und ihre Schwester Roberta. (Ähnliche Figur und ähnlicher Haarschnitt, aber sie trug einen grünen Jersey-Hosenanzug und strickte mit zahlreichen verschiedenen Sorten Wolle an irgendetwas Kompliziertem.) »Herbert und Emily Meryweather.« (Ein strahlendes Ehepaar, das große Ähnlichkeit mit betagten Eichhörnchen hatte.) »Wendy und mich haben Sie natürlich schon kennengelernt. Und das hier ist Lucy, unsere Präsidentin.«

Lucy war eine dünne, drahtige Dame mit scharfen blauen Augen und einer Wolke flusiger grauer Haare, die aussahen, als wären sie statisch aufgeladen. Das war, wie Isabelle einigermaßen entsetzt feststellte, auf ihren vollkommen naturbelassenen Zustand zurückzuführen. Offensichtlich hatte Miss Goussay vor langer Zeit beschlossen, keine Zeit mehr mit Friseurbesuchen, Spülungen, Föhnen oder irgendwelchem ähnlichen Unfug zu verschwenden und ihr Haar sich selbst zu überlassen. Ganz kurz dachte Isabelle an den von zarten Strähnchen durchzogenen Nackenknoten ihrer Mutter. Lucy Goussay löste sich aus der Gruppe und kam auf sie zu.

»Miss Peppy-on«, sagte sie mit einer Stimme, die wie ein Bellen klang; ansonsten jedoch benahm sie sich wie ein leicht erregbares Schulmädchen. »Oder darf ich Sie Isabelle nennen?« Sie sprach den Namen mit englischer Betonung aus, so dass es fast wie eine einzige Silbe klang – *Izbl.* »Ich freue mich ja so, dass Sie es einrichten konnten. Schön, zur Abwechslung mal ein junges Gesicht hier zu haben. Und dann auch noch eine *Französin,* ha! Da komme ich mir ja gleich richtig kosmopolitisch vor. Packen Sie Ihre Sachen irgendwohin. Ach, haben Sie ja schon. Nehmen Sie Platz. Also. Ach ja, ich weiß. Sie essen doch ganz normales Essen, oder?«

»Ja«, antwortete Isabelle ein wenig befremdet und bemerkte den unorthodoxen Aufzug ihrer Gastgeberin: beutelnde Leggins, ein ziemlich abenteuerlicher Pullover, auf dem ein Hund abgebildet war (mit braunen Perlen als Augen und Nase), Legwarmers und allem Anschein nach Steptanz-Schuhe.

»Bei Ausländern frage ich immer vorher. Ist besser so, meinen Sie nicht auch? Man weiß ja nie, was sonst so passiert. Ha. Also, wo waren wir? Ach ja, Getränke. Wir trinken alle Wendys Holunderlikör. Den macht sie selbst, wissen Sie? Ganz schön stark. Ist Ihnen das recht?«

Während Isabelle an ihrem Holunderlikör nippte und man ihr endlich erlaubte, sich zurechtzufinden, fragte Maud ziemlich kurz angebunden: »Also, Lucy, packen wir es jetzt aus? Wir können es kaum erwarten.«

Die schafähnliche Wendy wandte sich an Isabelle. »Sehen Sie, wir hatten so unglaubliches Glück, Miss Peppy-on.« Daraufhin lief Wendy, vielleicht nicht gerade ein sehr selbstbewusster Mensch, knallrot an und verstummte.

Ihre Freundin Maud übernahm das Reden. »Das ist ein Porträt von Meredith Quince, ein Geschenk an die Society von der Familie der Autorin.«

»Oh, da ist ja fantastisch«, stieß Isabelle aufgeregt hervor. »Ich wüsste zu gern, wie sie ausgesehen hat.«

»Herbert, Sie sitzen am dichtesten dran. Hätten Sie wohl die Güte?«, fragte Lucy und reichte dem ältlichen Eichhörnchen eine Schere. Überwältigt von der Bedeutsamkeit seiner Aufgabe, machte Herbert sich daran, der Schnur mit schüchternem Schnippeln zu Leibe zu rücken, während die anderen aufmunternd zusahen. Ungefähr eine halbe Minute dieser Bemühungen war nötig, um Maud auf die Palme zu bringen.

»Geben Sie schon her, Herbert, sonst sitzen wir noch den ganzen Tag hier.«

Ein paar rasche Bewegungen, und das Bild lag enthüllt vor ihnen. Maud und Wendy stellten es aufrecht aufs Sofa, und alle betrachteten es.

»Es wurde gemalt, als sie so Mitte dreißig war, hat der Bursche gesagt«, meinte Lucy.

Das Bild zeigte eine außerordentlich schlanke Frau mit überlangen Gliedern und dunkelblondem Haar, das sie in dicken Locken trug, die von einem Kamm zurückgehalten wurden. Sie trug ein blaues, mit kleinen Zweigen gemustertes Kleid mit quadratischem Ausschnitt und saß vor einer halb offenen Terrassentür in einem grünen Sessel. Überall um sie herum waren von Büchern bedeckte Wände zu sehen. Auf einem Schreibpult hinter ihr standen ein paar Bücher und ein altmodisches Tintenfass. Auf der anderen Seite, neben Merediths unnatürlich langen Beinen, die sie in Höhe der Knöchel gekreuzt hatte, stand ein kleines rundes Tischchen. Darauf lag ein Paar weiße Handschuhe neben einer Teetasse nebst Untertasse.

Selina faltete inbrünstig die Hände. »Oh, wie schön! Das ist Minton-Porzellan! Ich wusste es ja. Wir haben ein ganz ähnliches Service in unserer Sammlung, nicht wahr, Bobbie?«

»Mit der Perspektive stimmt was nicht, wie?«, bemerkte Wendy vorsichtig. »Ist alles ein bisschen schief und krumm.«

»Ach, Wendy, sei doch nicht so töricht. Das war damals der letzte Schrei. Das waren doch alles Kubisten und so was.«

»Oh, ich verstehe. Natürlich, du hast recht.«

»Sie sieht sehr vornehm aus, nicht wahr?«, fuhr Maud fort.

»Ja, eine äußerst faszinierende Lady«, pflichtete Peter ihr bei. »Lächelt sie?«

»Ein bisschen, glaube ich«, antwortete Wendy. »Jedenfalls sieht sie sehr nett aus.«

»Die Farben sind ziemlich gut geraten. Ich wüsste ja gern, wann genau das Bild gemalt wurde. Steht ein Datum drauf?«

Peter inspizierte die Ecken des Bildes, dann schaute er auf die Rückseite. »Nein, Lucy. Ich kann nichts entdecken.«

Isabelle konnte sich nicht länger beherrschen. »Ich glaube, es wurde 1947 oder 1948 gemalt«, bemerkte sie in ihrem melodischen Tonfall.

»Meinen Sie, Izbl? Und warum?«

»Ihre Frisur erinnert mich tatsächlich an die Kriegsjahre«, ließ sich Emily, das weibliche Eichhörnchen, schüchtern vernehmen.

Isabelle erhob sich. Sie kam sich vor wie Hercule Poirot, der sämtliche möglichen Tatverdächtigen zusammengerufen hatte und im Begriff war, zu einer dramatischen Rekonstruktion des ganzen Falles anzusetzen.

»Ich glaube, mit dem Haar haben Sie recht. Aber ich sehe noch andere *indices*, äh … Hinweise in dem Bild.«

»Wirklich? Und was sind das für welche?«, wollte Maud ein wenig unwirsch wissen.

»Ich glaube, es sind bildliche Anspielungen auf die Romane vorhanden, die Meredith Quince zu dem Zeitpunkt, als sie das Porträt malen ließ, bereits veröffentlicht hatte. Sie sind wie ihre … Attribute. Das hier zum Beispiel«, sagte sie und zeigte auf einen kleinen Zweig, der von der (sonderbar verzerrten) Decke über dem Kopf der abgebildeten Frau herabhing. »Das ist doch ein Stück Mistel, nicht wahr? Und doch ist in dem Garten, den wir durchs Fenster sehen, Sommer.«

»*Tod unter dem Mistelzweig!*«, rief Selina.

»Ja, ich denke schon. Das war der erste Roman mit Lady Violet als Hauptfigur; er wurde 1936 veröffentlicht …«

»Gütiger Himmel, die Handschuhe da auf dem Tisch!«, murmelte Wendy. »Glauben Sie …«

»Ja.« Isabelle nickte. »Sie könnten *Mord in Glacéhandschuhen* repräsentieren. Das Stück Zitronenschale da in der Teetasse …«

»Steht für *Das Geheimnis der Zitronenschale!*« Herbert war ebenfalls aufgestanden, um das Porträt genau in Augenschein zu nehmen. »Das ist mein absoluter Lieblingsroman. So schlau gemacht. Wissen Sie, ich vergesse immer wieder, wer's war, jedes Mal«, sagte Roberta, ohne von ihrem Strickzeug aufzublicken.

»*Mord in Glacéhandschuhen* wurde 1945 veröffentlicht«, meinte Peter. »Also ist das Bild hier wahrscheinlich um diese Zeit gemalt worden.«

Isabelle schüttelte den Kopf. »Ich glaube, da ist noch etwas anderes. Das hier.« Sie zeigte auf einen Gegenstand dicht neben Merediths Fuß, der sich kaum vom Muster des grün-roten Perserteppichs abhob.

»Äh, was? Wo?« Gereizt starrte Lucy auf das Bild. »Ich sehe nichts.«

»Doch, ich sehe es! Das ist ein geschliffener Stein. Wie clever!« Wendy führte einen erregten kleinen Tanz auf.

»*Der abtrünnige Smaragd*, 1947«, bestätigte Peter und strich sich nachdenklich den Bart.

»So ein Spaß!«, rief Fern. »Wie kryptische Stichworte! Glauben Sie, das war alles ihre eigene Idee?«

In diesem Augenblick klingelte das Telefon. Lucy, die das Porträt betrachten wollte, schickte Wendy hin.

»Ja, ich glaube, was das Datum betrifft, haben Sie recht, *Mademoiselle*«, sagte Peter höflich. »Demnach stammt das Porträt wirklich aus den späten Vierzigerjahren.«

»Ich weiß noch, unsere Mutter hatte genau so ein Kleid, als wir Kinder waren«, bemerkte Selina. »Stimmt's, Bobbie?«

»Wo sollen wir es hinhängen, Lucy?«, erkundigte sich Maud.

Die Mitglieder der Society begannen, über den besten Platz für das Bild zu diskutieren. Die Debatte nahm recht hitzige Formen an. Als Wendy zurückkam, musste sie mehrere Versuche machen, bevor es ihr schließlich gelang, Lucy auf sich aufmerksam zu machen. Sie sagte irgendetwas darüber, der Anruf sei eine weitere wunderbare Überraschung gewesen. Isabelle hörte bei all dem nicht besonders genau zu: Sie musterte neugierig das Porträt. Meredith hatte nie die Öffentlichkeit gesucht, und soweit es Isabelle bekannt war, gab es keine Porträtfotos von ihr. Alles, worauf sie jemals gestoßen war, war ein verschwommenes Gruppenfoto, das bei einem Literaten-Mittagessen in den frühen 60er Jahren aufgenommen worden war. Darauf trug Meredith einen Turban und hatte den Blick von der Kamera abgewandt, so dass alles, was man von ihr sah, das war, was auf Französisch ein *profil perdu* genannt wird. Folglich war Isabelle nichts anderes übrig geblieben, als sich ein eigenes Bild von ihrem Studienobjekt zu machen – als eine Art Miss-Marple-Figur. Ihr nun so von Angesicht zu Angesicht gegenüberzustehen war aufregend und zugleich auch ein bisschen verwirrend.

»Wendy, sind Sie sicher, dass Sie das nicht falsch verstanden haben?«, fragte Lucy gerade. »Das wäre ja nicht das erste Mal. Eben hat der Kerl noch Nein gesagt, als ich ihn gefragt habe. Das ist doch unlogisch.«

»Oh, aber das ist doch so eine wunderbare Nachricht, Lucy, nicht wahr?«, trillerte Roberta.

»Ich versichere Ihnen, Lucy, es ist kein Irrtum«, beteuerte Wendy mit zitternder Stimme. »Ich *hoffe* doch, mir solche Dinge noch merken zu können. Er hat gesagt, ihm wäre gerade klar geworden, dass er *völlig* falschgelegen hätte, und rufe deshalb gleich an. Das hat er sehr deutlich gesagt.«

»Ich frage mich nur, warum er es sich anders überlegt hat«, mischte Peter sich ins Gespräch.

»Ha! Wer weiß? Ich fand den ja ein bisschen wirr.«

»Aber das war, als er Nein zu Ihnen gesagt hat«, entgegnete Maud scharfsinnig. »Jetzt, wo er Ja sagt, halten wir ihn alle für ziemlich schlau, nicht wahr?«

»Ja, ich nehme an, Sie haben recht«, bellte Lucy. »Ha. Nun ja, nun ja. Erst das Porträt und jetzt das. Was für ein Tag! Juhu!«

»Er war außerordentlich höflich«, setzte Wendy ihre Schilderung etwas gefasster fort. »Er hat gesagt, Sie können ihn jederzeit anrufen, um einen Tag auszumachen. Also, wer möchte noch einen Holunderlikör?«

Herbert schob sich dichter an Isabelle heran, die noch immer vor dem Porträt stand. Geistesabwesend betrachtete sie das Schildchen auf dem Rahmen, das aus dem Packpapier hervorlugte. »Porträt der Schriftstellerin Meredith Quince. Gestiftet von Thomas Quince, Esq.«

»So aufregend ist es nicht immer, wissen Sie, Miss Peppy-on«, vertraute er ihr an. »Sie haben einen richtig guten Tag erwischt. Mein liebster Quince-Roman«, fuhr er fort, »ist *Der Tod der Bauchrednerin*. Das erste Mal habe ich ihn als Junge gelesen, und ich fand, es war eine tolle Geschichte. Ich finde es wunderbar, wie sie die Welt des Varietés beschreibt. Man kann die Schminke richtig riechen, nicht wahr? Unglaublich, sich vorzustellen, dass sie das noch nicht geschrieben hatte, als das Bild hier gemalt worden ist. Aber vielleicht hat sie im Geist gerade daran gearbeitet. Wie klug sie aussieht!«

»Ich finde auch, *Der Tod der Bauchrednerin* ist faszinierend«, erwiderte Isabelle. Zum Teil lag das daran, dass der Roman 1952 veröffentlicht worden war, inoffiziell das 20. Jubiläum von *The Splodge*. Aus diesem Grund hatte Isabelle ihn wieder und wieder sehr gründlich gelesen und dabei ihr Augenmerk ganz besonders auf Bauchreden als mögliche Metapher für Meredith Quinces künstlerische Zwangslage gerichtet. Oberflächlich betrachtet mochte der Roman vom dem rätselhaften Mord auf offener Bühne an einer liederlichen Unterhaltungskünstlerin handeln, deren weibliche Komparsen-Attrappe Cockney-Dialekt sprach. Doch war Meredith Quince selbst – die verhinderte Experimentalistin, die Kriminalroman-Autorin geworden war – ebenfalls eine Bauchrednerin, die keine andere Überlebensmöglichkeit hatte, als mit einer Stimme zu sprechen, die nicht ihre war? Isabelle hatte Professeur Sureau gerade eine Synopsis eines Kapitels zu genau diesem Punkt gemailt. Herbert erzählte ihr soeben von seiner Lieblingsszene (der atemlose Moment, wenn die beherzte Lady Violet, als Gehilfin eines Zauberers verkleidet, den Mörder gerade noch rechtzeitig vor versammeltem Publikum entlarvt, während er sich just in aller Seelenruhe anschickt, sie in der Mitte durchzusägen), als er von Maud unterbrochen wurde, die alle nach nebenan zum Essen rief.

Die Speisen erwiesen sich als mäßige Zumutung. Vor allem gab es einen höchst befremdlichen Salat, der unter anderem Rosinen, Kartoffeln, Erdnüsse, Karotten und Erbsen enthielt. Wendy hatte ihn gemacht, und Maud hatte ihn mit seifenähnlichen Käsewürfeln »aufgepeppt«. Isabelle musste an eine Geschichte denken, die die Runde gemacht hatte, als sie noch zur Schule gegangen war. Ein Junge aus ihrer Klasse, der zu linguistischen Zwecken einen Sommer in England verbracht hatte, war mit jeder Menge Schilderungen zurückgekehrt, die einen schaudern ließen – wie man ihn gezwungen habe, mit Anchovis und Banane belegte Sandwiches zu essen. Damals hatte Isabelle das als Aufschneiderei abgetan. Jetzt, als sie mit einer Portion Lasagne aus Putenhackfleisch, Dosenananas und Hüttenkäse herumspielte, kreiert von Fern (die das Gericht schwärmerisch als »wundervollen Schlankmacher« pries), war sie nicht mehr so sicher.

»Also, Izbl«, fragte Lucy vom Kopfende der Tafel her, »wie ist es zu Ihrem großen Interesse an Meredith Quince gekommen?«

Dankbar legte Isabelle ihre Gabel hin und erklärte, dass sie ihren ersten Quince-Roman – *Pink Gin unter dem Rasen* oder, um den französischen Titel zu nennen, *Petit cocktail au cimetière* – rein zufällig gelesen hätte, als sie im Ferienhaus einer Freundin darauf gestoßen sei. Sie hatte ihn interessanter gefunden als andere Vertreter des Krimi-Genres. Dann hatte sie angefangen, Quince systematisch zu lesen, und zwar die englischsprachigen Originalausgaben, und nach und nach war aus einem Hobby die Basis für ihre wissenschaftliche Forschungsarbeit geworden. Da es ihr widerstrebte, vor Fremden über *The Splodge* zu sprechen, äußerte sich Isabelle eher ausweichend über das genaue Thema ihrer Doktorarbeit, sagte jedoch genug über ihr Interesse an Erzählmustern und der Soziologie des Kriminalroman-Genres, um eisiges Schweigen in der Tischrunde zu erzeugen.

Nach einer kurzen Pause brachte Lucy, deren stechende blaue Augen etwas glasig waren, eine Antwort zustande. »Verstehe. Ha. Alles sehr kurzweilig, sehr kurzweilig.«

Fern, die neben Isabelle saß, fügte entschuldigend hinzu: »Sehen Sie, wir von der Society sind nur das, was man als ganz gewöhnliche Fans bezeichnen würde. Wir finden einfach nur die Bücher wirklich wunderbar.«

Durch Lucys vorübergehendes Schweigen mutiger geworden, schaltete sich auch Wendy ein: »Ein paar von den Romanen haben wir als Theaterstücke aufgeführt, manchmal nur eine oder zwei Szenen, aber es war immer ein Riesenspaß. Wir wechseln uns alle damit ab, Lady Violet zu spielen. Oder wir unternehmen kleine Expeditionen, Ausflüge mit einem bestimmten Thema, Sie wissen schon.«

»Letztes Jahr sind wir alle zu dem Theater gefahren, das in *Der Tod der Bauchrednerin* erwähnt wird«, erzählte Herbert und errötete ein wenig. »Das habe *ich* organisiert.«

»Ja, ja«, unterbrach die deutlich forschere Lucy. »Aber auf uns warten sogar noch größere Sensationen. Ein Besuch im Haus der Autorin. Sagenhaft!«

»Oh, wo ist ihr Haus denn?«

»Es überrascht mich ja, dass Sie *das* nicht wissen, Izbl«, bemerkte Maud ein wenig kritisch.

»In der Nähe von Kew«, antwortete Fern. »Dort hat sie den größten Teil ihres Lebens verbracht, nachdem sie nach England gezogen ist. Geboren wurde sie in Indien, das wissen Sie bestimmt.«

»Lucy«, wandte Fern sich bittend an die Gastgeberin, »könnten Sie ihn nicht jetzt gleich anrufen und einen Termin ausmachen? Wir wüssten alle so gern, wann wir hinfahren.«

»Hört, hört«, riefen etliche Mitglieder der Society.

Lucy verdrehte in gespielter Entrüstung die Augen und trabte davon, um zu telefonieren. Während sie fort war, erläuterten die anderen Isabelle, was für eine aufregende Entwicklung dies sei. Seit ihrer Gründung Anfang der 70er Jahre hatte sich die Quince Society darum bemüht, Zutritt zu Merediths Haus zu bekommen. Das war eine Zeit gewesen, in der Meredith Quinces Romane kurz nach ihrem Tod völlig aus der Mode gekommen waren. Merediths Haus war an ihren jüngeren Bruder vererbt worden, und nach dessen Tod an seinen Sohn Philip. Dieser besaß allem Anschein nach kein künstlerisches oder auch nur besonders wohlwollendes Naturell und hielt auf jeden Fall sehr wenig von dem Werk seiner Tante. Und was das Ansinnen betraf, Leute, die er für reine Spinner und Wichtigtuer hielt, in sein neues Heim zu lassen, das kam für ihn überhaupt nicht in Frage.

»Aber jetzt hat er es sich anders überlegt?«, fragte Isabelle.

»Er nicht, nein«, erklärte Peter. »Philip und seine Frau wohnen nicht mehr in dem Haus. Sie sind letztes Jahr aufs Land gezogen, aber das haben sie uns natürlich nicht wissen lassen.«

»Es war reiner Zufall, dass die liebe Lucy das herausgefunden hat«, sagte Selina. »Sie ist sehr, sehr beharrlich, wissen Sie. Sie hat noch einmal an Philip Quince geschrieben und gehofft, ihn zu überzeugen, und hat eine Antwort von seinem Sohn bekommen. Anscheinend wohnt er jetzt im Haus seiner Großtante.«

»Ein exzentrischer Junggeselle«, fügte Wendy hinzu. »Er ist gerade aus dem Ausland zurückgekommen – aus Italien!«

»*Er* hat auch Nein gesagt«, berichtete Maud. »Hat sich nicht mal die Mühe gemacht, zu erklären, warum. Hat wahrscheinlich nicht alle Tassen im Schrank, genau wie sein Vater.«

»Stattdessen«, meinte Peter, »hat er uns das Porträt geschenkt. Vielleicht hat er ja gedacht, er ist uns etwas schuldig.«

»Wir waren doch immer so loyal!«, sagte Wendy.

Lucy kam wieder herein; sie hüpfte vor Aufregung. »Wir werden nächsten Sonntag zum Tee erwartet. Ha! Endlich gewonnen!«

Alles jubelte.

»Sie müssen natürlich auch mitkommen, liebe Izbl.«

»Ja, vielen Dank.« Isabelle nickte geistesabwesend. Gerade war ihr etwas eingefallen. Zum Glück begannen alle, mit ihrem Kaffee durcheinanderzuwuseln, und sie hatte Gelegenheit, noch einmal einen Blick auf das Porträt zu werfen. Dort war das Schreibpult, und darauf das Tintenfass. Aber Meredith hatte ihre Romane doch gewiss mit der Schreibmaschine verfasst, oder etwa nicht? Das Tintenfass warf einen dramatischen Schatten, bemerkte sie, was seltsam war, denn das Buch daneben tat das nicht. Dann musste sie sich mit aller Gewalt beherrschen, um nicht vor Verblüffung ihren Kaffee herauszuprusten. Die schwarze Fläche am Fuß des Tintenfasses war gar kein Schatten – es war ein Klecks. Oder auf Englisch *a splodge*.

10

Daisy

»Und was jetzt?« Ein wenig beklommen schaute Daisy in den Kanalschacht.

»Wir klettern runter«, erwiderte Octave leichthin. »Es ist vollkommen ungefährlich, wir machen das andauernd. Du wirst sehen, es lohnt sich.«

Zwei Wochen waren seit der Knutscherei am Paris-Plage vergangen, die damit geendet hatte, dass Octave und Daisy auf seinem Motorroller zu seiner Wohnung geflitzt waren und die Nacht dort verbracht hatten. Für Daisys Verhältnisse war das alles reichlich schnell gegangen, doch Octaves Charme und sein Enthusiasmus hatten etwas Unbezwingbares, und sie hatte sich fröhlich etwas ergeben, das sich wie eine impulsive Ferienromanze angefühlt hatte. Octaves Freundin zu sein war eine ziemlich atemlose Angelegenheit: Innerhalb von zwei Wochen waren sie uneingeladen auf zahlreichen Partys aller Art aufgetaucht, hatten sich in den Badezimmern diverser Leute auf dem Boden geliebt (und einmal in einem Schrank) und jede Menge Gratis-Champagner getrunken. Außerdem waren sie des Öfteren auf den Dächern von Paris gewesen, denn das war ein weiteres Hobby von Octave. Nun war Daisy nicht weniger abenteuerlustig als jeder andere: Sie hatte es anfangs sogar ganz aufregend gefunden, an irgendwelche Mansardenfenster gelehnt im Mondschein mit Octave zu knutschen. Doch allmählich sehnte sie sich nach einem langweiligen, unkomplizierten Date, eins, bei dem sie sowohl hochhackige Schuhe tragen als auch ihren richtigen Namen verwenden konnte.

Dieser Abend jedoch war für ein solches Date nicht geeignet. Daisy ging mit den *Pique-Assiettes* auf eine Underground-Party, im wahrsten Sinne des Wortes, nämlich in den *Catacombs*, jenem Netzwerk aus Tunneln, das Paris einst als Friedhof gedient hatte. Allem Anschein nach, hatte Bertrand mit welpenhafter Begeisterung verkündet, waren die Tunnel voller richtig alter Schädel und Gebeine. Als ob das etwas *Gutes* wäre. Daisy war nicht wirklich hingerissen gewesen, doch das war ganz sicher etwas, was sie Jules erzählen konnte. Hörte sich an, als wäre das genau ihre rabenschwarze Kragenweite.

Daisy rückte ihren Höhlenforscherhelm zurecht, schob die Taschenlampe in den Gürtel und machte sich daran, die Sprossen einer schmalen Stahlleiter hinabzusteigen. Kurz darauf folgte Octave ihr und zog den Kanaldeckel über sich zu. Bertrand und Stanislas, die zuerst hinuntergeklettert waren, leuchteten mit ihren Taschenlampen. Daisy war froh, dass sie auf die *Pique-Assiettes* gehört und stabile Gummistiefel über ihre Designer-Röhrenjeans gezogen hatte. Die Entscheidung in Sachen Schuhwerk war ihr nicht leichtgefallen, doch sie musste zugeben, dass Stanislas recht gehabt hatte. Ein paar der Gänge, durch die sie jetzt tappten, standen halb unter Wasser. Im Gänsemarsch platschten Daisy und die Jungs munter voran.

»Nach meinem Plan ist der Eingang, den wir benutzt haben, am dichtesten an dem Raum dran, wo die Party stattfindet«, sagte Stanislas nach einer Weile. »Lasst uns mal kurz stehen bleiben und horchen.«

Sie verharrten regungslos. Von irgendwoher ertönte das dumpfe Dröhnen von Musik.

»*Oh ouais!* Es ist ganz nahe!«, sagte Octave. »*Allez, courage, les gars!*«

Sie platschten noch ein wenig weiter, dann wurde der Boden

allmählich trocken, und die Gänge wurden breiter, während die Musik lauter und lauter dröhnte. Daisy erkannte das euphorische Wummern von James Browns »Sex Machine.«

»Hier«, verkündete Stanislas und beleuchtete mit seiner Taschenlampe eine Eisentür mit der Aufschrift *ENTRÉE STRICTEMENT INTERDITE*. Darunter hatte jemand einen grünen Flyer geklebt, auf dem »*Acid Rendez-vous*« stand. Stanislas zog einen Schlüssel hervor und steckte ihn ins Schloss.

»*Cinq, quatre, trois, deux, un … et hop!*«, sagte er dramatisch und stieß die Tür auf.

Auf das, was sie daraufhin zu Gesicht bekam, war Daisy nicht vorbereitet. Octave hatte ihr von anderen Underground-Feten erzählt, auf denen er gewesen war – kleine, zwanglose Veranstaltungen mit höchstens dreißig Gästen. Man versammelte sich in einem Raum, der von den Taschenlampen der Anwesenden erhellt wurde, machte ein paar Dosen Bier auf und wechselte ein paar freundliche Worte mit anderen *cataphiles* (wie sich die Katakombenforscher nannten). Bei den Gesprächen ging es meistens ums Spezialistenkram, um neue, aufgelassene unterirdische Lokalitäten, zu denen sich irgendjemand Zugang verschafft hatte. Nach einer Stunde oder so trennte man sich und verschwand in der Nacht.

Diese geheime Party, das sah Daisy sofort, war etwas völlig anderes. Das Gewölbe, von unzähligen Lichterketten erleuchtet, war absolut riesig und gesteckt voller Menschen. Psychedelische Lichtprojektionen spielten auf der hinteren Wand; in regelmäßigen Abständen tauchte der Schriftzug »*Paris nous appartient*« auf: »Paris gehört uns.« Daisy und die *Pique-Assiettes* legten Helme und Jacken ab und ließen sie auf einen Haufen geschichtet zurück. »Wer hat das denn organisiert?«, fragte Daisy Octave und schlang die Arme um seine Taille. »Das ist ja total irre!«

»Ich weiß. Wahnsinn, *hein?* Das ist eine Künstlergruppe, die haben den Laden besetzt, als Unterkunft. Ich weiß nicht, wie sie wirklich heißen. Die benutzen alle Pseudonyme. Aber Stan hat einen von ihnen auf einer anderen Party kennengelernt, und so haben wir von heute Abend gehört.«

An einem Ende des Raumes war mit einem großen Stück Flokati-Teppich eine Art noble Lounge abgeteilt worden, sah Daisy, wo Dutzende von Gästen auf niedrigen Sofas saßen und sich unterhielten. Am gegenüberliegenden Ende war ein mit Luftballons geschmückter Essbereich. Riesige Kochtöpfe und Tellerstapel standen auf aus Platten und Böcken errichteten Tischen, auf denen weiße Tischdecken lagen. Bertrand machte sich augenblicklich dorthin auf und kam strahlend zurück.

»*Ouais!* Da gibt's Couscous! Hat jemand Hunger?«

»Ich glaub's nicht! Wie haben die denn all die Möbel hier runterbekommen?«, wollte Daisy verblüfft wissen.

»Sie sind unglaublich gut organisiert«, antwortete Stanislas. »Sie haben hier unten sogar Strom und einen Telefonanschluss. Ah, ich sehe Gaspard«, sagte er und winkte jemandem in der Lounge zu.

»Stans Kontaktmann«, erklärte Octave. Dann machte er hinter Daisy irgendetwas aus, das ihn veranlasste, sich heftig auf die Lippe zu beißen. »*Ah, Merde!*«

»Was ist denn?«

»Gar nichts. Nur Marie-Laure. Was zum Teufel macht die denn hier?«

»Agathes Cousine? Die, mit der du Zoff hattest?«

»Zoff?«, fragte Octave nervös.

»Diesen Streit, von dem du mir erzählt hast.«

»Ach ja! Ja, genau.«

»Redet ihr immer noch nicht miteinander?«

»Na ja, nein, eigentlich nicht. Ich würde ihr wirklich lieber aus dem Weg gehen. Aber es ist zu spät. Sie kommt rüber. Was für ein Albtraum.«

»*Ah, tiens? Bonsoir*«, grüßte Marie-Laure und trat zu ihnen. In einem schwarzen Polohemd, schwarzem Minirock und roten Gummistiefeln sah sie sehr modisch und langbeinig aus. »*Salut,* Octave.«

»Ah, Marie-Laure«, antwortete Octave leichthin. »Wie geht's? Möchtest du etwas trinken? Aber ich sehe, du hast ja schon etwas. Ich hole dir auch was, Daisy.« Damit suchte er das Weite.

Marie-Laure wandte sich an Daisy, die sie anlächelte.

»Hallo, Marie-Laure. Schön, dich wiederzusehen. Deine Party war wirklich toll. Ist Agathe auch hier?«

»Oh nein!« Marie-Laure lachte ein wenig. »Diese Art von Party ist nicht *chic* genug für Agathe. Viel zu ›underground.‹«

»Nein, da hast du wahrscheinlich recht. Aber es ist doch fantastisch, nicht wahr? Kennst du die Leute, die dieses Gewölbe entdeckt haben?«

»Nein. Ich bin mit jemandem von der Arbeit hier. Er hat im Internet davon erfahren.«

Eine kurze Pause entstand, während der Daisy sich umschaute, um zu sehen, ob Octave mit ihrem Drink zurückkam.

»Weißt du, ich glaube, Octave kommt nicht wieder. Nicht, solange ich hier bin«, sagte Marie-Laure und reichte Daisy ihr Weinglas. »Du kannst etwas hiervon haben, wenn du Durst hast. Ist ziemlich gut.«

»Vielen Dank.« Dankbar nahm Daisy den Wein an. »Hör mal«, sagte sie dann und legte Marie-Laure die Hand auf den Arm, »ich weiß, dass du und Octave euch verkracht habt. Er hat es mir erzählt.«

»Er hat dir erzählt, was passiert ist?«

»Nicht in allen Einzelheiten«, gab Daisy zu. Marie-Laure nickte und sah ihr aufmerksam ins Gesicht. »Aber ich finde wirklich, ihr solltet euch wieder vertragen«, fuhr sie fort. »Es ist doch immer so schade, wenn eine Freundschaft kaputtgeht.«

»Da hast du recht«, erwiderte Marie-Laure. Sie war bildhübsch, dachte Daisy bei sich. Auf ihrem schneeweißen Gesicht sahen die schrägen Augenbrauen aus wie Satzzeichen oder wie chinesische Kalligrafie. Marie-Laure richtete ihre dunklen Augen wieder auf Daisy. »Ihr seid heute Abend also zusammen hergekommen, du und Octave?«

»Ja. Und Bertrand und Stanislas sind irgendwo da drüben.«

»Ah, die drei Musketiere.«

»Genau. Zusammen sind sie dermaßen witzig, nicht wahr? Ich denke immer, Stan ist das Gehirn dieser ganzen Operation. Und Bertrand ist das Baby, das den anderen hinterherzottelt. Und Octave …«

»Octave«, sagte Marie-Laure, »ist der *tombeur* der Truppe.«

»Was ist ein *tombeur?*«

»Das heißt, du weißt schon … so wie Don Juan.«

»Ja, ich finde ihn attraktiv«, antwortete Daisy und wurde ein wenig rot. Octave war *wirklich* toll, und sie hatten so viel Spaß gehabt! Außerdem war er im Bett ungeheuer verspielt, auch wenn er manchmal ein bisschen angab. Insgeheim – obwohl sie es die ersten paar Male wirklich unterhaltsam gefunden hatte – wurde Daisy es jedoch ein wenig leid, zuzusehen, wie er nackt Kopfstand machte.

»Attraktiv ist er, ja. Aber auch gnadenlos. Er denkt, dass er sich alles nehmen kann, selbst wenn es ihm nicht gehört.« Einen Augenblick lang war Daisy perplex, dann fielen ihr die Champagnerflaschen wieder ein, die die *Pique-Assiettes* bei Marie-Laures Party hatten mitgehen lassen. Wahrscheinlich waren sie gesehen worden. Oje.

»Octave ist …«

»Ein kleiner Idiot?«, schlug Daisy vor und lachte nachsichtig.

»Ja. Ein gemeiner Idiot.«

Marie-Laure war eindeutig drauf und dran, noch etwas zu sagen, doch plötzlich tauchte Bertrand mit Schokoladenkuchenstücken zwischen ihnen auf.

»*Salut,* Marie-Laure«, sagte er und küsste sie flüchtig. »*Un peu de gâteau?*«

»*Non, merci.*«

Daisy, die Brüllhunger hatte, nahm ein Stück. Sofort machte Bertrand sich über das zweite her und schaute stumm von einem Mädchen zum anderen.

»Daisy, hör zu«, sagte Marie-Laure rasch. »Sieh dich einfach vor, ja? Ich suche jetzt meinen Kollegen. Bis dann.«

»Bis dann.« Daisy war verwirrt. Bertrand sah sie an, den Mund voll Kuchen, und zuckte die Achseln. Zusammen machten sie sich auf die Suche nach den beiden anderen. Die Musik hatte sich verändert; jetzt lief eine Art französischer Techno, und Daisy ging voran, drängte sich durch Gruppen tanzender Fremder. Endlich erkannte sie Octaves Hinterkopf – er saß mit Stanislas auf einem Sofa, ein Stück vom DJ und seiner Stereoanlage entfernt. Die beiden waren in ein Gespräch vertieft und sahen sie nicht kommen.

»Jetzt bleibt dir nichts anderes mehr übrig«, sagte Stanislas gerade auf Französisch. »Im Grunde ist es wahrscheinlich schon zu spät. Du hast Mist gebaut.«

»Ich habe keinen Mist gebaut«, verwahrte sich Octave. »Das ist nicht immer so einfach, weißt du?«

»Ich weiß nicht, warum du so lange gewartet hast. Bei Frauen ist das immer ein Fehler. Und ich weiß auch nicht, wieso es jemand sein musste, dem wir ständig begegnen. Schon wieder!

Das ist wirklich gegen die Regel. Jedenfalls, du weißt, was du tun musst.«

Offensichtlich sprachen sie über Marie-Laure! Und Stanislas drängte Octave, sich mit ihr zu versöhnen. Wie lieb von ihm!

»Hi!«, sagte Daisy und legte Octave die Hände auf die Schultern. Er fuhr ein wenig zusammen.

»Ah, die hinreißende Daisy«, sagte Stanislas. »Wie war Marie-Laure?«

»Sehr nett. Ich mag sie wirklich gern.«

»Und, was habt ihr so geredet?«

»Also«, erwiderte Daisy und kletterte über die Sofalehne in Octaves Arme, »sie hat mich gewarnt, dass du ein gefährlicher *tombeur* bist. Natürlich habe ich ihr gesagt, dass das Blödsinn ist. Du weißt ja, dass ich dich völlig unattraktiv finde.«

Stanislas bedachte beide mit einem nachsichtigen Lächeln, dann stand er auf und ging, wobei er Bertrand mitnahm. Octave starrte Daisy einen Augenblick lang verstört an. Bestimmt denkt er an Marie-Laure. Offensichtlich hat er einen Entschluss gefasst. Am besten nicht drauf rumreiten.

»Alles in Ordnung?«, erkundigte sich Daisy.

»Ja«, antwortete er und war mit einem Ruck wieder der lächelnde Octave. Er küsste sie. Nach einer Weile sagte er: »Können wir heute bei dir übernachten?«

»Ja, sicher. Aber ich dachte, du willst lieber zurück in eure Wohnung?« Bei früheren Gelegenheiten hatte sich Octave, der einigermaßen groß war, mit Isabelles Puppenhaus-Duschkabine ein wenig schwergetan.

»Ich hab's mir anders überlegt.«

Am nächsten Tag ging Octave früh, weil er ins Fitnessstudio wollte. Verträumt machte Daisy sich sehr langsam zurecht und betrieb dabei sorgfältiges Power-Dressing. Die Pariser Modewoche war in vollem Gange, und sie wollte sich mit Anouk treffen und zu ein paar Schauen gehen. Danach war Tee im Ladurée angesagt, wo sie, wenn sie Glück hatten, möglicherweise einen Blick auf gekrönte Häupter der Modewelt erhaschen würden – Mario Testino vielleicht oder Anna Wintour –, die zwischen *soignées Parisiennes* und ihren Pudeln saßen und dort auffielen wie bunte Hunde. Das Ladurée war genau der richtige Ort für einschneidende Modeerlebnisse, auch außerhalb der Modeschau-Saison. Einmal hatte Daisy eine alte Dame gesehen, die ganz in Knallpink gekleidet war – einschließlich Hut und Handschuhe. Sie hatte einen Teller voll winziger, magentafarbener Himbeer- und Kirschmakrönchen bestellt und diese diskret an ihren Bassett verfüttert, der brav unter ihrem Stuhl gesessen hatte und mit einem rosa Hundemäntelchen angetan gewesen war.

Daisy hielt nichts davon, sich für die Schauen zurückhaltend zu kleiden: Designer-Kampfkluft musste sein, und zwar vorzugsweise von jemandem, den nur die *cognoscenti* würden identifizieren können. Sie entschied sich für ein schwarzes, hochgeschlossenes Mantelkleid mit Gürtel von Savage aus der vorletzten Saison, das um die Hüften herum schmal geschnitten war, und kombinierte es mit hohen schwarzen Stiefeln. Es war ein Musterstück, das nie in die Produktion gegangen war, ein Unikat, mit kunstvollen Flechten aus schwarzem Pferdehaar bestickt. Oh ja, es sah *toll* aus. Es hatte etwas von »Küss die Peitsche, Sklave!«, andererseits kam dieser Look in der Modewelt immer gut an. Daisy legte den Kopf schief: Vielleicht sah sie einen Tick zu streng aus? Sie brauchte einen Hauch Frivolität – natürlich, ihre blitzende Herzbrosche! Automatisch griff sie danach: Normalerweise lag die Brosche auf ihrem Nachttisch, wenn sie sie gerade nicht trug. Jetzt aber sah sie, dass sie nicht da war. Wie merkwürdig. Sie suchte kurz danach, dann schaute sie auf die Uhr. Wenn sie sich nicht fürchterlich verspäten wollte, sollte sie sich jetzt auf den Weg machen. Sie würde stattdessen das limettengrüne Ansteckstäußchen tragen, das sie bei dem Einkaufsbummel mit Agathe gekauft hatte. Und was das kleine Herz betraf, weit konnte es ja nicht gekommen sein.

11
Isabelle

Isabelle war schwindlig. Noch vor einer Stunde war sie in Daisys Zimmer in ihre Doktorarbeit vertieft gewesen. Jetzt fand sie sich im obersten Stock eines dunklen, verlassenen Lagerhauses in Whitechapel wieder, wo sie zaghaft Jules folgte, die ihrerseits durch die fremdartige Menge geführt wurde.

»Ihr sitzt da drüben, alles klar«, verkündete ihre Führerin, eine erschreckend modische, mit einem Klemmbrett bewaffnete junge Frau. Sie zeigte auf eine Reihe in einem Meer aus nicht besonders sauberen Plastikstühlen. »Die beiden da in der Mitte.«

Jules und Isabelle nahmen ihre Plätze ein. Savages Schau würde gleich beginnen, und die beiden Sitzblöcke aus grauen Plastikstühlen waren fast bis auf den letzten Platz besetzt. Jules war schon auf etlichen dieser Veranstaltungen gewesen; sie saß ungerührt da und blätterte in der *Sunday Times*. Isabelle dagegen schaute sich mit den großen Augen einer Novizin um. Mit den abblätternden Wänden und dem Betonboden passte die Kulisse nicht zu Isabelles mentalem Bild von einer Modeschau – Reihen gepflegter Frauen mittleren Alters auf kleinen Samtstühlchen zwischen den *boiseries* eines Salons aus dem 17. Jahrhundert.

Savage, hatte Chrissie ihr erklärt, wollte »das Zelt« meiden, jenes große Vordach vor dem Natural History Museum in Kensington, wo zweimal im Jahr die London Fashion Week vorübergehend Quartier bezog. Das war ihr anscheinend zu seelenlos und korporativ. Worauf sie stattdessen aus war, war eine Schau in einem Umfeld, das »sich wie zu Hause anfühlte«. Savage musste ziemlich *spéciale* sein, dachte Isabelle bei sich, während sie das enorme, trübe beleuchtete Lagerhaus betrachtete, in dem geheimnisvolle Überreste ausgemusterter Maschinen herumstanden und es ganz leicht nach Staub und Chemikalien roch.

Sie wandte sich an Jules. »Ein bisschen düster hier.«

»Man soll Savage auf keinen Fall nachsagen, dass sie's nicht gern ausgefallen hätte.«

»Es erscheint mir ein bisschen bizarr, Leute für so etwas hierher einzuladen. Ist Whitechapel nicht die Gegend, wo … du weißt schon … das mit Jack the Ripper war?«

»Oh ja, absolut. Man kann seine Gegenwart praktisch direkt neben sich spüren, nicht wahr? Da kriegt man doch echt Gänsehaut.« Anerkennend blickte Jules sich um. »Das hier ist allerdings mehr eine *Schweigen-der-Lämmer*-Kulisse .«

Isabelle hatte den Film nicht gesehen, auf den Jules anspielte, doch sie begriff ungefähr, was diese meinte.

»Übrigens, hast du die Pressemitteilung gelesen?«, erkundigte sich Jules und lenkte Isabelles Aufmerksamkeit auf die Fotokopien, die sie auf ihren Stühlen gefunden hatten. Isabelle hatte ihre gleich nervös zusammengefaltet und sie in die Manteltasche geschoben, näheres Hinsehen jedoch zeigte, dass es sich um eine Art Informationsblatt darüber handelte, was sie gleich sehen würden. Der Text war im Stil eines Erpresserbriefes gedruckt; jedes Wort sah aus, als sei es aus einer Zeitung ausgeschnitten worden:

SAVAGE:
FRÜHLING-SOMMER-WOMENSWEAR
ALL TOGETHER NOW!

Isabelle las weiter:

In ihrer bislang revolutionärsten Kollektion verabschiedet sich Savage vom Individuum. Alle Teile wurden kollektiv von Savage und ihrem Team produziert und können außerdem kollektiv getragen werden.
Savages Kleidungsstücke sind politisch und anti-elitär. Jeder kann sie tragen – gleichzeitig mit anderen.
All together now!
Knickerbockers sind als Module entworfen und passen an so viele Beine wie nötig. Asymmetrische Röcke aus spiralförmigen, mit Druckknöpfen versehenen Bahnen können erweitert werden, um all Ihre Freunde mit einzubeziehen, ganze Familien und Wohnviertel – und ultimativ, in Savages Vision, die gesamte Menschheit.
Grenzen zwischen dem Selbst und dem anderen lösen sich auf, zwischen hässlich und hübsch, einem und vielen, weich und grob, sicher und riskant, ja und nein, groß und klein, gut und schlecht, warum und darum, Begrüßung und Abschied.

Vielleicht war es durchaus verständlich, dass Isabelle nur einen Bruchteil dessen erfasste, was sie las. Ganz benommen von ihrem ersten Kontakt mit Mode-Fachchinesisch, wandte sie sich hilflos an Jules.

»Die andere Seite gefällt dir vielleicht besser«, bemerkte diese trocken.

Isabelle drehte das Blatt um. Es war eine Liste aller Beteiligten, auf der sie überrascht und entzückt ihren eigenen Namen entdeckte: »Kopfbedeckungen von Christopher Seamyngley, mit unschätzbarer Unterstützung durch Isabelle Papillon.« Das war lieb von Chrissie. Doch sie war auch dankbar, dass Professeur Sureau niemals von ihrem unorthodoxen Spezialgebiet erfahren würde. Es war ein wenig Eile geboten gewesen, um alles rechtzeitig fertig zu bekommen, und Isabelle konnte sich Sureaus Gesicht nur zu gut vorstellen, hätte er seine ernsthafte *Protegée* gestern Abend fieberhaft Pailletten annähen sehen (erwartungsgemäß hatte Savage noch ein paar Änderungen in letzter Minute verlangt), was sich mit ebenso fieberhaften Tanz-Anfällen zur Musik von Girls Aloud abgewechselt hatte – ein unverzichtbarer Teil von Chrissies kreativem Prozedere.

Es folgte eine scheinbar sehr lange Wartezeit – vorrangig durch das verspätete Eintreffen zweier Ungemein Wichtiger Zeitungsleute – einer davon männlichen Geschlechts und im bodenlangen Mantel, der aus einem Patchwork aus richtigen Teddybären bestand; die andere Person war weiblich und mit einem Hummer auf dem Kopf. Isabelle starrte ungläubig, als sie sich nach zahlreichen Luftküssen und viel Gewinke und Gerufe niederließen. Das Licht wurde gedimmt. Erwartungsvolles Schweigen senkte sich herab.

Dann begann eine höchst verwirrende Phantasmagorie. Angekündigt von Wolfsgeheul, das hin und wieder von kreischenden Geigenklängen und gelegentlichem nervenzerfetzenden Zimbelscheppern unterbrochen wurde, schlurften acht von Savages Models, als japanische Geishas geschminkt und in blassgraues Licht getaucht, je zu zweien den Laufsteg hinunter. Ein genauerer Blick auf ihre Füße zeigte, dass sie extrem hohe Holzsandalen im fernöstlichen Stil trugen. Darüber trugen sie schimmernde weiße Shorts und Tanktops, die an der Hüfte und in der Taille miteinander verbunden waren und so ein einziges Kostüm bildeten, das sie alle einschloss. Außerdem trugen sie verwegene, asymmetrische Harlekin-Zweispitze in Rosa und Blau. Als sie abgingen, war die nächste Mädchen-Doppelreihe bereit loszumarschieren, gekleidet in ein gigantisches schwarzes Schaumgummikleid. Jeden Kopf zierten schief aufgesetzte schwarze, paillettenbesetzte Katzenohren. Es folgte ein gemeinsamer hautfarbener Bodystocking mit roter Lurexstickerei, kombiniert mit kunstvoll geformten Hauben aus Fasanenfedern. Jedes Outfit wurde mit geräuschvollem Aufkeuchen und frenetischem Applaus begrüßt. Viele der Moderedakteure, stellte Isabelle belustigt fest, als sie über den Laufsteg hinwegblickte, hatten aufgehört, auf ihren Blöcken herumzukritzeln, und weinten unverhohlen.

Weitere halluzinationsgleiche Visionen tauchten auf, unterbrochen von dem Geheul und dem Getöse scheppernder Messingbecken. Mädchen in Säulen aus metallicfarbenem Taft, an den Hüften aneinandergehängt, mit blauen, kegelförmigen Tüllhüten, überströmt von grellblauem Licht. Mädchen, deren Köpfe aus der spitzenbesetzten Gemeinschaftskrause eines kommunalen ärmellosen schwarzen Gummikleides hervorragten, von rotem Licht überstrahlt. Für das Finale ließ Savage einen goldenen Aertex-Catsuit mit 16 Armen und 16 Beinen auf das Publikum los, gekrönt von acht futuristischen goldenen Kopfbedeckungen, die an die Helme der Rennradfahrer bei den Olympischen Spielen erinnerten. Isabelle verspürte ein Aufwallen echter Freude. Das Ganze war *intense* – total irre, wie Jules es zweifellos ausdrücken würde – und bekleidungstechnisch vollkommen untragbar. Es war lächerlich, prätentiös und sinnlos. Und doch stellte sie zu ihrer großen Überraschung fest, dass auch ihre Augen voller Tränen standen.

»Da ist sie. Weide deine Augen an ihrem Anblick«, flüsterte Jules, als eine schlanke, silberhaarige Frau in einem Hosenanzug aus schwarzem Samt auf dem Laufsteg erschien und sich verbeugte. Es gab *Standing Ovations*, doch die Designerin verschwand sofort hinter dem Vorhang. »Komm«, fuhr Jules fort und griff nach ihrem Mantel und ihrer Tasche. »Gehen wir hinter die Bühne und besorgen uns was zu trinken.«

Isabelles Erfahrungen mit Nachtclubs waren auf den Club de la Plage begrenzt, ein absolut harmloses Etablissement auf der Île de Ré, unbeleckt von den Tücken der Mode. Er war für Leute ihres Umfeldes gedacht, und es war dort wie auf einer Party bei Marie-Laure oder Claire. Stätten abenteuerlicheren oder mehr *branché* orientierten Nachtlebens hatten Isabelle nie gereizt. Und doch dachte sie bei sich, als sie von der beängstigend modischen jungen Frau mit dem Klemmbrett, nunmehr ihre Verbündete, hinter das dicke rote Absperrseil gelotst wurden – während Mitglieder der Presse auf der anderen Seite warten mussten –, dass sie in ihrem ganzen Leben noch nie so freudig erregt gewesen war.

Hinter der Bühne herrschte das totale Chaos: ein Wirrwar aus halb weggetretenen Models, der Hysterie nahen Garderobieren und Visagisten, Fernsehkameras und androgynen Kellnern, die sich mit Tabletts voller Gläser durch die Menge wanden. Isabelle nippte an rosa Champagner und hielt sich dicht bei Jules. Die Menge teilte sich, und sie sahen Chrissie auf dem Schoß eines ungeheuer hochgewachsenen Mädchens in Unterwäsche sitzen, das noch immer seinen goldenen Helm trug. Beide kicherten hemmungslos.

Chrissie sprang auf und rannte auf Isabelle und Jules zu. »Da *seid* ihr ja, *Daaah*-lings!« In einer Gruppenumarmung drückte er sie beide an sich. »Hat es euch gefallen? Wie war es? Hat es einigermaßen ausgesehen? War es okay? Hat es euch Spaß gemacht? Sagt ehrlich.« Er trat zurück und betrachtete ihre Gesichter. »Isabelle! Ich glaube *tatsächlich,* du hast *geweint!* Gott segne dich, Darling!«

»Äh, ja. Ich habe nicht damit gerechnet … Es war wirklich …«

Isabelles verlegene Glückwünsche wurden bald durch die Ankunft einer kleinen, blonden jungen Frau gestört, die Chrissie furchtsam am Ärmel zupfte. Sie trug Leggins und ein knielanges T-Shirt mit dem Bild einer psychopathischen, kettensägenschwingenden Mickymaus. Das, erklärte Chrissie, war Posy, Savages Assistentin. Posy sah sehr gestresst aus.

»Hi, wie geht's?«, sagte sie automatisch in Isabelles Richtung. »Chrissie, sie will dich sprechen. Da drüben. Sofort!«

Chrissie schien schlagartig nüchtern zu werden und eilte ohne Widerworte davon.

»Ich fand die Schau unglaublich«, sagte Isabelle.

»Ach ja? Toll«, antwortete Posy mit einem schwachen Lächeln.

»Und wie geht's *ihr* heute?«, erkundigte sich Jules mit leiser Stimme.

Als Antwort drückte Posy die Hände auf die Ohren und gab eine lebhafte Pantomime von Edward Munchs *Der Schrei* zum Besten.

»Sie ist doch jetzt bestimmt erleichtert, wo die Schau vorbei ist«, meinte Isabelle.

»Ja, irgendwie schon. Das ist vorbei, also dreht sie jetzt wegen irgendwas anderem am Rad. Wir sehen uns. Muss weiter.«

Ohne darauf zu warten, dass Chrissie von seiner Chefin freigegeben wurde, machten Isabelle und Jules sich auf den Heimweg, denn sie hatten beide später am Nachmittag noch etwas vor. Isabelle würde um drei abgeholt werden, um mit dem Rest der Society zu Meredith Quinces Haus zu fahren. Davor, um zwei, wollte sich die Band bei Jules treffen, um künftige Auftrittstermine und die Aufnahme ihrer neuen Demo-CD zu besprechen.

Um die vereinbarte Uhrzeit war Jules gerade oben, also öffnete Isabelle. Ein schwarz gekleideter junger Mann stand auf der Schwelle. Es dauerte eine halbe Minute, bis Isabelle Karloff erkannte. Seine wilde Frisur war noch immer dieselbe, aber ohne seine Zwangsjacke sah er ganz anders aus, weniger unnahbar. Was ja bei den meisten Menschen der Fall wäre.

»Oh, hi«, sagte er schüchtern. »Ist Jules da?«

»Ja, komm rein«, antwortete Isabelle und trat zurück, um ihn hereinzulassen.

Jules kam gerade die Treppe herunter und blieb wie angewurzelt stehen, als sie ihren Bandkollegen erblickte.

»Hallo, Kazza«, sagte sie nach einem Augenblick.

Karloff räusperte sich und ging dann langsam, wie im Traum, zum Fuß der Treppe, wo er stehen blieb und auf seine Schuhe schaute. Jules starrte geradeaus an die Wand. Es herrschte Schweigen.

Isabelle erwog, sich auf Zehenspitzen aus diesem gehemmten Tableau davonzuschleichen. Stattdessen fragte sie fröhlich: »Und, habt ihr ein Treffen wegen der Band?«

Karloff und Jules sahen voller Dankbarkeit zu ihr hinüber und antworteten gleichzeitig: »Ja. Ja, genau. Auf jeden Fall. Klar.«

»Sind die Mädels noch im Auto?«, erkundigte sich Jules mit ungewöhnlich hoher Stimme. Sie räusperte sich und schob ihre Brille zur Nasenwurzel hoch.

»Na ja, also«, erwiderte Karloff und hielt den Blick weiter auf Isabelle gerichtet, »die Sache ist so, Legend ist erkältet.«

»Aber die anderen sind unterwegs?«

»Nein. Ivy muss heute arbeiten.«

»Und Bella?«, fragte Jules heftig und hielt sich am Geländer fest.

»Die hat, na ja, irgendwie einen Notfall mit 'nem Wasserrohr.«

»Oh.« Langsam stieg Jules rückwärts eine Stufe hinauf. »Soll das heißen, es sind nur … wir beide übrig?«

Karloff nickte mehrmals.

In diesem delikaten Augenblick öffnete sich die Haustür, und Chrissie erschien. »Oh, hallo, Karloff-Darling. Was siehst du doch heute wieder göttlich düster aus!«

Daraufhin schien Jules aus ihrer Trance zu erwachen. Sie stapfte die Stufen hinunter, packte Isabelle und ging den anderen voraus in die Küche. Karloff und Chrissie folgten.

In der Küche bemerkte Isabelle schelmisch: »Chrissie und ich sollten euch allein lassen, damit ihr eure Besprechung abhalten könnt. Ich habe noch etwas in meinem Zimmer zu tun.«

Doch Jules schoss einen dermaßen strengen Blick auf sie ab, dass sie sich ohne weiteren Spott am Tisch niederließ. Die Bassgitarristin von The Coven machte sich sodann verdrossen daran, den Wasserkessel zu füllen, und brummelte dabei an niemand Bestimmten gerichtet vor sich hin: »Ich fasse diese Weiber einfach nicht. Ich meine, wo ist da der Einsatz für die Band?«

Isabelle und Chrissie drehten die Köpfe in Karloffs Richtung. Er stand stumm und bedrückt neben der Anrichte.

»Bestimmt wollten sie eigentlich hier sein«, beschwichtigte Isabelle.

»Verdammte Amateure. Ich hab das Ganze satt.«

Jules stand jetzt schon so lange am Spülbecken und kehrte allen anderen den Rücken zu, dass Chrissie hinüberging, um sie zu erlösen.

»Ich sag dir was, Schätzchen«, meinte er, nahm ihr den Kessel aus der Hand und geleitete sie sanft zum Tisch, »warum fangt ihr nicht an, du und Karloff? Ihr seid beide hier: Bassgitarre und Sänger. Scheint doch ein Jammer zu sein, alles platzen zu lassen, hm? Und inzwischen mache *ich* Tee.«

Langsam ließ sich Jules gegenüber von Karloff nieder. Isabelle, die neben ihm saß, bemerkte, dass er es irgendwie geschafft hatte, seine schwarz gewandeten Beine zweimal übereinanderzuschlagen und sie zu einem Knoten des Unbehagens zu verschlingen.

»Also, Karloff, Süßer«, fuhr Chrissie lebhaft fort. »Du bist doch der Frontman. *Nimm die Dinge in die Hand,* Darling. Komm schon! Was liegt *an?* Wie ist die *Lage?*«

Karloff räusperte sich. Die beiden liebeskranken Goths warfen einander einen raschen Blick zu und schauten dann hastig weg.

»Aber die Sache ist, na ja …«, fing Karloff schließlich unsicher an. »Normalerweise sind die anderen auch dabei.«

»Ist das das erste Mal, dass ihr beide euch allein trefft?«, erkundigte sich Chrissie, ohne sich umzudrehen. »Um etwas wegen The Coven zu besprechen?«

»Na ja, ja«, antwortete Karloff und starrte Jules an. »Wir haben uns noch nie ohne die anderen getroffen.«

»Wirklich, Darling? Nun, es gibt für alles ein erstes Mal«, verkündete Chrissie. »Ich mache mal den Gastgeber, ja?«, fuhr er fort, ließ Teebeutel in Becher plumpsen und holte die Milch aus dem Kühlschrank. »Zucker, Karloff?«

»Kazza nimmt nie Zucker«, wehrte Jules ab, ehe sie sich beherrschen konnte. Karloff lief bei diesem Zeichen der Aufmerksamkeit dunkelrot an. Jules machte sich daran, ihre Stirnfransen über ihre Brille zu ziehen.

Chrissie, der mit weit aufgerissenen Augen und verkniffenen Nasenlöchern zu Isabelle hinüberschaute, verteilte Teebecher und legte eine Packung mit Schokoladenkeksen vor Jules auf den Tisch. »Mach doch mal die Leckerlis auf, Schatz, ja?« Dann setzte er sich, stützte die Ellenbogen auf den Tisch und ließ das Kinn auf den verschränkten Fingern ruhen. »Ehrlich gesagt, ich wüsste ja zu gern, wie das mit der Band angefangen hat. Wie habt ihr euch kennengelernt? Nun erzählt schon.«

»Whitby«, antwortete Karloff enigmatisch.

»Ich verstehe nicht«, sagte Isabelle verwirrt.

Jules wandte sich zu ihr um. »Whitby liegt in Yorkshire, da hat Draculas Schiff in England angelegt.«

Verständnislos starrte Isabelle sie an.

»In dem *Buch*, Darling, in dem Roman von Bram Stoker«, erläuterte Chrissie zwischen kleinen Schlucken Tee.

Jules und Karloff nickten energisch.

»Deswegen ist Whitby ein *Wallfahrtsort*«, führte Chrissie weiter aus und erwärmte sich für das Thema. »Wie ein Ibiza für Goths. Alle tragen Schwarz. Alle sind bleich, düster und interessant. Der Himmel ist bleigrau. Es gibt einen Friedhof mit windschiefen Grabsteinen. Es ist saukalt. Alle amüsieren sich blendend.«

»Vor zwei Jahren«, sagte Karloff heiser, »bin ich mit Ivy da raufgefahren. Damals haben wir zusammengewohnt, als Wohngemeinschaft. Sie hat ihre Freundin Belladonna mitgebracht. Im Auto haben wir angefangen, so über dies und das zu reden, und dass wir vielleicht 'ne Band zusammenkriegen wollen. Eigentlich alles nur so aus Spaß. Dann sind wir nach Whitby gekommen, waren auf 'ner Party, haben uns zugesoffen und das alles vergessen.«

Isabelle warf Jules einen verstohlenen Blick zu. Die Bassgitarristin der Band bemühte sich geistesabwesend, die Kekspackung aufzureißen, doch ihre Fingernägel fanden keinen Halt an der Verpackung.

Karloff erzählte weiter. »Danach haben wir in so einem Bed & Breakfast gepennt und sind dann am Morgen in diesen Pub, The Elsinore hieß der. Inzwischen hatte ich einen Mordskater und war echt schlecht drauf. Jedenfalls ist Ivy in dem Pub zwei Frauen begegnet, die sie ein bisschen kannte. Sie hatte sie im Sommer davor auf einem Festival in Schweden kennengelernt.«

»Das waren ich und Legend«, übernahm Jules den Gesprächsfaden.

»Und dann war mein Kater weg. Einfach so. Magie.«

»Ivy hat davon angefangen, dass man doch 'ne Band gründen könnte, und als wir alle am Tisch abgefragt haben, hat sich rausgestellt, dass wir alle irgendwas spielen konnten. Und der Rest ist Geschichte.« Noch einmal zerrte sie vergeblich an der Kekspackung. »Ach, leck mich doch! Ich meine, bin ich denn die Einzige, die The Coven einen Dreck interessiert?«

»Nein! Nein, das bist du nicht«, verwahrte sich Karloff mit erstickter Stimme. »Mich interessiert die Band sehr wohl einen Dreck.«

Isabelle und Chrissie wechselten einen Blick. Die Spannung im Raum war unerträglich geworden.

»Wir sollten euch wirklich allein lassen …« Isabelle machte Anstalten aufzustehen, doch Jules' Hand schoss unter dem Tisch vor und schloss sich wie ein Schraubstock um Isabelles Handgelenk. Sie setzte sich wieder, während Chrissie die Kekspackung öffnete. Karloff bediente sich. Er schaute auf, begegnete Jules Blick, geriet in Panik und zerdrückte seinen Keks zu einer Handvoll Krümel.

»Haben die Pailletten-Katzenohren nicht einfach *gottvoll* ausgesehen?«, erkundigte sich Chrissie an Isabelle gewandt taktvoll.

»O ja«, beteuerte diese. »Ich war wirklich stolz auf alle Hüte. Am tollsten fand ich den Goldhelm.«

»Stimmt genau. Der Goldhelm ist das Allergrößte.«

Jules und Karloff tranken stumm ihren Tee. Nach ein paar Minuten sagte Karloff mit lebloser Stimme. »Okay. Ich glaube, ich … geh dann mal nach Hause. Also … ich rede mit den anderen und mache ein neues Treffen aus. In Ordnung?«

Als er weg war, ging Jules in ihr Zimmer und machte die Tür zu. Bald war manisches Getrommel und Gesang zu hören.

»Bauhaus, würde ich sagen«, bemerkte Chrissie, der mit Isabelle im Flur stand. »Auf die greift sie in Krisenzeiten normalerweise zurück. Komm in meine gute Stube, Darling, wir müssen uns unterhalten.« Er schloss die Tür hinter ihnen und grinste Isabelle an. »Schätzchen, hast du schon einmal so etwas *Qualvolles* gesehen?«

Isabelle schüttelte den Kopf. »Es ist so merkwürdig, denn auf der Bühne sind sie doch wirklich nicht schüchtern.«

»Auf der Bühne sind sie *schamlos!* Ich würde sagen, das ist die Magie des öffentlichen Auftritts. Aber wenn sie nicht auf der Bühne stehen, können sie einander nicht in die Augen sehen. Die armen kleinen Lämmchen. Oder in diesem Fall sollte ich wohl eher schwarze Schafe sagen. Also, *wie* können wir das ändern?« Er legte die Stirn in Falten, dann schnalzte er begeistert mit den Fingern. »Warte mal! Bald ist doch Halloween! Ja, ich *weiß*, was wir machen! Und das Beste ist, dass Jules genau das *besitzt*, was wir brauchen.«

Chrissie hatte gerade noch genug Zeit, seinen brillanten Plan zu erläutern, bevor der Minibus mit Maud am Steuer vor dem Haus hielt, um Isabelle abzuholen.

Die Mitglieder der Quince Society saßen völlig überdreht vor Aufregung im Wagen. Den ganzen Weg nach Kew ließ die fantastische Aussicht, im Haus der lieben Meredith Tee zu trinken, sie erregt plappern. Isabelle schaute aus dem Fenster und überlegte, wie viel Thomas Quince wohl über *The Splodge* wissen mochte, falls er überhaupt davon wusste. Laut Lucy war er ziemlich alt – mindestens dreißig –, aber leider nicht alt genug, um seine Großtante gekannt zu haben.

»Wir sind da!«, rief Maud. »Bitte alle Passagiere von Bord!«

Die kleine Pilgerschar kletterte einer nach dem anderen aus dem Minibus, stand ein Weilchen herum und erging sich in begeisterten Ausrufen über die Eleganz und Schönheit von Merediths Wohnsitz und drängte sich dann auf der Schwelle zusammen. Lucy drückte energisch auf die Klingel. Als die Tür aufging, war Isabelle gelinde überrascht, den Fremden mit den Spielkarten im Hutband und dem schlammbespritzten Land Rover wiederzuerkennen. Alle betraten nacheinander das Haus, und Lucy stellte die Besucher vor.

»Und *das* ist unsere neueste Rekrutin, Izbl Peppy-on«, verkündete sie schließlich, den Arm um Isabelles Schultern gelegt. »Wissen Sie, sie ist Französin.«

»Herzlich willkommen.« Merediths Großneffe lächelte Isabelle mit zerstreuter Leutseligkeit an, ließ aber durch nichts erkennen, dass er sie schon einmal gesehen hatte. Wahrscheinlich erinnerte er sich nicht an sie: Es war so eine kurze Begegnung gewesen.

Die Mitglieder der Quince Society wurden ins Obergeschoss geleitet und in einen Salon geführt, wo sanft verblichene Chintzsofas und Sessel um einen Tisch herumgruppiert waren, der mit Teegeschirr und Gebäck beladen war. Ein Feuer loderte im Kamin.

»Bitte bedienen Sie sich«, sagte Tom Quince und strich sich das Haar aus der Stirn. »Da stehen zwei große Teekannen, und auch genug Tassen, glaube ich. Und ich habe genug Scones für eine kleine Armee gemacht.«

Die Scones waren in der Mitte des Tisches zu einem verlockenden goldenen Haufen aufgestapelt worden. Alle nahmen Platz. Zuerst waren die Gäste scheu. Ein respektvolles Schweigen entstand, während Tee eingeschenkt wurde und man Marmelade und Rahm herumreichte. Dann, durch die Erfrischungen mutiger geworden, begannen alle auf einmal, ihren Gastgeber mit Fragen zu bestürmen. Waren dies hier alles Merediths ursprüngliche Möbel? Und die Bilder an den Wänden? In welchem Sessel hatte sie für gewöhnlich gesessen? Hatte sie lieber indischen oder chinesischen Tee getrunken? Hatte sie oft den Botanischen Garten besucht? War das der Grund, weshalb sie in Kew hatte wohnen wollen? Hatte Meredith gern gestrickt oder gestickt? Hatte sie einen Fernseher besessen? Hatte sie Tiere gemocht? Hatte sie einen Hund gehabt?

Isabelle saß zwischen Fern und Wendy auf einem Sofa und schwieg. Während ihres Studiums hatte man ihr eingebläut, dass nicht das Leben eines Schriftstellers wichtig war, sondern sein Werk. Ich bin Literaturwissenschaftlerin, dachte Isabelle steif, und als solche interessieren mich derartiger Firlefanz wie Merediths persönlicher Geschmack und ihre Hobbys nicht sonderlich. Sie ließ den Blick über den Tisch wandern. Lucy, mit struppigem grauen Haar und leuchtenden blauen Augen, bellte gerade Merediths Großneffen irgendetwas Enthusiastisches entgegen, der ohne eine Spur von Ungeduld oder Langeweile zuhörte.

»Und was machen *Sie*, Mr. Quince?«, erkundigte sich Maud mit gewissem Nachdruck. Sie hatte schon eine ganze Weile versucht, Lucy ins Wort zu fallen.

»Sind Sie vielleicht auch Schriftsteller?«, wollte Herbert wissen.

»Nichts derartig Aufregendes. Ich bin Gärtner.«

Isabelle seufzte innerlich. Das klang für ihre Zwecke nicht gerade sehr ermutigend.

»Ach, wirklich? Wie schön!«, rief Fern. »Dann haben Sie bestimmt einen ganz wundervollen Garten.«

»Nun ja, der Garten macht viel Spaß«, antwortete er vage. »Aber er macht auch jede Menge Arbeit. Ich muss mich noch um die Gärten anderer Leute kümmern, darunter leidet natürlich mein eigener. Ich würde Ihnen ja zeigen, was an Garten vorhanden ist, aber es ist wirklich schon zu dunkel.«

»Dann haben Sie also Gartenbau studiert, als Sie in Italien gelebt haben?«, fragte Maud.

Er sagte, ja, das stimme, und wandte sich dann an Selina, um ihre Fragen über die mediterrane Flora zu beantworten. Isabelle kaute an einem Gurkensandwich und musterte Tom Quince prüfend; sie suchte nach Ähnlichkeiten mit seiner Großtante. Es schien keine zu geben, abgesehen von ganz allgemeinen Übereinstimmungen, was den Farbton von Haar und Haut betraf, und selbst was das anging, war sein Haar heller als das ihre auf dem Porträt. Sie nahm einen weiteren winzigen Bissen von ihrem Sandwich. Andererseits, dachte sie bei sich, sah er irgendwie nicht ganz wie ein Zeitgenosse aus. Vielleicht lag das an dieser Hornbrille: Sie wirkte ein bisschen retro. Nein, es war mehr als das. Die hohen Wangenknochen vielleicht und die feste, geschwungene Linie seines Mundes. Er hatte eines jener Gesichter, die ganz früher zweifelsohne von einem Schnurrbart geziert worden wären. Einem Offiziers-Schnurrbart, dachte sie, einem, der sich an den Enden nach oben biegt.

In diesem Moment begegneten sich ihre Augen. Er zog ganz leicht die Brauen hoch und bedachte sie mit einem Blick, der so direkt und ironisch war, dass sie beinahe ihr Sandwich in einem Stück hinuntergeschluckt hätte. Hastig wandte sich Isabelle zu Wendy um, die in demütigem, zufriedenem Schweigen neben ihr saß, als wolle sie auf etwas antworten, was diese gesagt hatte. Als sie wieder über den Tisch hinwegschaute, hatte Merediths Großneffe abermals sein leicht zerstreutes, gutmütiges Wesen angenommen und beantwortete Mauds detaillierte Fragen über die florentinische Architektur. Isabelle musste sich diesen untypischen kurzen Blick eingebildet haben. Tatsächlich achtete er gar nicht besonders auf sie.

Nach dem Tee war es den Angehörigen der Society endlich vergönnt, sich im Haus umzusehen. Zu ihrer freudigen Erregung begann die Tour in Merediths Schlafzimmer.

»Oh.« Fern konnte ihre Enttäuschung nicht verbergen.

»Ah, ja«, meinte Tom Quince entschuldigend, »ich fürchte, es ist nicht ›genau so, wie sie es hinterlassen hat.‹ Mein Vater hat es sich als Arbeitszimmer eingerichtet, als er das Haus übernommen hat, und dann hat er alles Mögliche darin untergebracht, als sie ausgezogen sind. Lauter Dinge, für die er keine Verwendung hatte. Jetzt sieht es wirklich ein bisschen trist aus. Ich denke, als Gästezimmer ist es ganz brauchbar.«

»Vielleicht«, bemerkte Wendy so laut, wie sie es wagte, »würden Sie es ja gern wieder so herrichten, wie es zu Merediths Zeit war?«

»Mm, ja, das ist eine Idee«, erwiderte Tom Quince geistesabwesend.

Sie schauten ins Esszimmer und stiegen dann eine weitere Treppe hinauf, um ein Zimmer zu betrachten, das als Kinderzimmer für Merediths jüngeren Bruder gedient hatte.

»Meredith hat meinen Großvater hier drin besucht und mit ihm gespielt, als er klein war. Dann war es mein Zimmer, bis ich mit Anfang zwanzig von zu Hause weggegangen bin. Und jetzt habe ich es wieder bezogen. Ich fürchte, es ist ziemlich unordentlich.«

Das Zimmer, in sehr dunklem Grün gestrichen, hatte das Aussehen einer attraktiven Männerhöhle. Isabelle fiel ein sehr schöner Stich auf, der einen französichen Garten darstellte, und ein Schreibtisch, auf dem sich Gartenzeitschriften stapelten. Sie gingen alle wieder hinunter ins Erdgeschoss.

Tom Quince öffnete eine Tür und verkündete: »Und das ist die Bibliothek.«

Ganz kurz musste Isabelle unwillkürlich daran denken, wie sie als Kind *Cluedo* gespielt hatte. Würde sie sich Colonel Mustard (oder Moutarde, wie er in der französischen Ausgabe des Brettspiels hieß) mit dem Kerzenhalter in der Hand gegenübersehen? Stattdessen trat sie hinter Herbert und Emily Merryweather ein und fand sich in der exakten Kulisse von Merediths Quinces Porträt wieder. Ein Chor von Freudenrufen war aus den Reihen der Quince Society zu vernehmen.

Dieser Raum schien im Gegensatz zu den anderen tatsächlich genau so zu sein, wie Meredith ihn hinterlassen hatte. Isabelle erkannte die Bücherregale wieder, das Schreibpult, den runden Kaffeetisch, den rot-grünen Perserteppich. Merediths grüner Lehnstuhl war neu gepolstert und primelgelb bezogen worden. Hinter den Terrassentüren war der Garten in Dunkelheit getaucht. Tom Quince erklärte seinen hingerissenen Zuhörern gerade, dass dies der Raum sei, in dem seine Großtante den größten Teil ihrer schriftstellerischen Tätigkeit verrichtet habe, genau an diesem Pult. Ehrfürchtig betrachteten sie alle das Möbelstück. Herbert strich verstohlen mit der Hand darüber; zweifellos dachte er an die Entstehung von *Der Tod der Bauchrednerin*.

»Welches von den Büchern Ihrer Großtante gefällt Ihnen denn am besten, Tom?«, erkundigte sich Selina bei ihrem Gastgeber.

Dieser fuhr sich mit der Hand durchs Haar, das nach zahlreichen derartigen Fragen seitens seiner Besucher allmählich ziemlich unordentlich aussah.

»Ah, die Bücher, ja. Sie werden mich für einen fürchterlichen Banausen halten, aber ich gestehe voller Scham, dass ich nie eins davon gelesen habe.«

Höfliches, aber gleichwohl empörtes Schweigen folgte auf dieses Geständnis.

»Es ist eine dürftige Ausrede, ich weiß, aber meine Eltern haben mich nie dazu ermuntert, mich für Merediths Romane zu interessieren. Ich habe sie wohl immer als selbstverständlich hingenommen. Ich glaube, die Originalmanuskripte sind hier alle irgendwo«, schloss er unbestimmt.

Isabelles Herz schlug einen kleinen Purzelbaum.

»Ach, wie lustig!«, kläffte Lucy. »Glauben Sie, wir könnten sie mal sehen?«

»Ich nehme doch an«, warf Maud ein, »dass Sie sie in einem Safe eingeschlossen haben?«

Tom Quince furchte die Stirn und schüttelte den Kopf. »N-nein, ich glaube nicht, dass wir einen Safe haben. Sie sind einfach –«, er vollführte einen Geste, die den ganzen Raum einschloss, »- irgendwo im Haus. Ich weiß wirklich nicht genau, wo.«

»Wie sehen sie denn aus?«, wollte Peter wissen und strich sich den Bart. »Hat sie sie getippt oder mit der Hand geschrieben?«

»Äh, lassen Sie mal sehen, sie hat getippt, glaube ich. Man hat mir die Manuskripte einmal gezeigt, als ich noch jünger war.«

Isabelle konnte kaum an sich halten. Merediths Verwandter

mochte ja nicht die blasseste Ahnung vom literarischen Genie seiner Großtante haben, aber er wohnte hier, in diesem Haus. Und irgendwo in diesem Haus befand sich vielleicht auch das Manuskript von *The Splodge*. Sie wartete, bis Lucy, Peter und Maud ein Stück weitergegangen waren, um die Bücherregale in Augenschein zu nehmen, dann schob sie sich näher an ihn heran.

»Verzeihen Sie … Mr. Quince?«

»Bitte nennen Sie mich Tom, Isabelle. So heißen Sie doch, nicht wahr?«

»Ja.«

»Und dieses Peppy-on?«

»Eigentlich heißt es Papillon.«

»Papillon? Das heißt doch was ganz Bestimmtes, oder? Irgendetwas, das mit Märchen zu tun hat, nicht wahr?«

»Äh, nein.« Er trug ein Hemd mit offenem Kragen, und als Isabelle zu ihm aufsah, wurde ihr Blick unwillkürlich von einem feinen Büschel interessant goldener Haare in seiner Kehlgrube angezogen. Sie blinzelte, dann lächelte sie ihn an. »Vielleicht verwechseln Sie es ja mit Cendrillon – der französische Name für Cinderella.«

»Natürlich, ja. Wie albern von mir. Warten Sie – ich glaube, jetzt fällt es mir wieder ein. Ist ein Papillon so etwas wie ein Strudel?«

»Ein Strudel?«

»Etwas, das einen unwiderstehlich mitreißt«, sagte Tom Quince.

Isabelle runzelte die Stirn, dann fiel bei ihr der Groschen. »Oh, ich glaube, Sie meinen *tourbillon*. Ehrlich gesagt, *papillon* heißt ›Schmetterling‹.«

»Ah, ja, natürlich. Ein sehr hübscher Name.«

»Es gibt da etwas, was ich Sie gern fragen würde.«

»Ach?«

»Es geht um Ihre Großtante.«

»Ach.«

Isabelle sah sich um. Die Mitglieder der Society plapperten alle fröhlich außer Hörweite. Gerade war ihr eine Idee gekommen.

»Vielleicht … die Leute, mit denen ich mir ein Haus teile, geben an Halloween eine kleine Party. Hätten Sie Lust, auch zu kommen? Dann könnten wir uns in Ruhe unterhalten.«

Er lächelte vage. »Halloween? Ja. Warum nicht? Soll ich meinen eigenen Kürbis mitbringen?«

12
Daisy

»Paris pulsiert im Takt der Modewoche. Wer ist in? Wer ist out? Welches sind die wichtigsten neuen Trends der Saison? Und was zieht man an, um bei den Schauen *à la mode* zu sein?« Langsam, mit nur zwei Fingern, tippte Daisy den Text in ihren Laptop.

Bisher waren ihre *Sparkle*-Blogs in fieberhafter Erregung nur so aus ihr herausgeströmt. Mit diesem hier tat sie sich viel schwerer. Teilnahmslos starrte sie aus dem Fenster von Isabelles Arbeitszimmer und zog ihren flauschigen rosafarbenen Morgenmantel enger um sich. Zum ersten Mal, seit sie nach Paris gezogen war, fror sie. Vielleicht würden ihr ja die Notizen, die sie sich bei den Schauen gemacht hatte, zur Inspiration verhelfen. Sie blätterte die Seiten ihres Blocks um und tippte alles ein, was annähernd relevant schien:

Alles aus Lackleder – blank blank blank.

Hautfarbene Strümpfe IN/nackte Beine OUT.

Zartes Grau ist das neue Schwarz?

Das neue Schwarz, wirklich? Und wenn schon. Im Augenblick war es schwer, derlei wichtig zu finden. Daisy hielt inne und schaute aus dem Fenster. Draußen hatte der Himmel just jene neue Modefarbe, ein zartes Grau. Es sah aus, als würde es gleich regnen. Sie blätterte noch eine Seite um und tippte:

Vintage kehrt als topaktueller Schlabberlook zurück.

Flughafenchic – »Bananen«-Hochsteckfrisur und türkisgrüne Wimperntusche.

18-Zentimeter-Absätze – 13 wären genug.
DER Look der Saison: Sophia Loren meets Hello Kitty.

Alles stinklangweilig. Was noch? Ach ja:

Beste Party: Markteinführung von Ça pue, non? *Revolutionäres neues Parfum, das wie Benzin riecht. Tolles Party-Essen, experimentelle Canapés, manche köstlich, andere eklig, auf einem Tisch angerichtet, der aussah wie eine Rattenfalle.*

Sie starrte den Absatz an und markierte dann das Wort »Ratte«. Dann tippte sie:

Ratte, Ratte, Octave ist eine Ratte.
Eine Kanalratte.
Ein absoluter, totaler Drecksack.
Wer hätte das gedacht?

Daisy schloss die Augen und spielte zum x-ten Mal den niederschmetternden Film von ihrem letzten Zusammentreffen mit Octave unter den Bäumen im Jardin du Luxembourg ab. »Mit gebrochenem Herzen« war nicht nur eine Redeweise – ihr Herz *war* im wahrsten Sinne des Wortes zerbrochen. Sie griff nach der Schachtel mit den Papiertaschentüchern. Nach einer Weile schaltete ihr Computer in den Standby-Modus. Es begann zu regnen.

»Was für ein Herz? Oh, diese Plastikbrosche, die du immer trägst?«, sagte Agathe, nachdem sie an ihrem Perrier genippt hatte. Sie war von Daisy zu einem Notfall-Treffen zitiert worden und saß ihr jetzt in einem lauten Café am Place Saint-Sulpice gegenüber. Heute sah Agathe in einer blauen Seidenbluse, die ihr wie auf den Leib geschneidert passte, besonders strahlend und makellos aus. Ihr glattes Haar wurde von einem Samtband zurückgehalten. »Na ja, das ist doch okay!«, sagte sie mit einem übertriebenen Seufzer. »Ehrlich gesagt hast du Glück, Daisy. Jetzt kannst du dir stattdessen etwas hübsches Neues anschaffen. Ich kann dir ja beim Aussuchen helfen.

Sie haben da so eine Regel, dass es etwas sein muss, was das Mädchen vermissen wird. Wie eine Trophäe, die sie einander zeigen können, als Beweis für ihre Eroberung. Das machen sie alle, aber Octave ist am erfolgreichsten, glaube ich. Kannst du dir vorstellen, wie viele von diesen Schmuckstücken er haben muss? Wahrscheinlich Hunderte. Er ist wirklich schrecklich!«

Sie wollte schon lachen, doch als sie Daisys Gesicht sah, beherrschte sie sich gerade noch rechtzeitig. Sie fuhr fort: »Marie-Laure hat mir erzählt, was ihr damals passiert ist – aber im Vertrauen, verstehst du? Deshalb dachte ich, ich könnte es dir nicht sagen. Man muss schließlich die Privatsphäre anderer respektieren. Das verstehst du doch, oder? Auf jeden Fall, so, wie du dich am Paris-Plage verhalten hast, hatte man den Eindruck, dass du wusstest, was du tust. Das haben alle gedacht, als wir nachher darüber geredet haben.

Ja, dieses kleine Notizbuch, darin führen sie Buch über die Punkte. Ich glaube, als sie dich auf Claires Party gesehen haben, war die Frage lediglich, wer dich als Erster kriegt. Wie beim Pferdewetten. Dasselbe ist letztes Jahr passiert, als Amélies kleine Brieffreundin aus der Schweiz zu Besuch kam. Aber bei ihr ging es nur um ein paar Küsse auf einer Party. Es war also nicht so demütigend wie das, was dir passiert ist. Und sie ist nach ein paar Tagen wieder nach Hause gefahren. Aber du musst hierbleiben und dich für den Rest des Jahres damit herumschlagen. Was glaubst du, wie du damit zurechtkommen wirst? Nimm es nicht zu persönlich. Es hat so viele andere gegeben. Französische Männer sind nun mal Frauenhasser. Ständig reden sie von *la misogynie* dieses, *la misogynie* jenes. Das finden sie urkomisch.« Agathe strich sich eine verirrte Haarsträhne hinters Ohr und lächelte ein wenig. »Und wenn ich du wäre, dann würde ich aufhören, die Fransen von deinem Pashmina so zu Zöpfen zu flechten. Du machst ihn noch kaputt.«

»Im Jardin du Luxembourg?«, fragte Marie-Laure ungläubig. »Nein! Oh, er ist einfach unverbesserlich. Weißt du, genau da hat er mir auch gesagt, dass es aus ist.«

In ihrer Verzweiflung hatte Daisy Marie-Laures Nummer aus Isabelles Rolodex herausgesucht. Gott sei Dank, dass Isabelle so gut organisiert war. Jetzt saß Daisy auf einem Sofa bei Marie-Laure zu Hause. Ein kleines Obsttörtchen stand unberührt vor ihr. Ihr Tee wurde in der Tasse allmählich kalt.

»Das Komische ist, es ist noch gar nicht so lange her, aber ich weiß nicht mehr, was er zu mir gesagt hat«, fuhr Marie-Laure fort und schlug ihre langen Beine übereinander. »Wahrscheinlich so ein klassischer Spruch wie: *Es war alles ein furchtbarer Fehler, es hätte nie passieren dürfen.* Wir sind spazieren gegangen. Wir haben uns an den Händen gehalten. Es war ein wunderschöner Tag, und ich habe mich nach den anderen Leuten umgeschaut, und das Ganze hat mich vollkommen kalt erwischt. Es ging sehr schnell, in zwei Minuten war's vorbei. Bei dir auch? Ja, Octave geht gern schnell vor. Er ist ein Experte. Dann hat er mich in ein Taxi gesetzt und ist verschwunden. *Et hop!* Und dann hatte er noch die Frechheit, mit seinen Spießgesellen auf meiner Party aufzukreuzen.

Natürlich hätte ich wissen müssen, dass etwas nicht stimmt. Am Tag nach … na ja, nach der Nacht, die er mit mir verbracht hat, konnte ich meine Lieblingsohrringe nicht finden, die aus Korallen. Das sind wirklich Schweine. *Des vrais salauds.* Und das Schlimmste war, ich hatte Gerüchte über Octave und seine Freunde und ihre Spielchen gehört, aber ich …« Sie sog scharf die Luft ein und warf den Kopf zurück. »Verstehst du, ich dachte … ich dachte nicht, dass mir so was passieren könnte.«

Sie biss sich auf die Lippe und nahm Daisys schlaffe Hand in die ihre. »Aber, weißt du, Daisy, ich bin Octave gestern begegnet, mit Stanislas, und ich fand, er hat richtig … *embêté* ausgesehen. Zerstreut, unglücklich. Und das ist wirklich nicht sein Stil. Vielleicht hast du ihm ja eine Lektion erteilt.

Ehrlich gesagt, weißt du, das Ganze ist kompliziert. Für Octave zählt es eine Menge, was seine Freunde von ihm denken. Er hat ein empfindliches Ego, wie die meisten Männer.«

»Daze, du spinnst«, sagte Jules mit ausdrucksloser Stimme am Telefon. »Das ist überhaupt nicht kompliziert. Der braucht ganz einfach einen ordentlichen Tritt in die Eier.«

13
Isabelle

Als Isabelle die Treppe herunterkam, waren die Vorbereitungen für Halloween bereits in vollem Gange. Belladonna mixte in einer riesigen Schüssel literweise Bloody Mary. Chrissie und Legend behängten die Küchenwände mit Girlanden aus abgefallenen Blättern, die sie im Garten gesammelt und leuchtend schwarz angesprüht hatten. Ivy mit den flammend roten Haaren stand am Spülbecken, füllte Latexhandschuhe mit Wasser und knotete sie zu. Isabelle wusste sich das nicht recht zu erklären, fühlte sich jedoch der Herausforderung, die schweigsame Drummerin zu befragen, nicht gewachsen. Jules und Karloff saßen nebeneinander am Tisch, ohne miteinander zu sprechen oder sich anzusehen, und schnitzten emsig Kürbislaternen. Chrissie schaute sich um, als Isabelle hereinkam, und bedachte sie mit einem Verschwörerlächeln. Isabelle lächelte zurück. Nach dem Essen würden sie ihren brillanten Plan in die Tat umsetzen – mit ein wenig Hilfestellung seitens der Geister.

Isabelle ging wieder hinauf, um einen letzten Versuch bei ihrem Freund zu starten, der sich ausgerechnet diese Woche ausgesucht hatte, um sie zu besuchen. Clothaire war mit Isabelles exzentrischen Mitbewohnern nicht warm geworden und verbrachte den größten Teil seiner Zeit lesend und schmollend in ihrem Zimmer. An der Party heute Abend nahm er unter Zwang teil, hatte sich jedoch kategorisch geweigert, sich zu verkleiden, weil das kindisch, dämlich und sinnlos sei. Jules und die anderen dagegen nahmen Halloween sehr ernst. Jules ging als Kleopatra und Legend als die

Mumie. Karloff machte es sich leicht und ging in seiner Zwangsjacke als viktorianischer Wahnsinniger, Ivy als Jeanne d'Arc im Kettenhemd und die üppig gerundete Belladonna als hocherotischer Vampir. Chrissie, der sich für sein Leben gern verkleidete, hatte Dorothy aus *The Wizard of Oz* in Erwägung gezogen (wobei die Katze Raven in einer Art Cross-Dressing als Dorothys Hund Toto hätte auftreten können), hatte es sich jedoch anders überlegt, nachdem er eine rotblonde Perücke mit Zöpfen anprobiert hatte, die ihm überhaupt nicht stand. Jetzt ging er als frecher Huckleberry Finn mit abgeschnittenen Hosen und Strohhut, und Raven war in eigener Sache als Catwoman unterwegs (in einem minimalistischen Kostüm, das aus einem schwarzen Satincape bestand.)

Isabelle war zunächst nicht gerade scharf darauf gewesen, sich zu verkleiden, aber Chrissie, der eine sehr scharfe Beobachtungsgabe besaß, wenn er wollte, hatte sie gerettet, indem er verkündet hatte, sie solle als Audrey Hepburn in *Frühstück bei Tiffany* gehen, was eigentlich keine richtige Verkleidung war. Isabelle würde ihr kleines Schwarzes tragen, mit einer langen Perlenkette, und sich Chrissies Zigarettenspitze ausleihen.

Als sie an Daisys Schminktisch saß (der für diesen Abend wieder seinem ursprünglichen Zweck diente) und sich das Haar zu einer etwas gebändigteren Version von Holly Golightlys Turmfrisur aufsteckte, versuchte sie ein letztes Mal, Clothaire umzustimmen. »Ich finde einfach, es wäre höflicher, sich ein bisschen Mühe zu geben«, sagte sie flehend.

»Nein.«

»Vielleicht macht es dir ja Spaß, weißt du?«

»Nein.«

Es war vollkommen sinnlos, wie sie von früher her wusste. Clothaire hatte sich rundheraus geweigert, einen Kostümverleih aufzusuchen, also hatte Chrissie ihm Dutzende farbenfrohe Verkleidungsmöglichkeiten aus seinem eigenen Kleiderschrank angeboten – viele seiner Outfits konnten ohne Weiteres als Kostüm dienen. Clothaire hatte eine kalte, starre Miene aufgesetzt und Nein gesagt. Es würde schon gut gehen, sagte Isabelle sich, während sie sorgfältig Lippenstift auftrug. Wenigstens ein weiterer Gast würde da sein, mit dem Clothaire sich beim Essen unterhalten konnte: Tom Quince. Wahrscheinlich würden sie sich richtig gut verstehen.

Isabelle ging hinunter, nachdem sie versprochen hatte, Clothaire zu rufen, wenn es Zeit zum Essen war. Mittlerweile waren alle anderen verkleidet, standen in der Küche herum und bewunderten gegenseitig ihre Kostüme. Jules stand auf einem Stuhl und entzündete die Kerzen in dem schmiedeeisernen Kronleuchter, der über dem Tisch hing.

»Pass *bloß* auf, Ju«, nuschelte Chrissie unter seinem Strohhut hervor, »in all dem Goldlamé fängst du in null Komma nichts Feuer.« Er schaute zu Isabelle hinüber und grinste. »Also da soll mich doch! Wenn das nicht Miss Holly Golightly ist!«

Die mumifizierte Legend, deren Pferdeschwanz sich wie ein kleiner Rohöl-Geysir hoch oben auf dem Scheitel ungezähmt durch die Stoffbinden zwängte, mit denen ihr Kopf umwickelt war, schlurfte auf Isabelle zu und reckte den Daumen in die Höhe. »Verdammt, du siehst echt klasse aus. Du solltest öfter Schwarz tragen.«

»Jeder sollte immer Schwarz tragen«, verkündete Ivy feierlich und stützte sich vor der Anrichte, auf der sich jetzt ein ganzer Trauerzug aus Kürbislaternen drängte, auf ihr Schwert.

Es klingelte, und Isabelle ging zur Haustür. Es war Tom Quince, in einem Dinnerjackett und mit einem Korb unter dem Arm.

»Oh, hallo, Mr. Quin… ich meine Tom.«

»Hi, Isabelle. Also –«, er deutete betreten mit einer Geste auf seine Kleider, »– ich war wild entschlossen, mich zu verkleiden, aber die Woche über war wirklich viel los und ich hatte keine Zeit mehr. Und das hier hing in meinem Schrank und war sauber. Ich hoffe, das ist okay.«

Isabelle lächelte. »Das ist prima. Sie sehen aus wie ... James Bond. Nur mit Korb.«

»Nun ja, selbstverständlich. Ohne Korb verlässt der doch niemals das Haus.« Damit überreichte er ihr den Korb und meinte zerstreut: »Ich dachte, Sie mögen die vielleicht.« Isabelle betrachtete den Inhalt – mehrere gelbe Objekte, die sie nicht identifizieren konnte.

»Oh. Vielen Dank.«

»Sie wissen nicht, was das ist, nicht wahr?«

»Nun ja, nein. Tut mir leid.« Die gelben Dinger sahen ziemlich exotisch aus. »Mangos?«

Er schüttelte den Kopf. »Nein, Quitten.«

Da sie ihn noch immer ein wenig verständnislos ansah, fuhr er fort: »Wie mein Name, verstehen Sie? Oder vielmehr der meiner Großtante. Quince heißt auf Englisch Quitte. Das sollte ein kleiner Scherz sein.«

»Oh! Quince, *le coing!* Natürlich. Es tut mir leid, ich habe nie darüber nachgedacht, was ihr Name wirklich bedeutet.« Wieder lächelte sie. »Vielen, vielen Dank.«

»Sie sehen bezaubernd aus.«

»Danke«, sagte sie und klemmte sich den Korb unter den Arm. »Die anderen sind alle unten in der Küche. Ich rufe noch schnell Clothaire, meinen Freund. Er freut sich sehr darauf, Sie kennenzulernen.« Das stimmte nicht so recht. Clothaire hatte keinerlei wie auch immer gearteten Enthusiasmus an den Tag gelegt.

Gerade als Isabelle damit fertig war, alle einander vorzustellen, kam Clothaire herein und sah verstimmt aus. »Ich warte da oben schon seit einer Ewigkeit, Isabelle«, knurrte er auf Französisch und ignorierte sämtliche anderen Anwesenden. »Ich dachte, wir hätten uns darauf geeinigt, dass du mich rufst, wenn es Zeit fürs Abendessen ist.«

»Ich wollte dich gerade rufen. Das Essen ist fast fertig. Das ist mein Freund Clothaire. Tom Quince, Merediths Großneffe.«

»Oh, 'allo.«

»Hallo.«

Sie gaben sich die Hand, und Isabelle, zufrieden mit dieser Verbindung, überließ sie sich selbst. Sie war sich sicher, dass die beiden sich gut verstehen würden. Chrissie machte sich daran, die Kelle in die große Bloody-Mary-Schüssel zu tauchen und mit typischer Unbekümmertheit Gläser bis zum Rand zu füllen. Etliche Eishände trieben schaurig in der Schüssel, das Resultat von Ivys Aktivitäten von vorhin. Isabelle war beeindruckt. Clothaire dagegen warf einen einzigen Blick auf den Goth-Cocktail, schüttelte verächtlich den Kopf und verlangte einen Scotch. Inzwischen löste Belladonnas gehaltvolle Mischung allenthalben die Zungen, und als sie sich im Kerzenschein zum Essen niederließen, redeten alle durcheinander.

Isabelle hatte vorgehabt, beim Essen neben Merediths Großneffen zu sitzen und ein Gespräch über die Bedeutung des Tintenkleckses in dem Porträt mit ihm anzuknüpfen. Doch Chrissie rief sie zum Herd, damit sie ihm half, die Kürbissuppe zu servieren, und als sie damit fertig waren, Schalen mit süß riechender orangegelber Suppe zu füllen, hatte sich die Sitzordnung verschoben. Tom Quince war neben Belladonna gelandet, während Jules, die es vermutlich darauf anlegte, so weit weg von Karloff zu sitzen, wie es nur ging, sich prompt den Stuhl auf Toms anderer Seite geschnappt hatte. Nur zwei Plätze waren noch frei, einer für Isabelle zwischen Clothaire und Karloff, und einer für Chrissie zwischen

Legend und Ivy. Isabelle würde bis nach dem Dinner warten müssen, um das Thema *The Splodge* anzuschneiden. Alle begannen zu essen.

»Die ist echt ziemlich gut«, ließ sich Legend nach ein paar behutsam applizierten Löffeln Suppe zwischen ihren Stoffstreifen hervor vernehmen.

»Jedenfalls viel besser als die Idee, die du hattest«, erwiderte Belladonna. »Das war einfach eklig.«

»Ich weiß nicht, ich finde immer noch, ein gekochter Kalbskopf hätte sich mitten auf dem Tisch prima gemacht.«

»*So was* von eklig.«

»Vielleicht. Aber so richtig gothic.« Legend, die ihren Standpunkt deutlich gemacht hatte, warf ihren rabenschwarzen Pferdeschwanz zurück.

»Ich wüsste gern«, meldete sich Isabelle zu Wort, »wie ihr entscheidet, ob etwas gothic ist oder nicht.«

»Alles, was eine Art … düstere Präsenz hat, ist gothic«, meinte Ivy, deren sommersprossiges weißes Gesicht von ihrer silbernen Kettenhaube eingerahmt wurde.

Die anderen nickten zustimmend.

»Wie so eine Art *frisson?*«, fragte Isabelle.

»Oooh ja«, antwortete Ivy und kniff die ganz leicht vorstehenden grünen Augen zusammen. »Brrr …«

Auf der anderen Seite des Tisches fragte Clothaire Isabelles Gast hinsichtlich seiner akademischen Qualifikationen und seiner Berufswahl aus. »Aber ich verstehe nicht, was Sie sagen. Erklären Sie mich, warum Sie wollen ein Florist sein. Das ist doch eine Frauenberuf, oder nein?«

»Manche Leute denken das«, gab Tom Quince unbestimmt zur Antwort.

»Ich kannte mal einen ganz *entzückenden* Floristen«, bemerkte

Chrissie und lächelte Merediths Verwandten an. »Er hat so *köstlich* geduftet, und zwar *immer.*«

»Schön.« Tom Quince nickte und sah Clothaire an. »Übrigens nicht Florist, sondern Gärtner.«

Clothaire schnaubte.

Tom Quince aß einen Mundvoll Suppe, dann fügte er hinzu: »Allerdings habe ich wirklich mal daran gedacht, Florist zu werden. Aber was mir am meisten Spaß macht, ist Gärten anlegen.«

»Das ist etwas sehr Mächtiges, was Sie sich da dienstbar machen, etwas sehr Heilsames«, meinte seine Nachbarin Belladonna und sah ihn durch ihre langen Wimpern hindurch an. »Sie stehen bestimmt in echt tiefer Verbindung mit tellurischen Kräften.«

»Bella ist Heidin, genau wie ich«, erklärte Jules. »Im Gegensatz zu mir tut sie nichts lieber, als nackt im Mondlicht zu tanzen. Ich trage dabei lieber eine Toga. Das ist würdiger.«

»Ich kommuniziere gern voll und ganz mit der Erdmutter«, bemerkte Belladonna und wickelte eine schwarze Haarsträhne um ihren Zeigefinger. »Verstehen Sie, ich bin eine Weiße Hexe.«

Clothaire schlug auf den Tisch und erschreckte Raven, die mit gekränktem Miauen auf den Boden hinuntersprang.

»Nein, aber ihr macht Scherzen mit dies! Ihr wart doch auf guter Universität. Ihr seid intelligentes Leute, ja oder nein? Ihr solltet tun etwas Interessanteres.«

Gelassen wandte Tom Quince den Blick von Belladonna zu Clothaire. »Zweifellos haben Sie recht.«

»Bist du fertig?«, fragte Jules, die hinter Clothaire getreten war. »Das dachte ich mir. Ich nehme das mal, wenn du nichts dagegen hast.« Sie zog ihm die halbleere Suppenschale weg und stellte sie ganz oben auf einen gefährlich hohen Geschirrstapel, den sie daraufhin zur Spüle trug.

Isabelle spähte über den Tisch, um zu sehen, ob Tom Quince sich auch nicht langweilte. Sie hätte sich keine Sorgen zu machen brauchen. Er lachte mit Jules über irgendetwas, das Belladonna gerade gesagt hatte. Belladonna sah übrigens ziemlich gut aus, wenn auch (Isabelles Meinung nach) auf eine reichlich aufdringliche Art und Weise, in einem geschnürten Kleid, das ihre Oberweite aufs Beste zur Geltung brachte. Isabelle war erleichtert, während sie zugleich einen vagen, mysteriösen Verdruss empfand.

Karloff brachte den Mut auf, Jules dabei zu helfen, den nächsten Gang aufzutragen. Unheilvoll starrte Clothaire auf das hinab, was ihm vorgesetzt wurde.

»Was ist das?«

»Käse-Zwiebel-Tarte. Okay?«

»Was? *Et alors?* Es gibt keine Fleisch? Ihr machen Scherze mit mir. Das hier ist Essen für die … die Frauen, die Mädchen.«

»Ehrlich gesagt, *ich* finde, Fleisch stinkt«, sagte Ivy in langsamem Singsang-Tonfall, als spräche sie mit einem sehr kleinen Kind.

»Ich bin auch Vegetarier«, bemerkte Karloff milde. »Genau wie Ivy. Und Bella. Und, äh … Jules. Nur zu deiner Info: Das ist *kein* Mädchenessen.«

»Und also erklärst du mir, warum du trägst Lippenstift und Mascara?«, fragte Clothaire und lehnte sich auf seinem Stuhl zurück.

Ehe Karloff antworten konnte, mischte Ivy sich eilig ein. »Weißt du, die Tarte ist wirklich gut. Probier mal ein kleines Stück.«

»Pff, Vegetarier. Da ich muss lachen«, knurrte Clothaire und zündete sich eine Zigarette an. »Du da, zum Beispiel«, fuhr er fort und zeigte auf Belladonna. »Du sagst mir, du bist vielleicht eine vegetarische Vampir? Oder vielleicht du trinkst nur die Blut von andere Vegetarier? *Hein, alors?*«

»Das ist eine Verkleidung. Das heißt, ein Rollenspiel, verstehst du?«, gab Belladonna mit frostigem Lächeln zurück. »Außerdem muss man kein Vampir sein, um gewissen Leuten in den Hals beißen zu wollen«, fügte sie hinzu, entblößte ihre spitzen Eckzähne und lächelte Tom Quince an.

»Ihr seid alle dumm oder was? Niemand hat euch erklärt, dass wir sind Allesesser?«, dröhnte Clothaire und drückte seine Zigarettenkippe mehrmals in seinem Stück Zwiebeltarte aus.

»Genau das wollen die Großkonzerne uns glauben machen«, entgegnete Ivy mit extremem Ernst. »Eigentlich ist das bloß eine Riesenlüge.«

»Wir sind alle Gäas Kinder«, verkündete Belladonna. »An ihrer Pflanzenfülle dürfen wir uns gütlich tun, aber wir dürfen keine anderen Lebewesen töten. Das ist furchtbares Karma.«

»Ich glaube, das ist eine Frage des persönlichen Geschmacks …«, setzte Isabelle an.

Clothaire fuhr zu ihr herum. »*Et l'autre emmerdeuse qui s'y met!* Niemand hat dich nach deiner Meinung gefragt, Isabelle. Halt einfach den Mund, wenn ich rede, okay?«, donnerte er.

Isabelle hielt den Mund. Clothaire zündete sich abermals eine Zigarette an, vermutlich sammelte er seine Gedanken zum Thema korrekte Ernährungsweise. Niemand sonst sagte etwas. Nach einem Augenblick der Stille blickte Isabelle sich verwirrt am Tisch um. Jäh wurde ihr bewusst, dass, wäre dergleichen in Paris vorgefallen, irgendein anderer Gast – meistens ihre liebe Agathe – das Ganze mit einem Lachen abgetan und Clothaire auf nachsichtige Weise zurechtgewiesen hätte, so dass seine Ausbrüche Isabelle nie etwas ausmachten.

Heute Abend hingegen starrten die anderen Gäste Clothaire alle mit offenem Mund an. Alle außer Tom Quince, der Isabelle unverwandt ansah, mit einem seltsamen Gesichtsausdruck, fast wie Zorn. Sie errötete heftig.

»Mir ist gerade etwas *absolut* Fan*tas*tisches eingefallen«, verkündete Chrissie nicht einen Augenblick zu früh. »Ju-Ju, warum holst du nicht dein Ouija-Brett, und wir halten eine kleine Halloween-Séance ab?«

Diese Worte brachen den entsetzten Bann rund um den Tisch. Jules ging in ihr Zimmer hinauf, um das Brett mit den Buchstaben zu holen. Während Legend, Karloff und Ivy den Tisch abräumten, schlüpfte Isabelle in den Garten hinaus. Es war eine klare, mondhelle Nacht. Vorhin hatten Jules und Chrissie Laub auf dem Rasen verbrannt, und der Aschehaufen rauchte noch immer. Isabelle ging zu der Bank hinüber und setzte sich. Kurz darauf hörte sie, wie sich die Tür zur Küche öffnete. Sie wandte den Kopf nicht; sie wusste sehr gut, dass es Clothaire war, wahrscheinlich mit der nächsten Zigarette.

»Alles in Ordnung, Isabelle?«

Isabelle blickte auf und sah Merediths Großneffen neben der Bank stehen. Sie zuckte ein wenig zusammen und blickte starr geradeaus.

»Ja, natürlich, alles bestens«, antwortete sie steif.

»Ich dachte, vielleicht ...«

»Was?«, fragte sie und begann zu frösteln.

»Wie dumm von mir. Hier, warten Sie.« Ein eiliges Rascheln war zu hören, und dann fühlte Isabelle, wie sie etwas Warmes umhüllte – sein Jackett. Er setzte sich neben sie.

»Vielen Dank«, sagte sie mit einem sehr viel dünneren Stimmchen, als sie es vorgehabt hatte.

Sie saßen eine Weile schweigend da. Tom Quince legte den Kopf in den Nacken und schaute zum Himmel empor. Dann wandte er sich zu ihr um. »Was wollten Sie mich übrigens fragen? Wegen Meredith?«

»Ach ja«, sagte Isabelle, sehr erleichtert über den Themenwechsel. »Neulich habe ich mir bei Lucy Merediths Porträt angesehen und ... Ist Ihnen aufgefallen, dass da ...?«

Von der Küchentür her ertönte ein Schrei. »Ju-hu! Isabelle?« Und dann dieselbe Stimme, aber eine Oktave tiefer. »Tom? Wo seid ihr?«

Belladonna kam über den Rasen, hielt mit der einen Hand den Rocksaum ihres Kleides hoch und winkte mit der anderen. »Kommt schon, wir müssen uns alle für die Séance versammeln.«

Sie gingen zurück ins Haus. Die meisten Gäste saßen um den Tisch herum, betrachteten das Ouija-Brett und plapperten aufgeregt durcheinander. Clothaire lehnte abseits von den anderen an der Anrichte. Als er Isabelle sah, kam er zu ihr, legte den Arm um sie und drückte kurz ihren Nacken. Sie lächelte ihn an und streifte automatisch Tom Quinces Jackett ab, das sie seinem Besitzer zurückreichte. Alle setzten sich, außer Clothaire, der nach oben ging, um fernzusehen.

Die Geister – unterstützt durch Isabelle und, deutlich weniger diskret, durch Chrissie – legten großen Elan an den Tag. Sie verrieten Jules, dass »J-E-M-A-N-D-D-E-R-G-R-O-S-S-U-N-D-D-U-N-K-E-L-H-A-A-R-I-G-I-S-T« sich insgeheim nach ihr verzehrte, und Karloff, dass es seine Bestimmung sei, die »L-I-E-B-E-D-E-R-K-Ö-N-I-G-I-N« zu erringen.

»Die Queen?«, wunderte sich Karloff.

»Na, natürlich nicht *die* Queen«, antwortete Legend sinnend. »Abgesehen von allem anderen ist sie ein bisschen zu alt für dich.«

»Vielleicht ist das ja metaphorisch gemeint«, überlegte Belladonna. »Die Geister sprechen oft in Rätseln. Können wir jetzt über *mein* Liebesleben reden?«

»Gleich, Bellaschatz«, versprach Chrissie. »Ich glaube, wir sollten erst dieser Geschichte hier auf den Grund gehen.«

»Mach weiter, Kazza«, drängte Ivy.

»Na schön. Äh … welche Königin meint ihr?«

Das Glas verharrte einen Augenblick lang regungslos, dann setzte es sich munter in Bewegung und buchstabierte: »D-I-E-K-Ö-N-I-G-I-N-D-E-S-L-E-U-G-N-E-N-S.«

»Was soll denn das heißen?«

»Weiß nicht, wirklich nicht.«

»Also, eine Queen gibt's hier im Zimmer«, bemerkte Legend und zeigte auf Chrissie.

»Wer, *ich?* Jetzt *hör* aber auf, Legend! Karloff, Darling, du weißt doch, ich finde dich *umwerfend* attraktiv, aber du bist wirklich nicht mein Typ. Nein, ich fürchte, das ist *nicht* die Lösung. Mal sehen ... die Königin des Leugnens. Die *Queen,* versteht ihr? Des. Leug. Nens. Mmm ... Das erinnert mich an irgendetwas, etwas, das genau vor unserer Nase ist ... Also, was könnte das sein? Hat jemand irgendwelche Vorschläge?«

»Ich finde, wir sollten nach der Zukunft der Band fragen«, warf Jules streng ein und rückte ihren goldenen Kopfputz zurecht.

Nachdem sie derlei Anfragen so kurz und so ermutigend wie nur möglich abgehakt hatten, kamen die Geister wieder auf das zurück, worüber sie wirklich reden wollten: »D-I-E-K-Ö-N-I-G-I-N-M-E-I-N-E-G-Ü-T-E-N-O-C-H-M-A-L-W-A-C-H-A-U-F-W-A-S-I-S-T-L-O-S-M-I-T-D-I-R-I-S-T-D-O-C-H-S-O-N-N-E-N-K-L-A-R-D-E-N-K-N-A-C-H-D-U-T-R-O-T-T-E-L-D-E-N-K-N-A-C-H.«

Alle sahen einander an.

»Mann, dieser Geist denkt echt nur an eins«, bemerkte Ivy.

»Ja, das wird ein bisschen langweilig«, sagte Belladonna und warf Tom Quince einen raschen Blick zu. »Wollen wir ein bisschen Musik auflegen? Ich hätte Lust zu tanzen.«

»Heute ist kein Vollmond, Bella. Nur nicht übertreiben«, entgegnete Jules trocken.

»Ja, lasst uns lieber was spielen«, schlug Legend vor. »Wie wär's mit Iik?«

»Was ist denn das?«, wollte Isabelle wissen.

»Na ja«, erklärte Legend, »einer versteckt sich, und die anderen suchen alle nach ihm oder ihr und sagen dabei ›Iik‹.«

»Auf allen vieren«, warf Jules ein.

»Das stimmt. Wenn man denjenigen findet, der sich versteckt hat, hört man auf, ›Iik‹ zu sagen und versteckt sich mit ihm. Am Schluss haben sich dann alle zusammen versteckt, und der Letzte, der übrig bleibt, hat verloren.«

Isabelle und Chrissie tauschten ein Lächeln. Dieses Spiel hatte eindeutig den Vorteil, Jules und Karloff im doppelten Wortsinn einander näherkommen zu lassen.

»Machen wir überall das Licht aus«, meinte Belladonna und blies enthusiastisch die Kerzen aus.

Sie verließen die dunkle Küche, gingen nach oben und versammelten sich im Flur.

Clothaire, der Stimmen hörte, kam aus Chrissies Zimmer. »Was macht ihr denn?«

»Wir spielen ein albernes Spiel, Clo-Clo, Darling«, antwortete Chrissie und fing sich einen Giftblick von Clothaire ein. »Tut mir leid, dass wir dich gestört haben.«

»So eine Art *cache-cache*«, erklärte Isabelle.

Clothaire richtete sich zu seiner vollen Größe auf. »Okay, und ihr wolltet mich einfach ignorieren, als wäre ich gar nicht da? Vielen Dank, Isabelle. Weißt du, ich bin durchaus imstande mitzuspielen.«

»Natürlich kannst du mitspielen«, sagte Jules tonlos. »Kann mir nichts Lustigeres vorstellen.«

Während Isabelle kurz die Regeln erklärte, fragte Chrissie: »Also, wer versteckt sich? Vielleicht sollte es lieber jemand sein, der das Haus nicht so gut kennt. Zum Beispiel … ach, ich weiß nicht, Kar–«

»Ich verstecke mich«, sagte Tom Quince reichlich unerwartet.

»Super«, meinte Belladonna.

»Alle die Augen zumachen und bis hundert zählen«, befahl Jules und machte das Licht aus. »Dann fangt ihr an zu suchen, und vergesst nicht, ›Iik‹ zu sagen. Reden ist verboten.«

Während sich ein gedämpfter »Iik, iik«-Chor erhob, von ein paar schrillen Kicherlauten gestört, tastete sich Isabelle vorsichtig zur Treppe und gab sich alle Mühe, nicht mit den anderen Mitspielern zusammenzustoßen, die wie eine Welpenmeute auseinanderwuselten. Sie versuchte, ihre Dior-Strümpfe zu schonen, indem sie auf Händen und Füßen kroch anstatt auf allen vieren. So erreichte sie den ersten Treppenabsatz und setzte sich hin, den Rücken an die Wand gelehnt. Gegenüber von der Treppe war Jules' Schlafzimmer. Hoffentlich war dort niemand, und sie konnte sich kurz ein wenig Ruhe gönnen. Im Zimmer roch es nach Schokolade und Weihrauch. »Iik?«, flüsterte Isabelle, als sie vorsichtig um Jules' Bett herumtappte.

Gleich darauf merkte sie, dass hier drin keine völlige Finsternis herrschte. Die Vorhänge waren einen Spaltbreit offen und ließen einen Streifen Mondlicht herein, das den Boden unter dem Fenster beleuchtete. »Iik?«, fragte Isabelle und bemerkte einen dunklen Gegenstand, der unter dem Vorhang hervorragte: Es war die vordere Hälfte eines blanken schwarzen Männerschuhs. Als sie behutsam eine Ecke des Stoffs anhob, sah sie Tom Quince auf Jules' weich gepolsterter breiter Fensterbank sitzen. Schweigend streckte er ihr eine Hand hin und half ihr ebenfalls hinauf. Sie zogen den Vorhang zurecht und saßen eine Weile stumm nebeneinander.

Schließlich drehte Isabelle sich zu ihrem Gast um. Er schaute starr geradeaus und sah seltsamerweise ziemlich verärgert aus.

»Es tut mir leid, dass Sie und Clothaire nicht mehr Zeit hatten, sich zu unterhalten.«

»Das macht nichts. Wir beide hatten ja auch noch keine Zeit, uns zu unterhalten. Über Meredith.«

»Nein. Das hier ist mehr eine Kinderparty geworden als ein Abendessen für Erwachsene. Ich hoffe, es macht Ihnen nichts aus, Spiele zu spielen.«

»Spiele? Nein.«

»Es ist nur … Sie sehen nicht so *aus*, als ob Sie sich wohlfühlen«, sagte Isabelle besorgt.

»Eigentlich habe ich mich gefragt, ob *Sie* sich wohlfühlen, Isabelle. Vielleicht bin ich ja nur schwer von Begriff.«

»Schwer von Begriff?«

»Beschränkt. Die Beziehungen anderer Menschen zu begreifen ist für einen Außenseiter immer unmöglich.«

Isabelle drehte und wendete dies im Kopf, dann schaute sie langsam zu ihm auf. Urplötzlich wurden die Vorhänge theatralisch aufgerissen.

»Iik, iik, meine *Süßen*«, sagte Chrissie in lautem Bühnenflüsterton. »Passt da noch was Kleines dazwischen?«, fragte er und zwängte sich zwischen sie.

Es dauerte nicht lange, bis Jules und Belladonna zu ihnen stießen und sich ebenfalls in die Fensternische quetschten. Als auch noch Karloff auftauchte, herrschte hinter dem Vorhang allmählich drangvolle Enge.

»Vielleicht«, schlug Belladonna vor, »sollte sich immer einer auf den Schoß von jemand anderem setzen. Um Platz zu sparen.«

»Super Idee«, erwiderte Chrissie. »Karloff, Liebling, wieso nimmst du nicht meinen Platz, und ich setzte mich auf Bellas Schoß …«

»Nein, ich habe gemeint …«, widersprach Belladonna und stand auf.

»Psst! Du verrätst uns noch! Sei ein braves Mädchen und setz dich wieder hin, und ich setze mich auf dich drauf. Du weißt doch, ich wiege fast gar nichts. Also, Karloff, *du* solltest lieber auch jemanden auf den Schoß nehmen. Oh, ich weiß, Isabelle, kannst du mal Jules vorbeilassen? Das arme Ding klemmt da ganz gequetscht am Fenster.«

Isabelle erhob sich.

»Es geht schon«, wehrte Jules ab, ohne sich zu rühren.

Die Tür öffnete sich knarrend. Als er das hörte, blieb Chrissie nichts anders übrig, als Isabelle hastig auf Karloffs Schoß zu schubsen. Alle hielten den Atem an. »Iik?«, ließ sich eine Stimme im Dunkeln vernehmen. Dann ertönte ein lautes Poltern. »Au, verdammt noch mal!«, fauchte Legend. »Wer hat denn das Ding hier hingestellt?«

Sie tauchte zwischen den Vorhängen auf und grinste, als sie die versteckte Gruppe in ihren verschiedenen verkrampften Stellungen erblickte. »Ihr seht aus wie so eine Telefonzellen-Wette.«

In diesem Moment war draußen vor der Tür ein lautes, metallisches Klirren zu hören.

»Das ist bestimmt Ivy«, flüsterte Legend, die auf Tom Quinces Knien hockte.

Einen Augenblick später war Ivy, die kleinste der Beteiligten, hochgehievt worden und lag quer über den Knien ihrer Freunde.

»Bleibt nur noch Clothaire«, flüsterte Karloff.

»Stimmt«, sagte Ivy. »Wie lange wollen wir ihn schmoren lassen?«

»Na ja, ich habe für den Rest der Nacht nichts weiter vor«, meinte Legend.

»So kann er alles wirklich ganz in Ruhe bis zu Ende durchdenken«, brummte Jules. »Ohne dass ihn irgendwelche aufdringlichen Weiber stören.«

Isabelle hob die Hand, um sie zum Schweigen zu bringen. Langsame, schwere Schritte kamen die Treppe herunter, immer wieder untermalt von Clothaires gereizter Stimme, die in dem stillen Haus »*Hic! Hic?*« sagte. Es hörte sich so einsam an, dass Isabelle es nicht mehr aushielt. Sie zog den Vorhang auf und lief zur Tür.

»Clothaire! Wir sind alle hier!«

Sie riss die Tür auf und schlang ihm die Arme um die Taille.

Jules machte das Licht an und beleuchtete den Rest der Gruppe. Alle blinzelten einander an.

»Möchte jemand Glühwein, um uns vollends den Rest zu geben?«, fragte Chrissie.

Als sie die Treppe zur Küche hinunterstiegen, sagte Belladonna in vertraulichem Ton zu Isabelle: »Deinen Freund finde ich *wirklich* klasse. Er ist total süß.«

Isabelle lächelte sie an. Gott sei Dank, dass es ein paar scharfsichtige Menschen gab, die Clothaires Qualitäten zu erkennen vermochten.

»Danke. Das finde ich auch«, sagte sie.

»Mmm, ja, er ist ganz attraktiv, auf so eine gewisse *mürrische* Art«, bemerkte Chrissie, der direkt hinter ihnen war.

»Doch nicht *der*«, wehrte Belladonna ab. »Der andere, Tom. Er ist so geheimnisvoll. Glaubst du, er kommt zu unserem nächsten Gig, wenn ich ihn darum bitte?«

»Nun ja, ich weiß nicht, ob er solche …«, setzte Isabelle an. »Ich kenne ihn wirklich nicht sehr gut.« Eigentlich überhaupt nicht, dachte sie verstimmt. Sie hatte keinerlei Fortschritte in Sachen *The Splodge* gemacht. Wenigstens konnte sie ihn jetzt, wo das Spiel vorbei war, beiseitenehmen und ihn befragen.

Doch als sie im Hausflur ankamen, blieb Tom Quince stehen und drehte sich zu Jules und Isabelle um. »Es wird langsam Zeit. Ich sollte mich auf den Heimweg machen.«

»Ach nein, noch nicht!«, bettelte Belladonna, bevor Isabelle dazu kam, etwas zu sagen.

»Ich fürchte, ich muss. Vielen Dank für das Abendessen«, sagte er und lächelte Jules an, die erstaunlicherweise zurücklächelte. »Es war sehr nett, Sie alle kennenzulernen.«

»Gute Nacht, und kommen Sie *ja* wieder«, sagte Chrissie und schüttelte ihm kokett die Hand. »Kommt, ihr müden Hühnchen«, wandte er sich an die anderen Gäste. »Unten wartet der Glühwein.«

»Was hast du gesagt? Glühwein? Das klingt ja vollkommen *dégueulasse*«, sagte Clothaire. »Ich, ich gehe ins Bett. *Tu viens,* Isabelle?«

»*Oui, tout de suite*«, antwortete sie und schaute sich lächelnd nach ihm um. »Gleich. Ich sage nur schnell Tom auf Wiedersehen.«

Verzweifelt bemühte sich Isabelle, nachzudenken. Wie konnte sie noch ein Treffen mit ihm arrangieren? Sie öffnete die Haustür und trat zur Seite, um ihn vorbeizulassen. »Äh, also …«, war alles, was sie zustande brachte.

»Es war sehr nett, Sie wiederzusehen und Ihre Freunde kennenzulernen«, sagte er vage. »Tut mir leid, dass wir nicht zu diesem Gespräch gekommen sind. War's etwas Wichtiges?«

»Ja! Wichtig für mich. Für meine Doktorarbeit. Vielleicht können wir uns ein andermal unterhalten?«

»Ich habe im Moment eine Menge Arbeit, Isabelle. Hauptsächlich außerhalb von London. Ich fürchte, ich werde nicht viel hier sein«, erwiderte Tom Quince langsam und sah sie auf seine zerstreute Art an.

»Oh.«

»Also, gute Nacht«, sagte er und beugte sich vor, um sie auf die Wange zu küssen. Seine Augen, die sie zum ersten Mal richtig sah, waren von einem dunklen Blaugrau.

Ehe Isabelle antworten konnte, dröhnte Clothaires Stimme aus dem obersten Stock herab. »Isabelle! *Non, mais qu'est-ce qu'elle fabrique?* Komm schon, komm schon! BEEIL DICH! ICH WARTE!«

Beim Klang der Stimme ihres Freundes drehte Isabelle den Kopf, um über die Schulter hinter sich zu schauen. Sonst hätte sie vielleicht gesehen, wie Tom Quinces Nasenflügel ganz leicht zuckten. Er fuhr sich mit der Hand durch das zerzauste Haar und trat einen Schritt vorwärts, über die Schwelle und ins Haus hinein.

»Also, eigentlich, Isabelle, mir fällt gerade ein, dass … Diese Quitten – ich nehme an, Sie wissen nicht, wie man die zubereitet?«

»Nein, ich habe keine Ahnung.« Isabelle zuckte die Achseln und drehte die Handflächen nach vorn.

Er lächelte und drückte freundlich ihre bloßen Arme.

»Oh!«, sagte Isabelle und lachte ein wenig. »Haben Sie das gespürt? Ich habe einen kleinen elektrischen Schlag bekommen.«

»Wirklich?«, fragte er und krümmte und streckte die Finger. »Okay, wie wär's damit: Warum kommen Sie nicht zum Essen zu mir; bringen Sie ein paar von den Quitten mit, und ich zeige Ihnen, wie es geht.« Er hielt kurz inne und fügte dann hinzu: »Und dann können wir auch über diese andere Sache reden.«

»Oh, das wäre fantastisch!«

»Dienstagabend? Um acht?«

»Ja! Vielen, vielen Dank!«

Hocherfreut schloss Isabelle die Haustür und lächelte vor sich hin. Sie war ihrem Ziel einen Schritt nähergekommen – da war sie sich ganz sicher.

14

Daisy

Daisy stempelte ihre grüne Fahrkarte im Automaten ab und ging den Mittelgang des Busses der Linie 27 hinunter. Es war später Vormittag, und es waren eine ganze Menge Leute im Bus – ein Cocktail aus lässig hingelümmelten Studenten, alten Damen in Pelzmänteln und betörten amerikanischen Touristen –, doch Daisy erspähte einen freien Sitzplatz, einen dieser Einzelsitze, die paarweise einander gegenüber angeordnet waren. Der Platz gegenüber war auch leer. Das passte ihr sehr gut. Sie wollte lieber allein sitzen. Der Bus fuhr an, und wie aufs Stichwort begannen ihr die Tränen über die Wangen zu rollen. Daisy hatte in letzter Zeit festgestellt, dass fast jede Bewegung – den Arm heben, sich hinsetzen, laufen, einatmen, ausatmen – nerviges Geflenne auslöste. Öffentliche Verkehrsmittel waren eindeutig am schlimmsten, mit all dem Anhalten und Wieder-Losfahren. Sie war zu jenem fürchterlichen Standard-Typus des Großstadtlebens geworden – die tragische Weinende. Es spielte keine Rolle, dass die Leute sie seltsam ansahen. Das kümmerte sie nicht, denn sie konnte nichts dagegen machen. Vielleicht würde das nervige Geflenne eines Tages aufhören, dachte sie, während sie aus dem Fenster auf die deprimierende Parade der grellen Fast-Food-Restaurants und Billigklamottenläden am Boulevard Saint-Michel schaute.

In letzter Zeit dachte sie ständig, einschließlich nachts, über die verschiedenen Möglichkeiten nach, mit voller Absicht rein zufällig Octave über den Weg zu laufen und dann Agathe, Jules oder Marie-Laure anzurufen, damit diese ihr ihre Pläne wieder ausreden konnten. Trotzdem hatte sie so etwas, worüber sie nachdenken konnte.

Während der ganzen Fahrt den Boulevard hinunter kamen und gingen Fahrgäste, von Daisy unbemerkt. Sie war damit beschäftigt, sich ein Outfit vorzustellen, in dem sie gleichzeitig umwerfend und doch so aussehen würde, als hätte sie das Erstbeste übergestreift, das ihr in die Finger gekommen war – ein Jeans-Minirock mit schwarzen Leggins und Stiefeletten vielleicht, und ihr Mohairpulli in Knallpink, der mit dem Schalkragen. Und ihre cremefarbene Chloé-Handtasche aus Leder, nonchalant über die Schulter gehängt. Das Haar würde sie zu einem aufreizenden Drehknoten hochgesteckt haben, und sie würde die Straße entlangschreiten, unterwegs zu … irgendwohin eben, zu einem sehr wichtigen Termin. Sie wäre völlig in Gedanken versunken. Und dann würde aus heiterem Himmel ein schwarzer Motorroller neben ihr anhalten, und sie würde hören, wie eine Stimme sagte …

»*C'est pas mal quand même, non? Vouz ne trouvez pas?*«

Unsanft aus ihrem Tagtraum gerissen, blickte Daisy auf. Jetzt saß ein Mann auf dem Platz ihr gegenüber. Seinem erwartungsvollen Gesichtsausdruck nach zu urteilen, war er derjenige, der gerade gesprochen hatte, und die Bemerkung war an sie gerichtet gewesen. Sie warf einen Blick aus dem Fenster. Der Bus hielt an einer Ampel am unteren Ende des Boulevards, und die Seine war in Sicht.

Müde erwiderte Daisy: »*Heu, oui, c'est très joli.*«

Zu ihrem Entsetzen spürte sie, wie ihr augenblicklich die Tränen kamen. Wie vorhersehbar und langweilig. Nun, wenigstens würde das ihn dazu veranlassen, den Mund zu halten, und sie konnte sich ihren jämmerlichen, aber tröstlichen Träumereien hingeben. Stattdessen sagte der Mann freundlich: »Sind Sie Amerikanerin? Engländerin?«

Oh, jetzt kommt diese Nummer, dachte Daisy, wie ungeheuer originell. Sie holte Luft und versuchte, ihre Tränen zurückzudrängen. Konnte er denn nicht sehen, dass sie in Ruhe gelassen werden wollte?

»Ich bin Engländerin«, erwiderte sie frostig, ohne ihn anzusehen.

»Aus London?«

»Jaaa«, antwortete Daisy und seufzte hörbar in einem Versuch, das Gespräch zu beenden.

Und wie sich herausstellte, fragte ihr Weggefährte sie auch nicht weiter aus. Als der Bus wieder anfuhr und sich anschickte, den Pont Saint-Michel zu überqueren, hörte sie ihn stattdessen leise und staunend auf Englisch sagen: »Das ist eine verdammt tolle Busroute. Yeah!«

Den Bruchteil einer Sekunde fand Daisy die Verbindung zwischen seinem französischen Akzent und seiner transatlantischen Ausdrucksweise erheiternd, dann fiel ihr ihre traurige, missliche Lage wieder ein.

»Ja, wissen Sie, ich habe mein ganzes Leben lang hier gewohnt«, fuhr der Pariser Fremdling mit dem amerikanischen Zungenschlag fort, »aber es überrascht mich immer wieder, wie schön Paris ist.«

Während sie durch ihre Tränen hindurch aus dem Fenster starrte, nahm Daisy die Bewegungen der Passanten wahr, die ebenfalls die Brücke überquerten. Alle wirkten gestresst und verkniffen. Alle trugen langweilige Klamotten. Und die Seine und die *quais* sahen heute besonders wintergrau und öde aus. Daisy schloss die Augen. Als sie sich abmühte, ihren Tagtraum an der Stelle wieder einzufangen, wo Octave auf seinem Roller auftauchte, hörte sie: »Besonders toll finde ich, wie um diese Jahreszeit alles eine einzige Farbe annimmt: der Himmel, der Fluss, die Gebäude. Es ist alles so wunderbar grau – beige – golden –, ich weiß nicht, wie ich es nennen soll.«

Mit Mühe öffnete Daisy die Augen wieder und starrte den von

Bäumen gesäumten Fluss an. Sie musste zugeben, an der Sache mit den Farben war etwas dran. Tatsächlich waren sie subtiler und zarter, als ihr klar gewesen war – elegante Neutraltöne.

»Ja, ich weiß, das klingt langweilig, aber für mich nicht, überhaupt nicht. Das gibt einen tollen Hintergrund für das Leben der Stadt ab.«

Als der Bus die Brücke verließ, erhaschte Daisy einen Blick auf die geschäftigen Stände der *bouquinistes* und auf die prachtvolle Wucht von Notre-Dame, kurz bevor beides aus ihrem Blickfeld verschwand.

»Ich bin im Moment in einem ganz komischen Zustand«, fuhr ihr Gegenüber vertraulich fort, gerade als Daisy anfing, sich zu fragen, ob er tatsächlich völlig durchgeknallt war. »Weil, ich komme gerade von einer Besprechung über mein nächstes Projekt.«

Daisy schaute in seine ungefähre Richtung und stellte fest, dass er sehr braun war, mit eher längerem, graumeliertem Haar, grünen Wolfsaugen und einer Menge Bartstoppeln, die recht sexy waren. Wahrscheinlich Anfang oder Mitte vierzig. Er trug eine schwarze Lederjacke über einem schwarzen Polohemd und hatte eine grün-schwarz marmorierte Mappe unter dem Arm. Was war das für ein Typ? Ein Fotograf? Ein Maler? Da sie nicht gerade darauf aus war, ein Gespräch anzuknüpfen, wandte Daisy sich ab und schaute wieder aus dem Fenster, während sie an dem wunderschönen Blumenmarkt auf der Île de la Cité vorbeifuhren. Ihr kam der Gedanke, dass sie vielleicht morgen wiederkommen und eine oder zwei Lavendelpflanzen für Isabelles Balkon kaufen könnte.

»Die machen mich total rasend, wissen Sie? Vergessen, mir Probeandrucke zu zeigen, oder sie wollen die Farben ändern. Ständig irgendwas in der Art! Also haben wir auf den Tisch gehauen und uns angebrüllt wie die Irren, und jetzt ist meine Stimme vollkommen im Eimer.«

Nun ja, dachte Daisy, wenn dem wirklich so war, dann hielt er sich gar nicht schlecht. Anscheinend gab es keine Möglichkeit, ihn zum Schweigen zu bringen.

»Jedes Mal, wenn ich mit diesem Kerl zusammenarbeite – Antoine heißt er –, dann muss es so ein Riesen-Machostreit sein. Manchmal glaube ich, es wäre besser, wenn wir uns wirklich schlagen würden, wissen Sie, mit den Fäusten. Ehrlicher, Sie verstehen. Jetzt bin ich völlig erledigt. Aber es hat sich gelohnt. Weil es nämlich ein ganz tolles Heft wird, glaube ich. Vielleicht das beste, das ich je gemacht habe. *Le top du top.*«

Also eine Art Schriftsteller. An Selbstbewusstsein fehlt es ihm jedenfalls nicht, dachte Daisy und lächelte ganz leicht. Der Bus war abermals abgebogen, und die sonnenbeschienene Rue de Rivoli entfaltete sich vor ihren Augen. Die kleinen Tische im Freien vor den Cafés waren wie gewöhnlich dicht mit fröhlichen Faulenzern bevölkert, die sich an einem Kaffee festhielten und zusahen, wie die Welt an ihnen vorbeizog.

»Und wenn es dann rauskommt, gehe ich wie immer mit Antoine – meinem Verleger – essen, um zu feiern. Wie immer betrinken wir uns bis zum Abwinken mit Armagnac und rauchen Zigarren und sind wieder die allerbesten Freunde. Für so was gehe ich gern ins Hotel Costes. Das ist eines der schönsten Lokale von ganz Paris. Ich kenne die Jungs, die den Laden schmeißen, deswegen kriege ich immer einen Supertisch. Ich nehme immer das *confit de canard.* Wenn man so wie ich aus dem Südwesten von Frankreich ist, liebt man solche Gerichte.«

Während sie ihm zugehört hatte, waren Daisys Tränen getrocknet, ohne dass sie es gemerkt hatte. Der Bus war am Louvre vorbeigefahren, hatte den Place du Palais-Royal überquert und tanzte jetzt die Avenue l'Opéra hinauf, auf das große Opernhaus zu, dessen grünes Dach mit den glitzernden goldenen Statuen Daisy in der Ferne sehen konnte. Das hieß, dass ihre Haltestelle als Nächste kam. Sie sah sich um, doch ihr Weggefährte war schneller. Er stand auf, drückte auf den grünen Knopf und blieb stehen, eine Hand an der Stange und die Mappe unter dem Arm. Er stieg also auch hier aus. Während sie ihren Mantel zuknöpfte und sich von ihrem Platz erhob, bemerkte Daisy, dass er dunkle Jeans und – angesichts seines amerikanischen Akzents vielleicht nicht eben eine Überraschung – Cowboystiefel trug. Yi-hah, dachte sie und lächelte innerlich. Dann, als sich die Türen zischend öffneten, verspürte sie heftige Gewissensbisse. Sie war sehr unhöflich zu ihm gewesen.

Als der Bus weiterfuhr und sie allein an der Haltestelle zurückließ, lächelte der Mann Daisy an. »Also, dann passen Sie mal gut auf sich auf.«

»Auf Wiedersehen«, sagte Daisy. »Hören Sie, es tut mir wirklich leid. Ich wollte nicht unfreundlich sein. Ich war … ein bisschen durcheinander, wegen etwas anderem.«

»Ja, das habe ich gesehen. Deswegen habe ich auch immer weitergequasselt«, sagte er und machte mit Daumen und Fingern eine »Plappermaul«-Geste. »Ich hoffe, ich war nicht zu langweilig?«

»Oh nein!« Daisy war aufrichtig gerührt. »Es war sehr interessant. Danke, dass Sie mich ein bisschen unterhalten haben. Ich bin froh, dass Sie genauso weit fahren mussten wie ich.«

Einen Moment lang sah er sie an und kaute auf seiner Oberlippe herum. Dann grinste er und zeigte blendend weiße Zähne. »Na ja, wissen Sie, in Wirklichkeit musste ich gar nicht so weit. Eigentlich hätte ich bei Les Halles aussteigen müssen, wegen einer Besprechung. Nein, nein, alles cool, machen Sie sich keine Sorgen«, wehrte er ab, als er ihr Gesicht sah. »Die Welt hört deshalb nicht auf, sich zu drehen.«

Daisy schaute auf ihre Armbanduhr. Sie durfte auf keinen Fall schon wieder zu spät zu einem Treffen mit Anouk kommen! »Ich muss los«, sagte sie und streckte die Hand aus. »Vielen Dank. *Vous avez été très gentil.*«

»*De rien.* Keine Ursache. Hey, warten Sie«, sagte er, als Daisy sich zum Gehen anschickte. Er klemmte seine Mappe unter den Arm, zog einen schwarzen Filzstift aus der Brusttasche, griff abermals nach Daisys Hand und schrieb eine Telefonnummer darauf. »Ich heiße Raoul. Sie können mich ja anrufen, wenn Sie den Rest meiner Lebensgeschichte hören wollen.«

Daisy platzte laut heraus, etwas, das sie seit Wochen nicht mehr getan hatte. »Okay, vielleicht tue ich das. Wiedersehen.«

»Wiedersehen, kleine Engländerin, die mir ihren Namen nicht verraten hat.«

»Entschuldigung. Ich heiße Daisy.«

»Machen Sie's gut, Daisy. Immer locker bleiben.«

Ganz offensichtlich hatte dieser Franzose viel zu viele Western und dergleichen gesehen, dachte Daisy, als sie die Avenue überquerte. Als sie die andere Straßenseite erreicht hatte, schaute sie sich um. Raoul stand noch immer an der Bushaltestelle. Er winkte. Daisy winkte zurück und marschierte energisch auf den Boulevard des Capucines und das Café de la Paix zu, wo Anouk auf sie wartete. Als Daisy den Tisch ihrer Freundin in dem plüschigen roten Samtinnenleben des Cafés ausgemacht hatte, warf Anouk einen einzigen Blick auf sie und erkundigte sich sofort, ob sie gerade von der Kosmetikerin käme. Daisy schüttelte den Kopf und gab ihre Geschichte zum Besten.

»*Eh oui*«, sagte Anouk und nickte weise, als Daisy geendet hatte. »So geht es manchmal, genau wie im Kino. Deswegen siehst du also so aus, mit ganz rosigen Wangen? Und ich dachte, das käme bloß von einem guten Peeling! Du wirst diesen Raoul also anrufen, ja?«

»Ach, ich weiß nicht«, erwiderte Daisy und betrachtete die Nummer auf ihrer Hand.

»Daisy«, sagte Anouk ernst, »hör mir mal zu, *mon petit*. Als ich in deinem Alter war, da war das Leben vollkommen offen, wie ein Buch mit leeren Seiten. Ich konnte zum Beispiel in den Jardin des Tuileries gehen und mich auf eine Bank setzen, und ... alles Mögliche konnte passieren. Und, weißt du, es ist auch passiert«, fügte sie ganz in ihren Erinnerungen verloren hinzu. »Ich will nicht behaupten, dass einem später im Leben nichts Schönes passieren kann, solange man sich ein bisschen Reiz bewahrt, du verstehst. Aber die Wahrheit ist, es passiert nicht mehr so leicht wie in der Jugend. Und außerdem, ganz ehrlich, mit einem gut aussehenden Mann etwas trinken gehen ... er sieht doch gut aus, ja?«

»Ja-a ... Ich denke schon. Ein bisschen verwildert.«

»*Verwildert?*«

»Er sieht nicht aus, als ob er oft Peelings macht«, meinte Daisy, ehe sie die Sonnenbräune und die Bartstoppeln beschrieb.

»Oh ja, ein richtiger Mann!« Entzückt faltete Anouk die Hände. »Aber das ist doch perfekt!«

»Ich glaube, er ist wahrscheinlich so um die vierzig. Ein bisschen alt für mich, findest du nicht?«

»So ein Unfug. Mit einem gut aussehenden, verwilderten Vierzigjährigen etwas trinken zu gehen«, nahm Anouk den Faden entschieden wieder auf, »ist wahrscheinlich das Beste, um über Octave hinwegzukommen. Du brauchst ... Ablenkung. Und weißt du, warum ich dir diesen Rat gebe?«

»Warum?«

»Weil, *mon petit*, dies das erste Mal seit eurer Trennung ist, dass ich Octave erwähne und du daraufhin nicht in Tränen ausbrichst.«

Daisy musste an Chrissies SMS von gestern denken, eine Antwort auf einen ihrer schmerzerfüllten Gefühlsausbrüche. »SO

SCHNELL WIE MÖGLICH WIEDER IN DEN SATTEL STEIGEN«, hatte er mit der üblichen Ungezwungenheit geraten und nach einer kurzen Pause hinzugefügt: »AM BESTEN BOCKENDER BRONCO.«

Daisy lächelte und dachte an Raouls Westernstiefel. Also dann, dachte sie, Yii-hah, Cowboy.

15
Isabelle

»Oh nein, doch nicht jetzt, Isabelle«, stöhnte Clothaire, hinter seinem Buch verschanzt, mit Märtyrerstimme. »Ich bin völlig erschöpft.«

Isabelle, die seine Brust mit kleinen Küssen bedeckt und ihre nackten Beine unter der Bettdecke liebkosend an seinen gerieben hatte, rollte sich gehorsam von Clothaires unempfänglichem Körper weg.

Sie lag neben ihm und schaute nachdenklich zur Decke hinauf. Wenn nicht jetzt, wann dann? Nachher würde Clothaire nach Hause fahren, und danach würden sie sich bis Weihnachten nicht mehr sehen. Und es war auch nicht so, als wäre er während seines Aufenthalts in London besonders enthusiastisch gewesen, was seine Aufmerksamkeiten betraf. Einmal schon, nein zweimal, aber im Großen und Ganzen schien er ganz andere Dinge im Kopf zu haben. Die meiste Zeit hatte er mit Lesen verbracht, oder er war allein spazieren gegangen, »um den Kopf freizubekommen.« Den Kopf von was freizubekommen? Isabelle hatte auf mehr Leidenschaft gehofft, tatsächlich jedoch war dieses Verhalten gar nicht so ungewöhnlich. Clothaire hatte manchmal solche Phasen, besonders wenn bei seiner Arbeit irgendetwas Wichtiges im Gange war. Prüfungen zum Beispiel waren stets eine »Kein Sex«-Angelegenheit gewesen. Und wenn Isabelle es jetzt so recht bedachte, dann traf das auch auf die Zeit vor den Prüfungen zu. Und oft auch auf die Periode, die darauf folgte. Und auf Ferien und Feiertage auch, denn dann musste Clothaire sich erholen.

Isabelle setzte sich im Bett auf, um ihre Unterwäsche und ihr T-Shirt wieder anzuziehen, und dachte über die simple Tatsache nach, dass Clothaire, obwohl er bei Dinnerpartys viel darüber redete und mit zahlreichen Theorien zu diesem Thema aufwarten konnte, einfach keinen großen Wert auf Sex legte. Das kam daher, dass er so ein intellektueller, brillanter Mensch war. Und dass er Isabelle außerdem um ihrer selbst willen liebte, nicht nur wegen ihres Körpers. Und Isabelle empfand natürlich genau dasselbe. Das war einer der Gründe, warum sie und Clothaire so gut zueinanderpassten – weil sie auf einer höheren Ebene miteinander kommunizierten als nur durch Sex.

Und jetzt wartete Clothaire darauf, etwas über eine mögliche Dozentenstelle am Sciences Po zu erfahren, jener prestigeträchtigen Hochschule, wo zukünftige Staatsdiener und Diplomaten ausgebildet wurden. Natürlich, das war es! Also, es gab wirklich überhaupt keinen Grund zur Sorge. Das Wichtigste war, ihn nicht unter Druck zu setzen.

»Ich nehme schnell ein Bad, okay?«, sagte sie, stieg aus dem Bett und zog Morgenmantel und Hausschuhe an.

»Mmm? Ja, okay.«

»Und dann, wenn du fertig bist, haben wir vielleicht Zeit, ein bisschen zu frühstücken, bevor wir zum Bahnhof fahren. Und ich glaube, danach gehe ich in die Bibliothek. Ich schaue mir gerade die Geschichte der Bauchredekunst in der fraglichen Zeit an – Darbietungen, wie Meredith sie vielleicht miterlebt hat, als sie herangewachsen ist.«

»Fein«, sagte Clothaire und blickte auf. »Hast du gerade gesagt, du willst zum Bahnhof mitkommen?«

»Natürlich, du Dummkopf – um dir auf Wiedersehen zu sagen«, erwiderte Isabelle und drehte ihr Haar zu einem Pferdeschwanz zusammen.

»Oh, das ist nicht nötig. Du weißt doch, wie verhasst mir eine solche Umgebung ist. Ich würde mich lieber hier verabschieden.«

Isabelle dachte an ihren Entschluss, so wenig Druck wie möglich auszuüben. »Schön, wenn dir das lieber ist.«

Clothaire nickte und wandte sich wieder seinem Buch zu. Ihre Pläne für den heutigen Abend fielen ihr wieder ein, und sie schnappte sich ein paar von den Quitten und schob sie in ihre Büchertasche. Dann ging sie, um sich fertig zu machen.

Wie sich herausstellte, wollte Clothaire eigentlich auch nicht frühstücken – das lohne sich nicht, fand er, wenn kein annehmbares Brot und keine Croissants zu haben waren. Er stand am Spülbecken und kippte eine Tasse schwarzen Kaffee hinunter, während Isabelle mit Jules und Chrissie am Tisch saß und Toast aß.

»Sollen wir *alle* zum Bahnhof mitkommen, Clo-Clo, Darling«, erkundigte sich Chrissie neckisch, ohne auf Isabelles flehenden Blick zu achten. Er konnte einfach nicht anders.

»Clothaire fährt allein zum Bahnhof«, sagte Isabelle. »Er möchte ganz pünktlich sein, um seinen Zug nicht zu verpassen.«

Jules warf ihr über ihre Müslischale hinweg einen raschen Blick zu, blieb jedoch stumm.

Es gab ein unterhaltsames Zwischenspiel im Hausflur, als Chrissie Clothaire mit Gewalt auf beide Wangen küsste, ohne auf den Protest des Franzosen zu achten. Dann war es an Clothaire, der verlegenen und höchst unwilligen Jules zwei Küsse aufzudrücken, die vergeblich versuchte, ihm stattdessen die Hand zu geben. Danach zogen sich Jules und Chrissie zurück und ließen das französische Pärchen Abschied nehmen.

»Du wirst mir fehlen«, sagte Isabelle traurig und schlang die Arme um Clothaires Hals.

Clothaire gab ihr einen langen, kühlen Kuss, wobei er mehr Zuneigung an den Tag legte als in der vergangenen Woche. »Es ist ja nicht mehr lange bis Weihnachten«, meinte er. »Agathe und Claire planen eine große Party. Da wirst du dann alle sehen.«

»Ich will aber dich sehen«, wandte Isabelle ein und stellte sich auf die Zehenspitzen, um ihn auf den Hals zu küssen.

»Mich wirst du natürlich auch sehen«, erwiderte er mit einem Anflug von Ungeduld.

»Vielleicht könnte ich ja vorher mal für ein Wochenende nach Hause kommen?«, murmelte sie nicht zum ersten Mal.

»Nein, nein, nein, nein. Ich möchte wirklich nicht, dass du deine Arbeit vernachlässigst«, wehrte er ab und klapste ihr leicht aufs Hinterteil. »Sureau wartet bestimmt schon auf dein nächstes Kapitel.«

Isabelle nickte und rieb dann das Gesicht an seinem Mantel. »Hast du schon ein Weihnachtsgeschenk für mich?«, fragte sie ein wenig spielerischer.

Clothaire zögerte kurz. »Nun ja, nein, noch nicht. Ich hatte ziemlich viel zu tun, verstehst du?«

»Ich weiß, ich weiß.« Sie strich das Revers seines Mantelkragens glatt. »Gib mir noch einen Kuss.«

Clothaire tat wie geheißen, wobei er Isabelle mit einem Arm umfasst hielt und mit der anderen Hand hinter sich nach dem Türknauf griff. Dann ließ er sie los, hob seine Tasche auf und trat hinaus.

»Ich mache mich lieber auf den Weg. Ich möchte reichlich Zeit haben, um mir meine Zeitung für den Zug zu besorgen.«

»Gute Reise. Ich liebe dich.«

»Mm? Ja, ich auch, Isabelle, ich auch.«

Später, als sie zur Bibliothek unterwegs war und in der U-Bahn saß, war Isabelle ein wenig melancholisch zumute. Ganz eindeutig weil Clothaire fort war, diagnostizierte sie. Und auch, weil sein Besuch sie daran erinnert hatte, was für ein wichtiger Bestandteil ihres Lebens er war. Clothaire mochte ja etwas explosiv und hin und wieder ihr gegenüber auch unfair sein, doch er war *l'homme de sa vie* – der Mann ihres Lebens. Das wusste sie.

Wenn sie im Sommer wieder nach Paris ging, dann würde sie für immer zu Clothaire zurückkehren, und zur Realität. Obwohl er es seit einer ganzen Weile nicht mehr erwähnt hatte, würden sie dann wahrscheinlich anfangen, ihre Verlobung zu planen. Sie würden eine wunderschöne Hochzeit in Paris feiern, mit ihren Verwandten und all ihren Freunden, und mit Agathe als ihrer Trauzeugin. Bis dahin würde er sich in seinen neuen Job am Science Po eingearbeitet haben und im Begriff sein, ein berühmter Wirtschaftswissenschaftler zu werden. Und sie würde mit Professeur Sureaus Unterstützung eine Dozentenstelle an der Sorbonne bekommen. Und dann würden die Kinder zur Welt kommen – ein Junge und ein Mädchen. Und sie und Clothaire würden glücklich und zufrieden bis ans Ende ihrer Tage leben. Sonderbarerweise spürte sie, wie es ihr bei dieser Vorstellung ein wenig eng in der Brust wurde.

Denk nicht an sein Widerstreben heute Morgen, befahl sie sich – nicht zum ersten Mal. Er war in Gedanken, das war alles. Als sie in ihre Tasche griff, um ihr Buch herauszuholen, trafen Isabelles Finger auf etwas Glattes, Rundes, Samtiges – eine der Quitten war aus der Plastiktüte entkommen. Vorsichtig tat sie sie wieder zu den anderen, wühlte ihr Exemplar von *Zärtlich ist die Nacht* hervor, fand die Stelle, wo sie aufgehört hatte, und begann zu lesen.

Als sie in der Bibliothek in der Schlange stand, um ihren Mantel und ihren Regenschirm abzugeben, ertappte Isabelle sich dabei, wie sie das Bild an der gegenüberliegenden Wand betrachtete. Es war ein hässliches, aber nichtsdestotrotz faszinierendes *trompe l'œil,* das Reihen von Bücherregalen darstellte. Es war ihr schon früher aufgefallen, doch abgestoßen von den harten Linien und dem abgrundtief hässlichen Farbschema, hatte sie es sich niemals genauer angesehen. Heute ging sie ganz nahe heran, bewegte sich dann langsam von rechts nach links und sah zu, wie die Regale wallten und sich ihr dreidimensional entgegenstreckten. Diese optische Illusion, stellte sie fest, wurde durch das Spiel der Winkel und der sich kreuzenden Linien erzeugt. Durchaus geschickt gemacht. Außerdem erinnerte sie das Ganze an etwas anderes. Isabelle kniff die Augen zusammen und biss auf ihrer Lippe herum, während sie versuchte, diese Erinnerung einzuordnen.

Als sie sich auf ihrem üblichen Platz im Raritätensaal niederließ, wusste sie plötzlich die Antwort. Sie hatte das schüchterne Begrüßungsnicken des Wolfmannes erwidert und ein Lächeln mit der Frau mit der Riesenfrisur und den Perlenketten gewechselt. Als sie aufblickte, sah sie »Miss Marple« in ihrem üblichen Tweedkostüm mit einem Stapel Bücher vom Ausleihtresen zurückkommen. Natürlich, das war es. Das Trickbild unten im Erdgeschoss erinnerte sie an das Gemälde von Meredith Quince. Das hatte irgendetwas mit der verzerrten Perspektive des Porträts zu tun: Einige der Bücherregale, von denen die Schriftstellerin umgeben war, sahen ein bisschen schief aus, als kämpften sie darum, dreidimensional zu sein, als wollten sie *sich öffnen*. Dann kam ihr blitzartig das Spiel Cluedo in den Sinn, und sie sah ganz deutlich den Grundriss auf dem Spielbrett vor sich, und am allerdeutlichsten das, was sie als Kind an dem Spiel am liebsten gemocht hatte: den Geheimgang.

Isabelles Mund wurde vor Erregung ganz trocken. Konnte das sein? Nun, warum nicht? Es war ein ziemlich altes Haus. Handelte es sich um so eine Drehwand, mit Büchern getarnt? Oder einfach nur um eine Tür? Wie entriegelte man sie? Im Film zog man meistens an einem Kerzenhalter. Isabelle schloss die Augen und versuchte, sich den Raum bildlich vorzustellen. Und wenn es dort eine Tür gab, was war dahinter? Ein geheimes Zimmer vielleicht oder eine Treppe, die … wohin führte?

Und was war mit Tom Quince – wusste er davon oder nicht? Unfähig, sich auf ihre Lektüre zu konzentrieren, sprang Isabelle auf und marschierte aus dem Lesesaal. Sie trank einen Schluck Wasser am Trinkbrunnen und ging dann auf dem Flur auf und ab. Aus einem Impuls heraus wählte sie Lucy Goussays Nummer auf ihrem Handy. Es wäre sehr hilfreich, wenn sie vor heute Abend noch einmal einen Blick auf das Porträt werfen könnte. Doch es war niemand zu Hause. Nun, egal, in ein paar Stunden würde sie die Realität betrachten können – den echten Raum in Merediths Haus.

Der Nachmittag zog sich endlos hin. Isabelle zwang sich, zu lesen und sich ein paar Notizen zu machen, doch das Resultat war mager und unverständlich. Sie würde sich ihre Bücher über die Geschichte des Varietés zurücklegen lassen und sie morgen noch einmal durchgehen müssen. Als es endlich Zeit war, ihre Sachen zu holen, und sie der Angestellten die Garderobenmarke reichte, drehte sie sich noch einmal um, um das *trompe l'œil* zu betrachten. Vielleicht war sie schlicht und einfach zufällig auf eine weitere bedeutungsschwangere Quince-Metapher gestoßen. Zuerst Bauchreden und jetzt das hier. Wie konnte man sich Merediths literarische Karriere besser vorstellen: Hinter Reihen von Büchern verborgen, die nur ein Vorwand waren – die Lady-Violet-Krimis –, lag, metaphorisch ausgedrückt, ein geheimer Raum, wo Meredith Quince *The Splodge* in Sicherheit gebracht hatte, und dort hatte das Buch darauf gewartet, triumphierend von einer hingebungsvollen Literaturwissenschaftlerin zutage gefördert zu werden – von ihr, Isabelle Papillon!

Isabelle ging in einer Art Trance im Regen auf Merediths Haus zu. Sie war so in Gedanken versunken, dass sie fast überrascht war, Merediths Großneffen auf den Ruf der Türklingel hin in Hemdsärmeln und Hosenträgern auf der Schwelle erscheinen zu sehen, die nunmehr die seine war, ein Küchenhandtuch über der Schulter und das Haar in seinem üblichen zerzausten Zustand.

»Hallo! Kommen Sie doch rein, es regnet ja«, sagte er, zog Isabelle ins Haus und küsste sie auf die Wange. »Lassen Sie Ihre Sachen einfach hier oben und kommen Sie mit runter in die Küche.«

Isabelle folgte ihm in einen Raum, der bei der Besichtigungstour für die Quince Society ausgespart worden war. Die Wände waren in einem wunderschönen Dunkelblau gestrichen, und überall standen brennende Kerzen. Das Herzstück war ein langer, glänzender Eichentisch, auf dessen einem Ende runde Kürbisse und eine Kiste voller Äpfel und Birnen aufgestapelt waren, wie ein Stillleben, das herbstliche Fülle symbolisierte.

»Sind die alle aus Ihrem Garten?« Isabelle konnte den Garten undeutlich durchs Küchenfenster sehen. Er schien sich kilometerweit zu erstrecken.

»Die meisten, ja. Da fällt mir ein: Haben Sie an die Früchte gedacht?«

Isabelle kramte in ihrer Tasche und holte die Quitten hervor. Tom nahm sie ihr aus den Händen und legte sie auf ein Schneidebrett. Isabelle folgte ihrer Nase, und ihr Blick fiel auf mehrere vor sich hinköchelnde Töpfe und Pfannen.

»Das riecht wirklich wunderbar.«

»Na ja, das ist eine Holztaube und Kastanien und ein bisschen Kohl. Und dazu gibt es Selleriepüree. Und so eine Art Preiselbeerzeug. Bloß ganz einfache englische Küche, fürchte ich.«

»Sie haben sich sehr viel Mühe gemacht … nur meinetwegen.«

Tom lächelte und schaute auf die Quitten hinunter. »Das ist doch keine Mühe. Wir müssen schließlich essen.«

Als er zum Herd ging, wurde Isabelle bewusst, dass sie interessiert die kräftigen, anmutigen Linien von Nacken, Schultern und

Rücken ihres Gastgebers betrachtete. Außerdem hatte er lange, muskulöse Beine, stellte sie fest, und einen ziemlich hübschen ...

»Mögen Sie Räucherlachs?«, fragte er und drehte sich zu ihr um. Schuldbewusst huschte ihr Blick fort.

»Oh ja.«

»Gut. Dann fangen wir damit an. Glas Wein?«

»Ja, danke.«

Tom machte sich daran, die Quitten mit großem Geschick zu schälen und zu entkernen. Es war unbedingt notwendig, das Gespräch so schnell wie möglich auf Meredith Quince zu bringen. Isabelle räusperte sich. »Tom?«

»Ja?«

»Wissen Sie noch, das Porträt von Meredith, das Sie der Society geschenkt haben?«

»Ja. Also, eigentlich, tut mir leid, ich könnte hier ein bisschen Hilfe gebrauchen, wenn's Ihnen nichts ausmacht.«

»Oh, ja, natürlich.«

»Können Sie mir die weiße Auflaufform da geben, die ovale? Danke«, sagte Tom. Dann begann er, Butter in der Form zu verreiben, und legte die halbierten Früchte hinein. »Was wollten Sie gerade sagen?«

»Ist Ihnen aufgefallen, dass auf dem Bild ein Mistelzweig zu sehen ist?«

»Ein Mistelzweig, sagen Sie? Wirklich?« Er drehte sich um und sah Isabelle mit nachdenklichem Lächeln an. »Das ist ja aufregend.«

»Ja«, pflichtete Isabelle ihm bei und nickte nachdrücklich. »Ich glaube, das ist eine Anspielung auf den Titel eines ihrer Bücher.«

»Ah. Ich verstehe.«

»Und es sind noch mehr Anspielungen vorhanden. Ein Smaragd, ein Paar Handschuhe und ein Stück Zitrone zum Beispiel.«

»Interessant.«

»Ja, das finde ich auch. Besonders weil … Tom, wissen Sie irgendetwas über *The Splodge?*«

»*The* was?«

»*Splodge.* Ich glaube, sie hat ein Buch mit diesem Titel geschrieben. Haben Sie es jemals gesehen oder davon gehört?«

»N-nein, ich glaube nicht, Isabelle. Tut mir leid, Sie enttäuschen zu müssen.«

»Nein, nein, das macht nichts«, beteuerte Isabelle und wehrte seine Entschuldigung mit einer Handbewegung ab. »Ob ich wohl … könnte ich noch einmal einen Blick in die Bibliothek werfen?«

»Sicher, ich bringe Sie gleich hin. Aber kann ich Sie mir zuerst kurz ausleihen?«

»Oh, ja.« Isabelle blieb auf dem Weg zur Tür wie angewurzelt stehen. Wo sind deine Manieren?, dachte sie. Die Bibliothek würde nicht weglaufen. »Ja, selbstverständlich.« Sie trat zu ihm an den Tisch. »Wie kann ich helfen?«

Tom ging um Isabelle herum und griff nach einem Weckglas mit Zucker und einem Löffel, dann trat er neben sie.

»Mit Quitten verhält es sich so, wissen Sie«, sagte er und wedelte mit dem Löffel in ihre Richtung, »sie sind etwas Seltenes und Kostbares.« Er zog die Form mit den Früchten ein wenig näher an die Tischkante. »Wenn Sie also welche auftreiben können – wie es Ihnen dank eines großherzigen Freundes geglückt ist –, dann haben Sie etwas sehr Gutes.«

»Ich habe noch nie eine probiert«, gab Isabelle verlegen zu. »Ich weiß nicht, wie sie sind.«

»Nein? Es freut mich sehr, das zu hören. Das heißt, ich kann noch eine Weile weiterschwafeln. Verstehen Sie, Quitten sind kein Fast Food. Ich meine, man kann nicht mal eben eine pflücken und einfach so reinbeißen«

»Nicht?«

»Ganz bestimmt nicht. Es ist eine sehr harte Frucht. Und sauer noch dazu. Aber dabei«, fuhr er fort, trat hinter Isabelle und schob ihr den Löffel in die rechte Hand, »braucht sie bloß ein bisschen Aufmerksamkeit. Bevor man sie essen kann, meine ich.«

»Was soll ich also tun?«

Toms Rechte schloss sich über der ihren und tauchte den Löffel in das Zuckerglas. Währenddessen lag seine andere Hand, wenngleich er das einhielt, was Isabelle *une distance respectueuse* genannt hätte, auf ihrer anderen Seite flach und entspannt auf der Tischplatte, dicht neben ihrer Taille.

»Also, im Grunde möchte ich, dass Sie massenweise Zucker über die Früchte streuen, so.«

»Okay.«

»Mehr.«

»Mehr als das?«

»Ja, ich weiß, es scheint sehr viel zu sein, aber das können Quitten vertragen. Sie werden staunen.«

Zusammen verstreuten ihre Hände noch mehr Zucker. Als Tom den Arm ausstreckte, wurde der Abstand zwischen ihren Körpern etwas weniger *respectueuse*.

»So?«

»Noch mehr. Oh ja. So ist es genau richtig.«

Isabelle ließ den Löffel los. Ihr Herz pochte extrem schnell. Ihre Hand, noch immer von der ihres Gastgebers bedeckt, kam neben der Auflaufform auf dem Tisch zur Ruhe. Eine köstliche Stille senkte sich herab.

Dann sagte Tom leise: »Darf ich?«

Er nahm die Form, ging zum Ofen und schob die Quitten hinein. Isabelle zwang sich, ein paar Mal tief durchzuatmen, drehte sich um und hockte sich nonchalant auf die Tischkante. Sie nippte ein wenig an ihrem Wein.

»Also, wie lange brauchen sie, bis sie gar sind?«

»Man gart sie ungefähr eine Stunde. Am besten nichts übereilen.«

Isabelle schaute nach unten in ihr Weinglas, bis sie genau wusste, dass Tom zurückgekommen war und direkt vor ihr stand. *Mais allez, vas-y!* Worauf *wartest* du?, fragte eine kleine Stimme in ihrem Hinterkopf verdrossen. Komm wieder auf das Porträt zu sprechen! Jetzt sofort! Langsam hob Isabelle den Blick zu Toms Brust. »Werden sie nicht zu süß sein?«

»Was dabei passiert, ist, dass der Zucker eins mit den Früchten wird. Am Schluss kann man das eine« – er trat ein wenig näher – »nicht mehr vom anderen unterscheiden.«

»Wie, äh, Chemie?«

»Genau. Oder wie Alchemie.«

Eine Weile sahen sie einander unverwandt an. Isabelle stellte ihren Wein weg, hob die Hände und nahm Tom die Brille ab.

»Der Grund, warum man so viel Zucker braucht«, setzte er seinen Vortrag fort, das Gesicht nackt und ernst, »ist, dass er die Quitten weich macht. Das Fruchtfleisch schmilzt und wird … saftig und … es verfärbt sich, zu einem wirklich wunderschönen Rosaton.«

Isabelle beugte sich vor und rieb ihre Wange an der von Tom. Als sie auf seinen Mund stieß, knabberte sie versuchsweise an seiner Unterlippe, um zu sehen, was passieren würde. Das Resultat war außerordentlich interessant. Toms Mund fasste zu, und sie fingen an, sich zu küssen. Vor ein paar Jahren hatte Isabelle mal einen Aufsatz über die Einführung der Elektrizität in der Sowjetunion in den 20er Jahren geschrieben. Damals war ihr das ganze Konzept der Elektrisierung ziemlich abstrakt, trocken und unattraktiv vorgekommen. Jetzt jedoch – als sie Tom enger an sich zog und langsam die Beine um die seinen schlang – war es nicht mehr so.

Es war alles eine Frage des Kontextes, begriff sie, als sich ihr Haarknoten in seinen Händen auflöste. Tom streichelte ihren Körper jetzt auf eine Art und Weise, dass sie nichts lieber wollte, als sich rücklings auf den Tisch zu legen und die Arme über den Kopf zu strecken. Also tat sie genau das. Sie merkte, wie ihre Schuhe abgestreift wurden, und fühlte dann hingerissen, wie ihre Unterwäsche an ihren Beinen hinunterglitt. Bald darauf spürte sie den warmen Mund ihres Gastgebers an der Innenseite ihres Schenkels. »*Oh, oui …*«, flüsterte Isabelle halblaut und vergaß für einen Moment, Toms Sprache zu sprechen. Währenddessen zog sie seinen Kopf mit beiden Händen herab, so dass es glücklicherweise kein Missverständnis gab.

16

Daisy

»Sind Sie müde?«

»Nein, alles okay«, erwiderte Daisy. »Aber mir schläft allmählich der Arm ein.«

Raoul furchte die Stirn. »Einschlafen? Was heißt Einschlafen. Ah, ja – *des fourmis!* Entschuldigung. Sie sind sehr geduldig. Wenn Sie nur noch einen Augenblick so bleiben könnten. Es ist fast fertig, ich schwöre es!«

»Natürlich!«

»*Et voilà!* Ich glaube, ich habe Sie getroffen. Wollen Sie es sehen?«

»Ja, bitte!«, antwortete Daisy und trat von dem weißen, würfelförmigen Block herunter, auf dem sie gestanden hatte. Sie rieb sich die Arme und ging zu Raoul hinüber, der ihr einen großen Zeichenblock hinhielt.

»Meine Güte!«, stieß sie hervor.

»Ach, kommen Sie. Jetzt machen Sie aber mal 'nen Punkt! Sagen Sie jetzt bitte nicht, dass es Ihnen nicht gefällt«, beschwor Raoul sie und blickte zu ihr hoch.

»Doch, doch, es gefällt mir! Wirklich. Es ist sehr – *sehr* – schmeichelhaft.«

»Das sind Sie, von Kopf bis Fuß.«

»Na ja«, lachte Daisy, »das bin ich mit größeren Augen, viel längeren Beinen und, äh, noch ein bisschen mehr von allem möglichem anderem.«

Kritisch wanderte Raouls Blick von seinem Modell zu der Zeichnung und zurück, dann schüttelte er den Kopf. »Vielleicht übertreibe ich ja ein ganz kleines bisschen, aber ich finde, das sind Sie. So, wie Sie aussehen.«

»Oh, na schön, wenn Sie es sagen ...«

Ein wenig verlegen machte Daisy sich daran, eine Runde durch das Atelier zu drehen und die Bilder an den Wänden zu betrachten. Es gab ein paar Ausnahmen, doch im Großen und Ganzen schien Raoul sich sehr viel mehr für Frauen als für Männer zu interessieren. Vorhin, in der Küche, war Daisy aufgefallen, dass der Kühlschrank mit Bildern von amerikanischen Pin-ups mit Schmollmund aus den 50er Jahren zugepflastert war. An den Wänden des Ateliers ließ sich ein ähnliches Thema ausmachen.

»Die da, das ist Barbarella«, sagte Raoul, als Daisy vor einer spärlich bekleideten Blondine mit verwirrtem Gesichtsausdruck innehielt, die kopfüber in einem Raumschiff schwebte. »Verstehen Sie?«

»Ich glaube schon.« Daisy erinnerte sich an einen Leitartikel im »Beauty«-Teil der *Vogue* vor ein paar Jahren, in dem es um »voluminöse Schlafzimmerfrisuren« gegangen war. »Da gab es doch mal so einen fantastischen Film, nicht wahr?«

»Mit Jane Fonda, die in dem Film absolut umwerfend ausgesehen hat. Aber davor gab es eine wirklich tolle *bande dessinée*. Ein totaler Klassiker.«

Als *bandes dessinées* (abgekürzt B.D.s), das wusste Daisy mittlerweile, bezeichneten die Franzosen Comichefte. Mit dem Zeichnen von *bandes dessinées* verdiente Raoul sich seinen Lebensunterhalt, hatte er Daisy im Laufe ihres ersten Treffens in einer Bar in Les Halles erzählt. Er hatte fünfzehn Hefte auf dem Buckel und eine neue Story in Arbeit, jene, die er im Bus erwähnt hatte. Daisys Vorstellung davon, um was es sich bei einer *bande dessinée* wirklich handelte, war ein wenig nebulös.

»Ist das im Großen und Ganzen so etwas Ähnliches wie, na ja, Batman- oder Spiderman-Comics?«, hatte sie sich behutsam erkundigt.

Raoul hatte herzlich gelacht. »Spiderman! Ha, ha, ha – hören Sie auf, Sie machen mich fertig!« Er hatte einen Schluck von seinem mexikanischen Bier genommen und dann gesagt: »Die B. D., das ist eine Kunstform. In Frankreich bezeichnen wir sie als die neunte Kunst.«

Während die verdatterte Daisy in aller Stille versuchte, auszuknobeln, welches die anderen acht waren und ob, was am wichtigsten war, Mode auch dazu zählte, fuhr Raoul fort: »Wir Franzosen sind eine sehr literarische Nation, wissen Sie? Also erzählt eine B. D. eine Geschichte, genau wie ein Roman, genau wie ein großartiger Film. Das ist mehr, als wenn alles ›Peng‹ und ›Zisch‹ macht. Die Story ist entscheidend. Manche Typen machen nur die Illustrationen und überlassen die Story einem Schriftsteller. Aber ich nicht. Ich bin so was wie ein totaler, irrer Perfektionist, also schreibe ich alle meine Handlungen und alle meine Dialoge selbst.«

»Und wie sieht Ihre nächste Geschichte aus?«

»Oh, da geht's um ein Mädchen.« Raoul lächelte sie über den Tisch hinweg warm an. »In meinen Geschichten geht es immer um ein Mädchen.«

»Immer um dasselbe Mädchen?«

»Nein, nein, um verschiedene. Ich habe jede Menge Heldinnen.«

»Und was passiert mit dieser, mit Ihrer neuen Heldin?«

»Sie erlebt ein paar coole Abenteuer. Ist gewissermaßen surreal. Schwer, das einfach so zu erklären. Aber hören Sie, erzählen Sie doch mal: Wie ist das so, in London zu wohnen? Das muss doch irgendwie extrem sein, oder nicht?«

»Extrem« war eines von Raouls Lieblingswörtern. Ehe er in die Welt der Comics eingetaucht war, hatte er ein paar Nachtclubs in

Paris und Südfrankreich gemanagt und viele Motorradrennen gefahren, einige davon quer durch China. Es war alles »irgendwie extrem« gewesen.

»Manchmal wohl schon«, gab Daisy zu. »Es ist eine tolle Stadt, unheimlich vielfältig und voller Energie. Und wenn man in der Modebranche arbeitet, geht es manchmal auch ganz schön heiß her. Savage – die Designerin, für die ich PR gemacht habe – ist sofort auf hundertachtzig, sehr *avant-garde.*« Daisy war hocherfreut, zur Abwechslung einmal den richtigen französischen Ausdruck zu verwenden. »Und wenn die Schauen stattfinden, dann drehen alle total durch.«

»Ist das von ihr, was Sie da heute anhaben?«, erkundigte sich Raoul und deutete auf Daisys künstlich gealtertes Tanktop aus pinkfarbener Spitze.

Sie nickte eifrig. »Ja! Dieses Teil mag ich wahnsinnig gern! Das ist aus der ersten Kollektion, für die ich die Pressearbeit gemacht habe, als Savage gerade angefangen hat. Die ganze Kollektion war pink, aber überhaupt nicht girlymäßig – ganz seltsam und apokalyptisch. Sie hieß ›Sugar and Spike‹. Savage hat damit etwas über die Frau in der heutigen Gesellschaft ausgesagt. *So* was von inspiriert!«, erklärte Daisy inbrünstig. Als sie sah, wie ein breites Grinsen auf Raouls Gesicht erschien, riss sie sich zusammen. »Sie finden das albern.«

»Überhaupt nicht«, beteuerte er, beugte sich vor und fixierte sie mit seinen lachenden grünen Augen. »Ich finde es toll, dass Sie so begeistert von Ihrem Job sind. Das ist super. Und ich finde, Mode ist, Sie wissen schon, von entscheidender Bedeutung«, fügte er mit mehr Ernst hinzu. »Ich glaube sogar, es gibt nichts Wichtigeres, als dafür zu sorgen, dass Frauen schön aussehen.«

Daisy lächelte und sonnte sich in seinem Interesse. Bei diesem ersten Date hatte sie die Vorsichtsmaßnahme ergriffen, sich gleich im Anschluss mit Agathe in einem Café in der Nähe zu verabreden, für den Fall, dass Raoul sich als unmöglich erwies. Doch er war gar nicht unmöglich. Man konnte gut mit ihm reden, er war locker und witzig und schien das Leben wirklich zu genießen. Außerdem war es schön, eine neue Freundschaft mit jemandem zu schließen, der noch nie von Octave gehört hatte. Und noch etwas war cool an ihm, nämlich, dass er *tatsächlich* Gauloises rauchte – und dementsprechend war seine Stimme, die unglaublich französisch klang, auch noch tief und heiser. Ein paar Tage später waren sie Sushi essen gegangen. Als sie bezahlten, sagte Raoul plötzlich zu ihrem freudigen Erschrecken: »Wissen Sie, ich würde Sie wirklich gern mal zeichnen. Wenn Sie möchten.«

»Mich? Das wäre super!«

»Ich zeichne gern alle meine Freunde. Und ich finde, Sie haben ein wirklich interessantes Gesicht.«

Es war das Resultat eben jenes Gesprächs, dass Daisy sich an diesem Vormittag in Raouls Atelier beim Modellstehen wiedergefunden hatte. Zwei Stunden zuvor war sie in seiner Wohnung in Les Halles aufgekreuzt, rechtzeitig zum Sonntagsbrunch. Raoul zu Ehren hatte Daisy sich für einen »Frontier-Look« entschieden – schwarze Bluse, in einen langen Zigeunerrock gesteckt, kurze Jeansjacke, rotes Halstuch und natürlich metallicfarbene Cowboystiefel. Als sie aus dem Fahrstuhl trat, hatte der Klang von Musik sie zur richtigen Tür geführt. Daisy lächelte, als sie das Lied wiedererkannte. Es war durchaus logisch, dass Raoul, der stark unter amerikanischem Einfluss stand, ein Fan der Beach Boys war.

Raoul hatte ihr in Jeans und Jeanshemd die Tür geöffnet; er trug seine üblichen Westernstiefel.

»Hey, Daisy«, sagte er und küsste sie auf die Wangen.

»Howdy, Partner.«

Sie folgte ihm einen von Büchern gesäumten Flur hinunter. Raouls Wohnung war weiß gestrichen, groß und modern. Der größte Teil der Möbel sah italienisch aus und war mit weißem Leder bezogen. Eine riesige Jukebox aus den 50ern stand in einer Ecke und spielte gerade die letzten Takte von »California Girls.«

»Gefällt Ihnen mein Monster?«, wollte Raoul wissen und zeigte stolz auf den mächtigen bunten Musikautomaten. »Hab ich aus L.A. mitgebracht.«

»Es ist toll.«

Die Jukebox gab Raouls nächste Auswahl zum Besten, einen Song von Enrique Iglesias, auf den dann etwas folgte, was sich als Grundeinstellung des lebensfrohen Raoul herausstellte – irrwitzig fröhliche brasilianische Musik.

Nachdem sie Seite an Seite auf roten Barhockern am Kunststoff-Tresen seiner nach amerikanischem Vorbild eingerichteten Küche gesessen und Rührei mit Räucherlachs gegessen hatten, lümmelten sich Daisy und Raoul auf das gewaltige weiße Ledersofa, um ihren Kaffee zu trinken.

»Wenn Sie so weit sind, gehen wir ins Atelier. Das Licht ist dort viel besser.«

»Mich hat noch nie jemand gezeichnet«, meinte Daisy und war plötzlich nervös. »Wie genau läuft das ab? Sind meine Klamotten okay?«

»Ich habe Ihnen doch gesagt, Sie sollen anziehen, was Sie wollen«, erwiderte Raoul beruhigend. »Es ist ganz leicht. Ich möchte ganz einfach, dass Sie vor mir, ich glaube, stehen, nicht sitzen, genauso wie jetzt. Und Sie dürfen sich nicht zu viel bewegen.«

In dem sonnendurchfluteten Atelier hatte Daisy eine gute halbe Stunde auf einem weißen Holzwürfel gestanden, den einen Arm vor sich ausgestreckt, und hatte mit dem Finger auf einen imaginären Gegenstand gezeigt, die andere Hand in die Hüfte gestützt.

Während sie die gegenüberliegende Wand anstarrte, die Wand hinter Raoul, fiel ihr wieder ein, dass sie als Kind ein paar Asterix- und Tim-und-Struppi-Hefte gelesen hatte. Es würde Spaß machen, sich wieder einmal so etwas anzuschauen.

Sie hatte Barbarella hinter sich gelassen und kam jetzt zu einem anderen Bild von einer wohlgeformten jungen Frau; diese hier stand in einem engen schwarzen Kleid mit tiefem Ausschnitt auf einen Friedhof und sah gleichzeitig verlockend und blutdürstig aus.

»Das ist Vampirella«, erklärte Raoul und legte Block und Stifte auf seinen Schreibtisch, »Aus einem amerikanischen Comic aus den Siebzigern. Ich finde sie toll.«

»Eine Freundin von mir spielt in London in einer Band, und eines von den anderen Mädchen aus der Band zieht sich oft so an. Sie sind Goths.«

»Wirklich? Hören sich ja ziemlich cool an, Ihre Freunde.«

»Raoul«, fragte Daisy aus einem Impuls heraus, »kann ich etwas von Ihren Arbeiten sehen, bitte? Ich finde das wirklich unheimlich interessant.«

»Sie sind ja so was von süß! Natürlich zeige ich Ihnen ein paar Sachen, wenn Sie wollen. Aber ich muss Ihnen sagen, das Zeug ist ziemlich erotisch. Das stört Sie doch nicht, oder?«

»Nein! Überhaupt nicht«, erwiderte Daisy mit fester Stimme, während sie innerlich eine Panikattacke von geradezu nuklearer Intensität durchmachte. »Ziemlich erotisch?« Liebe Güte, was genau sollte das heißen? Wie »extrem« waren Raouls Arbeiten? Sie setzte sich stocksteif aufs Sofa und sah zu, wie er ein paar Hefte von den Regalen nahm. Instinktiv raffte sie den Zigeunerrock enger um ihre Beine. Ach, *komm* schon, reiß dich zusammen!, befahl sie sich, sei nicht so prüde! Du schaffst das. Betrachte es als Test, ein Wendepunkt in deinem Jahr in Paris. Jetzt kannst du zeigen, dass du genauso unbekümmert und nonchalant mit Sex umgehst wie die Franzosen. Alles wird gut.

»*Et voilà!*«, verkündete er und reichte ihr die Hefte. »Das hier sind die, die ich am liebsten mag. Möchten Sie eine Cola light oder so etwas?«

»Ja, bitte«, antwortete Daisy und sah erleichtert, wie er den Raum verließ. Also dann. Nervös warf sie einen Blick auf das Cover des ersten Heftes. Ein Mädchen in Piratenkluft stand am Steuer eines Schiffes. Sie trug Kniehosen und ein weites, weißes Hemd. Ihr langes Haar, das von einem schwarzen, von einem Totenkopf gezierten Kopftuch zurückgehalten wurde, flatterte im Wind. Nun, das war doch absolut *in Ordnung*. Der Titel lautete *La Filibustière* – Die Freibeuterin –, was ebenfalls in Ordnung war. Vorsichtig blätterte Daisy die ersten Seiten um. Die Geschichte spielte im 18. Jahrhundert. Die Heldin hieß Caroline, und sie wohnte in einen Château am Meer, irgendwo in der Nähe von La Rochelle. Raoul hatte wirklich ein tolles Auge für Farben, dachte Daisy, als sie die zarten Blau- und Rosaschattierungen von Carolines Kleid betrachtete. So weit, so gut. Sie blätterte eine weitere Seite um und ließ den Blick über die Sprechblasen wandern. Anscheinend hatten Carolines Eltern es so arrangiert, dass sie jemanden heiraten sollte, dem sie noch nie begegnet war, wie es damals üblich war. Wie schrecklich. Doch in der Nacht floh Caroline mit Hilfe ihrer Zofe aus dem Château; als Junge verkleidet kletterte sie aus dem Fenster. Also, eigentlich hatte Raoul recht, was die B. D.s betraf, dachte Daisy, während sie umblätterte, das hier war richtig klasse, so spannend wie jeder Film.

Jetzt hatte sich die Szene gewandelt, die Handlung spielte in den frühen Morgenstunden am Hafen, und Caroline – die bei aller Fairness keinen sonderlich glaubwürdigen Jungen abgab – stach auf einem Schiff in See, mit Kurs auf Louisiana. Dazu gehörte auch, unter Deck das Quartier mit einer Menge Männern zu teilen, die sie als eine Art verwaistes Maskottchen in ihr Herz geschlossen hatten und samt und sonders ihre betörenden Rundungen nicht zu bemerken schienen. Mittlerweile um einiges entspannter, blätterte Daisy weiter. Oje, es sah aus, als wäre Caroline in die Kajüte des Kapitäns beordert worden. Besagter Kapitän war durchaus attraktiv, stellte sie nebenbei fest. Jetzt würde er wahrscheinlich herausfinden, dass Caroline unter Vorspiegelung falscher Tatsachen reiste, und dann würde sie im nächsten Hafen von Bord gehen müssen oder so etwas. Obwohl, Augenblick mal, es hatte den Anschein, als wollte der Kapitän ihr deswegen irgendwie … eine Lektion erteilen. Das schien Caroline allerdings nicht allzu viel auszumachen. Tatsächlich sah es so aus, als ob sie … Oh, *wow!*

Das war es, ermahnte Daisy sich, *das* war der große Test. Unbekümmert und nonchalant, genau so würde sie auch weiterhin sein. Mit ein paar gewagten Zeichnungen und Sprechblasen kam sie ja wohl zurecht. Nichts, worüber man sich echauffieren müsste. Sie blätterte um, wobei sie sich innerlich ein wenig wappnete. Nun ja, Raoul war *wirklich* erstaunlich begabt darin, weibliche Akte darzustellen. Oh, und männliche Akte auch, wie sich herausstellte. Alles war wunderschön gezeichnet und irgendwie sehr *real.* Rasch blätterte Daisy die nächsten paar Seiten um, und sehr bald wurde deutlich, dass Raoul, genau wie viele seiner Landsleute, nicht das Geringste von *political correctness* zu wissen schien. Caroline geriet in alle möglichen Auseinandersetzungen. Wieder musste sie fliehen, diesmal vor dem Kapitän, der ihr ein bisschen zu besitzergreifend war. Dann, nach ein paar Abenteuern in Louisiana – zu denen auf unterschiedliche Weise ein Plantagenbesitzer, sein jüngerer Bruder, ein entflohener Sklave, *zwei* erstaunlich gut gebaute Soldaten und ein kurzes Gastspiel in einem Bordell in New Orleans gehörten –, stach sie abermals in See, diesmal als Piratin, und befehligte eine Crew, die ohne Ausnahme aus sehr ansehnlichen (und sehr lüsternen) Jungs zu bestehen schien. Und sie lebten glücklich bis ans Ende ihrer Tage. Ende.

Nun, das war auf jeden Fall etwas anderes als die Abenteuer von Tim und Struppi, bei denen es, wenn Daisy sich recht erinnerte, nicht besonders um die anschauliche Darstellung sexueller Lust gegangen war.

Raoul kam mit zwei Gläsern Cola wieder herein. »Und? Gefällt's Ihnen?«, erkundigte er sich und ließ sich neben ihr nieder.

»Oh, die sind wirklich irre. Ganz toll.«

»Welcher gefällt Ihnen am besten?«

»Ehrlich gesagt, ich hatte nur Zeit, mir das hier anzuschauen«, erwiderte Daisy und legte *La Filibustière* sehr gefasst neben sich aufs Sofa. Und ganz ehrlich, dachte sie bei sich, ich hatte ja keine Ahnung, dass du dermaßen pervers bist. Laut fragte sie: »Also, wovon lassen Sie sich inspirieren? Zu Ihren Geschichten?«

»Ja, na ja, das kommt ganz drauf an«, meinte Raoul, zündete sich eine Gauloise ohne Filter an und pflückte einen Tabakkrümel von seiner Lippe. »Ich mache gern Geschichten mit großen Kostümen, wie das hier«, erläuterte er und nahm ein anderes Heft mit dem Titel *La Sultane* zur Hand, auf dessen Cover ein atemberaubend schönes Mädchen abgebildet war, das anscheinend den Tanz der sieben Schleier aufführte.

»Kommt da zufällig ein Harem drin vor?«, wollte Daisy wissen.

»Ja, genau«, antwortete Raoul verblüfft. »Aber ich dachte, Sie hätten es nicht gelesen?«

»War nur geraten. Und Ihr nächstes Heft, das, das Sie gerade fertig machen? Sie haben etwas davon gesagt, dass es da um ein Mädchen geht, das surreale Abenteuer erlebt.«

»Ja, also eigentlich ist es so etwas wie ein … psychedelisches Märchen. Sie kennen doch Lewis Carroll, oder? Also, die Story basiert auf *Alice au pays des merveilles*.«

»*Alice im Wunderland?* Wirklich?«

»Ja, aber ganz anders. Meine Alice ist viel, viel älter – achtzehn oder neunzehn –, und das Ganze spielt in den Sechzigern.«

Daisy dachte einen Augenblick lang darüber nach. »Und, treibt sie's mit dem weißen Kaninchen?«, erkundigte sie sich mit aufrichtiger Neugier. Erstaunlich, wie schnell man sich daran gewöhnte, über solche Sachen zu reden.

»Oh, klar, aber, wissen Sie, in meiner Version ist es in Wirklichkeit gar kein Kaninchen, sondern ein *Kerl,* der sich als Kaninchen verkleidet hat.«

»Verstehe.«

»Sie begegnet ihm, als sie gerade auf dem totalen LSD-Trip ist.«

»Klingt toll«, meinte Daisy und unterdrückte ein unwillkürliches kleines Auflachen. »Ich freue mich schon darauf, das zu lesen.«

»Sie sind sehr lieb«, entgegnete Raoul mit einem Lächeln. »Ich mag aber auch Science-Fiction«, fuhr er fort. »Hier, zum Beispiel« – er hielt ein weiteres Heft hoch, dessen Titel *Planète Femme* lautete – »geht es um eine Rasse wunderschöner weiblicher Aliens, die die Herrschaft über die Erde übernehmen.«

»Indem sie alle und jeden umbringen?«

»Nein, nein. Indem sie mit allen und jedem Sex haben«, erwiderte Raoul und stieß eine Rauchwolke aus. »Ihre Waffe ist der Orgasmus.« Er fing Daisys Blick auf, und beide platzten laut heraus. »Ich weiß, ich weiß. Ist irgendwie blöd. Aber Sie wollten wissen, was mich inspiriert. Die beiden hier können Sie sich gern ausleihen«, meinte er und reichte ihr *La Sultane* und *Planète Femme.* »Behalten Sie sie ruhig, solange Sie wollen.«

»Oh, danke, Raoul, das ist toll.« Daisy warf einen Blick auf die Uhr. »Ich sollte mich lieber auf den Weg machen«, sagte sie. »Ich möchte nicht zu spät zu dem Treffen mit meiner kleinen Freundin kommen.«

Daisy wollte sich im Schwimmbad mit Amélie treffen, Claires kleiner Schwester. Das war Teil eines Projekts, Amélie dabei zu helfen, ihren Babyspeck loszuwerden. Anstelle der deprimierenden Besuche bei der Diätberaterin war Daisy einmal die Woche mit ihr schwimmen oder laufen gegangen. Danach kam Amélie mit zu ihr nach Hause, wo sie viele glückliche Stunden damit verbrachte, Daisys sämtliche Kleider anzuprobieren und mit ihrem Makeup zu experimentieren. Diese Herangehensweise zeitigte erfreuliche Resultate. Amélie hatte mehr als sechs Kilo abgenommen und träumte jetzt – sehr zum Entsetzen ihrer älteren Schwester und zu Daisys Erheiterung – davon, Modedesignerin zu werden.

17
Isabelle

Isabelle und Tom saßen schon seit einiger Zeit vor Daisys Haus in seinem Auto. Mehrmals hatte Isabelle versucht auszusteigen, doch irgendein geheimnisvolles physikalisches Gesetz schien sie daran zu hindern. Tatsächlich hatte sie sich sogar irgendwie auf seinen Schoß manövriert, und sie küssten sich ausgiebig. Gelegentlich unterhielten sie sich.

»Ich muss gehen.«

»Mmm, ja. Unbedingt.«

»Danke für das Abendessen.«

»Du hast dich doch schon bedankt.«

»Wirklich? Es war sehr schön.«

»Finde ich auch.«

»Ich gehe jetzt.«

»Wirklich? Das ist gut.«

»Tom, wenn du das tust, komme ich nicht raus.«

»Ach, soll ich's nicht tun?«

»Mmm. Okay, noch eine Minute.«

Das ging noch eine ganze Weile so weiter, bis Isabelle mit einer gewaltigen Willensanstrengung die unsichtbare Barriere durchbrach, die sie in Toms Auto festhielt. Er wartete, bis sie die Tür erreicht hatte, dann fuhr er los und winkte zum Fenster hinaus.

In diesem Moment zerplatzte ihre Seifenblase ohne jede Vorwarnung. Ihr war, als sei sie gerade aus einem verrückten Traum aufgetaucht. Was hatte sie getan? Von einem jähen Gefühl der Panik überwältigt, wühlte sie in ihrer Tasche. Wo war ihr verflixter

Hausschlüssel? Schließlich ging ihr die Geduld aus, und sie klingelte. Chrissie kam im Bademantel zur Tür, eine Schlafmaske mit dem aufgestickten Schriftzug »*The Bitch is Sleeping*« auf der Stirn. Er strahlte sie an. »Oh, hallo, Darling! Hast du deinen Schlüssel vergessen?«

»Nein, ich glaube nicht. Es ist nur … ich kann ihn nicht finden.«

Isabelle huschte zur Treppe. Wenn sie nur in ihr Zimmer hinaufkonnte, ganz schnell, dann wäre alles gut.

»Übrigens, hast du eine Zeitung geholt, als du draußen warst? Oder, sogar *noch* besser, Milch?«

Isabelle blieb wie angewurzelt stehen. »Nein. Ich …«

»Weißt du, du solltest die Haare öfter offen tragen. Das steht dir wirklich ausgezeichnet«, bemerkte Chrissie. Dann schaltete er schlagartig auf eingehenden Intensivblick mit zusammengekniffenen Augen um. Wahrscheinlich hatte er seine Kontaktlinsen noch nicht eingesetzt. »*Moment* mal, sind das nicht dieselben Klamotten, die du gestern Abend anhattest? Und außerdem, Darling, wenn ich das mal so sagen darf …«, fuhr er langsam fort, »du siehst ein bisschen … na ja … ein bisschen sexuell aufgeladen und überdreht aus.«

»Ich weiß gar nicht, wa–«, begann Isabelle unsicher. Dann begann sie zu weinen.

Chrissie war völlig entgeistert. »Oh Gott, entschuldige«, stieß er hervor und legte die Arme um sie. »Was ist denn los? Erzähl's deinem Onkel Chrissie.«

Isabelle versuchte, durch ihre Tränen hindurch etwas zu sagen, doch das Ergebnis war enttäuschend.

»Nein, hab kein Wort verstanden. Alles klar.« Chrissie legte den Kopf in den Nacken. »Juuules!«

»Was ist?«, ertönte die Antwort von oben.

»Komm runter. Wir haben Krise.«

Später, als sie in Chrissies Daunendecke gewickelt und mit einem Becher Kaffee ausgerüstet auf dem Boden seines Zimmers saß, hatte Isabelle ihre Fassung hinlänglich wiedergewonnen, um von den Ereignissen des vergangenen Abends zu berichten.

»Auf dem *Küchentisch?*« Chrissie schnaubte. »Das ist ja *so* was von kultig. Ich bin *grün* vor Neid.«

»Chrissie«, mahnte Jules mit ausdrucksloser Stimme.

»Ich weiß nicht, was über mich gekommen ist.«

»Also, Darling, was *das* angeht, ich glaube, das können wir uns *ziemlich* gut vorstellen …«

»Klappe, Chrissie. Hör mal einen Augenblick auf.«

»Oh, na schön. Aber allzu viel Provokation ertrage ich nun mal nicht.«

»Alles klar«, wandte Jules sich an Isabelle. »Du hast also im Großen und Ganzen in Sachen Sex mal ein bisschen über die Stränge geschlagen. Na ja, weißt du, das haben wir doch alle schon mal …«

»*Ich* ganz besonders«, verkündete Chrissie, und ein verzücktes Lächeln erhellte sein hübsches Gesicht.

Jules brachte ihn mit einem starren Blick zum Schweigen, dann wandte sie sich wieder an Isabelle. »Mach dir keinen Kopf, das ist doch nicht das Ende der …«

»Darling, ich *flehe* dich an, spann uns nicht auf die Folter. *Wie war es?* Erzähl schon!«

»Chrissie, ich verpass dir gleich einen Maulkorb!«

»Es war fantastisch«, sagte Isabelle kummervoll.

»Und wie hat er gekocht? Oder hast du das Essen ganz links liegen gelassen, du schlimmes kleines Luder?«

»Nein, hinterher haben wir gegessen. Wir hatten Mordshunger.« Isabelle hielt inne, dann heulte sie auf: »Und es war köstlich!«

»Ich wusste es ja. Jetzt hast du sie wieder zum Weinen gebracht. Halt doch endlich mal den Rand, okay?«

»Ihr Franzosen seid ja so was von raffiniert«, schwärmte Chrissie träumerisch weiter. »Mit all euren tollen *affaires* und all so was. Was für eine absolut *göttliche* Lebensweise. Und weißt du, du hast völlig recht. Ein Lover ist genau *das* Accessoire, ohne das man auf *gar* keinen Fall auskommt. Ich muss mir unbedingt auch einen zulegen, und zwar *extrem* ruckartig. Zwei Wochen ohne Sex ist mein *absolutes* Limit. Danach werde ich total grantig und fange an, mein inneres Leuchten zu verlieren.«

»Aber Chrissie, ich *habe* doch gar keine Affären!«, entgegnete Isabelle verdattert.

»Hach, Darling, ist das dein erstes Mal? Das ist ja so was von *bezaubernd!*«

»Du meinst, du hast Clothaire noch nie betrogen?« Jules' ungläubiger Tonfall war nicht zu überhören.

»Nein, natürlich nicht!«, gab Isabelle indigniert zurück. »Ich liebe Clothaire. Und wir werden heiraten.«

»Oh, ich verstehe. Du hattest vor, dir Liebhaber zuzulegen, *nachdem* ihr geheiratet habt?«

»Nein, Chrissie. Ich weiß gar nicht, wovon du redest.«

»Ehrlich, Darling, du enttäuschst mich. Keine *Spur* von *oh-là-là*. Da fragt man sich doch tatsächlich, ob du wirklich Französin bist.«

»Ist Clothaire ein echter Kracher im Bett?«, erkundigte sich Jules mit unbewegtem Gesicht.

Isabelle überlegte einen Moment. »Na ja … Weißt du, mit ihm, das ist wie …«

»Ein Spaziergang im Park?«, tippte Jules.

»Ja, genau.«

»Und das gestern Abend?«

Isabelle schloss die Augen und antwortete sehr schnell und ohne einen Augenblick lang zu zögern: »Das war, als ob man auf einem Zentaur durch ein Gewitter reitet.«

Chrissies Hände zuckten zu seinem Gesicht empor, und er gab einen kleinen, wimmernden Laut von sich.

»Meine Fresse«, brummte Jules fast unhörbar. Dann setzte sie hinzu: »Ehrlich gesagt, das ist ziemlich gothic.«

»Sieh an, sieh an. Und ich dachte, der sieht aus, als könnte er kein Wässerchen – Au! Wofür war das denn?«

»Triffst du dich wieder mit ihm?«, wollte Jules wissen.

»Nein. Ja. Ich weiß nicht. Er hat gesagt, er ruft mich heute Abend an. Ach, es ist schrecklich. Was soll ich nur machen?«

»Schätzchen, wenn es jemals etwas Sonnenklares gegeben hat, dann ist es *das hier*«, verkündete Chrissie mit funkelnden Augen. »Du *musst* ihn natürlich wiedersehen, um unser aller Willen. Hört sich an, als wäre der Typ ein echter *Volltreffer.*«

»Ja«, meinte Jules kalt, »das ist eine Möglichkeit, das Ganze zu betrachten. Aber wenn Legend jetzt hier wäre, würde sie sagen, nur weil einer dich zum Höhepunkt bringt, ist er noch lange nicht Jesus. Es lohnt sich, auch darüber mal nachzudenken.«

»Du hast recht«, entschied Isabelle. »Ich rufe jetzt Clothaire an und erzähle ihm alles.«

»Das wäre natürlich absolut brillant«, bemerkte Jules sardonisch, »aber das ist ganz und gar nicht das, was ich meine. Wenn ich du wäre, würde ich über die Konsequenzen nachdenken. Wie wird Clothaire wohl reagieren, was glaubst du? Nichts für ungut, aber auf mich hat er nicht so gewirkt, als wäre er besonders locker drauf.«

Isabelle schwieg.

»Hör zu«, sagte Jules, »du machst da eine viel zu große Sache draus. Was du brauchst, ist ein bisschen Schlaf. Dann bist du wieder du selbst und kannst dir überlegen, was du tun willst.«

Allmählich fühlte Isabelle sich besser.

»Ich lege mich ein bisschen hin«, sagte sie, stand auf und wand sich aus Chrissies Daunendecke. »Danke, dass ihr so nett wart.«

Drei Stunden später erwachte sie und fand eine Nachricht von Clothaire auf dem Anrufbeantworter. Er war wieder zu Hause. Er hoffte, dass sie bei ihren Recherchen Fortschritte machte, und er würde sie am Wochenende anrufen. Genau, die Recherchen, dachte Isabelle und zog eilig ihren Morgenrock an. Sie sollte lieber machen, dass sie in die Bibliothek kam, um die Nachmittags-Öffnungszeiten noch zu nutzen. Von der Arbeit würde sie einen klaren Kopf bekommen. Das war immer so. Nachdem sie sich angezogen und sich das Haar zu einem ordentlichen Pferdeschwanz zusammengebunden hatte, fand Isabelle, dass sie die Dinge definitiv wieder unter Kontrolle hatte. Auf der Fahrt zur Bibliothek fühlte sie sich stärker, als wäre sie solider in der Wirklichkeit verankert. Als sie zu ihrem Platz im Raritätensaal ging, kam ihr alles wunderbar normal vor. Sie schaltete ihren Laptop ein. Doch sobald sie eine Datei öffnete und den Inhalt noch einmal durchlas, begannen die Dinge aus dem Ruder zu laufen.

Es war, als hätte sich – einfach so, über Nacht – ihre bisherige Forschungsarbeit dramatisch verändert. Früher war der Name Quince für sie etwas Abstraktes oder zumindest nur im literarischen Kontext relevant gewesen, eine Kurzbezeichnung für ihre Tätigkeit, ihre Doktorarbeit, ihren akademischen Status als Literaturwissenschaftlerin. Jetzt dagegen reichte schon der Anblick des Namens auf der Seite aus, um lebhafte Bilder von dem splitternackten Tom Quince heraufzubeschwören. Und dann musste sie unweigerlich an einige der betörenden Dinge denken, die er gesagt hatte, unter anderem als er …

Nein, nein, aufhören. Konzentrier dich.

Isabelle schüttelte heftig den Kopf und straffte die Schultern. Sie war verwirrt. Dies war das allererste Mal, dass Sex sich auf ihr Konzentrationsvermögen auswirkte. Mit Clothaire zum Beispiel hatte sie dieses Problem niemals gehabt. Was geschah mit ihr? Gestern

Abend, das stimmte, war sie unvernünftig gewesen. Andererseits, dachte sie, und erinnerte sich an die starke Anziehungskraft seines Mundes, war Tom so ungeheuer ... Isabelle errötete ein wenig und setzte sich aufrechter hin. Sie schlug die Beine erst in die eine Richtung übereinander, dann in die andere. Es half nicht im Geringsten.

Ganz gewiss konnte ihr untypisches Verhalten von gestern Abend, dieser *moment d'égarement*, sie doch nicht auf irgendeine bleibende Art und Weise verändert haben? Es konnte ihren Verstand, ihren Körper, nicht völlig neu verdrahtet haben? Natürlich nicht. *Bon, reprenons.* Isabelle band ihren Pferdeschwanz fester und fing an, rasch auf ihren Laptop einzutippen, einen groben Entwurf für ein Kapitel über den Druck, den der kommerzielle Buchmarkt auf Merediths schriftstellerischen Kurs ausgeübt hatte. Besonders der Einfluss von Merediths Agent Paul Celadon war ein Thema. In seiner Biografie *Mein Leben als Lesezeichen* hatte Celadon sich selbst dazu beglückwünscht, dass er Meredith von literarischen Experimenten abgebracht und sie dazu überredet hatte, stattdessen ihre Begabung für massentaugliche »Rückgrat-Kribbler« zu nutzen. Isabelle hielt inne. Was für ein sinnreicher Ausdruck das war. Ja, das Rückgrat kribbelte in der Tat – manchmal auch in anderen Kontexten als dem des Krimi-Genusses. Chrissie, der für alles ein Wort parat hatte, nannte dergleichen »ein Klingeling erleben«. Unwillkürlich lächelte Isabelle ein wenig.

Jedenfalls ... War es möglich, dass Meredith vorgehabt hatte, Celadon auszutricksen, indem sie mitten in anscheinend konventionellen Romanen experimentelle Hinweise platziert hatte? Damit war sie an die Grenzen des Kriminalroman-Genres gestoßen, und zwar heftig. Ah ja, dachte Isabelle, während sie auf den Bildschirm starrte. Stoßen. Heftig. Das waren so tolle, ausdrucksvolle Wörter. Vor noch gar nicht langer Zeit war sie selbst ... Nein, nein, nein. Aufhören. Sofort aufhören. Sie holte tief Atem, um sich zu beruhigen. Dies hier war schließlich eine Bibliothek, und unter *gar* keinen Umständen durfte sie es sich gestatten, *laut* aufzustöhnen.

Die gestrige Nacht war eine Art Traum gewesen, das war alles. In diesem Traum hatte sie Meredith und die Manuskripte und die mögliche Existenz eines geheimen Zimmers ganz vergessen. Selbst jetzt schien ihr nichts von allem besonders wirklich zu sein. Andere Dinge schon. Wie Tom sie auf die Arme genommen und sie nach oben in sein Schlafzimmer getragen hatte, beispielsweise, der schwellende Druck seines nackten Körpers gegen den ihren, das grelle Knistern und Lodern, das das ganze Zimmer zu erhellen schien. Als sie sich in der vertrauten Umgebung des Raritätensaals umsah, kam ihr das alles völlig unglaublich vor. Und doch war es geschehen. Am unmittelbarsten von all ihren Wahrnehmungen war jedoch der Geschmack der geschmorten Früchte, die Tom ihr ans Bett gebracht hatte. Sie hatte sie in seinen Armen gegessen, den Rücken an seine Brust gelehnt, und bei jedem Stückchen, das sie mit der Zunge zerdrückte, hatte eine aromatische, fast alkoholartige Explosion ihren Mund erfüllt.

Doch das alles war selbstverständlich irrelevant, sagte Isabelle sich entschlossen. Wie natürlich und unbefangen ihr das Ganze vorgekommen war, hatte keinerlei Bedeutung, denn es war alles ein Traum gewesen, eine betörende, aber vorübergehende Bezauberung der Sinne. Nicht mehr. Jetzt musste sie sich der Wirklichkeit stellen – dem geordneten Leben, das säuberlich entworfen vor ihr lag und zu dem Clothaire zweifelsfrei gehörte. Das alles durfte sie nicht verlieren. Eine Stimme verkündete über die Lautsprecheranlage, dass die Leseräume in dreißig Minuten schließen würden. Isabelle speicherte ihre Arbeit, schloss die Datei und schaltete den Laptop aus. Sie würde mit Tom sprechen und ihm erklären, dass alles ein Irrtum gewesen war. Er würde es verstehen.

18
Daisy

»Ach, fast hätte ich es vergessen«, sagte Clothaire und wandte sich dabei direkt an Daisy, etwas, was er normalerweise vermied. »Ich muss dich etwas fragen.« Er hatte sich ihrer kleinen Gruppe angeschlossen – zu der außerdem noch Agathe, Marie-Laure, Claire und ihre Schwester Amélie gehörten – und war mit den Frauen zum sonntäglichen Mittagessen nach Montparnasse gekommen. Im Restaurant hatte er allerdings die ganze Zeit die Unterhaltung fast allein bestritten und wie üblich alle anderen nicht zu Wort kommen lassen. Nun wollte er endlich gehen. Er erhob sich, und Daisy schaute überrascht zu ihm auf.

»Ich habe da einen Kollegen an der Universität. Er unterrichtet zeitgenössische Geschichte, aber er hat auch ein paar kulturgeschichtliche Aufsätze veröffentlicht. Jedenfalls arbeitet er gerade an einem Buch über die Soziologie der Mode, oder war's die Mythologie der Mode? Irgendetwas in der Art. Ich dachte, es ist nicht völlig ausgeschlossen, dass du für ihn von Nutzen sein könntest«, fuhr Clothaire fort. Er musterte Daisy und sah alles andere als überzeugt aus. »Deswegen möchte ich wissen, ob du mit ihm reden wirst.«

Daisy war völlig perplex. »Ich? Aber … ich bin doch keine Akademikerin.«

»*Nein*, ganz bestimmt nicht«, pflichtete Clothaire ihr mit vor Sarkasmus schwerer Stimme bei. »Das ist ihm egal. Er will mit einer ganz gewöhnlichen Person sprechen, die in der Modebranche tätig ist.«

»Wer ist denn dieser Kollege?«, wollte Claire wissen.

»Etienne Deslisses.«

»Deslisses?«, fragte Marie-Laure. »Aber der ist doch berühmt. Ich wusste gar nicht, dass du ihn kennst.«

»So berühmt nun auch wieder nicht«, knurrte Clothaire verdrossen.

»Vielleicht ist er ja nicht so brillant wie du«, meinte Agathe, »aber er ist ziemlich klug. Sein Buch über Intimität zum Beispiel, das war wirklich geistreich und scharfsinnig.«

»Hmmm … das über Überschreitungen hat mir sehr viel besser gefallen«, bemerkte Claire kalt. »Ich fand, es war rigoroser, weniger persönlich.«

Dieser Austausch ging bei Daisy zum einen Ohr hinein und zum anderen wieder heraus.

Dann drückte Marie-Laure ihren Arm und sagte begeistert: »Du solltest dir die Gelegenheit nicht entgehen lassen, einen hochintelligenten Intellektuellen wie Deslisses kennenzulernen, solange du in Paris bist, Daisy. Ich persönlich finde seine Texte fantastisch. Sie sind klug, aber sie sind auch poetisch. Er kreiert einen wunderbaren Stil.«

»Wirklich?«, fragte Daisy, schlagartig interessiert. »Er kreiert *und* schreibt Bücher, das ist ja ungewöhnlich. Wahrscheinlich nebenbei, als Freiberufler. Für wen arbeitet er denn hauptsächlich? Für Männer- oder Frauenzeitschriften?«

Amélie war diejenige, die schließlich das Schweigen brach. »Doch keinen *Mode*stil, Daisy«, erklärte sie freundlich. »Marie meint, er hat einen tollen literarischen Stil, du weißt schon, bei dem, was er schreibt.«

»Oh, ich verstehe.« Daisy lief tiefrot an.

»Daisy, du bist ja so komisch«, sagte Agathe und schaute über den Tisch hinweg Claire an, die zurücklächelte. »Könnte ich doch nur Mäuschen sein, wenn du Deslisses triffst, und eure Unterhaltung mit anhören.«

»*Ich* finde nicht, dass er so ein toller Stilist ist«, verkündete Clothaire eifersüchtig. »Er ist okay. Nichts Besonderes.«

»Und wie ist er so, Clothaire?«, erkundigte sich Marie-Laure. »Persönlich?«

»Ach, ich weiß nicht … ernsthaft, fleißig, nimmt seine Arbeit sehr ernst. Die Studenten scheinen ihn zu mögen. Seine Vorlesungen sind lächerlicherweise Kult. Es stimmt, er ist sehr produktiv. Lässt nie eine Konferenz aus. Ich persönlich finde ihn langweilig.«

»Du meinst, er zeigt nicht genug Interesse an deiner Arbeit?«, fragte Claire spielerisch.

»Damit hat das gar nichts zu tun. Sei doch nicht blöd, Claire.«

Clothaires Freund klang beängstigend, fand Daisy. Wie konnte sie sich da rauswinden?

»Was müsste ich denn tun?«, fragte sie zittrig.

»Ach, Schluss mit der Fragerei. Das weiß *ich* doch nicht!«, schnappte Clothaire gereizt und knöpfte seinen Mantel zu. »Geh hin und rede mit ihm über Klamotten. Das wirst du doch wohl schaffen, oder?«

»Clothaire, sei nicht so schnippisch«, mahnte Marie-Laure.

»Verzeihung«, knurrte Clothaire ungnädig. »Daisy, was ist jetzt, kann er dich anrufen, ja oder nein?«

»Na schön, wenn du möchtest. Aber ich bin wirklich nicht …«

»Ja, ja, ich habe dich schon beim ersten Mal verstanden. Das kannst du ihm selbst sagen. Mich geht das Ganze nichts mehr an.«

Etienne Deslisses, der ungemein höflich klang und sehr gut Englisch sprach, hatte Daisy am nächsten Tag angerufen, und sie hatten verabredet, sich eine Woche später in einem Café auf dem Place de la Sorbonne zu treffen. Im Interesse eines raschen Erkennens hatte Daisy erwähnt, dass sie einen Mantel in leuchtendem Pink tragen würde.

Als sie in dem Café ankam, stellte sie fest, dass fast alle Tische von Männern ohne Begleitung besetzt waren, die alle rauchten, alle Kaffee tranken und alle in irgendein Buch vertieft waren. Welcher davon war Etienne Deslisses? Der da wahrscheinlich, dachte Daisy, als ihr ein distinguierter, silberhaariger Herr um die fünfzig auffiel, der geschäftig einen Stapel Aufsätze korrigierte. Jäh kam ihr der Gedanke, dass es vielleicht gut gewesen wäre, für dieses Treffen etwas weniger Schrilles anzuziehen. Nun, jetzt war es zu spät, und ganz ehrlich, wenn dieser große Intellektuelle ein orangerotes Brokat-Minikleid mit langen Puffärmeln, kombiniert mit passenden Strümpfen und flachen Riemchenschuhen nicht toll fand, dann war das sein Problem, nicht ihres. Daisy konnte schließlich nur sie selbst sein. Als sie unentschlossen an der Tür stehen blieb und überlegte, ob sie ihn auf sich aufmerksam machen sollte, schaute jemand anderes an einem Ecktisch neben der Bar auf und winkte in ihre Richtung. Er stand auf und drückte seine Zigarette aus, als Daisy zu seinem Tisch hinüberging. Sie gaben sich die Hand.

»Etienne? Hi, ich bin Daisy Keen.«

»Hallo. Setzen Sie sich. Was möchten Sie trinken?«

»Einen *Café crème*, bitte.«

Etienne Deslisses war Jahre jünger als Daisys geistiges Bild von ihm. Tatsächlich war er wahrscheinlich gar nicht viel älter als sie. Er hatte sehr dunkle, fast schwarze Augen und kurzes, rotbraunes Haar mit einem schrägen Pony. Gekleidet war er eher klassisch; er trug Jeans, einen dunkelblauen Pullover und einen beigefarbenen, karierten Schal, dessen Enden auf diese adrette, französische Art ordentlich durch die von der Mitte gebildete Schlaufe gezogen worden waren.

Während er bestellte, fiel Daisys Blick auf das Taschenbuch, das aufgeschlagen mit dem Rücken nach oben zwischen ihnen auf dem Tisch lag. Sie rückte ein wenig herum, um den Titel zu lesen. Ein englisches Buch, *Tropic of Cancer,* von jemandem namens Henry Miller. Zweifellos eine Art Reiseführer für heiße Regionen. Wenigstens konnten sie darüber reden, um einen Anfang zu machen, dachte sie erleichtert.

»Also, Etienne, wollen Sie Urlaub machen?«

»Nein, im Augenblick nicht. Wieso?«

Mit einem Kopfnicken deutete Daisy auf sein Buch.

»Ich verstehe, was Sie meinen«, sagte Etienne nach kurzem Zögern. »Das ist wirklich ein bemerkenswerter Reisebericht, nicht wahr? Ich habe es schon einmal als Übersetzung gelesen, aber das Original ist natürlich viel besser. Ich kann mir vorstellen, dass Sie ihn für einen fürchterlichen Frauenfeind halten«, fügte er hinzu und bot ihr eine Zigarette an. »Das tun die meisten Frauen.«

»Wer, ich?«, fragte Daisy erschrocken. »Nein, eigentlich nicht.« Lieber bei diesem Thema neutral bleiben. »Ich habe nur gefragt, weil ein toller Urlaub in der Sonne um diese Jahreszeit wirklich fantastisch wäre. Es ist so verlockend, bei diesem Wetter an den nächsten Strand zu türmen, nicht wahr?«

»Ja, natürlich«, bestätigte Etienne, ehe er höflich das Thema wechselte. »Daisy, ich möchte Ihnen wirklich danken, dass Sie sich bereit erklärt haben, hierbei mitzumachen. Das wird mir bei dem Buch eine enorme Hilfe sein. Ich weiß ja nicht, wie viel Clothaire schon erklärt hat ...«

»Ja, äh ... Hören Sie, Etienne, ich bin mir wirklich nicht sicher, ob ich Ihnen helfen kann. Ich verstehe nicht einmal, um was es bei Ihrem Buch überhaupt geht.«

»Das ist ganz einfach. Es ist eine Studie über Mode als Semiotik.«

Es war also genau so, wie sie gefürchtet hatte. Hilflos starrte Daisy den Franzosen an und zuckte die Achseln. »Ich habe keine Ahnung, was das bedeutet.«

»Keine Sorge. Ich im Moment auch nicht. Aber ich hoffe, dass das Konzept mit Ihrer Hilfe klarer wird. Zuallererst ist es eine Frage der Definition. Einerseits gibt es Kleidung, das ist das, was die Menschen sich ausgedacht haben, um sich vor der Witterung zu schützen. Andererseits gibt es Mode, und das ist etwas ganz anderes. Viel komplizierter.«

Daisy kaute auf ihrer Unterlippe herum und nickte. Eigentlich klang das nicht allzu unverständlich.

»Wenn es keine Mode gäbe, bräuchten wir nicht mehr als jeweils einen Satz Kleider«, sagte Etienne und klopfte eine Zigarette aus seinem Päckchen, »zumindest theoretisch. Solange sie gut gemacht sind und uns warm halten, wäre das genug. Aber so einfach ist es nicht.«

»Neeiiin! Dem Himmel sei Dank!«, bemerkte Daisy, der bei diesem Gedanken ganz flau wurde. »Das wäre ja so was von *langweilig!*«

»Ich gebe zu, ich verstehe sehr wenig von Mode«, fuhr Etienne ernst fort, »aber ich habe den Eindruck, dass Mode eine Art Sprache ist, sogar ein Code. Würden Sie dem zustimmen?«

»Oh, vollkommen«, antwortete Daisy eifrig. Sie wand sich aus ihrem pinkfarbenen Mantel und hängte ihn über die Stuhllehne. »Mode ist *unglaublich* kompliziert. Deswegen ist sie ja so toll.«

Etienne griff in seine Tasche und holte einen kleinen Digitalrekorder heraus.

»Haben Sie etwas dagegen, wenn ich das hier aufzeichne?«

»Okay.« Daisys Beklommenheit kehrte zurück, als sie das Gerät betrachtete. Oh bitte, bloß nicht bis auf die Knochen blamieren! »Was soll ich denn sagen?«

»Sehen wir das hier mal als ersten Versuch. Wir unterhalten uns eine Weile. Haben Sie so ungefähr eine Stunde Zeit? Gut. Wenn Sie dann am Ende meinen, dass Sie das Ganze nicht interessiert, brauchen Sie nicht weiterzumachen. *D'accord?*«

»*D'accord.*«

»Fangen wir … mit Ihrem Mantel an, zum Beispiel. Mit dem, was Sie anhaben. Warum haben Sie beschlossen, heute gerade diese Sachen zu tragen? Was bedeuten sie für Sie? Und wo stammen sie her?«

Das war unerwartet einfach. Daisy legte los und schilderte detailliert die Lebensgeschichte ihres Outfits, wobei sie sich von Minute zu Minute mehr für ihr Thema erwärmte. Da gab es zahlreiche Verzweigungen; Acid-Farben und kontrastierende Stoffe waren diese Saison so eine Riesensache, ein Nachhall von Twiggy und Carnaby Street, die Verfeinerung der Vintage-Couture, atmosphärischer Electronic-Pop und die vollkommene Technicolor-Welt der Musical-Comedys. Etienne rauchte und hörte mit ernster Miene zu, ohne sie zu unterbrechen.

»Die andere Sache bei meinem rosa Mantel«, schloss Daisy, »ist, dass oft alles Mögliche passiert, wenn ich ihn anhabe. Irgendwelche Leute fangen in Geschäften ganz komische Gespräche mit mir an. Wildfremde schenken mir irgendetwas. Auf diese Weise bin ich ein paar echt witzigen Leuten begegnet. Das ist ein Glücksmantel, in dem man Freundschaften schließt. Aber wenn ich meinen blauen trage, dann werde ich andauernd von Leuten angehalten, die nach dem Weg fragen. Vielleicht sehe ich darin ja aus wie eine Verkehrspolizistin.«

»Faszinierend.« Etienne drückte seine Zigarette aus. Das Aufnahmegerät klickte und blinkte. »Wissen Sie, ich glaube, das Band ist voll. Möchten Sie noch etwas trinken?«

»Ein Glas Wasser wäre schön.«

»Ja, Sie sind bestimmt erschöpft. Das war ein ganz schöner Vortrag, und noch dazu ohne Skript. Das ist genau das Material, das ich suche. Es ist erstaunlich, wie viele Details Sie in Ihrem Kopf mit sich herumtragen – Sie sind wie eine wandelnde Enzyklopädie.«

»Oh, vielen Dank«, erwiderte Daisy entzückt. »Das ist das erste Mal, dass mich jemand so genannt hat.«

»Also, glauben Sie, es wäre okay, wenn wir das noch ein paar Mal machen?«

»Natürlich! Das wäre toll! Es war viel leichter, als ich gedacht hatte. Jetzt kann ich's Ihnen ja sagen, auf dem Weg hierher hatte ich richtig Angst. Bei Prüfungen war ich noch nie besonders gut.«

»Mit einer Prüfung hat das überhaupt nichts gemein. Wenn hier jemand der Lehrer ist, dann Sie. Und, das hätte ich gleich sagen sollen: Ich bezahle Sie natürlich für den Zeitaufwand.«

»Ach nein, seien Sie doch nicht albern«, wehrte Daisy lachend ab. »Über Klamotten reden ist das, was ich am liebsten tue. Sie brauchen mir nichts dafür zu geben.«

Bald darauf ging sie, nachdem sie eingewilligt hatte, am nächsten Montag mehr von ihrem Expertenwissen preiszugeben, gleiche Zeit, gleicher Ort. Auf dem Nachhauseweg dachte sie darüber nach, ob Etienne und sein Projekt vielleicht ein gutes Thema für ihren *Sparkle*-Blog wären. Es war eine unerwartet interessante Begegnung gewesen.

Ein paar Wochen später stieg Daisy abermals auf den weißen Würfel in Raouls Atelier.

Raoul musterte sie einen Augenblick lang eingehend, dann leuchtete sein Gesicht auf. »Ich glaube, so wie Sie heute angezogen sind, ganz in Schwarz, mit dem Minirock und den Stiefeln«, sagte er, »würde ich gern etwas in Richtung *Chapeau melon et bottes de cuir* versuchen. Wissen Sie, was ich meine?«

Verwirrt legte Daisy die Stirn in Falten. »›Melone und Lederstiefel‹? Was ist denn das«

»Ach, das kennen Sie doch bestimmt! Das ist eine bekannte englische Fernsehserie. Da geht es um eine Frau und so einen Kerl – sie sind Detektive. Er heißt John Steed und sie Madame Peel.«

»Mrs. Peel? Oh, Sie meinen *Mit Schirm, Charme und Melone!*«

»Ja, genau.«

»Dann meinen Sie also etwas in dieser Art?«, schlug Daisy vor und vollführte einen Karate-Kick.

»Oh, das gefällt mir sehr gut«, antwortete Raoul grinsend, »aber diese Pose können Sie nicht halten. Dann fallen Sie um.«

»Ja, da haben Sie recht. Vielleicht, wenn ich einfach ein bisschen in die Knie gehe und die Arme hebe, so, über Kreuz, als ob ich gerade auf jemanden losgehen will?«

»Das sieht sehr cool aus. Aber ich glaube, es wäre sogar noch besser, wenn man die Muskeln in Ihren Armen sehen könnte.«

»Oh, die Bluse kann ich ausziehen. Da habe ich noch ein Hemd drunter.«

Daisy schmiss die Bluse aufs Sofa und nahm ihre Pose wieder ein. »Besser so?«

»Fantastisch. Wow, Sie sind toll braun. Waren Sie in der Sonne?«

»Ja, im sonnigen Solariumland.«

Raoul lächelte, während er rasch zeichnete. Er schaute auf. »Daisy, können Sie … nur den rechten Fuß ein bisschen zur Seite, okay?«

»So?«

»Super. Nein, Augenblick.« Raoul erhob sich und kam zu ihr herüber. »Können Sie den Träger da ein bisschen verschieben, dahin?«, fragte er und zeigte mit dem Finger.

»Machen Sie das. Ich würde lieber die Pose halten.«

»Das gibt eine bessere Linienführung.«

Seine Hand rückte ihren Spaghettiträger zurecht und strich dabei leicht über ihre Schulter, wobei sie Gänsehaut in ihrem Kielwasser zurückließ. Daisy kicherte.

»Entschuldigung, kitzelt das?«

»Äh, nein. Doch, ein bisschen. Es geht schon.«

»Sie sind so dermaßen professionell, das ist absolut erstaunlich«, meinte er lächelnd. Einen Augenblick lang blieb er stehen, wo er war, dann rieb er sich energisch den Nacken und sagte: »Okay, also, in ein paar Minuten bin ich fertig, wenn Sie es so lange aushalten.« Er machte kehrt und ging zu seinem Regiestuhl zurück, wo sein Zeichenblock wartete. »Dann können Sie sich ausruhen.«

Daisy gab einen kleinen, zustimmenden Laut von sich und behielt ihre Pose bei. Während Raoul arbeitete, dachte sie darüber nach, was gerade passiert war. Gab es da irgendwelche Anziehungskräfte zwischen ihnen? Es war schwer, das mit Sicherheit zu sagen. Sie fühlte sich ganz bestimmt zu ihm hingezogen: Raoul war auf so eine Indiana-Jones-Art sehr attraktiv und strotzte vor sexuellem Selbstbewusstsein. Aber wie empfand *er* für *sie?* Im Großen und Ganzen hatte er sich immer völlig platonisch und freundlich verhalten. Ein paar Mal hatte er ihr das Haar gezaust, doch damit hatte es sich auch schon. Wirklich, er hätte einer ihrer guten schwulen Freunde sein können, die sich in einigen Fällen ebenso sehr für weibliche Schönheit interessierten wie Raoul. Na ja, vielleicht nicht *ganz* so sehr wie Raoul; der spielte in einer völlig anderen Liga. Und schwul war er *definitiv* nicht.

Doch wenn sie zusammen an einer Zeichnung arbeiteten, schien sich die Atmosphäre ziemlich elektrisch aufzuladen. Dann betrachtete er sie mit einer ernsthaften, düsteren, grüblerischen Intensität, die sie ein bisschen verlegen machte. Andererseits hatte Daisy genau diese Art von Intensität in den Augen von Casting Directors gesehen, wenn sie das Model, das vor ihnen stand, mit den Fotos in ihrer Mappe verglichen. Wahrscheinlich war es lediglich das: das äußere Anzeichen für die Konzentration eines bildenden Künstlers, mehr nicht. Auf jeden Fall war es wirklich nicht so wichtig, denn ganz gleich, was Anouk oder Chrissie sagen mochten, es war wahrscheinlich noch zu früh für sie, daran zu denken, sich wieder mit irgendjemandem einzulassen.

»Also, was meinst du? Soll ich ihn einfach fragen, ob er interessiert ist?«, fragte sie Marie-Laure, als sie ihr Dilemma beim Mittagessen besprachen.

»Nein! Das ist viel zu direkt!«, wehrte Marie-Laure entsetzt ab. »Was ist, wenn er Nein sagt? Und überhaupt, magst du ihn denn?«

»Na ja«, antwortete Daisy und kicherte, »sagen wir einfach, ich fange allmählich an, den Sinn in dieser ganzen ›Älterer Mann‹-Nummer zu erkennen. Er ist einfach so viel ... stabiler als alle, die ich jemals gekannt habe. Er hat schon so viel gemacht. Und er ist Künstler! Aber ich weiß nicht mal, ob er auf mich steht!«

»Könntest du nicht für eine Atmosphäre sorgen, du weißt schon ...«

»Aber ich glaube, so eine Atmosphäre ist schon *da*. Das ist es ja gerade.«

Das nächste Mal traf Daisy Raoul am darauffolgenden Wochenende, um ins Kino zu gehen. Allmählich dämmerte ihr, dass sie sich tatsächlich wünschte, er würde sie küssen, und es fiel ihr schwer, sich auf den Film zu konzentrieren. Stattdessen hielt sie Ausschau nach irgendwelchen verräterischen Zeichen seinerseits. Doch Raoul saß mit vollendetem Anstand neben ihr. Nach dem Kino gingen sie essen und kehrten dann in seine Wohnung zurück, um sich eine seiner Spezialitäten zu genehmigen – einen gnadenlos starken Mojito.

»Sie würden Lateinamerika lieben, Daisy«, meinte Raoul, während die Jukebox mit voller Kraft in Bahia-Modus schaltete, mit rasselnden Maracas. »Die Strände sind so was von unglaublich. Und die Brasilianerinnen tragen so wahnsinnige Badeanzüge«, fügte er verträumt hinzu. »Total extrem.«

»Ich kann's mir vorstellen.«

Raoul drehte sich zu ihr um und sah sie an. »Alles okay? Sie sind heute nicht sehr gesprächig.«

»Alles bestens«, versicherte Daisy und lächelte ihn an. »Ich denke nur nach.«

»Worüber denken Sie denn nach? Vermissen Sie London, Ihre Familie?«

»Oh nein, nicht so was. Ich meine, ich freue mich darauf, über Weihnachten nach Hause zu fahren, aber das ist es nicht, was mir im Kopf rumgeht.«

»Und was geht Ihnen im Kopf rum, Daisy?«, erkundigte sich Raoul und stellte seinen Drink hin.

»Es ist wirklich albern.«

»Nein, nein, Sie können mir alles sagen. Kommen Sie schon.«

Ach, pfeif drauf, dachte Daisy. Tut mir leid, Marie-Laure, ich tu's doch. »Na ja, *manchmal* …«, fing sie mit heftig pochendem Herzen an, »manchmal frage ich mich, ob Sie nicht mit mir flirten. Nur ein ganz kleines bisschen.«

Sie hielt den Atem an und wartete. Raouls grüne Augen wurden schmal. Er musterte sie ohne zu lächeln. »Das glauben Sie? Dass ich mit Ihnen flirte?«

»Na ja, ich weiß nicht«, antwortete Daisy und verdrehte die Augen. »Unsere Kulturen sind sehr unterschiedlich, das ist mir klar. Wir senden andere Signale. Also habe ich vielleicht etwas missverstanden …«

»Daisy«, unterbrach er sie und beugte sich vor, um ihr ins Ohr zu flüstern, »so unterschiedlich sind unsere Kulturen gar nicht. Ich finde, Sie sind eine sehr schöne Frau.« Und dann fügte er mit seiner rauen Gallierstimme hinzu: »Und ich begehre Sie wirklich sehr.«

Während sie sich auf die Innenseite der Wange biss, um einen Kicheranfall abzuwürgen, warf Daisy ihm einen verstohlenen Blick zu. Ja, seine Miene war vollkommen ernst. Die Franzosen waren wirklich erstaunlich: Sie wussten einfach nicht, was Verlegenheit war. Während sie noch versuchte, sich zu sammeln, nahm Raoul, der korrekterweise davon ausging, dass das Eis gebrochen war, ihre Hand und legte sie ganz beiläufig auf seinen Schritt. Also, dachte Daisy, deren Augen sich ein wenig weiteten, wenn du es *so* ausdrückst ... Genau in diesem Moment verflogen sämtliche verbliebenen Zweifel, und sie war sich ziemlich sicher, dass es in der Tat an der Zeit für sie war, wieder in den Sattel zu steigen. Raoul mochte ihre Gedanken gelesen haben, denn er zog sie nach und nach dichter an sich, bis sie sich in der Pole Position rittlings auf seinem Schoß wiederfand. Sie küssten sich. Jawohl, es war definitiv an der Zeit.

»Yii-ha«, murmelte sie ein wenig später.

»Was hast du gesagt, Süße?«

»Ach, nichts.«

19

Isabelle

Als an diesem Abend das Telefon unten im Hausflur klingelte, blieb Isabelle, wo sie war, oben in ihrem Zimmer, und ließ Chrissie abnehmen. Sie brauchte einen Moment, um zu proben, was sie sagen würde. Und vielleicht war es ja gar nicht Tom. Doch das Glück war ihr nicht hold.

»Darling!«, rief Chrissie das Treppenhaus hinauf, »Seine Quincigkeit für dich!«

Isabelle ging in den Flur hinunter, wo der Hörer auf dem Tisch lag. Einen Augenblick lang starrte sie ihn an. Es war irgendwie seltsam, dass aus diesem ganz gewöhnlichen Gegenstand tatsächlich die Stimme eines Menschen kommen konnte. Schließlich hob sie ihn ans Ohr.

»Hallo, Tom.«

»Hallo.«

Die schiere Menge an liebkosender Wärme, die er in dieses eine Wort hineinzulegen imstande war, brachte sie ganz durcheinander. Doch das war eine Versuchung, der sie widerstehen musste, das war alles.

»Wie war dein Tag?«, erkundigte er sich.

»Ganz gut, danke. Ich war in der Bibliothek.«

»Super. Es ist schön, deine Stimme zu hören. Bist du müde, oder … Hättest du Lust herzukommen? Ich könnte dich in zwanzig Minuten abholen.«

»Tom, ich glaube, es wäre besser, wenn wir uns ein andermal treffen«, sagte Isabelle langsam. »Tagsüber.« Dann nutzte sie sein

Schweigen und fuhr fort: »Ich glaube, gestern Abend habe ich einen großen Fehler gemacht. Es war absolut nicht deine Schuld, aber es darf nicht wieder vorkommen.«

»Ich verstehe.«

»Du weißt, dass ich nicht frei bin.«

»Ja, ich verstehe, was du meinst.«

»Deshalb kann ich mich nicht so verhalten. Ich habe zu viel zu verlieren, zu viele Pläne.«

»Isabelle, es steht dir frei, alles zu tun, was du möchtest. Alles, was dich glücklich macht.«

»Ja, das weiß ich. Und dies ist die Entscheidung, mit der ich glücklich bin – was ich dir gerade gesagt habe. Es tut mir leid, wenn ich dich getäuscht habe.«

»Bitte bereu nichts. Tue ich ja auch nicht.«

»Nein.«

Wenigstens konnte er ihr Gesicht nicht sehen. Das war schon mal etwas. Jetzt kam der wirklich schwierige Teil.

»Und es gibt noch einen anderen Grund dafür: meine Arbeit über Meredith. Etwas mit dir anzufangen würde zu einem Interessenkonflikt führen. Das beeinträchtigt meine Forschungsarbeit.«

»Wirklich?«

»Ja, natürlich.«

»Sagst du das, weil wir gestern nicht dazu gekommen sind, über sie zu sprechen?«

»Das war nur ein Beispiel. Aber ganz allgemein, selbst wenn wir dazu gekommen wären, hätte ich das Gefühl, ich würde … dich benutzen. Verstehst du, was ich meine?«

Tom begann zu lachen. »Du darfst mich sehr gern benutzen, ganz egal, wie.«

»Tom, bitte.«

»Ganz im Ernst, ich hätte nichts dagegen, dir auch bei deiner Arbeit zu helfen. Aber nein, ist schon in Ordnung. Ich versteh's.«

Isabelle holte tief Luft. »Aber die Sache ist die, Tom … Das hört sich jetzt bestimmt ganz schrecklich an, nach allem, was ich gerade gesagt habe, aber ich hätte es immer noch gern, dass du mir bei meiner Arbeit hilfst.«

»Nur ohne das andere?«

»Ja. Sei bitte nicht böse.«

»Ich bin nicht böse.«

»Ich verstehe es, wenn du Nein sagst. Ich habe mich nicht sehr gut benommen.«

»Ach, ich weiß wirklich nicht recht, ob ich mich besser benommen habe. Keine Angst, ich glaube, ich verstehe dein Problem.«

»Dann wäre es also okay, wenn wir uns treffen, um über Meredith zu reden.«

»Ja.«

»Kann ich zu dir kommen?«

»Wenn du es für ungefährlich hältst. Nein, das war nur ein Witz. Natürlich, wann immer du willst. Rein geschäftlich, ich versprech's.«

»Es ist nur … es gibt da ein paar Sachen im Haus, die ich gern überprüfen würde. Ich erkläre es dir, wenn ich da bin.«

»Ausgezeichnet. Ich freue mich darauf.«

»Hast du dieses Wochenende Zeit?«

»Alle Zeit der Welt. Komm doch Sonntag zum Mittagessen. Um eins?«

»Das ist perfekt. Vielen Dank, Tom.«

»Und du kannst auch gern jemanden ganz besonders Strenges von der Quince Society mitbringen. Als Anstandsdame.«

Es war eine Erleichterung, wieder mit ihm lachen zu können.

»Es tut mir wirklich leid.«

»Mir auch. Wir sehen uns Sonntag. Bis dann, Isabelle.«

»Bis dann.«

Als Isabelle zu ihren Freunden in die Küche kam, schaute Jules taktvoll weg, Chrissie jedoch fragte: »*Und?* Darling?«

Isabelle ging geradewegs zum Kühlschrank, öffnete die Tür und versteckte sich dahinter, während sie den Inhalt der Regale anstarrte, ohne irgendetwas wahrzunehmen. Chrissie wartete respektvoll ungefähr zwölf Sekunden lang, dann quietschte er schrill auf: »*Oooooh!* Darling, hab doch ein *Herz!* Denk an meine armen Nerven und sag uns, was passiert ist. *Also?* Triffst du dich heute Abend mit ihm? Kommt er her?«

Schließlich fand Isabelles Blick einen Becher Joghurt, und sie tauchte damit in der Hand wieder auf. Sie holte sich einen Löffel aus der Schublade und setzte sich neben Jules an den Tisch.

»Es ist alles geregelt«, sagte sie ruhig. »Von jetzt an sind wir einfach nur befreundet. Er versteht das vollkommen.«

»Oh, *Darling*«, stieß Chrissie betroffen hervor. »Bei *dem* guten Sex! Was für eine *schreckliche* Verschwendung!«

Schweigend schob Jules ihre Brille die Nase hinauf.

»Ich bin einfach nur erleichtert, dass es vorbei ist«, sagte Isabelle. Sie hielt den Blick gesenkt und zog vorsichtig den Aludeckel des Joghurtbechers ab. »Jetzt kann ich das Ganze vergessen und mich auf meine Arbeit konzentrieren.« Sinnend aß sie einen kleinen Mundvoll, dann setzte sie hinzu: »Und er will mir sogar dabei helfen, das ist wirklich nett. Am Sonntag treffe ich mich mit ihm, um darüber zu sprechen.«

»Ach, tatsächlich?«, erkundigte sich Jules und lächelte kaum merklich.

»Ja. Ich hoffe, dass ich die Manuskripte finde, damit ich sie genau studieren kann.«

»Ha. Das ist ja eine ganz neue Bezeichnung für so was«,

brummmelte Chrissie. »*Au!* Ju, ich wünschte wirklich, du würdest das lassen. Du *weißt* doch, dass ich so leicht blaue Flecken kriege.«

Am Sonntag fuhr Isabelle in dem beruhigenden Wissen zu Tom, dass sie lediglich einen Verwandten von Meredith Quince besuchte, mit dem sie locker befreundet war. Sie klingelte und arrangierte ihre Gesichtszüge zu einer Miene leicht forscher Herzlichkeit.

Nach kurzem Warten wurde die Tür von einer unbekannten jungen Frau mit gebräuntem, sommersprossigem und lebhaftem Gesicht geöffnet. Sie trug eine halb offene und mit ziemlich viel Schlamm beschmierte Latzhose. Isabelle hatte die ganze Fahrt gebraucht, um sich auf das Wiedersehen mit Tom vorzubereiten, der unerwartete Anblick dieser Person auf seiner Schwelle jedoch reichte aus, um sie fast völlig aus der Fassung zu bringen.

»Ja?«, sagte die junge Frau und zog die Augenbrauen hoch. Sie hatte einen dichten braunen Lockenschopf, der mit einem Band zu einem improvisierten, unordentlichen Pferdeschwanz zusammengerafft war. Ein Schmutzstreifen zierte ihre Wange, und sie war barfuß.

»Ich heiße Isabelle. Tom Quince erwartet mich.«

»Ach, wirklich? Na, dann kommen Sie mal rein.«

Sie öffnete die Tür weiter und trat zurück in den Hausflur, gefolgt von Isabelle. »Tommy!«, rief das Mädchen. »Hier ist jemand für dich!«

Es kam keine Antwort.

»Wo der wohl wieder hin ist?«, meinte die junge Unbekannte. »Sie … bleiben doch nicht zum Mittagessen, oder?«

»Äh, doch«, erwiderte Isabelle erschrocken. »Ich …«

»Ach? Okay, dann können wir wohl genauso gut in die Küche gehen und da auf ihn warten. Wahrscheinlich ist er noch mal in den Schuppen gegangen, um irgendwas zu holen.«

Zusammen stiegen sie die Treppe hinab.

»Wir mussten das trockene Wetter nutzen und hatten den ganzen Vormittag solchen Spaß bei der Arbeit. War ein richtig irres Wettrennen, all die Zwiebeln in die Erde zu kriegen, aber wir sind ein gutes Team, Tommy und ich. Und jetzt bin ich völlig erledigt!«, verkündete die junge Frau und ließ sich auf das zerschlissene Samtsofa in der Küche fallen.

Der Tisch, stellte Isabelle fest, war in der Tat für drei Personen gedeckt. Die junge Fremde machte es sich bequem, zog die Knie an die Brust, während Isabelle, noch immer in Mantel und Handschuhen, sich ihr gegenüber auf die vorderste Kante eines Küchenstuhls hockte. Ein kurzes Schweigen entstand, während beide aus dem Fenster sahen und nach Tom Ausschau hielten. Er war nirgends zu sehen.

Isabelle wandte sich um und lächelte das Mädchen so unverbindlich an, wie es ihr möglich war.

»Sie sind … Französin, nicht wahr?«, erkundigte sich die junge Frau gedehnt und streckte einen braunen Fuß mit leuchtend rosaroten Zehennägeln in Isabelles Richtung.

»Ja. Mein Name ist Isabelle Papillon«, erwiderte Isabelle ruhig, während sie mit so hilfloser, heftiger Eindringlichkeit dachte: Und wer zum *Teufel* bist *du?*, dass sie einen Moment lang fürchtete, sie hätte es laut ausgesprochen.

»Ich bin Rosie.«

Sie nickten einander zu.

»Also … woher kennen Sie Tommy?«

Isabelle setzte zu einer Antwort an, hatte jedoch kaum einen Satz zu Ende gebracht, als Rosie laut herauslachte und sagte: »Oh, ich weiß! Sie sind eine von diesen Leuten von der Quince Society! Ist das komisch!«

»Wieso ist das komisch?«, wollte Isabelle wissen.

»Weil dieser ganze Meredith-Quince-Kult wirklich *nicht* Tommys Stil ist. Das ist dermaßen pompös und absurd.«

»Hat er das gesagt?«

»Na ja … ich meine, ich weiß, dass die schon seit Jahren hinter ihm und seinen Eltern her sind, weil sie unbedingt ins Haus wollen. Echt unheimlich.«

»Vielleicht, aber ich versichere Ihnen, dass er mich selbst eingeladen hat«, entgegnete Isabelle und verkniff sich den Zusatz: »Und zwar nicht zum ersten Mal.«

»Oh ja, natürlich. Entschuldigung«, sagte Rosie und sah nicht im Mindesten zerknirscht aus.

Glücklicherweise suchte Tom sich diesen diffizilen Moment aus, um aus dem Garten hereinzukommen.

»Oh, schön, du bist da, Isabelle«, sagte er und hängte Hut und Mantel auf. »Tut mir leid, dass ich euch habe warten lassen. Ich war gerade dabei, das Gewächshaus von außen zu putzen, und ich dachte, ich bringe das vor dem Mittagessen lieber zu Ende. Ich hoffe, Rosie hat sich um dich gekümmert.«

»Oh ja.« Isabelle warf einen raschen Blick auf Rosie, die, wie sie feststellte, rasch ihren Pferdeschwanz gelöst und sich das Haar attraktiv um die Schultern drapiert hatte, sobald Tom aufgetaucht war.

Ein weiterer, möglicherweise signifikanter Aspekt an dem unerwarteten Gast war die Tatsache, dass unter ihrem dünnen T-Shirt nichts von einem BH zu sehen war.

»Tommy«, schalt Rosie lächelnd und drohte ihm mit dem Finger, »du hast kein Wort davon gesagt, dass das hier so ein hochintellektueller Literaten-Lunch wird. Liegt das daran, dass ich vielleicht nicht geblieben wäre, wenn du das getan hättest?«

Tom nahm sich die Zeit, seine Stiefel auszuziehen, dann tappte er auf Socken herbei und küsste Isabelle auf die Wange. Sein Gesicht fühlte sich kühl an, vielleicht weil er die ganze Zeit draußen gewesen war.

»Ich zweifele nicht daran, dass du dich behaupten kannst, Rosie. Isabelle, darf ich dir den Mantel abnehmen?« Vorsichtig legte er ihn aufs Sofa, dann strich er sich mit beiden Händen das Haar zurück. »In Ordnung. Und jetzt sehe ich mal nach dem Fleisch.«

Bald darauf ließen sie sich zum Essen nieder. Als Resultat einiger reichlich offensichtlicher Gebietseroberungsmanöver hatte Rosie sich den Stuhl neben Tom gesichert, während Isabelle ihm gegenübersaß. Das Mittagessen war wahrhaftig keine einfache Angelegenheit für sie. Nicht, weil sie mit dem Essen Probleme hatte. Das wunderbare Roastbeef, das er auftischte, war vielmehr eine Köstlichkeit. Dazu gab es etwas, das für sie eine völlig neue, exotische Delikatesse war – Yorkshire Pudding, so luftig wie ein Daunenkissen. Was Isabelle die Stimmung verdarb, war, wie ihr rasch – mit einem ganz unerwarteten schmerzhaften Stich – klar wurde, dass er wieder so unverbindlich war wie am Anfang. Alle Spuren von Intimität waren gnadenlos ausgelöscht, so als hätte sich ein Wolkenvorhang vor die Sonne geschoben.

»Isabelle schreibt an einer Doktorarbeit über die Romane meiner Großtante«, erklärte Tom und schenkte Rosie ein Glas Wein ein.

»Wirklich? Worum geht's denn dabei?«

Isabelle seufzte. So hatte sie das Thema *The Splodge* ihm gegenüber ganz bestimmt nicht zur Sprache bringen wollen.

»Ach, eigentlich ist das ein bisschen langweilig und theoretisch«, antwortete sie ausweichend. »Es geht um die Erzählstrategie in ihren Kriminalromanen.«

»Hört sich ja toll an«, meinte Rosie und sah zutiefst unbeeindruckt aus. Sofort wandte sie sich an Tom und gab eine lange Abhandlung darüber zum Besten, welche Art von Blasenfolie am besten dazu geeignet sei, ein Gewächshaus im Winter zu isolieren.

Unterdessen überkam Isabelle ein höchst seltsames Gefühl des Gespaltenseins. Ihr Verstand gratulierte ihr sehr entschieden dazu, wie gut sie sich in Tom Quinces Gegenwart hielt. Außerdem merkte er mit pedantischer Befriedigung an, dass die Anwesenheit einer dritten Person von großem Vorteil sei. Auf diese Weise könne nämlich nicht auf gewisse Ereignisse der jüngsten Vergangenheit angespielt werden, die sich zum Teil auf just dem Tisch abgespielt hatten, an dem sie jetzt saßen.

Ihr Körper schlug währenddessen einen völlig anderen Kurs ein. Beinahe schmerzhaft entzückt, Tom wiederzusehen, wäre er mit Freuden über den Tisch gehechtet, der zwischen ihnen stand, um sich an ihn zu schmiegen. Außerdem hielt Isabelles Körper, der das Ganze aus einer ziemlich animalischen Perspektive sah, überhaupt nichts von Rosie, die er augenblicklich als *tête à claques* allererster Güte eingestuft hatte – als fürchterliche Nervensäge, der man am liebsten eine runterhauen würde. Oder auch zwei.

Irgendwo zwischen diesen beiden Polen stellte ein weiterer, scheuerer und empfindlicherer Teil ihres Bewusstseins seine eigenen mäandernden Fragen, die sich hauptsächlich darum drehten, welchen Status die BH-lose, barfüßige Rosie wohl in Toms Leben innehatte.

»Rosie und ich waren vor ein paar Jahren im selben Gartenbaukurs«, sagte Tom, als er sich erhob, um den Tisch abzuräumen.

»Und dann haben wir uns letztes Jahr in Florenz wiedergetroffen«, fügte Rosie Isabelle zuliebe hinzu. »Ach, Tommy«, schwärmte sie mit einem kehligen Auflachen, »wir hatten es so unheimlich schön dort, nicht wahr? Und da ich gleich um die Ecke wohne«, fuhr sie fort, wobei ihr Blick nach und nach wieder zu Isabelle zurückkehrte, »komme ich oft vorbei, um Tom zu helfen. Inzwischen kommt es mir schon fast so vor, als wäre es auch mein Garten. Weil das Ganze für uns so ein Gemeinschaftsprojekt war, verstehen Sie?«

»Dann sind Sie also auch Gärtnerin?«, erkundigte sich Isabelle und versuchte immer noch, nicht daran zu denken, wie Tom und Rosie es in Florenz unheimlich schön hatten.

»Im Augenblick arbeite ich in einer Pflanzenschule.«

»Ach? Sie arbeiten mit Kindern?«

Rosie lachte ein wenig. »Nein, mit Bäumen und Pflanzen. Obwohl ich ja *hoffe*, irgendwann mal Kinder zu haben.«

»Danke«, sagte Isabelle, als Tom ihr ein verlockendes Stück Apfelkuchen reichte. »Tom, ich habe überlegt ... Ich würde unglaublich gern Merediths Manuskripte sehen. Weißt du noch, wo sie sind?«

»Ich *glaube*, sie könnten vielleicht in einem Karton oben auf dem Dachboden sein.«

»Wirklich? Könnte ich vielleicht nach dem Essen mal dort nachsehen?«

»Selbstverständlich.«

»Wofür brauchen Sie die denn?«, wollte Rosie wissen. »Ist das *auch* für die Quince Society? Ich dachte, Tommy hat euch schon das Porträt geschenkt. Das reicht doch wohl.«

»Nein, mit der Society hat das nichts zu tun. Ich brauche sie für mich. Ich versuche, mir eine Vorstellung davon zu verschaffen, wie Meredith ihre Geschichten geschrieben, wie sie konkret gearbeitet hat. In den Manuskripten sind vielleicht Korrekturen zu finden, verschiedene Versionen, Kommentare am Rand, all so etwas.«

»All so was ist mir echt zu hoch«, bemerkte Rosie, tupfte die Kuchenkrümel mit dem Finger auf und leckte sie ab. »Ich kann nicht verstehen, wieso jemand seine ganze Zeit damit verbringen möchte, über irgendwelchen verstaubten alten Papieren zu brüten. Ich persönlich bin viel lieber draußen an der frischen Luft.«

Tom hatte geistesabwesend in Isabelles Richtung geblickt. Jetzt wandte er sich an seine Nachbarin. »Wenn das so ist, dann kannst du vielleicht Kaffee für uns alle machen, während ich mit Isabelle auf den Dachboden gehe. Du weißt ja, wo alles ist, nicht wahr?«

»Ja, aber ...«

»Oh, vielen Dank. Du bist wirklich ein toller Gast.«

Isabelle folgte Tom die Treppe hinauf ins Obergeschoss. Ihr Körper erinnerte sich ganz deutlich daran, dass sich hier sein Schlafzimmer befand. Ihr Verstand konzentrierte sich entschlossen auf die unmittelbare Nähe der Manuskripte.

»Hier«, sagte Tom und öffnete eine schmale Tür am anderen Ende des Flurs. »Ich gehe vor – und erwische dabei hoffentlich ein paar von den Spinnweben.«

Isabelle folgte ihm eine enge Wendeltreppe hinauf und trat hinter Tom in einen geräumigen Dachboden voller Gerümpel.

»Augenblick, bleib, wo du bist. Ich weiß genau, dass es hier irgendwo einen Lichtschalter gibt.«

Das Licht ging an und beleuchtete ein überwältigendes Durcheinander aus Reisekoffern, zerlegten Möbeln und leeren Bilderrahmen sowie unzähligen Pappkartons.

»Da drüben sind zumindest ein paar von Merediths Unterlagen, glaube ich. Ich weiß noch, wie ich Dad geholfen habe, sie aus ihrem Zimmer zu räumen.«

Die Kartons, die Tom meinte, standen auf einem Bett, dessen durchhängende Matratze von ein paar geringelten Metallfedern durchbohrt wurde. Als Tom den ersten öffnete, machte Isabelle Anstalten, sich auf die Matratze zu knien, um ihm über die Schulter zu schauen.

»Bleib bloß von dem Ding weg, Isabelle, das ist gemeingefährlich.« Er zog einen Stapel Papier hervor und reichte ihn ihr.

»Oh. Das sieht aus wie ... Rechnungen«, stieß Isabelle enttäuscht hervor.

»Ja, du hast recht. Historisch nicht uninteressant, wenn du über die Haushaltsführung in den Dreißigerjahren schreiben würdest, aber möglicherweise nicht von großem literarischem Wert. Sollen wir's mit dem anderen Karton versuchen?«

»Ja, bitte.«

Der andere Karton war voller vergilbter Zeitungen.

»Weißt du, ich glaube, die gehören Dad«, meinte Tom nachdenklich. »Er hat immer Zeitungen gehortet, weil er gedacht hat, irgendwann kommt er dazu, sie zu lesen.«

»Die Manuskripte könnten überall sein«, sagte Isabelle und sah sich ein wenig entmutigt um.

»Das ist nur allzu wahr. Wir müssten den ganzen Boden absuchen und dabei methodisch vorgehen, aber ich glaube, dafür würden wir mehr Zeit brauchen, als wir heute haben. Gehen wir nach unten.«

Tom machte das Licht aus und ging zur Treppe zurück, dicht gefolgt von Isabelle. Als sie sich an den Abstieg machte, blieb einer ihrer schmalen, halbhohen Absätze zwischen zwei Bodendielen stecken. Sie versuchte, sich mit einem Ruck loszumachen, doch ihr Fuß rutschte aus dem festsitzenden Schuh heraus; sie verlor den Boden unter den Füßen und schoss hinter Tom die Treppe hinunter, der, von ihrem Entsetzensschrei aufgeschreckt, sich gerade noch rechtzeitig umdrehte, um sie in seinen Armen aufzufangen und den Aufprall ihres Körpers zu dämpfen, indem er mit seinem eigenen ziemlich heftig gegen die Wand rumpelte.

»Ich hab dich«, versicherte er ihr und klang ein wenig atemlos, als sie eng ineinanderverschlungen in sitzender Stellung auf die Treppe sackten.

Als sie seinen Atem auf ihrem Mund fühlte, überlegte Isabelle in einem Aufwallen verwirrter Sehnsucht, wie es wohl wäre, diesen Mann an jedem einzelnen Tag ihres Lebens zu küssen – wenn so etwas nur erlaubt wäre.

»Danke«, sagte sie kühl und machte sich los. »Es tut mir so leid. Das war wirklich ungeschickt von mir.«

»Weißt du«, erwiderte Tom und nahm seine Hände von ihren Schultern, »eigentlich ist niemand anmutiger als du, selbst beim Trepperunterfallen. Wenn du mir gestattest, dir ein kleines, völlig platonisches Kompliment zu machen.«

»Ich hoffe, ich habe dir nicht allzu sehr wehgetan.«

Tom rückte seine Brille zurecht und fuhr sich mit der Hand über die Brust. »Nein, nein, absolut nicht. Ich habe sowieso viel zu viele Rippen – die stehen dir alle zu Diensten. War ein bisschen wie Autoscooter-Fahren, hat nur viel mehr Spaß gemacht. Und vielleicht erinnerst du dich ja, dass etwas Ähnliches passiert ist, als wir uns zum ersten Mal begegnet sind – ein Zusammenstoß auf der Treppe. Offensichtlich wird das ein wiederkehrendes Muster in unserer Freundschaft sein.«

»Offensichtlich«, stimmte Isabelle ihm zu. Sie lächelte ein wenig und rieb sich die Beine.

»Hast du dir wehgetan?«

»Nein, ich glaube nicht. Ich bin nur ein bisschen durchgeschüttelt worden.«

Tom stand auf und stieg ein paar Stufen hinauf, um ihren Schuh zu holen. »Sieht okay aus«, meinte er und zerrte an dem Absatz. »Soll ich ihn dir wieder anziehen?«

»Oh nein, danke. Das schaffe ich schon allein.«

Er reichte ihr den Schuh und trat schweigend zurück, während sie sich abklopfte und ein paar Spinnweben aus ihrem Haar zupfte. Sie stiegen in den Flur hinunter, und Tom schloss die Tür hinter ihnen.

»Ich weiß ja nicht, wie es dir geht, Isabelle, aber ich könnte jetzt wahrscheinlich einen Kaffee vertragen.«

»Ja, das wäre schön.«

»Ich fürchte, Rosies Kaffee wird kontinentalen Ansprüchen normalerweise nicht ganz gerecht, aber wenigstens wird er heiß sein.«

In der Küche fanden sie Rosie auf dem Sofa vor, wo sie sich zusammengerollt hatte und mürrisch ein paar Bestellkataloge für Saatgut durchblätterte. Jetzt trug sie einen roten Fleecepullover mit Reißverschluss über ihrer Latzhose.

»Der Dachboden muss ja voller faszinierender Schätze sein«, bemerkte sie, ohne aufzublicken. »Habt ihr da übrigens mit Möbeln rumgeschmissen? Ich hab was rumpeln hören.«

»Ach, das waren nur wir, als wir die Treppe runtergefallen sind.«

Rosie hob den Blick und starrte. »Tommy, du siehst wirklich schlimm aus! Alles in Ordnung?«

»Alles bestens. Isabelle ist diejenige, die Fürsorge braucht. Sie hätte beinahe einen Schuh eingebüßt, weißt du? Ich habe mir sagen lassen, das sei ziemlich traumatisch.«

»Wirklich? Aber Ihnen ist doch nichts passiert, oder?«, fragte Rosie und musterte Isabelle kühl von oben bis unten. »Von zerrissenen Strümpfen mal abgesehen.«

Tom schenkte zwei Becher voll Kaffee, tat Milch dazu und rührte zwei Stück Zucker in Isabelles Becher.

»Oh … Danke, aber normalerweise trinke ich Kaffee nicht mit Milch und Zucker.«

»Ich weiß, aber du stehst unter Schock. Keine Widerrede. Trink das.«

Isabelle gehorchte und fühlte sich augenblicklich besser.

»Also, lange Rede, kurzer Sinn, wir haben keine Ahnung, wo die Manuskripte sind.«

»N-nein«, bestätigte Isabelle langsam und setzte sich neben Rosie, ohne ihre Gegenwart wirklich wahrzunehmen.

»Na und?«, sagte Rosie. »Die sind wahrscheinlich sowieso futsch. So wichtig ist das doch bestimmt nicht?«

»Nun, für Isabelle ist es wichtig«, entgegnete Tom vage und strich sich den Staub aus dem glatten Haar. »Und ich fühle mich wohl als Verwandter auch ein bisschen verantwortlich. Sie war meine Großtante.«

»Tom? Dein Vater weiß wohl nicht mehr, was er damit gemacht hat?«

»Oh, bestimmt nicht. Und selbst wenn, würde er so tun, als hätte er keinen Schimmer. Es war ihm zuwider, dass Meredith Schriftstellerin war, und jetzt will er nichts damit zu tun haben. Wahrscheinlich liegt es zum Teil daran, dass ich ihre Bücher nie gelesen habe.«

»Tommy, ich unterbreche dieses faszinierende Gespräch ja nur höchst ungern, aber es ist nicht mehr lange hell. Wenn du heute im Garten noch etwas schaffen willst, sollten wir anfangen.«

»Ich glaube, ich sollte lieber nach Hause gehen«, sagte Isabelle und griff nach ihrem Mantel.

»Warum bleibst du nicht noch ein Weilchen und ruhst dich etwas aus? Ich kann dich nachher nach Hause fahren.«

»Nein, danke, jetzt geht es mir wieder gut. Danke für das Mittagessen – es war köstlich. Es war nett, Sie kennenzulernen, Rosie.«

»Ganz meinerseits«, erwiderte Rosie, während sie mit dem Rücken zu Isabelle dastand und ihre Gummistiefel anzog.

»Isabelle«, sagte Tom, als er sie zur Haustür brachte, »warum kommst du morgen nicht wieder und nimmst dir den Dachboden vor? Es sei denn, du hast andere Pläne?« Als er sah, dass sie zögerte, fuhr er fort: »Ist vielleicht mal eine ganz nette Abwechslung von der British Library.«

»Na ja … das wäre toll, wenn es dir nichts ausmacht«, antwortete Isabelle dankbar. »Aber störe ich dann nicht bei deiner Arbeit im Garten mit, äh, Rosie?«

»Überlass Rosie ruhig mir. Du brauchst dich nur um die Manuskripte zu kümmern. Außerdem wär's vielleicht eine gute Idee, morgen flache Schuhe anzuziehen, es sei denn natürlich, du planst noch weitere akrobatische Einlagen. In diesem Fall wäre ich natürlich mit Freuden bereit, dir wieder zu assistieren.«

20

Daisy

»Du siehst blendend aus, *mon petit*«, stellte Anouk wohlwollend fest, als ihre Freundin sie das nächste Mal in ihrer Boutique besuchte. »Wie ich sehe, tut dir ein bisschen Ablenkung gut.«

Die fragliche Ablenkung bestand aus ausgedehntem Vögeln kombiniert mit häufigen Shoppingtouren in Sachen Slips, was Spaß machte, jedoch auch zwingend notwendig war, damit Daisy eine halbwegs angemessene Aussteuer erhalten blieb. Dank Raoul hatte sie einen ganz ordentlichen Verschleiß, weil er gern den Slip zerriss, wenn er sie auszog. Nach dem Octave-Debakel war derartiger Einsatz hochwillkommen. Selbstverständlich hatte Daisy niemals irgendwelche Zweifel gehegt, dass Sex für Raoul wichtig sein würde. Als er sie das erste Mal in sein Schlafzimmer gelotst hatte, war sie durchaus darauf gefasst gewesen, einen Spiegel an der Decke vorzufinden. Tatsächlich war keiner vorhanden, doch der wahrlich bemerkenswerte japanische Holzschnitt über dem Bett, der ein eng umschlungenes, in Kimonos gewandetes Paar darstellte, entschädigte mehr als genug dafür. Raouls freimütige Komplimente konnten zwar manchmal etwas befremdlich sein, im Großen und Ganzen jedoch war es schwer, sich nicht für einen Mann zu erwärmen, der unter anderem behauptete, ihr Schamhaar fühle sich an wie Nerz.

Unterdessen traf Daisy sich nach wie vor einmal in der Woche mit Etienne Deslisses, um ungefähr eine Stunde lang Modegespräche zu führen. Der Kulturhistoriker schien über ihre Beiträge erfreut zu sein, und Daisy genoss ihre ungewohnte Rolle, jemanden in eine fremde, mysteriöse Kultur einzuführen, in vollen Zügen. Das Netteste an Etienne war vielleicht, dass er sich niemals über sie lustig machte. Er schien sie tatsächlich ernst zu nehmen. Nach Daisys Erfahrungen hatten das nicht gerade viele Menschen getan.

Als sie sich zum Beispiel zum dritten oder vierten Mal trafen, hatte Daisy gefragt: »Übrigens, Etienne, lesen Sie immer noch dieses Reisebuch – wie hieß es noch gleich … *Club Tropicana?*«

Etienne sah sie einen Moment lang an, dann antwortete er: »Sie meinen *Tropic of Cancer.*«

»Ach ja, genau.«

»Nein, das habe ich schon längst ausgelesen. Im Augenblick lese ich ein Buch über Kriminalität und Repression im 19. Jahrhundert. Das rezensiere ich für eine Zeitschrift. Was ist mit Ihnen?«

»Na ja, ich lese die *Vogue*«, bekannte Daisy mit einem gewissen Maß an Verlegenheit. »Aber die französische *Vogue*!«, erläuterte sie eilig. »Auf die Weise lerne ich neue Vokabeln.«

»Vielleicht können Sie mir heute etwas darüber erzählen. Ich habe die *Vogue* noch nie gelesen.«

»Wirklich? Nicht einmal die *Vogue Homme?*«

»Nein. Ich wusste gar nicht, dass es so etwas gibt.«

Das ist doch einfach unfassbar, dachte Daisy und schaffte es irgendwie, nicht auf der Stelle eine SMS an Chrissie zu schicken.

»Großer Gott, Etienne! Sie müssen sich *unbedingt* mit der *Vogue* vertraut machen. *Ich* habe mit elf angefangen, die zu lesen. Betrachten Sie sie als ernsthafte Zeitschrift für Leute, die sich mit Mode auskennen. Also gut. Kommen Sie, setzen Sie sich neben mich. Aber schnell.«

Geduldig führte Daisy Etienne durch die ganze Zeitschrift und erklärte, wie sie aufgebaut war, warum sie so viel Werbung enthielt und welche stilistischen Auswirkungen die Tatsache, dass eine der Herausgeberinnen früher die Muse eines gewissen Modeschöpfers gewesen war, auf den redaktionellen Inhalt hatte.

»Und jetzt kommen wir zu den wichtigsten Storys.«

»Storys?«, fragte Etienne neugierig. »Aber inwiefern sind das denn Storys? Ich kann da keinerlei Erzählung sehen. Nur Bilder vom selben Model in verschiedenen Outfits.«

»Ah, aber genau das *ist* ja die Story, verstehen Sie? Hier zum Beispiel geht es um Unterwäsche. Das ist eine recht alte Story, die von Zeit zu Zeit wieder auftaucht. Eigentlich hat Madonna das Ganze erfunden, in den frühen Neunzigern.« (Hier erging sich Daisy in einer detaillierten Fußnote über die Verbindung der Sängerin mit Jean-Paul Gaultier, die Wiederentdeckung des Korsetts und die Bedeutung, die kegelförmige BHs für Männer hatten.) »Also hat derjenige, der dieses Shooting gestylt hat, bestimmt nach Stücken gesucht, die innerhalb dieser Story funktionieren, ob sie nun eigentlich als Oberbekleidung gedacht waren oder nicht. Richtig kreative Stylisten erfinden immer wieder was Neues. Ein Paar Strümpfe anstelle eines Tops oder ein Schuh als Hut. So was in der Art.«

Etienne hörte aufmerksam zu.

»Hier dagegen«, fuhr Daisy fort und nahm sich die nächste Bilderserie vor, »wo sie das Ganze in Rom fotografiert haben, ist die Grundidee eigentlich *la dolce vita*, deswegen auch die Motorroller und die Leute an den Cafétischchen, so wie in diesem berühmten Schwarzweißfilm. Den habe ich zwar nicht gesehen, aber ich weiß, dass es da eine Szene gibt, in der eine Blondine im schwarzen, trägerlosen Kleid in diesen Wahnsinnsbrunnen watet. Die haben sie hier nachgestellt, sehen Sie, mit diesem russischen Model. Die ist im Moment das heißeste Gesicht überhaupt.«

Etienne sah Daisy an und zündete sich eine Zigarette an. »Aber wie können Sie diese Anspielung erkennen, wenn Sie den Film nicht gesehen haben?«

»Ich sehe den Bezug trotzdem, weil das Ganze ziemlich bekannt ist.«

»Aber andere erkennen diesen Bezug vielleicht überhaupt nicht?«

»Nein, aber sie kriegen trotzdem die Stimmung mit, die die Kleidungsstücke vermitteln. Und natürlich spricht auch der Name des Designers zu den Menschen. Für manche ist *das* die Story: große Marken, und sonst nichts.«

Während sie Etiennes Profil betrachtete, sann Daisy nur so für sich darüber nach, wie ironisch es doch war, dass er so wenig von der Modewelt wusste. Denn ehrlich gesagt, hätte er nicht beschlossen, ein brillanter Intellektueller zu werden und alle Welt mit seinen Erkenntnissen in Erstaunen zu versetzen, dann hätte er ein umwerfendes Model sein können. Seine Haut war makellos und sein Gesicht wirklich perfekt, mit markantem Kinn und eleganter Nase. Er hatte einen vollen Mund von der Sorte, der auf Fotos bestimmt geradezu traumhaft schön herauskam, und außerdem die längsten dunklen Wimpern, die Daisy jemals an einem Mann gesehen hatte. Unwillkürlich hob sie halb die Hand zu seinem Gesicht, dann riss sie sich zusammen. Was *machte* sie hier eigentlich?

»Also, um das Ganze zusammenzufassen«, fuhr sie stattdessen fort, »die Story ist das allgemeine Thema, oder die Stimmung der Fotos – eine Abendkleid-Story, eine blumige Story, ganz egal. Aber sie besteht außerdem noch aus jeder Menge anderem bildlichen Kram. Bezüge auf alles Mögliche, manchmal sogar verkappte Scherze, die nur wahnsinnig trendbewusste Insider mitkriegen.«

Etienne schien völlig gebannt zu sein. Daisy konnte sehen, dass er, auf seine relativ beherrschte Art und Weise, Anzeichen einer tief greifenden intellektuellen Erregung zeigte.

»Daisy, ich habe gerade etwas begriffen. Jetzt sehe ich, dass eine

Modestory ein Text ist«, sagte er ernst. »Ein Text, der selbstverständlich durch seine unglaublich reichhaltige und komplexe Intertextualität bestimmt ist.«

»Meinen Sie wirklich, Etienne?«, fragte Daisy beeindruckt. »Und was genau ist Inter… äh … textualität?«

»Nun, Sie haben mir erklärt, dass die Aussage einer Modestory oder eines Textes oft von anderen Bezügen oder Inter-Texten abhängig ist, die etwas mit der Modewelt zu tun haben können, manchmal aber auch von ganz woanders herkommen. Die Botschaft des Textes oder der Story wird durch die Inszenierung sichtbar, und außerdem hoffentlich durch das ›Lesen‹ der Kleidungsstücke. Sowohl der Stylist als auch der Leser sind daran beteiligt.«

Daisy nickte. »Das stimmt. Da gibt es all diese Schichten – manche sind offensichtlich, andere echt obskur. Jedes Outfit hat massenweise, äh, Inter-Texte. Und wenn man nichts von all dem mitbekommt, dann sieht's eben einfach so aus, als ob jemand eine schöne Hose anhat.«

»Das ist wunderbar, Daisy. Entschuldigen Sie mich einen Moment«, sagte Etienne und stand auf, als sein Handy klingelte.

Während sie ihm nachsah, als er das Café verließ, um den Anruf entgegenzunehmen, gab Daisy einen ganz privaten kleinen Freudenquietscher von sich. Hier saß sie vor der Sorbonne und wurde vor einem echten Pariser Intellektuellen als wichtige Modeexpertin betrachtet! Wenn Etienne nur nicht so zurückhaltend wäre, dann hätte sie ihn liebend gern umarmt. Doch das wäre ihm wahrscheinlich peinlich. Selbst nach einer ganzen Reihe von Treffen begrüßte er sie immer noch mit einem förmlichen Händedruck.

Als sie sich später anzog, um mit Raoul essen zu gehen, dachte Daisy bei sich, dass die Dinge rechtzeitig zum Jahresende wirklich in Gang kamen. Der Blog lief gut, sie besserte ihre Kasse auf, indem sie bei Anouk in der Boutique aushalf, und außerdem hatte sie sich einen tollen neuen Freund zugelegt, der sie wirklich gernhatte. Nicht schlecht nach ein paar wenigen Monaten in Frankreich.

Als sie sich später fröhlich in dem riesigen viereckigen Speisesaal umblickte, sonnte Daisy sich in der Befriedigung, endlich ihr erstes richtiges Pariser Date genießen zu können. Und das lag ganz allein an Raoul. Denn selbst wenn Octave durch irgendein Wunder jemals eines Abends mit ihr hierhergekommen wäre, zweifelte Daisy nicht daran, dass die ernste Pracht dieses Restaurants aus der Jahrhundertwende – mit seinen großen Spiegeln, seiner polierten, verzierten Holztäfelung, seinen Kronleuchtern und seinen Scharen von *bon-vivant*-Gästen – für ihn eine unwiderstehliche Herausforderung dargestellt hätte, sich danebenzubenehmen.

Raoul dagegen, dachte Daisy und musterte ihn anerkennend über den Tisch hinweg, fühlte sich im Umfeld einer belebten Pariser Brasserie eindeutig wohl. In seinem dunkelgrauen Anzug sah er sehr flott aus, zugleich aber auch ein wenig rebellisch und leicht verrucht – was damit zu tun hatte, dass er keine Krawatte trug und die üblichen Bartstoppeln und unordentlichen Haare hatte. Wirklich ungemein attraktiv. Daisy war von dem Selbstvertrauen beeindruckt gewesen, mit dem er einen Ecktisch verlangt hatte, von dem aus sie den ganzen Saal überblicken konnten. Außerdem hatte er sich dafür entschieden, lieber neben ihr auf der rotsamtenen Sitzbank Platz zu nehmen als ihr gegenüberzusitzen. Es war ziemlich romantisch.

Als sie durch den von Stimmengewirr erfüllten Raum geschritten war, Raoul dicht hinter ihr, hatte Daisy das Gefühl gehabt, dass ihre Pariser Musical-Komödie wieder Saison hatte. Das Restaurant war niemals still und schien sich für eine große Sing- und Tanznummer bereitzumachen. Gruppen fröhlicher Gäste strömten unablässig durch die Drehtüren aus Glas herein. Andere wurden von der Bar zu ihrem Tisch geleitet. Unterdessen führte das

Heer von Kellnern seine eigene mysteriöse, dramatische Choreografie auf. Daisy machte eine Bemerkung darüber, wie unterschiedlich sie gekleidet waren, deshalb erklärte Raoul ihr die Hierarchie der *maîtres d'hôtel* in ihren Dinnerjacketts, der *chefs de rang* mit den weißen Schürzen und der jüngeren, weiß gekleideten *commis de salle*. Plötzlich unweit von ihrem Tisch emporlodernde Flammen veranlassten Daisy dazu, sich voll Interesse umzuschauen.

»Sie flambieren hier Pfannkuchen in Orangenlikör«, meinte Raoul »Ein Dessert namens *crêpes Suzette*. Es ist eine sehr delikate Angelegenheit, das richtig hinzukriegen. Siehst du, es ist der ältere Kellner, der flambiert, und der jüngere sieht zu und lernt. Das ist eine Zeremonie, eine Kunst.«

Raoul hatte nach seiner Zeit mit den Clubs erwogen, selbst ein Restaurant zu eröffnen, doch die Arbeitszeiten lagen ihm nicht.

»Wenn man so was richtig machen will, dann gibt's nur eine Möglichkeit. Man muss morgens um drei aufstehen, um nach Rungis zum Markt zu fahren und sich all die besten frischen Sachen zu besorgen. Jeden Tag. Kannst du dir das vorstellen? Ich meine, ich kann praktisch die ganze Nacht senkrecht bleiben, das ist okay.« Er lächelte sie ostentativ an.

»Schon gut, kein Grund anzugeben«, wehrte Daisy errötend ab.

»Aber vor dem Morgengrauen aufstehen? Kommt nicht in Frage. Das ist nichts für mich.«

Jetzt, angenehm gewärmt von der Atmosphäre des Restaurants, nahm Daisy ihren pinkfarbenen Pashmina-Schal ab und legte ihn auf das altmodische bestickte Abendtäschchen, das sie letztes Wochenende auf dem Marché aux Puces de Clignancourt gekauft hatte. Ihr Kleid – ein kurzes schwarzes Etuikleid aus Samt – ließ sie sehr elegant aussehen, doch sie hatte der Versuchung nicht widerstehen können, ihre grünen Satinschuhe aus Anouks Laden dazu anzuziehen. Die waren ein bisschen verrückt – mit hohen, klobigen Absätzen und riesigen Satinschleifen –, aber mal ganz ehrlich, dachte sie, zu viel Understatement war auch nicht gut. Ein Kellner tauchte wie aus dem Nichts mit zwei Speisekarten neben ihrem Tisch auf.

»Möchtest du Champagner, während wir aussuchen?«, erkundigte sich Raoul, während seine Finger ihren Nacken liebkosten.

Daisy, die zu Champagner niemals Nein sagte, nickte begeistert und schlug ihre Speisekarte auf. Raoul bestellte ihren Aperitif und wandte sich dann der Frage zu, was sie essen sollten.

»Magst du *fruits de mer?* Austern und so, weißt du? Vielleicht können wir uns ja eine Platte teilen.«

»Ja, das ist eine gute Idee.«

»Und danach … Ich esse hier immer ein *steak tartare,* aber vielleicht magst du ja nicht alles roh? Magst du Fisch? Die *cassolette de saumon?* Die *magret de canard* ist toll, wenn du gern Ente isst. Oder das Huhn mit Morcheln. Wirklich delikat, aber die Geschmackskombination ist einfach extrem. Du magst doch Morcheln, oder? So ein wunderbares, klassisches Gericht. Das schmeckt dir bestimmt.«

Verlockt von der delikaten und extremen Geschmackskombination, entschied Daisy sich für das Huhn mit Morcheln. Octave hätte in diesem wunderbaren Restaurant nicht länger als zehn Minuten still neben ihr sitzen können, dessen war sie sich sicher. Er hätte sich irgendeine umständliche Scharade ausgedacht, um sie nach unten aufs Klo zu locken und ausgiebig herumzuknutschen. Dabei hätte er bestimmt versucht, ihr durch das Kleid hindurch den BH aufzuhaken, oder irgend so einen Schuljungen-Blödsinn. Das hätte er sehr viel lustiger gefunden, als in ihrer Gesellschaft ganz einfach eine zivilisierte Mahlzeit zu sich zu nehmen. Raoul dagegen war ein echter Feinschmecker. Er liebte Fusion-Food und war ein richtiger Sushi-Freak, doch er kannte sich auch unglaublich gut mit der traditionellen französischen Küche aus. Ihr stand ein sehr französisches Erlebnis bevor, daran bestand kein Zweifel. Daisy seufzte glücklich und betrachtete die anderen Restaurantgäste. Sie freute sich sehr auf ihre gastronomische Initiation.

Daher überraschte es sie ein wenig, als sie merkte, wie Raouls Hand, die leicht auf ihrem Oberschenkel gelegen hatte, mit der atemberaubenden Zielgenauigkeit einer infrarotgelenkten Rakete wieselflink unter ihren Rock und in ihren Slip schlüpfte. Daisy hielt sich die Speisekarte wie einen Fächer vors Gesicht und funkelte ihn zornig an. Er blickte starr geradeaus und machte ein völlig unbekümmertes Gesicht.

»Was *machst* du denn da?«, entrüstete sich Daisy in lautem Flüsterton.

»Wer, ich?« Raoul zeigte mit der freien Hand auf sich. Auf seiner Miene lag ein Ausdruck gekränkter Unschuld. Er bedachte sie mit einem Wolfslächeln. »Ich sehe nur nach, ob du dich auch wohlfühlst, das ist alles.«

»Ich fühle mich *sehr* wohl, Raoul, vielen Dank. Und jetzt *lass* das! Wir sind hier in der Öffentlichkeit.«

»Ja, klar. Macht doch Spaß, oder?«

»Bonsoir. Vous avez choisi?«

Ihr Kellner, prachtvoll in förmliches Schwarz und Weiß gekleidet, stand mit einem Notizblock vor ihrem Tisch. Das war zu viel. Hastig zog Daisy das Tischtuch weiter über ihren Schoß und drückte sich ihre gestärkte Serviette an die Stirn. Sie unternahm einen halbherzigen Fluchtversuch, indem sie zur Seite rückte. Raouls Finger folgten erbarmungslos und setzten ihr Werk mit absoluter Hingabe und Sachkenntnis fort.

Während er sich mit einem Ellenbogen auf dem Tisch aufstützte und mit der Hand herumfuchtelte, um seine Worte zu unterstreichen, erläuterte Raoul mit qualvollem Bedacht, dass sie mit einem

Sancerre zu beginnen gedächten, möglicherweise gefolgt von einem Beaujolais – einem Moulin-à-Vent vielleicht oder einem Juliénas –, etwas einigermaßen Leichtem, aber *corsé*, voll im Geschmack. Jetzt *weiß* ich, dass ich in Frankreich bin, dachte Daisy mit feuchten Augen, während sie die Schenkel fester zusammenpresste, um Raouls Hand einzuklemmen. Andererseits, fuhr er sorgfältig abwägend fort, wäre vielleicht etwas anderes vorzuziehen, um Mademoiselles *suprême de volaille aux morilles* geschmacklich zu ergänzen? Was meinte denn der Kellner? Ja, vielleicht etwas mit ein bisschen mehr Körper. Also, *voyons* … wie wäre es mit einem schönen Médoc? So ging es eine ganze Weile weiter. Mittlerweile hatte Daisys Serviette, die sie mit beiden Händen umklammerte, viel von ihrer kunstvoll gefalteten Steifheit eingebüßt. Endlich verschwand der Kellner. Daisy wartete so lange wie möglich, ehe sie eine Hand auf die von Raoul presste, heftig die Zehen streckte und zuließ, dass sich ihr Rücken ein winziges bisschen wölbte. Und dann blieb ihr nichts anderes übrig, als ihr glühendes Gesicht in der Serviette zu vergraben und das Ganze als eine Art Hustenanfall zu tarnen.

Als sie damit fertig war, sich die Augen abzutupfen – dem Himmel sei Dank für wasserfeste Wimperntusche –, und die Serviette wieder auf ihren Schoß legte, schlich Raouls Hand sich davon wie ein Einbrecher in der Nacht. Verstohlen schaute Daisy zu den Nachbartischen hinüber. Unglaublicherweise schien niemand die Polizei gerufen zu haben. Alle Gäste konzentrierten sich anscheinend ganz und gar aufs Essen, Trinken und Plaudern. Dutzende von Kellnern schlängelten sich mit schwindelerregend angeordneten Tellerstapeln durch das Restaurant. Als sie auf ihren eigenen Tisch hinunterschaute, stellte sie fest, dass während sie anderweitig beschäftigt gewesen war, dort ein rundes Metallgestell sowie winzige Austerngabeln, ein Teller voll Brot, ein kleiner Napf mit cremiger Butter und ein weiterer mit rosa Schalottenessig erschienen waren.

Ganz besonders entzückt war sie, ein Glas sehr kalten Champagner vor sich stehen zu sehen. Sie ergriff es, trank einen großen Schluck zum Abkühlen und drückte das Glas gegen ihre Wange. Als sie sich Raoul zuwandte, grinste dieser sie ohne jede Reue an.

»Ich *glaub's* einfach nicht!«, flüsterte sie und konnte nicht anders als zurücklächeln. »Du bist furchtbar!«

Langsam hob Raoul die Hand an den Mund und lutschte einen nach dem anderen seine Finger ab, ohne dabei den Blick von ihren Augen abzuwenden. Daisy sah ihm ungläubig zu und wusste nicht, was sie sagen sollte.

»Also wirklich!«, brachte sie schließlich heraus, gerade als der Kellner wieder auftauchte und eine hochgetürmte Platte brachte, die er auf den Metallfuß stellte. Auf einem Bett aus schneeweißem Eis waren glänzende silbergraue Austern fächerförmig neben einem leuchtend roten, gekrümmten Hummer angeordnet, dessen Fühler sich zur Decke emporbogen.

Als sie in jener Nacht in Raouls Armen schlief, hatte Daisy einen merkwürdigen Traum. Hinterher fragte sie sich, ob vielleicht die *fruits de mer* daran schuld waren. Vielleicht lag es ja an einer jähen, ungewöhnlich hohen Zinkzufuhr. Im Traum ging Daisy nachts durch die leeren Straßen von Paris und suchte verzweifelt nach irgendetwas. Es war nicht ganz klar, ob es sich hierbei um etwas handelte, das sie verloren hatte, oder um etwas, was sie noch nicht gefunden hatte. Es war dunkel, ihr Herz pochte schnell. Niemand sonst war in der Nähe, um ihr zu helfen, doch sie musste finden, wonach sie suchte. Das war ungeheuer wichtig.

Im Laufe der folgenden Monate sollte dieser Traum viele Male zurückkehren, mit kleinen Abweichungen, und nicht notwendigerweise nach einer großen Portion *fruits de mer.* Vielleicht waren es also doch nicht die Austern und der Hummer gewesen.

21
Isabelle

Im Dungeon lief die Nachlese des Auftritts von The Coven nicht besonders gut.

»Hört mal zu, Leute«, sagte Legend ernst. »Es ist, als würden wir auf der Bühne nicht miteinander kommunizieren. Vielleicht verlieren ja ein paar von uns ihre Verpflichtungen der Band gegenüber aus den Augen. Möchtest du vielleicht was dazu sagen, Ivy?«

Alle sahen die Drummerin an, deren Gesicht jetzt denselben dunklen Rotton angenommen hatte wie ihr Haar.

Legend starrte sie herausfordernd an, dann zuckte sie die Achseln. »Okay, alles klar. Also, falls ihr's wissen wollt, nach dem letzten Gig hat sie mir auf der Fahrt nach Hause erzählt, sie würde lieber ihr Leben lang als Kassiererin im Supermarkt arbeiten, weil, das wäre erfüllender als in der Band zu sein.«

Ivy stampfte mit dem Fuß auf – das silbrige Flüstern kleiner Messingbecken war zu vernehmen.

»Da hab ich doch bloß rumgetönt! Du hast ja keine Ahnung, wie das ist, der Drummer zu sein. Ich hab's satt. Jeder hält mich für selbstverständlich, während ich die ganze Band *trage!*«

Belladonna gab einen unverständlichen Laut der Entrüstung von sich.

Legend schnaubte. »Also, eins ist sicher. Es wäre *wirklich* eine große Hilfe, wenn unsere Drummerin nicht spielen würde wie ein einarmiger alter Mann, der gerade am Abkratzen ist.«

»*Wie bitte?*«

»Du hast mich schon verstanden.«

Als er sah, wie Ivys grüne Augen vor Zorn funkelten und sich ihre Finger zielstrebig fester um ihre Trommelstöcke schlossen, stand Karloff auf, um zwischen seine Mitstreiter zu treten.

»Okay«, sagte er milde. »Das reicht jetzt. Hört auf mit dem Blödsinn.«

»Ich sag's doch die ganze Zeit, wir sollten mehr meditieren, als Teil der Proben«, warf Belladonna ein. »Wir sollten alle nach Harmonie streben. Harmonie ist wie eine heilende Sphäre aus weißem Licht.«

»Ivy, Kumpel«, fuhr Karloff unbeirrt fort, »du bist 'n toller Drummer, und ich lass niemanden was anderes sagen.«

»Vielleicht hab ich in letzter Zeit ja wirklich ein bisschen nachgelassen«, sagte Ivy leise. »Im Piercing-Salon war echt die Hölle los.«

»Und was ist damit, wie *du* spielst, Legend? Irgendwelche Kommentare?«, erkundigte sich Belladonna unverhofft.

»Ich weiß nicht, Bella. Hast du welche? Dann nichts wie raus damit. Obwohl, wenn ich's recht bedenke, bin ich mir nicht so sicher, ob du die Richtige dafür bist.«

»Wieso?«

»Weil ich so meine Zweifel daran habe, dass du dich wirklich an die Szene gebunden fühlst.«

»Was fällt *dir* denn ein?«, schrie Belladonna und richtete sich zu ihrer vollen Größe auf. »Du weißt doch ganz *genau*, dass ich einen Teil von meinem Gehalt an den Bat Conservation Trust spende.«

»Oooh ja, super«, erwiderte Legend und klatschte im Zeitlupentempo Beifall, »aber davon rede ich gar nicht. Ich bin doch bestimmt nicht die Einzige, der sich die Haare sträuben, wenn du einen auf transsylvanischen Akzent machst.«

»Du *weißt* doch, ich habe rrrumänische Vorrrfahren.«

»Hast du nicht. Deine Mum und dein Dad sind aus Milton Keynes.«

»Also, entschuldige bitte, ich habe sehr wohl über alle meine früheren Leben nachgeforscht. Wenn du dir die Mühe machen würdest, es mal mit Regression zu versuchen, würdest du vielleicht auch was Interessantes über dich selbst rausfinden. Obwohl ich persönlich ja daran zweifle.«

»Legend hat nicht ganz unrecht«, bemerkte Ivy. »Du lebst echt in einer Fantasiewelt, Bella.«

»Schau dir zum Beispiel mich an«, fuhr Legend fort. »Gestern Nacht habe ich geträumt, ich wäre mit Robert Smith durchgebrannt, in einer goldenen Kutsche, aber ich *weiß*, dass das nicht wirklich passiert ist.«

»Was für ein cooler Traum«, meinte Jules mit abwesendem Blick.

»Wer ist denn Robert Smith?«, fragte Isabelle leise.

»Der Sänger einer Band namens ›The Cure‹«, flüsterte Chrissie zurück. »Ein ganz heißer Goth-Feger. Und außerdem«, fügte er bedeutsam hinzu, »hat er durchaus Ähnlichkeit mit Karloff.«

»Wo wir gerade so offen sind«, sagte Jules an Karloff gewandt. »Ich hab da ein Hühnchen mit dir zu rupfen, Kazza.«

»Ja?« Karloff sah gleichzeitig nervös und erfreut aus.

»Ich hab mir heute Morgen mal die Website von The Cove angeschaut, um zu sehen, wie du damit vorankommst.«

Karloff schluckte.

»Du hast diese Sepia-Fotos eingestellt, die, die wir letzten Sommer auf dem Friedhof von Highgate gemacht haben.«

»Doch nicht etwa die, auf denen wir so albern rumposen und auf dramatisch machen?«, wollte Belladonna wissen.

Jules nickte. »Genau die hat er eingestellt.«

»Aber die Bilder sind doch irgendwie ganz schön«, wandte Ivy ein.

»Mir gefallen sie ja auch«, gab Jules zu. Und tatsächlich hatte Isabelle ein paar der Fotos – einschließlich einer etwas beklemmenden

Nahaufnahme von Karloff mit grotesk verzerrtem Gesicht – an der Wand von Jules' Schlafzimmer hängen sehen. »Aber ich dachte, wir wollten andere Bilder ins Netz stellen. Die ernsten, auf denen wir total cool und düster aussehen.«

»Ach ja«, murmelte Karloff geknickt.

»Jetzt ist es zu spät, die Fans haben bestimmt den völlig falschen Eindruck gekriegt.«

»Ist das denn wirklich so wichtig?«, fragte Ivy gelassen. »Letzten Endes sind wir doch trotzdem Goths. Wir sind fies und unheimlich. Das gehört zur Jobbeschreibung. Schaut mal im Handbuch nach.«

»Du musst gerade reden«, bemerkte Belladonna spitz.

»Was soll das denn heißen?«

»Das soll heißen, dass du dich auch nicht immer so gut in der Szene ausgekannt hast.«

Stumm funkelte Ivy sie an.

»Ich beziehe mich«, fuhr Belladonna heimlich fort, »auf deine heimliche Vorliebe für *Pink*.«

Wütend blickte Ivy sich in der Runde der Band um. »Wann hat einer von euch mich jemals Pink tragen sehen? Außer vielleicht als Farbtupfer, oder wenn's sarkastisch gemeint war.«

Belladonna spitzte die Lippen und begutachtete ihre kurzen, schwarz lackierten Fingernägel.

»Das ist *jetzt*, Ivy. Ich rede von *damals*. In der Schule.«

Ein unbehagliches Schweigen entstand, während alle darüber nachsannen, wie sie als Teenager gewesen waren.

»Ivy«, sagte Belladonna unbarmherzig, »als ich dich kennengelernt habe, hattest du noch nie einen Stummfilm gesehen. Von *Nosferatu* hattest du noch nicht einmal gehört. Dein Lieblingsfilm war *Pretty Woman*. Ich musste bei dir ganz von vorn anfangen und dir alles beibringen.«

»Ach ja?«, gab Ivy zurück. »*Du* hattest blonde Strähnchen und hast stonewashed Jeans getragen, mit Stretch. Und was das Beibringen betrifft, da ist mir doch so, als wäre *ich* diejenige gewesen, die dir gezeigt hat, wie man sich richtig die Haare toupiert.«

»Du bist ja nur neidisch, weil du immer noch 'ne Bohnenstange ohne Titten bist.«

»DAS REICHT!«, brüllte Karloff plötzlich und fuhr seine sanfte Stimme auf maximale Lautstärke hoch. »Alles klar«, murmelte er daraufhin höchst verlegen, nachdem er jedermanns volle Aufmerksamkeit hatte. »Ich will, dass ihr euch alle wieder vertragt, okay? Dieser ganze Zickenalarm bringt mich echt noch in die Twilightzone.«

»'tschuldigung, Kazza. Tut mir leid, Ivy.«

»Ist schon okay. Mir tut's auch leid. Entschuldige, Legend.«

»Ich hab ja angefangen. Tut mir leid, dass ich so rumgezickt habe.«

»Und ich stell gleich die guten, ernsten Fotos auf der Website ein, wenn ich nach Hause komme«, versprach Karloff leise, ohne Jules, die ein wenig lächelte, direkt anzusehen.

»Ein *wunderbares* Drama, findest du nicht, Darling?«, meinte Chrissie, als er und Isabelle sich auf den Heimweg gemacht hatten, während The Coven noch eine Runde trinken und dann ihre Ausrüstung einpacken wollten.

»Streiten sie oft so?«

»Oh, *andauernd*. Ich persönlich glaube, so halten sie die Band zusammen. Ich meine, die gehen manchmal wochenlang zusammen auf Tour, sind alle in einen *Minibus* gequetscht und spielen in der Aula von irgendwelchen Gymnasien oder in *Einkaufszentren*. Oben im *Norden*«, fügte er hinzu und senkte die Stimme zu einem ehrfürchtigen Flüstern. »Die müssen sich doch hin und wieder mal so richtig angiften. Anders hält man das doch gar nicht aus.«

»Ich fand es süß, wie Karloff gesagt hat, er tauscht die Bilder auf der Website aus, nur um Jules eine Freude zu machen.«

»Ach, *hinreißend*. Aber viel zu subtil, wie immer. Allmählich glaube ich, die kommen *nie* zusammen – nur um mir eins auszuwischen.«

Am nächsten Morgen ging Isabelle früh hinunter, um sich Frühstück zu machen. Sie trat in die Küche und machte das Licht an. Dann schrie sie auf.

»Immer mit der Ruhe!«, sagte Karloff. Er klang gekränkt. »Ich bin's doch nur; ich mach bloß Tee, in Ordnung?«

»Oh ja. Tut mir leid. Es ist nur ... ich habe dich im Dunkeln gar nicht gesehen.«

Karloff, im schwarzen T-Shirt und gleichfarbigen Boxershorts, das Haar ein rabenschwarzes Gestrüpp, grinste sie an. »Ja, ich verschmelze irgendwie mit der Dunkelheit, nicht wahr?«

»Wieso hast du denn das Licht nicht angemacht?«

»Ja, weil, na ja, ich hab in das Auge hier gerade meine weiße Kontaktlinse eingesetzt. Siehst du?«

»Ja.« Isabelle fuhr ein wenig zurück. »Das ist ... sehr originell.«

»Ich steh auf diesen Totenaugen-Look. Jedenfalls tut mir das Licht am Anfang immer ein bisschen in dem Auge weh, wenn ich das Ding einsetze, deswegen lass ich's morgens gern eher dunkel. Ist irgendwie sanfter.«

»Natürlich«, antwortete Isabelle, während sie seine Anwesenheit und seinen Aufzug überdachte und eine Schlussfolgerung zog, bei der sie unwillkürlich lächeln musste.

Karloff lief knallrot an. »Na ja, alles klar«, stammelte er. »Die Sache ist die, ich bring die Dinger hier lieber mal nach oben. Bevor das Zeug kalt wird.«

»Ja, das ist eine gute Idee.«

Isabelle wartete, bis seine Schritte auf der Treppe verklangen, dann sauste sie schnurstracks in Chrissies Zimmer. Obwohl sie sich vor kichernder Neugier fast verzehrten, mussten Chrissie und Isabelle doch eine gute Stunde warten, bis Karloff gegangen war, ehe sie Jules ins Verhör nehmen konnten. Als diese höchst würdevoll mit ihrer Spange im Haar die Küche betrat, johlten die beiden vergnügt los.

»*Was ist?*«, erkundigte sich Jules eisig und zog ihren lila Morgenrock fester um sich.

»Karloff hat hier *gepe-ennt!* Karloff hat hier *gepe-ennt!*«

»Chrissie, bitte.« Jules ließ zwei Brotscheiben in den Toaster fallen, kam zum Tisch und setzte sich neben Isabelle. Sie sah aus wie immer, völlig unbeteiligt. Isabelle und Chrissie starrten sie erwartungsvoll an und gaben sich alle Mühe, nicht zu lachen.

Schließlich wurde Jules schwach. Ein Lächeln erschien auf ihrem Gesicht. »Ja, stimmt. Er hat hier gepennt.«

»*Darling!* Hach, ich fange gleich an zu *heulen!*«

»Und, wie ... ist das passiert?«, erkundigte sich Isabelle behutsam.

Jules ließ sich Zeit dabei, sich ihren Toast zu holen und ihn mit Butter zu bestreichen. Dann griff sie nach dem Marmite-Glas und begann zu erzählen.

Nach der kathartischen Auseinandersetzung des vergangenen Abends waren Legend und Belladonna Arm in Arm losgezogen, um einen neuen Club in Brixton in Augenschein zu nehmen. Ivy hatte sich erboten, bei den anderen zu bleiben, doch Karloff, der wusste, dass sie am nächsten Morgen früh aufstehen musste, wegen eines besonders kniffeligen Piercing- und Body-Modification-Termins, hatte sie überredet, gleich nach Hause zu gehen. Er und Jules wären durchaus in der Lage, die Ausrüstung in seinen Lieferwagen zu laden.

»Ja, ja, *und ...?*«, drängte Chrissie gespannt.

»Na ja, ihr wisst ja, wie Kazza so ist. Manchmal eben ein bisschen ungeschickt und unkoordiniert.«

»Besonders, wenn *du* dabei bist, Darling.«

»Kann schon sein.«

Sie waren mit dem Einpacken fast fertig gewesen, und Jules, die Karloff gerade den Rücken zuwandte, hatte nicht gemerkt, dass er sich in der hilfsbereiten Absicht bückte, ihre Bassgitarre aufzuheben und sie in ihrem Koffer zu verstauen. Jules hatte sich umgedreht, um nach ihrem Instrument zu greifen, war irgendwie über den Gitarrenkoffer gestolpert, der sich nicht länger dort befand, wo sie ihn vermutete, und sie und Karloff waren mit den Köpfen gegeneinandergeknallt.

»Und *dann* wart ihr völlig weggetreten und habt sofort mit total abgedrehtem Zombie-Sex losgelegt?«, fragte Chrissie und schlug die Hände zusammen.

»Nein!«, wehrte Jules extrem heftig ab. Tatsächlich war sie auf den Knien gelandet, die eine Hand gegen ihren schmerzenden Kopf gedrückt, während sie mit der anderen blind nach dem Bass getastet hatte. Anstellte der Gitarre hatte sie den Saum von Karloffs Zwangsjacke zu fassen bekommen und sich mit aller Kraft daran festgeklammert.

»Und dann haben sich meine Haare in den Basssaiten verheddert. Meiner Meinung nach liegt das an diesem Wachs, mit dem Bella mir immer das Haar stylt. Das Zeug klebt überall fest.«

Jules hatte sich vergeblich abgemüht, sich loszumachen, und dabei laut geflucht, bis Karloff meinte, es sei vielleicht am besten, wenn sie mit dem Kopf am Griffbrett entlangrutschte, bis zur Mechanik.

»Und wo war die Mechanik, Darling?«

»Die hatte Kazza. Er hatte es geschafft, sie mit dem Schenkel festzuklemmen.«

»Ja, ja, ich *verstehe*. Und was hat *er* die ganze Zeit getrieben?«

»Er hat mir, na ja, du weißt schon, gut zugeredet.«

Ein Teil des Orangensaftes, den Chrissie gerade trank, schoss ihm aus der Nase. Er riss sich zusammen und meinte grinsend: »Das klingt *genau* wie die Position, in der *ich* schon öfters gewesen bin. Bis auf ein oder zwei Details mehr oder weniger, natürlich.«

Jules starrte ihre beiden Mitbewohner ausdruckslos an und sagte langsam: »So komisch ist das gar nicht.«

»Nein, nein, natürlich nicht«, beteuerte Isabelle und versuchte, sich zu beherrschen. »Und was ist dann passiert?«

Eingehend betrachtete Jules ihren Toast. »Na ja, Kazza hat ganz vorsichtig meine Haare losgemacht. Er ist nicht immer tollpatschig, versteht ihr? Dann hat er … mir aufgeholfen. Und dann … ach, ihr wisst schon. Wir sind mit dem Lieferwagen hierhergefahren. Das ist alles. Ich mache mehr Tee«, verkündete sie und stand auf. »Möchte jemand welchen?«

Chrissie verschränkte die Arme und lächelte sie wohlwollend an. »*Wie* typisch für dich, den wirklich romantischen Kram für dich zu behalten. Ich werde dich *nicht* mit Fragen löchern, Ju-Ju, Darling. Ich weiß, wann ich mich zurückhalten muss.«

»Danke«, brummte Jules.

»Verstehst du, ich *brauche* dich gar nicht zu löchern, ich weiß nämlich ganz *genau*, wie das alles gelaufen ist.«

»Okay, okay.« Jules schaltete den Wasserkessel ein und lächelte fast unmerklich in sich hinein, während sie zu Isabelle hinüberschaute. Dann veränderte sich ihre Miene plötzlich, und sie hob die Hand vor den Mund. »Ach, verdammt, Isabelle. Das habe ich ja total vergessen …« Sie seufzte. »Gestern Abend hat Bella etwas gesagt, das dich irgendwie betrifft.«

»Wirklich? Was hat sie denn gesagt?«

»Du solltest es nicht allzu ernst nehmen. Wahrscheinlich hat sie sich das alles nur eingebildet.«

»Was?«

Jules setzte sich wieder und rührte in ihrem Tee. »Na ja, sie hat gesagt, sie hat Clothaire auf der Straße gesehen.«

»Wann? Gestern?«, fragte Isabelle verwirrt.

»Nein, nach Halloween. Als er hier war und dich besucht hat.«

»Ach ja? Wo war er denn?«

»In Covent Garden. Bella arbeitet da in der Gegend als Teilzeitverkäuferin in einem Naturkostladen, und sie hatte gerade Mittagspause. Und, na ja, da war er.«

»Natürlich«, erwiderte Isabelle vernünftig. »Clothaire ist ein paar Mal allein spazieren gegangen, wenn ich gearbeitet habe. Er wollte London erkunden.«

»Äähm, ja.«

»Aber er hat mir gar nicht erzählt, dass er Bella getroffen hat. Hat sie mit ihm gesprochen?«

»Nein, hat sie nicht, weil …« Jules warf Chrissie einen raschen Blick zu. Dann schob sie ihre Brille hoch und fuhr mit monotoner Stimme fort: »Weil, die Sache ist die, anscheinend … war er mit jemandem zusammen, mit einer Frau. Aber ich hab ihr gesagt, dass du das wahrscheinlich alles weißt.«

Isabelle dachte einen Augenblick lang scharf nach. Kannte Clothaire noch irgendjemand anderen in London? Es erschien unwahrscheinlich, aber vielleicht nicht vollkommen unmöglich.

»Wie hat sie ausgesehen?«

»Das habe ich auch gefragt, weil ich gedacht habe, wahrscheinlich warst du das und hast nur eine Mütze aufgehabt oder so, und Bella hat dich von Weitem einfach nicht erkannt.«

Natürlich, das war die Antwort. Isabelle war tatsächlich ein paar Mal mit Clothaire durch Covent Garden geschlendert.

»Aber Bella hat gesagt, die Frau war groß und dunkelhaarig. Offenbar hat sie sehr französisch ausgesehen.«

»Was heißt das?«

»Na ja, ich denke, sie sah sehr … gepflegt aus, und … du weißt schon, elegant. Bella sagt, sie hatte einen kurzen roten Mantel an, und hochhackige Schuhe.«

»Hast du eine Ahnung, wer das sein könnte, Darling?«, erkundigte sich Chrissie.

Isabelle fror plötzlich ein bisschen. Sie erinnerte sich kristallklar an den wunderschön geschnittenen roten Kurzmantel, den Marie-Laure letzten Winter im Bon-Marché-Kaufhaus erstanden hatte. Sie war ganz entzückt von ihrem Fund gewesen, weil er »so couture« war, und sie trug ihn oft. Alle ihre Freundinnen hatten sie darum beneidet. Und Marie-Laure war groß und hatte dunkles Haar. Aber sie konnte es bestimmt nicht gewesen sein, oder? Wieso sollte Marie-Laure nach London kommen und Isabelle nichts davon erzählen?

Isabelle schüttelte den Kopf. »Ja. Aber … nein. Nein, nein, ausgeschlossen.«

Jules rückte ihren Stuhl näher an den von Isabelle und drückte ihr kurz die Schulter. »Dann hast du das also *nicht* gewusst?«

»Nein.«

Jules seufzte ein wenig. »Außerdem … Bella hatte den Eindruck, als würden sie sich an den Händen halten. Tut mir echt leid. Ich hätte nicht davon anfangen sollen.«

»Nein, nein. Es war besser, es mir zu sagen.«

»Es ist nur, Bella hat so eine große Klappe, dass sie's dir irgendwann selbst erzählt hätte. Manchmal ist sie eine echte Heimsuchung.«

»Ich verstehe das einfach nicht.« Isabelle blinzelte.

»Darling«, sagte Chrissie und ergriff ihre Hand, »hast du jemals die Möglichkeit in Betracht gezogen, dass Clothaire *möglicherweise* kein besonders netter Kerl sein könnte?«

22
Daisy

Der Ruhm, den die Pariser ihren Intellektuellen zumaßen, hatte wirklich keine Grenzen, dachte Daisy. Bis vor Kurzem hatte Marie-Laure mit gutmütigem, aber skeptischem Lächeln taktvoll schweigend zugehört, wenn Daisy von Mode gesprochen hatte. Seit sie von der fortdauernden Bekanntschaft ihrer Freundin mit Etienne Deslisses gehört hatte, schlug sie jedoch ganz andere Töne an und äußerte plötzlich Interesse daran, mit Daisy einkaufen zu gehen.

»Ich suche ein hübsches Kleid, weißt du, zum Essengehen und so. Und ich dachte, vielleicht gehe ich mal mit dir in dieses kleine Geschäft von deiner Freundin. Wie heißt es doch gleich? Truc et Chose? Machin et Bidule?«

»Organdi & Néoprène.« Daisy lächelte ihre Freundin an. »Na sieh mal einer an. Ich wusste gar nicht, dass du so ein Deslisses-Groupie bist.«

»Was? Ich? Wieso sagst du das? Oh … Es ist nur, na ja, es ist schließlich *Deslisses,* also …«

»Und weil der große Deslisses anscheinend denkt, dass ich tatsächlich ein bisschen was von diesem Modekram verstehe, glaubst du das jetzt auch. Ich kann's kaum erwarten, ihm das zu erzählen. Er wird sich dermaßen geschmeichelt fühlen.«

»Weißt du, Daisy, ich habe schon immer gefunden, dass du einen ganz tollen Stil hast, richtig originell«, beteuerte Marie-Laure loyal. »Dafür brauche ich Deslisses' Meinung nicht.«

»Wenn du magst«, meinte Daisy schelmisch, »dann könnte ich

ihn ja bitten, eins seiner Bücher für dich zu signieren. So etwas wie: ›Für die faszinierende Marie-Laure, von ihrem größten Bewunderer.‹ … Du brauchst bloß zu fragen.«

»Oh, okay, sehr witzig«, erwiderte Marie-Laure. Nach einer kurzen Pause fügte sie hinzu: »Es wäre toll, wenn er eins signieren könnte. Aber nur, wenn es ihm nichts ausmacht.«

Am folgenden Tag machten sich die beiden auf den Weg zu Anouks Boutique in der Nähe des Forum des Halles. Marie-Laure trug einen schwarzen Pullover mit Polokragen, einen kurzen Rock mit hochhackigen schwarzen Schuhen und ihr süßes rotes Mäntelchen. Sie sah wirklich sehr gut aus, gestand Daisy sich insgeheim ein, aber so was von *bloß kein Risiko eingehen*. Es würde eine Supersache werden, sie von den ausgetretenen Modepfaden wegzuführen und sie klamottentechnisch ein bisschen aufzumischen.

Als sie am Schaufenster vorbei auf die Tür zugingen, wurde Marie-Laure, die bis dahin sehr tapfer gewesen war, immer langsamer und blieb stehen, wie hypnotisiert vom Anblick einer Schaufensterpuppe, an der (von Daisy höchstpersönlich) ein dunkelbrauner Pelzmantel mit sieben asymmetrischen Ärmeln drapiert war.

»Ist das nicht fantastisch?«, fragte Daisy, die ihrem Blick folgte.

»Ja-a. Aber … na ja, warum?«

»Ach, du meinst die zusätzlichen Ärmel? Das ist eine kühne Herausforderung, unsere vorgefassten Meinungen neu zu überdenken. Weißt du, der Designer sagt damit: ›Warum soll ein Mantel nicht sieben Ärmel haben? Entscheide selber. Glaub dem Hype nicht.‹«

»Ich verstehe.« Marie-Laure wandte die Augen von dem Mutantenmantel ab und warf einen nervösen Blick auf ihre eigenen zwei Arme.

Anouk kam ihnen entgegen, als sie eintraten. Wohlgefällig musterte sie Marie-Laures schlanke, langbeinige Figur mit scharfem Kennerblick. »Also, *mon petit,* was suchen Sie?«

»Ich weiß nicht recht. Vielleicht … ein Kleines Schwarzes?«

»Also, Marie«, widersprach Daisy energisch, »davon hast du schon ungefähr zwanzig Stück. Ich finde, du solltest mal ein bisschen was wagen. Wie wär's denn mit so was?«, fragte sie und zog ein raschelndes rotes Kleidchen von der Kleiderstange.

Marie-Laure starrte ungläubig. »Aber das ist doch ein Witz, nicht? Das ist ja aus …«

»Papier. Ja. Also?«

»Also ist es kein richtiges Kleid. Ich meine, das kann man nicht *tragen.*«

»Es ist sehr wohl ein richtiges Kleid«, betonte Anouk. »Das Papier ist auf ganz spezielle Weise behandelt worden, so dass es nicht reißt. Jedenfalls eine Zeitlang nicht. Ein *klein* wenig brennbar ist es schon«, gab sie zu. »Also sollte man sich damit lieber zum Beispiel von Rauchern fernhalten.«

»Aber das Beste daran«, setzte Daisy begeistert hinzu, »ist, dass man es in einen Briefumschlag stecken kann.« Sie demonstrierte dies, indem sie das Kleid in den dazu passenden DIN-A4-Umschlag schob, der am selben Kleiderbügel befestigt war. »Das ist so was von nützlich, wenn man auf Reisen geht.«

»Okay. *Très pratique.* Aber ich brauche kein Reisekleid.«

»Oooh, schau doch mal, da ist so ein tolles Teil!« Daisy huschte zum anderen Ende der Kleiderstange und packte ein anderes Kleid, das sie vor sich hinhielt. Dies war ein Schlauch aus vollkommen durchsichtigem hautfarbenem Netzstoff, auf das strategisch geschickt farblose Kristalle in Form eines knappen Wäschesets aufgenäht waren.

»Ah, ja«, meinte Anouk. »Ein sehr witziges Kleid.«

»Probier's an! Probier's doch mal an!«

Marie-Laure schüttelte den Kopf. »Nein. Ich sehe, dass es wunderbar ist, aber … *c'est beaucoup trop!* Das ist mir zu viel des Guten. Ich kann mir nicht denken, wann ich das anziehen soll.«

»Du könntest es anziehen, wenn du …« Daisy fiel wieder ein, worauf Marie-Laure und ihre Familie abfuhren, und sie hatte eine jähe Inspiration. »Wenn du in die Oper gehst! Dafür ist es doch glamourös genug.«

Marie-Laure lachte laut heraus. »Ich kann mir vorstellen, wie meine Eltern reagieren würden! Komm schon, Daisy: Es ist doch vollkommen durchsichtig.« Anouk und Daisy wechselten einen Blick.

»Vielleicht ist es besser, wenn ich mich einfach allein ein bisschen umsehe?«, schlug Marie-Laure entschuldigend vor.

»Selbstverständlich.«

Während sich Marie-Laure langsam an den Kleiderstangen entlangarbeitete, sagte Daisy: »Anouk, ich kann dir gar nicht genug dafür danken, dass du mir zugeredet hast, mich mit Raoul zu treffen.«

»Das freut mich ja so, *ma chérie*. Dann ist es also ernst?«

»Ich weiß nicht. Ich glaube schon. Das Ganze ist sehr intensiv.«

»Intensiver als mit …«

»Ach, du meinst, mit Octave? Es ist ganz, ganz anders. Raoul ist älter, weißt du, erfahrener. Bei ihm fühle ich mich irgendwie … sicher.«

»Vielleicht, wenn du diesem Octave später in deinem Leben begegnet wärst …«

»Oh, das glaube ich nicht«, wehrte Daisy leichthin ab. »Stimmt's, Marie?«

Marie-Laure inspizierte gerade mit gefurchter Stirn ein weißes T-Shirt.

»Mmm?«

»Octave. Der wird *nie* zur Ruhe kommen. Er wird einfach für alle Zeiten ein Weiberheld bleiben.«

Mit dem T-Shirt in der Hand drehte Marie-Laure sich um. »Vielleicht hast du recht, Daisy«, antwortete sie zerstreut. »Anouk, wie funktioniert das hier? Ich glaube, hier stimmt was nicht.«

»Ah, ja, das Stück ist wirklich eine Herausforderung«, bemerkte Anouk und nickte.

»Nein, schauen Sie doch! Die haben vergessen, ein Loch für den Kopf zu machen.«

»Nicht vergessen. Das ist Absicht. Wenn Sie genau hinsehen«, fuhr Anouk fort und zeigte auf den Stoff, »dann ist hier eine Naht, wie eine Spirale. Sehen Sie?«

»Ja?«

»Wenn man das Teil wirklich *anziehen* will, schneidet man sich entlang dieser Linien sein eigenes Kopfloch.«

»Das sieht superschön unregelmäßig aus«, erklärte Daisy verzückt. »Und am Schluss hat man dann so einen tollen verdrehten kleinen Stoffstreifen neben dem Hals runterhängen. Sie ist ja so ein Genie!«

Marie-Laure machte ein erstauntes Gesicht. »Man muss es also selber zuschneiden? Und dann sieht es aus, als ob ... man es selbst zugeschnitten hätte? Und manche Leute würden das Ding kaufen, aber nicht um es anzuziehen, sondern nur ... um es zu haben? Sie machen Witze, ja?«

»*Ah, mais non*«, entgegnete Anouk ungerührt. »Diese spezielle Designerin kreiert nur einige wenige Stücke, verstehen Sie? Sie ist bei Sammlern sehr begehrt. Normalerweise verkaufe ich das meiste von ihren Sachen auf meiner Website, noch bevor die Ware im Laden landet.«

»Ich verstehe. Und was kostet zum Beispiel dieses T-Shirt?«

»Sechshundertfünfundneunzig Euro.«

»Sechs*hundert* …« Marie-Laures Stimme erstarb, und sie legte das T-Shirt wieder ins Regal.

»Bei Savage – dieser besagten Designerin – ist es so«, erklärte Daisy freundlich, »dass sie sich als Künstlerin betrachtet. Sie verachtet Geld.«

»Ah, ja, *évidemment*«, sagte Marie-Laure. »Siebenhundert Euro ist wohl immer noch billiger als ein Picasso, nehme ich an.«

»Dann hast du also Octave überhaupt nicht mehr gesehen, Daisy?«, erkundigte sich Anouk mit einer Nebenbemerkung bei ihrer Freundin.

»Nein. Das hat dazu geführt, dass ich ein paar Partys verpasst habe, aber ich war stattdessen mit Raoul unterwegs, also … Aber ehrlich gesagt, ich glaube, jetzt würde es mir gar nichts mehr ausmachen, Octave zu begegnen. Weißt du, ich bin wirklich darüber weg.«

»*C'est très bien.* Ich bin sehr stolz auf dich.«

»Und was ist mit dir, Marie?«

»Was?«

»Was macht dein Liebesleben?«

Plötzlich sah Marie-Laure ganz seltsam aus, fast schuldbewusst. »Ich? Ich bin mit niemandem zusammen.«

Daisy lachte entzückt auf. »Das glaube ich dir nicht! Du siehst aus, als hättest du etwas zu verbergen. Raus damit!«

»Aber nein! Es gibt niemanden, außer … Ach, es ist zu kompliziert. Ich kann noch nicht darüber reden.«

»Wieso? Oh, er ist verheiratet, nicht wahr? Du bist ja so was von ungezogen!«

»Nein, nein, er ist nicht *verheiratet,* aber … Anouk«, sagte Marie-Laure und zog etwas von der Kleiderstange, »kann ich das hier mal anprobieren, bitte?«

»Gute Nummer, Marie. Aber ich krieg's schon noch aus dir raus, das weißt du ja. Es ist nicht fair, dass du Geheimnisse hast, wenn ich dir alles über mein Leben erzähle.«

Nachdem sie Anouks gesamten Bestand methodisch durchgesehen hatte, peilte Maire-Laure ganz gezielt das eine Kleidungsstück an, das ihr wirklich gefiel. Dieses erwies sich, was vielleicht nicht überraschend war, als dezentes Kleines Schwarzes, aus Stoff, mit konventioneller Ärmelzahl und einem klassischen Ausschnitt, der sich als Teil des Designs bereits an Ort und Stelle befand.

»Aber das ist ganz und gar nicht das abgedrehte, exquisite Teil, das ich dir gern verpassen wollte«, klagte Daisy enttäuscht. »Das sieht noch nicht mal besonders nach Designerklamotte aus.«

»Ja, eben«, antwortete Marie-Laure, warf abermals einen kurzen Blick auf den Pelzmantel im Schaufenster und schauderte ein wenig.

»Und was ist mit deinem geheimnisvollen Lover? Möchtest du ihn denn nicht mal mit etwas Ungewöhnlichem überraschen, mit etwas Aufregenderem? Eine ganz neue Marie-Laure?«

»Nein«, sagt Marie-Laure mit gesenktem Blick. »Ich weiß, was ihm gefällt. Klassische Sachen, Sachen, die er versteht.«

Nachdem sie sich von Anouk verabschiedet hatten, machten sich die beiden Freundinnen auf den Rückweg in Richtung Marie-Laures Haus.

»Dann fährst du also für *les fêtes* nach Hause, Daisy?«

»Über Weihnachten, ja. Ich nehme Raoul mit nach Truro.«

»Wirklich? Um ihn deinen Eltern vorzustellen?«

»Ja!« Daisy verdrehte die Augen. »Das ist eine ziemlich große Nummer. Ich habe noch nie jemanden über Weihnachten mit nach Hause gebracht.«

»Dann … ist es also wirklich ernst zwischen euch?«, wollte Marie-Laure wissen und betrachtete ihre Freundin aufmerksam. »Hat er gesagt, dass er dich liebt?«

»Ja.« Raoul war in jeder Hinsicht leidenschaftlich und erklärte ihr oft seine unvergängliche Liebe.

»Daisy, das ist ja wunderbar. Und du, liebst du ihn auch?«

Daisy überlegte einen Moment. »Ich glaube schon, ja.« Was auch das gewesen wäre, was sie Raoul geantwortet hätte, wenn er sie gefragt hätte. Wahrscheinlich. »Er ist total süß ...«

Daisy hielt inne. Aus irgendeinem Grund musste sie an jenen merkwürdigen, immer wiederkehrenden Traum denken, in dem sie in den Straßen von Paris sehnsüchtig nach etwas suchte – oder suchte sie nach *jemandem?*

Sie erwog, Marie-Laure davon zu erzählen, überlegte es sich jedoch anders. Dieser Traum konnte unmöglich etwas mit ihren Gefühlen für Raoul zu tun haben.

Falls Daisy auch nur ein bisschen zögerlich klang, so schien Marie-Laure es nicht zu bemerken.

»Das freut mich wirklich für dich«, meinte sie und hakte sich bei ihrer Freundin unter. »Dann verbringst du also Silvester in London?«

»Ich habe mich noch nicht entschieden.«

»Nun, du kannst ja immer noch nach Paris zurückkommen. Ich habe beschlossen, eine Party zu geben.«

»Ach? Aber du hast doch gesagt, du wärst dir nicht sicher, ob du dem allen gewachsen sein würdest. Wann hast du denn das beschlossen?«

»Gerade eben, glaube ich. Ich hab's mir überlegt. Ich will eine Party schmeißen.«

»Soll ich Raoul mitbringen? Er kennt doch noch niemanden.«

»Natürlich, bring ihn mit. Es wäre toll, ihn kennenzulernen, und ich ...«

Doch Marie-Laure verstummte und biss sich auf die Unterlippe.

»Was?«

»Es wird eine … Überraschung geben.«

»Du wirst etwas Abenteuerliches anziehen?«

»Nein, das nicht«, wehrte Marie-Laure lachend ab. »Eine andere Überraschung.«

23
Isabelle

Natürlich würde es eine vollkommen simple Erklärung dafür geben, sagte Isabelle sich nicht zum ersten Mal energisch. Belladonna war Clothaire doch nur ein einziges Mal begegnet. Höchstwahrscheinlich hatte sie jemand anderen gesehen und nicht Clothaire.

Und dann war da noch die Frage nach Clothaires Charakter. Ihr Freund war wirklich nicht der Typ, der eine … Affäre hatte, beendete Isabelle den Satz mit einiger Mühe. Clothaire hatte sein Leben gern bequem und *bien reglée,* so geregelt wie ein Uhrwerk. Und er verließ sich darauf, dass sie, Isabelle, dafür sorgte, dass es so blieb. Die Vorstellung, er könnte zulassen, dass seine vollendete Routine durch Lügen kompliziert und durch Geliebte übervölkert würde, war schlicht absurd. Ebenso absurd wie ihr Techtelmechtel mit … aber das war ja jetzt egal.

Und überhaupt, Clothaire selbst würde zweifellos über diese ganze aberwitzige Geschichte lachen – wenn Isabelle sie ihm schließlich erzählte. Gestern Abend hatte er angerufen, doch sie hatte es für ratsamer gehalten, das Thema nicht anzusprechen. Es war sehr viel vernünftiger abzuwarten, bis sie sich morgen in Paris wiedersahen.

Das Schwierigste an der Situation war die Versuchung gewesen, mit Agathe darüber zu reden. Das war Isabelles erster Impuls gewesen. Doch nachdem sie das Ganze näher überdacht hatte, war sie zu dem Entschluss gekommen, sich ihrer Freundin nicht anzuvertrauen. Agathe wäre mit Sicherheit schockiert. Aber – und das war eine eigenartige Erkenntnis – Isabelle war sich nicht völlig sicher, ob sie darauf bauen konnte, dass ihre Freundin auf *ihrer* Seite sein würde. Tatsächlich war es viel wahrscheinlicher, dass sie Clothaire verteidigen würde. Und was Marie-Laure anging … Nun, mit ihr konnte sie auf gar keinen Fall sprechen, denn obgleich Isabelles Verdacht bestimmt unbegründet war, bestand doch die winzige Chance … *Bon, ça suffit comme ça,* dachte Isabelle und schüttelte ungeduldig den Kopf. Sie würde das alles fürs Erste aus ihrem Kopf verbannen.

Es gab Wichtigeres, worüber sie nachdenken musste. Von Tom Quince ermutigt, hatte sie im Laufe der letzten Woche den Dachboden von Merediths Haus durchforstet, und obwohl dieser jetzt sehr viel sauberer und ordentlicher aussah, hatte sie dort keine Spur von den Manuskripten gefunden, und auch nicht von *The Splodge.* Allerdings hatte es ihr ziemlich Spaß gemacht, den Inhalt des Dachbodens nach rationaleren Gesichtspunkten zu ordnen. Und es war sehr zufriedenstellend gewesen, Tom das Ergebnis ihrer harten Arbeit zu zeigen.

»Ich fasse es nicht, wie anders es hier aussieht, Isabelle.«

»Ich bin gern systematisch.«

»Offensichtlich«, hatte Tom bemerkt und die ordentlichen Kartonstapel betrachtet, die jetzt alle säuberlich mit Filzstift beschriftet waren. »Ehrlich gesagt«, hatte er hinzugefügt und sich dem anderen Ende des Dachbodens zugewandt, »ein paar von diesen Möbeln sehen gar nicht so übel aus, jetzt, wo man sie richtig sehen kann.«

»Ein paar sind richtig hübsch. Die Kommode da ist sehr schön. Und das Bett dort, das mit der Todesfallen-Matratze: Das ist ein *lit à baldaquin,* glaube ich.«

»Ein Himmelbett?«

»Ja, genau. Es ist auseinandergenommen worden, aber die Teile sind alle da.«

»Weißt du, ich habe so eine Ahnung, dass das hier alles Merediths Möbel waren, aus ihrem alten Zimmer. Du hast doch bestimmt die Bettpfosten überprüft – für den Fall, dass welche hohl sind?«

Daraufhin war Isabelle vor Aufregung ganz atemlos gewesen. Gemeinsam hatten sie hoffnungsvoll die Eichenpfosten abgeklopft, aber vergeblich. Das Holz war massiv.

»Nun ja, einen Versuch war's wert«, hatte Tom gelassen festgestellt.

Der Dachboden war also erledigt. Heute würde Isabelle ihre Aufmerksamkeit der Bibliothek widmen. Tom, der draußen mit Rosie irgendetwas Gartentechnisches machte, hatte Isabelle die Tür geöffnet und sie sich selbst überlassen, wobei er versprochen hatte, rechtzeitig zu kommen und sie zum Tee zu holen.

Isabelle sah sich in dem stillen Raum um und überlegte, wo sie anfangen sollte. Sie dachte an Meredith Quinces Porträt und beschwor, nicht ganz im Ernst, den Geist der Autorin herauf, um sie bei ihrer Schatzsuche zu leiten. Vielleicht fand Meredith ja eine Möglichkeit, es anzuzeigen, wenn Isabelle ihrem Ziel näherkam – beispielsweise durch ein diskretes Klopfgeräusch. Ganz kurz dachte Isabelle an Jules' Ouija-Brett. Vielleicht hätte Tom ja nichts dagegen mitzuhelfen. Die Gegenwart eines Verwandten konnte doch nur ein Anreiz für die Autorin sein, zu erscheinen.

Doch vielleicht sollte sie zunächst die rationaleren Möglichkeiten ausschöpfen. Am besten, sie begann mit dem Schreibtisch. Behutsam zog Isabelle die Schubladen auf. Alle waren leer, bis auf eine Flasche mit schwarzer Tinte, sehr alt und beinahe aufgebraucht. Isabelle nahm sie in die Hand und starrte sie an: War dies ein Hinweis auf *The Splodge*, ein von Meredith hinterlassenes Zeichen, dass Isabelle mit ihren Recherchen fortfahren sollte? Nun, wieso sollte sie es nicht als eine Gralsuche interpretieren? Sehr vorsichtig zog sie die Schreibtischschubladen ganz heraus und legte sie auf den Teppich. Manchmal gab es ja wirklich so etwas wie Geheimfächer in Schreibtischen. Isabelle tastete langsam und systematisch jede Nische des Schreibtisches ab. Sie stieß einen kleinen Seufzer aus. Die *volle* Nullnummer, Darling, wie Chrissie es ausgedrückt hätte.

Als sie aufblickte und durch die Terrassentür schaute, wurde sie mit dem Anblick von Tom und Rosie belohnt, die Seite an Seite fröhlich gruben und irgendetwas pflanzten. Das sah nach ziemlich harter Arbeit aus, noch dazu bei dem kalten Wetter, doch wenigstens wussten die beiden im Gegensatz zu ihr genau, was sie taten. Isabelle ließ sich in den primelgelben Lehnstuhl sinken und lehnte den Kopf an. Ihr Blick wanderte über die Bücherregale. Diese nervtötende Rosie war ganz sicher eine Dauereinrichtung in Toms Garten. Es hätte Isabelle wirklich nicht überrascht, wenn sie sich im Gewächshaus häuslich niederzulassen gedächte.

Jedenfalls, befand Isabelle ungeduldig, war es an der Zeit, ihre Theorie zu den Bücherregalen auf die Probe zu stellen. Sie überlegte einen Moment lang. Zu ihrer Rechten befand sich die Wand mit der Tür darin, dahinter lag der Flur. Die Wand hinter ihr wurde von der Terrassentür durchbrochen, die in den Garten hinausführte. Auf der anderen Seite der Wand ihr gegenüber befand sich ein weiteres Wohnzimmer, das der Familie Quince als Fernsehzimmer gedient hatte. Damit war nur noch eine Wand übrig, hinter der vielleicht ein Geheimzimmer verborgen sein könnte, die zu ihrer Linken. Sie bemerkte das Fehlen eines Kerzenleuchters oder eines anderen sehr offenkundigen Hebels, doch davon ließ sie sich nicht beirren. Höchstwahrscheinlich war der Schlüssel in einem Buch verborgen. Entweder es tat sich etwas, wenn man das betreffende Exemplar vom Regal nahm, oder dahinter war eine Art Schalter oder dergleichen verborgen. Dutzende von Büchern bedeckten die Wand, und sie musste alle herausziehen. Zuerst jedoch würde sie die Regale selbst abklopfen und auf Hinweise überprüfen. Sie begann auf der Seite, die am weitesten von der Terrassentür entfernt war, und arbeitete sich durchs Zimmer, klopfte die Wand überall dort ab, wo sie oberhalb der Bücher zu sehen war, und ruckte vorsichtig an den Regalen. Bis jetzt schien alles festgeschraubt zu sein. Natürlich bestand immer noch die Möglichkeit, dass sich das Ganze, Regal, Wand und alles, um eine Art Achse drehte.

Ein Schwarzweißfilm, in dem genau das urplötzlich passiert und die Heldin von der Drehtür verschluckt worden war, fiel ihr wieder ein, und Isabelle verspürte leichte Beklommenheit. Vielleicht wäre es ja doch klüger gewesen, Tom von ihrer Theorie zu erzählen, wie absonderlich sie sich auch anhören mochte. So wäre er vorbereitet gewesen. Andernfalls könnte er, falls sie plötzlich verschwand, vielleicht denken, sie hätte eilig fortgemusst. Zu spät, dachte Isabelle und arbeitete sich resolut weiter auf die Terrassentür zu.

Und dann, als sie die mittlere Regalsäule erreichte, geschah es. Als sie an einem der oberen Borde zog, fühlte sie, wie das ganze Regal sich ein wenig bewegte. *Das ist es,* dachte sie triumphierend, sie hatte recht gehabt! Der zentrale Teil der Bücherwand war tatsächlich eine Tür, und gleich würde sie auf die andere Seite treten ... Es war phänomenal. Mit hämmerndem Herzen packte Isabelle die Borde mit beiden Händen und zog mit aller Kraft. Dann blieb ihr gerade noch genug Zeit, aus dem Weg zu hechten, als das ganze Regal in einer beängstigenden Lawine aus dicken Wälzern zu Boden krachte.

Als der Staub sich ein wenig gelegt hatte, schaute Isabelle, die mit den Händen über den Ohren am Boden gekauert hatte, langsam auf. Wo sie eine Tür vorzufinden erwartet hatte, war nur ein Stück Wand. *Zut de zut.* Tom kam ins Zimmer gestürzt, die Gartenschaufel noch immer in der Hand.

»Was ist passiert? Hast du dir was getan?«

Isabelle schüttelte den Kopf. »Tom, es tut mir so leid. Es war ganz allein meine Schuld.«

Rosie kam herein und betrachtete die Szene. »Ich hab doch *gesagt,* ihr ist nichts passiert«, bemerkte sie kühl.

»Ist das Regal plötzlich zusammengebrochen?«, fragte Tom.

»Nein ... ich habe daran gezogen.«

»Ach, Herrgott noch mal.«

»Rosie, Isabelle hätte sich schwer verletzen können.«

»Ja, stimmt«, pflichtete Rosie ihm bei und musterte Isabelle, als bedauere sie deren gescheiterten Versuch, selbiges herbeizuführen. »Du hast es echt mit Katastrophen, nicht?«

»Es war nur, weil ich wissen wollte«, sagte Isabelle kleinlaut und sah Tom an, »ob da hinter den Büchern noch ein anderes Zimmer ist.«

»Ein anderes Zimmer?«

»Ich dachte, vielleicht hat Meredith da ihre Manuskripte versteckt.«

»Bitte *was?«*, fragte Rosie.

»Ich weiß, das hört sich wirklich blöd an.«

»Es ist eine sehr romantische Vorstellung, Isabelle«, erwiderte Tom, so ernst er konnte. »Aber ich glaube, du überschätzt vielleicht die Fähigkeit meiner Großtante, im richtigen Leben solche Geheimpläne zu schmieden. In einem Roman hätte sie das bestimmt toll gefunden.« Er blickte auf das umgestürzte Bücherregal hinab. »Wenigstens wissen wir jetzt, dass das Ding nicht *ganz* richtig befestigt war.«

»Es wäre nichts passiert, wenn ich nicht ... Oh, Tom, lass mich helfen, das alles aufzusammeln.«

»Nein, schau, das können wir nachher machen. Im Moment können wir wohl alle einen Tee vertragen, glaube ich.«

Hintereinander gingen sie die Treppe hinunter in die Küche.

»Und wie sieht dein Garten zu Hause aus, Isabelle?«, wollte Rosie unvermittelt wissen. »Bestimmt sehr französisch, alles elegant und perfekt, mit symmetrischen kleinen Blumenbeeten.«

»Ich habe keinen Garten.«

»Oje. So ein Pech.«

»Eigentlich«, fuhr Isabelle fort und ärgerte sich über sich selbst, weil sie so zurückhaltend war, »sind Privatgärten in Paris ziemlich selten.«

»Ach, wirklich?«

»Aber von meinem Schlafzimmerfenster aus kann ich einen Baum sehen, also kann ich verfolgen, wie sich die Jahreszeiten ändern.«

»Wie schön. Was ist es denn für ein Baum?«

»Äh ... ich weiß nicht.«

»Du weißt es nicht?«, fragte Rosie mit ungläubigem Lachen. »Hast du es denn nie rausfinden wollen?«

»Ich habe nie darüber nachgedacht«, antwortete Isabelle wahrheitsgemäß. »Wahrscheinlich gefällt mir der Baum einfach als Idee.«

Rosie zog die Brauen ein wenig hoch und schaute zu Tom hinüber. Dann versuchte sie es noch einmal: »Und, was für Gärten magst du so?«

Isabelle war bestürzt. Wie viele verschiedene Arten von Gärten *gab* es denn? »Ich weiß nicht. Ich finde alle Gärten schön.«

»Wirklich? Das ist ja echt seltsam.«

»Bist du mit *meinem* Garten einverstanden?«, erkundigte Tom sich sanft.

Isabelle drehte sich zu ihm um, und wieder fiel ihr die wunderschöne und ungewöhnliche Farbe seiner Augen auf. »Ich finde, dein Garten ist wunderschön.«

»Gefällt dir das, was ich gerade mache? Eigentlich ist es eine Art Weihnachtsgarten, mit allen möglichen Winterpflanzen – Eiben, Efeu –«

»Und Stechpalmen natürlich, damit ein bisschen Farbe in das Ganze kommt«, warf Rosie ein. »Ich fahre total auf diese neuen Stechpalmen ab, die ich dir besorgt habe, Tommy. Die, die wir gestern eingepflanzt haben, mit den orangeroten Beeren – Feuerdorn.«

Ein Dorn aus Feuer, dachte Isabelle zerstreut, das war ja ein ziemlich surrealistisches Bild. Sie trank den letzten Tropfen Tee aus. Plötzlich kam es ihr in der Küche sehr warm vor. Sie würde sich gleich ein Glas Wasser holen.

»Kennst du die, Isabelle?«

Isabelle schüttelte den Kopf und betrachtete mit einiger Faszination Toms honigbraune Hand, die auf seinem Schenkel lag.

»Die große müssen wir noch an der Gartenmauer festmachen«, fuhr Rosie fort und schickte sich an aufzustehen. »Wir sollten weitermachen, sobald du so weit bist.«

»Stechpalmen gehören zu den Pflanzen, die entweder männlich oder weiblich sind«, sagte Tom an Isabelle gewandt, ohne sich zu rühren. »Männliche Stechpalmen sind ein bisschen langweilig, weil sie keine Früchte tragen, nur Blüten. Aber man sollte auf jeden Fall eine im Bestand haben, damit die weiblichen Stechpalmen bestäubt werden und Beeren hervorbringen können. Im Idealfall bindet man die beiden zusammen, eine männliche und eine weibliche Pflanze. So bekommt man Blüten *und* Beeren.«

Isabelle nickte und dachte insgeheim, dass Toms Haltung etwas ungeheuer Erotisches an sich hatte, selbst wenn er einfach nur dasaß wie jetzt, regungslos und entspannt.

»Und außerdem pflanzen wir noch ein paar Christrosen«, verkündete Rosie und setzte sich wieder. »Stimmt's, Tommy?«

»Das sind wirklich wunderhübsche Blumen«, erklärte Tom.

»Weiß mit einem Rosaton. Sie blühen in den dunkelsten Monaten des Jahres, wenn alles andere steinhart gefroren ist. Nieswurz mag ich besonders gern«, fuhr er fort und lächelte Isabelle vage an, »weil die so wunderbar promisk sind. Sie werden ihre Samen im ganzen Garten verstreuen, das weiß ich genau.«

In Isabelles Innerem barst plötzlich etwas, das sorgfältig komprimiert gewesen war, und war kurz davor, auszubrechen.

»Was ist denn mit *dir* los?«, erkundigte Rosie sich neugierig. »Du bist ja plötzlich ganz rot.«

»Ich glaube«, sagte Isabelle langsam und erhob sich, »ich sollte mal nach draußen gehen und ein bisschen Luft schnappen.«

Tom streckte die Hand aus, als wolle er sie stützen, doch Isabelle wehrte mit einer Geste ab und strebte wie ein würdevoller Betrunkener auf die Tür zum Garten zu. Als sie sie erreichte, war ihr Blickfeld bereits merklich zu einem Tunnelblick geschrumpft, und sie brauchte einen Augenblick, um den Türknauf zu finden und ihn in die richtige Richtung zu drehen. Sie trat in den Garten hinaus und war sich ganz vage hastiger Schritte hinter sich bewusst. Irgendwo hier in der Nähe stand eine hölzerne Bank, erinnerte sie sich. Der Tunnel wurde rasch immer enger. Dann gaben ihre Beine nach, und alles wurde schwarz.

Als sie wieder zu sich kam, lag sie auf der Bank, den Kopf in Toms Schoß.

»Tief durchatmen«, wies er sie an und fächelte ihr mit seinem Hut Luft zu.

»Tom«, flüsterte sie und schaute zu ihm auf, »was …?«

»Du bist ohnmächtig geworden, mein Liebes. Alles sehr dramatisch. In viktorianischen Zeiten hätte ich dir das Korsett gelockert, aber anscheinend trägst du keins.«

Zittrig setzte Isabelle sich auf und rieb sich die Augen. »Aber das ist doch lächerlich. Ich bin noch nie ohnmächtig geworden.« Sie dachte einen Augenblick lang nach, dann setzte sie hinzu: »Rosie lacht sich bestimmt halb tot.«

»Rosie ist nach Hause gegangen. Sie hat keine Geduld mit Menschen, die sich nicht wohlfühlen.«

Isabelle blickte zu Boden und seufzte. Dann schien sie das Thema zu wechseln und sagte: »Ich verstehe überhaupt nichts von Gärten oder vom Gärtnern.«

»Mach dir deswegen keine Gedanken. Ich habe nie die Bücher meiner Großtante gelesen, erinnerst du dich?«

»Ja, natürlich.« Isabelle schien sich ein wenig gerader aufzusetzen. »Jetzt geht es mir wieder gut. Danke, dass du dich um mich gekümmert hast. Ich gehe lieber auch nach Hause.«

Jäh fing Tom ihren Blick mit dem seinen ein und hielt ihn fest. »Bleib hier«, sagte er und strich ihr das Haar aus dem Gesicht. »Bleib hier bei mir.«

Isabelle wurde die Kehle eng. Sie durfte nicht weinen. Stattdessen ballte sie die Hände zu Fäusten und schlug ein paar Mal gegen seine Brust, nicht besonders fest.

»Ich kann nicht. Ich kann nicht. Ich kann nicht.«

Ganz kurz hielt er sie leicht mit den Armen umfangen, dann ließ er sie los. »Okay. Ich fahre dich nach Hause.«

Im Auto war Isabelle sehr still; sie hielt die Augen geschlossen und das Gesicht abgewandt. Als Tom vor Daisys Haus hielt, öffnete sie die Augen und sagte höflich: »Vielen Dank fürs Fahren. Dann sehen wir uns also im Januar, wenn ich wieder da bin. Ich hoffe, du hast wunderschöne Weihnachten.«

»Ja, du auch, Isabelle. Ich hoffe, alles läuft gut in Paris.«

Isabelle lächelte kurz und schickte sich an, die Autotür zu öffnen.

»Eine Sekunde«, sagte Tom, drehte sich um und griff nach etwas auf dem Rücksitz. Er reichte es ihr, in Zeitungspapier eingewickelt.

»Bitte nimm das hier. Ein winzig kleines Weihnachtsgeschenk.«

Isabelle wickelte einen kleinen Zweig mit cremeweißen Blüten aus.

»Das ist Winter-Geißblatt. Der Duft ist wunderschön.«

Isabelle schluckte mühsam. »Danke, Tom.«

Sie beugte sich zu ihm hinüber, küsste ihn auf die Wange, wobei sie in ihrem Kopf größtmögliche Leere herrschen ließ, und war binnen Sekunden aus dem Wagen geschlüpft.

Als Isabelle am nächsten Morgen erwachte, hatte das Geißblatt ihr ganzes Zimmer mit seinem Duft erfüllt, und später glaubte sie es auch noch in anderen Teilen des Hauses zu riechen, und sogar an sich selbst. Als sie sich auf den Weg zum Bahnhof machte, ließ sie den Zweig zurück und spendete ihn Chrissie. Doch in ihrer Erinnerung folgte der Duft ihr bis nach Paris.

24
Daisy

Alles in allem, dachte Daisy bei sich und betrachtete die Szene im Wohnzimmer ihrer Eltern, konnte man sagen, dass Weihnachten gut über die Bühne ging. Zum einen schienen sich alle über ihre Geschenke gefreut zu haben, besonders Raoul, der ganz hingerissen von dem Pop-up-*Kamasutra* gewesen war, das Daisy ihm überreicht hatte, ehe sie zum Frühstück heruntergekommen waren. Sodann war das mittägliche Weihnachtsessen, für ihre Mutter stets ein Anlass zu großer Sorge (die durch die Gegenwart eines französischen Gastes gewiss nicht kleiner geworden war), ein vollkommener Erfolg gewesen. Der Truthahn hatte sich sehr anständig benommen und sich Delias Anweisungen entsprechend braten lassen. Der Weihnachtspudding hatte aufs Schönste aufgelodert, und die Soße war nicht im Mindesten klumpig gewesen. Jetzt saßen alle im üblichen Zustand satter Benommenheit vorm Fernseher und aßen Schokolade.

Ihre Eltern waren sehr nett zu Raoul und taten ihr Bestes, damit er sich wie zu Hause fühlte. Zu Daisys Erleichterung hatte ihre Mutter keine forschenden Fragen gestellt, in welche Richtung ihre Beziehung denn ginge, zumindest bisher noch nicht. Daisy warf ihr einen Blick zu; Mrs. Keen hielt im Sessel neben ihr ein Nickerchen, und die Brille war ihr halb die Nase hinuntergerutscht. In Anbetracht ihrer romantischen Wesensart war es sehr wahrscheinlich, dass sie just in diesem Augenblick von einem eleganten Brautmutterkleid träumte (etwas in Lavendelblau, mit einem großen Hut).

Was Raoul betraf, so war er in vielerlei Hinsicht ein Vorzeige-

Gast. Er aß von allem, und zwar gewaltige Mengen. Er hatte sich liebenswürdig jeglichen Kommentars enthalten, als ihr Vater mit einer Flasche australischem Wein angekommen war. Während der Rede der Queen hatte er in stillem, respektvollem Unverständnis dagesessen. Er hatte bei den Knallbonbons mitgemacht und sogar einen Partyhut getragen.

Ein oder zwei kleine Schwierigkeiten jedoch hatte es gegeben. Wie jenen gelinde peinlichen Moment heute Morgen, als Daisys Mutter ins Zimmer ihrer Tochter getreten war und diese nackt auf ihrer Daunendecke ausgestreckt vorgefunden hatte, während Raoul, ebenfalls nackt auf dem Bett – wenngleich glücklicherweise mit dem Rücken zur Tür –, damit beschäftigt war, sie zu zeichnen.

»Oh, huch, Entschuldigung!«, hatte Daisys Mutter gequiekt und die Tür hastig zugeschlagen.

Daisy, die ihre Mutter gut kannte, hatte es für das Beste gehalten, den Tag weiterlaufen zu lassen, als sei nichts geschehen. Unglücklicherweise hatte sie versäumt, das Raoul zu erläutern, der sich beim Weihnachtsessen bemüßigt sah zu sagen: »Ich hoffe, wir haben Sie vorhin nicht schockiert, Madame.«

Daisys Mutter starrte ihn mit weit aufgerissenen Augen an und beteuerte: »Oh, nein, nein! Selbstverständlich nicht.«

»Wieso? Was ist denn passiert?«, wollte Daisys Vater leutselig wissen, während er die Brotsoße herumreichte. Daisys Vater hielt eine Menge von Raoul, weil er sich in Sachen Sport auskannte. Da er im Südwesten Frankreichs aufgewachsen war, hatte Raoul in seiner Jungend viel Rugby gespielt und war ein Anhänger des *ballon ovale* geblieben. Die beiden Männer hatten in großer Ausführlichkeit diverse Episoden im letzten *Tournoi des Cinq Nations* abgehandelt.

Daisys Mutter gab ein kleines Auflachen von sich. »Nichts, Darling. Gar nichts ist passiert.«

Raoul wandte sich an Daisys Vater und meinte mit wölfischem Lächeln: »Ja, es war wirklich nichts. Ihre Frau ist hereingekommen, als ich Daisy gerade gezeichnet habe.«

»Ah ja. Daisy hat uns erzählt, dass sie in Paris so etwas wie ein Künstlermodell geworden ist. Hört sich spaßig an.«

»Daisy hat einen tollen Körper. Es ist ein Vergnügen, sie zu zeichnen.«

»Ha-ha, nun ja, sie ist unsere Kleine. Natürlich finden wir sie reizend.«

»*Raoul.*«

»Was ›Raoul‹? Es ist doch wahr. Du schämst dich doch nicht etwa, oder?«

»*Nein.* Aber ...«

»Wissen Sie, Madame, ich weiß noch, wie ich Daisy zum ersten Mal gesehen habe, da habe ich mir gedacht: Wow, das Mädchen da würde ich wirklich gern mal ganz nackt sehen, mit all dem langen Haar um sie rum.«

Nach einem kurzen Schweigen fragte Daisys Mutter mit ziemlich hoher, bebender Stimme: »Raoul, möchten Sie ein bisschen Salat? Ich habe ein echtes französisches Dressing dazu gemacht. Ich bin mir nicht sicher, ob ich es ganz richtig hinbekommen habe, aber ich hoffe, es schmeckt Ihnen.«

»Ja, vielen Dank, Madame. Ich finde«, meinte Raoul nachdenklich, während er sich Salatblätter auf den Teller häufte, »Engländerinnen sind im Allgemeinen sehr schön.«

»Tatsächlich? Wie nett von Ihnen.«

»Ja. Daisy ist sehr schön, natürlich. Sie ist wie eine Rose«, erläuterte er und öffnete ausdrucksvoll die Finger, um volles Erblühen anzudeuten. »Und auch Sie, Madame, sind eine sehr schöne, faszinierende Frau.«

»Ach, das ist aber lieb von Ihnen. Vielen Dank, Raoul.«

»Wir kennen uns nicht sehr gut, Sie und ich, aber ich bin mir jetzt schon sicher, dass es in Ihrem Inneren viel Sinnliches, Mysteriöses gibt, eine Menge wundervolle Geheimnisse.«

»*Geheimnisse*? Ich?«, kicherte Daisys Mutter und griff unbewusst prüfend an den obersten Knopf ihrer Bluse. »Oh nein, eigentlich nicht!«

»Wissen Sie, Madame, es ist merkwürdig, weil, als ich jung war, war ich sehr naiv. Zum Beispiel habe ich gedacht, dass in Frankreich alles am besten ist – das Essen, der Wein – und dass auch unsere Frauen die schönsten auf der ganzen Welt sind. Aber seither bin ich viel gereist und habe eine Menge unterschiedliche Menschen kennengelernt, und das hat mir die Augen geöffnet.«

»Gut so, Raoul«, lobte Daisys Mutter anerkennend.

»Jetzt ist mir zum Beispiel klar, wie interessant englische Frauen sind. Besonders«, fuhr Raoul fort und wandte sich abermals an Daisys Vater, »die knabenhaften Typen, die androgynen Mädchen. Sie wissen schon, mit sehr flacher Brust und kurzem Haar, wie ein Schuljunge …«

»Möchte jemand Käse? Raoul?«

»Es muss wunderbar sein«, sagte Daisys Mutter und lächelte strahlend, »die Welt so wie Sie zu sehen, durch die Augen eines Künstlers.«

»Oh, vielen Dank, Madame, aber ich bin eigentlich gar kein Künstler, wissen Sie? Ich habe keine klassische Ausbildung. Ich habe ganz einfach immer schon gern Frauen gezeichnet. Damit habe ich sehr früh angefangen, als kleiner Junge, und habe mich immer mehr dafür interessiert.«

»Wirklich? Ihnen ist dasselbe Motiv niemals langweilig geworden?«, erkundigte sich Daisys Vater und nahm sich in aller Ruhe ein Stück Stilton. »Sie haben zum Beispiel nie zu Landschaften übergehen wollen?«

»Nun, für mich ist eine Frau eine Landschaft.«

»Ach?«

»Und es gibt so viele verschiedene Landschaften auf der Welt. Man entdeckt immer neue, wissen Sie? Unterschiedliche Klimas, unterschiedliche Farben, unterschiedliche, *heu* …« Raoul mimte wogende Hügel. »Geografie.«

»Selbstverständlich, ja.«

»Ich habe ganz erstaunliche, unheimlich wichtige Sachen gelernt. Wie zum Beispiel das mit der linken Brust einer Frau.«

»Die …*linke Brust?*«, wiederholte Daisys Vater verständnislos.

»Ja, das hat mich mal ein Mädchen gelehrt. Eine Tänzerin.«

»Ach, war sie Ballerina in der Pariser Oper?«, erkundigte sich Daisys Mutter im Plauderton. »Wie reizend. Ich gehe so gern ins Ballett. Sie auch, Raoul?«

»Ja, ja, natürlich. Diese langen Beine und die langen Hälse … Aber ehrlich gesagt, diese spezielle Tänzerin, die hat im Crazy Horse Saloon gearbeitet. Kennen Sie den?«

»N-nein, ich glaube nicht«, gestand Daisys Vater und sah dabei nichtsdestotrotz durchaus interessiert aus.

»Die haben da eine wunderschöne artistische Nackt-Vorstellung, eine Licht-Show, mit ein paar von den unglaublichsten Mädchen von ganz Paris«, erklärte Raoul gestikulierend. »Dieses Mädchen, von dem ich rede, ihr richtiger Name war Karine, aber sie hat sich Froufrou des Jarretelles genannt. Das war ihr Bühnenname. Wie, Sie wissen schon, *porte-jarretelle*. Wie sagt man das auf Englisch, Daisy?«

»Ein Strapsgürtel«, antwortete Daisy und sah ihre Mutter über den Tisch hinweg mit verzeihungheischendem Lächeln an.

»Strapsgürtel, alles klar! Jedenfalls, Froufrou hat mir erzählt, wenn jemand Neues im Crazy Horse vortanzt, dann schauen sie sich immer zuerst die linke Brust an, denn, sehen Sie«, fuhr Raoul in der korrekten Annahme fort, dass ihm nunmehr die ungeteilte Aufmerksamkeit von Daisys Vater sicher war, »die linke Brust einer Frau ist normalerweise weniger vollkommen geformt als die rechte. Wenn also die linke Brust eines Mädchens absolut hinreißend ist«, führte er aus und lehnte sich auf seinem Stuhl zurück, »dann bestehen gute Chancen, dass der Rest ihres Körpers ganz außergewöhnlich ist, tatsächlich sogar wirklich extrem schön.«

Daisys Vater schluckte und sagte dann langsam: »Nun ja, das wusste ich nicht.«

»Also, Sie sehen, die Inspiration ist immer da, um mich herum. Besonders in diesem Moment meines Lebens«, setzte Raoul hinzu und küsste Daisy galant die Hand.

»*Okay!*«, verkündete Daisy und sprang auf, sobald sich die Gelegenheit ergab. »Also, wer möchte Kaffee? Nein, bleib sitzen, Mum, ich finde, Raoul sollte den Kaffee machen. Er hat dafür ein ganz besonderes Talent, nicht wahr, Raoul? Komm mit in die Küche. Ich zeige dir, wo alles ist.«

Irgendwie, dachte Daisy, während sie die Hand nach einer Paranuss ausstreckte und zu Raoul hinüberschaute, der jetzt neben ihrem Vater auf dem Sofa saß und sich mit allen Anzeichen des Vergnügens *Octopussy* ansah, waren sie seit ihrer Ankunft vor zwei Tagen immer wieder in solche Gespräche hineingezogen worden, bei denen man dazu neigte, sich innerlich zu krümmen. Möglicherweise hatte Daisys Strategie im Umgang mit Raoul – eine blasierte Nonchalance im französischen Stil vorzutäuschen, wenn es um Themen ging, die mit Sex zu tun hatten, damit sie nicht als verklemmte Britin rüberkam – ein bisschen *zu* gut funktioniert. Jetzt hatte er die völlig falsche Vorstellung von den Ansichten ihrer Familie und dachte, ihre Eltern wären genauso freizügig und *libérés* wie sie! Natürlich war sie das in Wirklichkeit gar nicht, doch das wusste Raoul nicht. So war das Leben eben. Es war toll, zur

Abwechslung mal mit einem vorzeigbaren Langzeit-Freund nach Hause zu kommen, doch ein gewisses Maß an Peinlichkeit war unvermeidlich.

Unterdessen war Daisy so ziemlich jede Nacht von ihrem komischen Traum heimgesucht worden, sogar als sie im Zug nach Truro eine Weile eingedöst war. Wieder war sie mitten in der Nacht durch verlassene Pariser Straßen gewandert, nur um mit laut klopfendem Herzen zu erwachen und genauso viel zu wissen wie vorher.

Daisy hatte den seltsamen Traum Raoul gegenüber nicht erwähnt. Wahrscheinlich würde ihn das langweilen: Immerhin passierte darin nichts. Außerdem passte es gar nicht zu ihr, ernste, obskure Träume dieser Art zu haben. Seit ihrer Kindheit hatte sie typischerweise davon geträumt, eine brillante, gefeierte Schuhdesignerin zu werden oder vielleicht die jüngste Herausgeberin der *Vogue* aller Zeiten – so etwas in der Art.

Na gut, irgendwann würde sie wohl herausfinden, was der Traum zu sagen hatte, und dann würde sich das Ganze in Luft auflösen. Träume waren sowieso etwas so Albernes. Sie hatten nichts zu bedeuten.

25
Isabelle

Im Laufe der letzten vier Jahre hatte Isabelle viele Male darüber nachgedacht, wie es wohl sein würde, wenn Clothaire ihr einen Heiratsantrag machte, und hatte den Augenblick im Geiste geprobt. Sie hatte sich ausgemalt, dass er sich dafür vielleicht das hübsche Café in der Rue Rivoli aussuchen würde, den Schauplatz vieler ihrer anfänglichen Verabredungen. Ihre Hand würde auf dem Tisch liegen, zwischen ihrem Kännchen heiße Schokolade und ihrem halb aufgegessenen Mont-Blanc, und Clothaire würde langsam die seine darauf legen, ihr in die Augen schauen und sagen … Oder er würde sie überraschen, wenn sie nebeneinander auf einer Bank neben dem Springbrunnen im Jardin de Luxembourg saßen und lasen; plötzlich würde er einen Kniefall machen und …

Im Zug auf dem Heimweg nach Paris hatte Isabelle diese Szenarios in einem neuen, kälteren Licht noch einmal vor sich ablaufen lassen. Irgendwie war es schwieriger für sie geworden, sich die Heiratsantrag-Szenen vorzustellen, und letzten Endes auch, daran zu glauben. Was hatte sich verändert? Waren es jene (heftige Gewissensbisse auslösenden) Erinnerungen daran, wie sie mit Tom in dessen Bett herumgekugelt war? Oder die quälende, ungelöste Angelegenheit mit Clothaire und der geheimnisvollen jungen Frau, mit der Belladonna ihn angeblich gesehen hatte? Nein, etwas anderes war geschehen. Allmählich ging Isabelle auf, dass Clothaire außerhalb ihrer Tagträume nicht im Mindesten romantisch war und es auch niemals gewesen war. Das war auch besser so, wirklich. Die Ehe war eine ernsthafte, lebenslange Verpflichtung, und nicht der Stoff, aus dem Romantik und Fantasien gemacht wurden. Je eher sie ein Datum festlegten und alle von ihren Absichten unterrichteten, desto besser.

Isabelle stellte sich vor, wie sie im förmlichen Abendkleid auf dem Bal de l'X neben Clothaire stand, einem eleganten Wohltätigkeitsball, der im Frühling von der École Polytechnique, einer prestigeträchtigen Militärhochschule, in der Pariser Oper veranstaltet wurde. Während der letzten Jahre war sie mit ihren Freunden regelmäßig dorthin gegangen. Vielleicht wäre das der beste Zeitpunkt, um ihre Verlobung bekannt zu geben. Auf die Romantik eines Heiratsantrages konnten sie verzichten.

Sie konnte Clothaire gleich heute Abend von diesem Plan erzählen, denn er würde sie im Gare du Nord vom Zug abholen; danach wurden sie bei ihren Eltern zum Abendessen erwartet. Die Nacht würden sie in ihrer Wohnung verbringen, die leer war, weil Daisy über Weihnachten nach England zurückgefahren war. Ganz kurz fragte sich Isabelle, wie es wohl um Daisys Liebesleben bestellt war. Da war irgendetwas mit Octave gelaufen, hatte sie von ihren Mitbewohnern erfahren, und Isabelle bereute es jetzt, dass sie nicht das eine oder andere Wort über diesen unverbesserlichen Verführer mit in die Liste praktischer Richtlinien aufgenommen hatte, die sie Daisy in ihrer Wohnung hinterlassen hatte. Seitdem hatte Jules irgendetwas von Daisys neuem Freund erwähnt, einem Künstler, der ein ganzes Stück älter war als sie. Tom war auch ein wenig älter als sie selbst, dachte Isabelle völlig belanglos, obwohl man es nie merken würde. Ungeduldig schüttelte sie den Kopf.

Später, als sie zum Ausgang des Bahnsteigs kam und den Blick suchend über das Meer erwartungsvoller Gesichter wandern ließ, auf der Suche nach den vertrauten, düsteren Zügen ihres Freundes, erblickte sie stattdessen ihre beiden Schwestern – die 21-jährige Camille und die 17-jährige Aude –, die ihr strahlend zuwinkten.

»Isa! *Bienvenue à Paris!*«, rief Aude, warf sich in die Arme ihrer großen Schwester und drückte sie enthusiastisch.

Camille lächelte Isabelle über Audes Schulter hinweg zu, wartete geduldig, bis sich ihre große Schwester von ihrer kleinen Schwester gelöst hatte, und trat dann vor, um Isabelle leicht auf beide Wangen zu küssen.

»*Salut.* Gute Reise gehabt?«, erkundigte sich Camille.

»Ja, danke. *Hé! Dis donc,* du hast dir ja die Haare abschneiden lassen«, stellte Isabelle fest und wuschelte in Camilles neuem, glatten Bob herum.

»Und du trägst die Haare offen. Das ist eine ganz schöne Veränderung! Steht dir gut.«

»*Mais c'est incroyable!*«, rief Aude und hielt Isabelle auf Armeslänge von sich weg. »Sie sieht aus wie eine *petite Anglaise!*«

Isabelle schaute an ihrer hellbraunen Militärjacke und dem braunen Minirock im Schottenmuster mit dem Hauch dunkelgoldenem Lurex darin herunter. Die Sachen waren ein Geschenk von Chrissie, Musterstücke aus Savages letzter Winterkollektion. In London hatte er sie davon überzeugen können, dass sie darin fantastisch aussah, jetzt jedoch, unter den Blicken ihrer konservativer gekleideten Schwestern, kamen Isabelle Zweifel.

»Es ist doch nicht … zu gewagt, oder?«

»Nein, das ist echt cool!«, widersprach Aude sehnsüchtig. »Ich wünschte, ich hätte auch so einen.«

»Du siehst toll aus«, bestätigte Camille und fügte hinzu: »Du fragst dich vielleicht, wo Clothaire ist?«

»Ja, ich dachte …«

»Er hat angerufen und gesagt, er hätte ein *empêchement* in letzter Minute. Er klang enorm gestresst, hat gesagt, er hätte nur Zeit für ein Telefonat, und deshalb hat er nicht dich angerufen.«

»Natürlich«, sagte Isabelle automatisch.

»Keine Angst. Wir sehen ihn später zu Hause. Wahrscheinlich ist er sogar schon da.«

Die drei Schwestern stiegen in ein Taxi und machten sich auf den Weg zur elterlichen Wohnung. Isabelle, die aus dem Fenster auf die nass glänzende Dunkelheit vertrauter Pariser Straßen blickte, gab freundlich und geistesabwesend Antwort auf Audes Fragen nach ihrem Leben in London. Nachdem sie bei ihren Eltern angekommen war, wurde das Ganze noch merkwürdiger. Anscheinend hatte Clothaire gerade bei Isabelles Mutter angerufen und fürs Abendessen abgesagt, und außerdem für den ganzen Abend. Es gäbe da, hatte er unbestimmt gesagt, eine akute *crise*, mit der er sich befassen müsse. Ihre Eltern waren sehr verstimmt und hätten gern eine Erklärung gehabt, die Isabelle nicht zu geben vermochte. Das Ergebnis war, dass der Abend ein wenig angespannt verlief, und Isabelle war der jugendlich-unbedarften Aude besonders dankbar für ihr unbekümmertes, unaufhörliches Geplapper.

Als sie schließlich in ihrer eigenen Wohnung ins Bett kroch, war Isabelle zu müde, um groß darüber nachzudenken, was passiert sein mochte, dass Clothaire seine Pläne geändert hatte. Außerdem hatte Daisys Überraschung sie auf durchaus erfreuliche andere Gedanken gebracht: Blumensträuße in allen Farben waren wie fröhliche Musikakkorde in jedem verwendbaren Gefäß in der Wohnung zurückgelassen worden, um sie zu Hause willkommen zu heißen.

Am Morgen tauchte Clothaire vor ihrer Tür auf; er sah blass und gereizt aus. Ein derart impulsives Verhalten war höchst untypisch und machte Isabelle nervös. Nach einem flüchtigen Kuss wies er sie an, neben ihm auf dem Sofa Platz zu nehmen, und wehrte ihre Konversationsversuche ungeduldig ab.

»Das ist wirklich nicht der richtige Moment für Geplauder, Isabelle. Ich möchte mit dir über etwas Wichtiges reden.«

Zuerst dachte Isabelle, Clothaire würde ihr tatsächlich einen Antrag machen. Dann, als sie seine Miene betrachtete, änderte sie ihre Meinung. Jäh wusste sie mit absoluter, eisiger Gewissheit, dass er das mit Tom herausgefunden hatte. Aber wie? Jules war die Diskretion in Person, war es jedoch vielleicht möglich, dass Chrissie sich Daisy gegenüber verplappert hatte? Und dass die Geschichte dann den Weg in ihren Pariser Freundeskreis gefunden hatte? Auf jeden Fall war Ehrlichkeit das Beste; schließlich planten sie, den Rest ihres Lebens miteinander zu verbringen.

»Es fällt mir nicht leicht, das zu sagen, Isabelle.«

»Nein«, antwortete Isabelle mit dünner Stimme. »Clothaire, es tut mir –«

»Nein, nein, nein. Sei still und hör zu.«

»Okay. Mach weiter.«

Clothaire starrte sie finster an. »Du weißt ja, ich war absolut dagegen, dass du nach London gehst, aber hast du auf mich gehört? Nein, natürlich nicht.«

Isabelle seufzte und nickte ein paar Mal. Clothaire zündete sich eine Zigarette an und fuhr etwas ruhiger fort: »Dann erkennst du das also als Tatsache an. Gut. Bevor du gefahren bist, habe ich dich gewarnt, dass das Ganze nur Probleme geben würde. Also, ich hatte recht, vollkommen recht.«

Isabelle holte tief Luft und machte sich innerlich auf Clothaires Anschuldigung gefasst.

»Lass uns mal eins klarstellen, Isabelle. Du kannst mir keine Vorwürfe für das machen, was passiert ist. Das Ganze war deine Schuld. Du hast dich sehr egoistisch verhalten. Du hast mich verlassen. Ich war einsam. Und ich habe gewisse Bedürfnisse, genau wie alle Männer. Also musste ich mich natürlich jemand anderem zuwenden. Das war etwas ganz Natürliches.«

Isabelle blinzelte und schaute zu ihm auf.

Clothaire lächelte dünn. »Ja, verstehst du, wenn du kein Interesse daran hattest, mit mir zusammen zu sein, dann gab es da jemand anderes, der das sehr wohl wollte. Jemand ziemlich Attraktives, könnte ich vielleicht hinzufügen.«

»Wer?«

»Wer sie ist, ist unwichtig«, wehrte Clothaire ab und fuchtelte mit seiner Zigarette herum. »Auf jeden Fall ...«

»Clothaire, das ist sehr wohl wichtig, wenn du sie lieber hast als mich, findest du nicht?«

»Lass mich ausreden, Isabelle. Du hast so eine Angewohnheit, meinen Gedankenfluss zu unterbrechen, das ist zum Verzweifeln. Das habe ich dir doch sicher schon oft gesagt?«

»Ja. Sehr oft.«

»Ich bin sehr gut darin, den Charakter anderer Menschen einzuschätzen, das weißt du ja. Es hat nicht lange gedauert, bis ich gemerkt habe, dass dieses Mädchen eigentlich überhaupt nicht das war, was ich erwartet hatte. Sie ist schwierig, sehr schwierig – sehr *capricieuse.* Und anspruchsvoll und kritisch – *mir gegenüber!«* Mit einigem Nachdruck schüttelte Clothaire den Kopf. »Es war ein Schock und eine Enttäuschung, wie du dir ja bestimmt denken kannst. Aber jetzt bin ich darüber hinweg. Es wird dich also freuen zu erfahren, dass ich die Sache mit ihr beendet habe. Und«, setzte er hinzu und nahm Isabelles Hände in die seinen, »ich bin bereit, dich zurückzunehmen.«

»*Du* bist bereit, *mich* zurückzunehmen?«

»Ja, Isabelle, das bin ich. Vorausgesetzt natürlich, dass du diesen absurden Londonaufenthalt abbrichst. Ich will, dass du zurückkommst, hierher, wo du hingehörst.«

»Ich habe mit Tom geschlafen«, hörte Isabelle sich zu ihrer großen Verblüffung in ihrem melodischen Tonfall sagen.

»Du hast ... was? Mit ... wem geschlafen, hast du gesagt?«

»Ich habe mit Tom Quince geschlafen.«

»Nie von dem gehört. Wovon redest du eigentlich?«

»Merediths Großneffe. Du hast ihn auf der Halloweenparty kennengelernt.«

»Auf der Halloweenparty?« Clothaires Augen wurden schmal. »Aber das ist doch absurd. Die Männer da waren doch alle homosexuell.«

»Nicht alle, nur Chrissie. Karloff ist jetzt mit Jules zusammen. Und was Tom betrifft ...«

Clothaires Gesicht verfärbte sich zu einem dunklen Ziegelrot. »Du meinst den ... *Floristen?* Diesen Typen? Das glaube ich nicht. Ich meine, du hast doch eigentlich gar keinen Spaß am ...«

»Es stimmt aber.«

Clothaire hatte es komplett die Sprache verschlagen. Isabelle konnte sich nicht erinnern, dass das jemals vorgekommen wäre. Nach einer Weile sagte er: »Ich bin sehr überrascht. Aber ich glaube, ich werde ... ja, ich werde mich mit der Zeit wohl dazu durchringen, dir zu verzeihen. Wenn du endgültig zurückkommst, können wir das alles hinter uns ...«

Isabelle stand auf. Sie fühlte sich sehr leicht, als wäre eine große Last von ihren Schultern gefallen. »*Joyeux Noël,* Clothaire. Grüß deine Eltern von mir.«

»Aber die besuchen wir doch in zwei Tagen. Dann kannst du ihnen das selbst sagen.«

»Ich komme nicht mit. Ich bleibe hier und verbringe die Zeit mit meiner Familie.«

»Meine Mutter wird von deinem absonderlichen Betragen sehr überrascht sein. Du bist nicht du selbst, Isabelle.«

»Und danach fahre ich zurück nach London, wie geplant.«

»Was? Aber ich dachte, ich hätte mich klar ausgedrückt: Ich nehme dich nur unter der Bedingung zurück, dass ...«

Isabelle ging zur Wohnungstür und öffnete sie weit. »Denk darüber nach, Clothaire, und versuch, es zu verstehen. Es ist wirklich ganz einfach. Auf Wiedersehen.«

»Ah, Frauen! Alle völlig verrückt, jede Einzelne!«, brummte Clothaire und drückte heftig seine Zigarette aus, ehe er hinausstampfte.

Ohne einen Blick zurück verschwand er die Treppe hinunter.

26

Daisy

Während sie in der Sorbonne vor den Türen des Hörsaals stand und auf das Ende von Etiennes Vorlesung wartete, ging Daisy im Geist die letzte Version ihres mittlerweile wohlbekannten Traums durch, die von gestern Nacht. Darin war sie den Boulevard Haussmann entlanggewandert, vor den großen Kaufhäusern. Um diese Jahreszeit trugen die noch ihre glamouröse Weihnachtsbeleuchtung zur Schau – Trauben übergroßer chinesischer Laternen in einem tollen Knall-Pink. Es war erst ein paar Wochen her, dass sie verzückt zu ihnen hinaufgestarrt hatte, als sie mit Agathe Weihnachtsgeschenke kaufen gewesen war. Damals war es ihr so vorgekommen, als sei halb Paris mit derselben fröhlichen Aufgabe befasst, so bevölkert waren die Gehsteige. In ihrem Traum jedoch pendelten die Laternen gespenstisch in der Nachtluft, dunkel und trostlos, und es war niemand zu sehen.

Daisy bog von dem leeren Boulevard ab, und der Gare Saint-Lazare kam in Sicht, der, gleichfalls verwaist, einer Pappfassade glich, hinter der sich nichts als Luft befand. Binnen eines Augenblicks war sie wie durch Zauberei mitten in die leere Wartehalle des Bahnhofs versetzt worden. Diese, das hatte Marie-Laure ihr einmal erzählt, trug den Spitznamen *salle des pas perdus*, die Halle der verlorenen Schritte, weil so viele Menschen darin auf und ab wanderten, während sie auf ihren Zug warteten, oder auf die Ankunft eines Freundes – manchmal vergeblich. Auch Daisy, die durch die stille Halle der verlorenen Schritte ging, hatte das Gefühl, dass sie beklommen und sehnsüchtig harrte, etwas erwartete, aber was? Keine Züge wurden auf den Anzeigetafeln für Abfahrten und Ankünfte angekündigt. Vielleicht war sie ja zu spät gekommen und hatte es verpasst – was immer es auch war. Es war ohne sie fortgegangen, und jetzt würde sie es niemals wiederfinden. Weinend und mit wild pochendem Herzen war sie aufgewacht, während Raoul friedlich neben ihr geschlummert hatte.

Raoul hatte nie Albträume. Er träumte nur von angenehmen oder »extremen« Dingen. Nicht dass dieser Traum so richtig ein Albtraum war. Er machte sie traurig, ja, aber auf eine sonderbare Art. Mittlerweile sah Daisy ihm voller Erwartung entgegen, wenn sie schlafen ging, weil sie Nacht für Nacht hoffte, dass er ihr seine Bedeutung offenbaren würde.

Auch hier, in dem belebten Flur vor den Hörsälen, schritten Leute auf und ab, warteten auf das Ende einer Vorlesung oder auf den Beginn einer anderen. Heute hatten Daisy und Etienne vereinbart, sich in der Fakultät zu treffen, bevor sie zusammen Mittagessen gingen. Das Diskussionsthema des Tages würde auf Etiennes Bitte hin Erscheinungsbild und Authentizität in der Mode sein. Daisy hatte keine rechte Vorstellung davon, was er damit meinte, obwohl er laut darüber nachgegrübelt hatte, wie es einem modebewussten Menschen gelingen sollte, sich selbst treu zu bleiben. Typisch für einen Intellektuellen, sich wegen so etwas einen Kopf zu machen! Sie freute sich sehr darauf, die Aufrichtigkeit aller Fashionistas zu verteidigen.

»Ich meine, wieso sollte man denn nicht sein wahres Selbst zum Ausdruck bringen«, erklärte sie Marie-Laure, die neben ihr stand und nervös aussah, »nur weil man sich ein paar Gedanken darüber macht, einen guten Look zusammenzustellen? Das ist doch blöd! Warum sollte dein wahres Selbst nicht in einem Schlauchtop aus Silberlamé und schrillen Socken zum Ausdruck kommen? Etienne hat immer noch *so* was von keine Ahnung, es ist zum Brüllen.«

Sie wollte noch hinzufügen: »Ich würde ihn ja zu gern mal mit nach Hause nehmen und ihn komplett neu durchstylen«, doch sie besann sich gerade noch eines Besseren. Tatsächlich konnte Daisy sich des Gefühls nicht erwehren, dass Etienne – vielleicht weil er so gehirnlastig war, und so reserviert – irgendwie auf einer höheren Ebene existierte als ihrer eigenen. Ihn aus seinen ultra-traditionellen Klamotten pellen und in ein trendiges Mode-Outfit stecken zu wollen, wäre ... als stieße man ein Idol vom Sockel. Er war ... unberührbar.

»Ja, vielleicht hast du recht«, antwortete Marie-Laure und strich sich Haar und Schal glatt. »Ich glaube, es ist fast so weit. Gleich kommen sie raus.«

Agathe, Claire und Amélie saßen ein kleines Stück entfernt auf einer Holzbank, plauderten und zeigten sich im Großen und Ganzen weniger aufgeregt als Marie-Laure. Sie hatten ganz in der Nähe zusammen Kaffee getrunken, und als sie von Daisys Verabredung erfuhren, hatte Marie-Laure in einem Anfall von Wagemut vorgeschlagen, dass sie sie alle begleiten sollten, damit sie sie dem großen Deslisses vorstellte. Claire und Agathe hatten recht lustlos zugestimmt, obgleich Daisy merkte, dass auch sie in Wirklichkeit ziemlich neugierig auf Etienne waren. Daisy warf einen raschen Blick auf ihre Uhr. Etiennes Vorlesung sollte jeden Moment zu Ende gehen. Doch als sie und Marie-Laure sich umdrehten und erwartungsvoll die Doppeltür des Hörsaals anstarrten, schwangen ein Stück weiter unten im Flur ein weiteres Paar Türen auf. Eine andere Vorlesung hatte vor der von Etienne geendet. Ein Dutzend Studenten kamen heraus und eilten davon, kurz darauf gefolgt von Clothaire.

Als er sich umsah, erblickte er die Mädchengruppe. Zuerst blieb er wie angewurzelt stehen – und sah dabei merkwürdig unbehaglich und befangen aus, stellte Daisy fest – und entschloss sich dann, sich zu ihnen zu gesellen.

»*Ah, tiens? Salut.* Wartet ihr … auf mich?«

»Nein, bestimmt nicht«, gab Claire zurück. »Wie kommst du denn darauf?«

»Wir sind alle hier, um den großen Deslisses kennenzulernen«, erklärte Agathe mit einem strahlenden Lächeln. »Daisys Freund.«

Daisy trat vor, um Clothaire zu begrüßen. »Hi, wie geht's? Aber eigentlich«, fuhr sie fort, und drückte Marie-Laure ein wenig spöttisch den Arm, »war das Ganze Maries Idee. Weißt du, sie ist Etiennes größter Fan.«

Marie-Laure warf Clothaire einen kurzen Blick zu und errötete. »Ach, hör auf, Daisy! Ich bin kein Fan. Ich bewundere seine Arbeit, das ist alles.«

Mit eisiger Verachtung starrte Clothaire zurück. »Also, ich habe gedacht, du hättest einen besseren Geschmack. Es ist lachhaft, dieses Aufhebens, das alle wegen dem Kerl machen.«

Daisy schaute von Marie-Laure zu Clothaire und wusste nicht recht, was sie sagen sollte. Clothaire und Isabelle hatten sich vor Kurzem getrennt, hatte Agathe erzählt, und hinzugefügt, dass der arme Clothaire schrecklich unglücklich sei. Zweifellos war das der Grund dafür, dass er noch unfreundlicher war als sonst. Allerdings hatte Daisy keine Ahnung, warum er eklig zu Marie-Laure war.

Um die Situation zu entschärfen, sagte sie: »Frohes Neues Jahr übrigens. Ich dachte, wir sehen uns alle auf Isabelles Party, aber ich hab's nicht geschafft.«

Clothaire sah sie unbewegt an und nickte.

»Mein Freund und ich sind auf einer Salsa-Party gelandet, die die ganze Nacht ging. Das war ganz am anderen Ende der Stadt, und wir konnten kein Taxi auftreiben.«

Clothaire seufzte theatralisch, drehte sich ein wenig von Daisy weg und wandte sich Marie-Laure zu.

»Es tut mir ja so leid, dass ich deine Party verpasst habe, Marie«, fuhr Daisy fort. »Oh, und es sollte doch auch eine *Überraschung* geben, nicht wahr? Was war denn das für eine Überraschung?«

Marie-Laure öffnete den Mund, um zu antworten, doch in diesem Augenblick war plötzlich hinter den geschlossenen Türen des großen Hörsaales donnernder, begeisterter Applaus zu vernehmen. Clothaire machte ein geradezu spektakulär verdrossenes Gesicht. Die Ovationen hielten eine ganze Weile an, dann schwang die Doppeltür auf und entließ eine Schar begeisterter Studenten. Eine ganze Anzahl von ihnen, bemerkte Daisy, nickten Clothaire schuldbewusst zu und murmelten »*Bonjour, Monsieur*«, als sie vorbeikamen. Na sieh mal einer an, dachte sie bei sich, die Welt der Akademiker ist ja doch nicht unendlich weit von der Modewelt entfernt. Während der Fashion Week gab es langweilige Schauen, die sich kaum jemand ansah, und dann gab es ein paar magische, ultraheiße Vorführungen, die sich niemand entgehen lassen wollte. Nach Laufsteg-Maßstäben waren Etiennes Vorlesungen eindeutig etwas für die erste Reihe.

Daisy lächelte. »Wow! Na, das war ja was!«

»Du hast nicht gewusst, dass seine Vorlesungen so beliebt sind?«

»Na ja, eigentlich nicht. Ich weiß, du hast gesagt, dass es so ist, Marie. Aber er hat nie so getan, als wäre er jemand Großes, Berühmtes oder so.«

»Nein«, pflichtete Marie-Laure ihr in ehrfürchtigem Tonfall bei. »Ganz bestimmt nicht. Jemand wie Deslisses kennt keine Eitelkeit, weil er total vergeistigt ist. Er lebt wie … ein Mönch.«

»Wirklich?«, sagte Daisy und dachte insgeheim, dass dies ihren eigenen Eindruck bestätigte. Es stimmte, dass Etienne so gut wie kein Interesse an seinem eigenen Äußeren zu haben schien, anders als die meisten anderen Männer, die sie je gekannt hatte. Auch hatte er niemals irgendetwas über sein Privatleben preisgegeben, während Daisy, die bei ihren Treffen den größten Teil des Redens übernahm, wahrscheinlich ziemlich viel von Raoul geschwatzt hatte. Sie hatte es nie *gewagt,* Etienne viele Fragen nach ihm selbst und seinem Leben zu stellen – seine Zurückhaltung schüchterte sie einfach zu sehr ein.

»Ich wette, seine Studentinnen sind massenweise in ihn verknallt«, bemerkte sie.

Marie-Laure machte ein empörtes Gesicht. »Aber so jemand würde doch niemals … Ich meine, er ist doch so integer.«

»Dann hast du ja vielleicht ein Chance … Au!«, lachte Daisy, als Marie-Laure ihr den Ellenbogen in die Rippen stieß.

»Also, ich gehe jetzt«, verkündete Clothaire und sah völlig verärgert aus. »Ich habe keine Zeit, den ganzen Tag hier rumzuhängen. *Alors, salut.*«

Als er sich zum Gehen wandte, stand Agathe plötzlich auf. »Warte! Ich komme mit.« Und nachdem sie Daisy mit einer kurzen, ausdrucksvollen Pantomime zu verstehen gegeben hatte, dass sie sich Sorgen um Clothaire mache und dass es ihr leidtäte, schon zu gehen, eilte sie ihm nach.

Die Studentenhorden lichteten sich jetzt, und Daisy konnte Etienne langsam aus den Tiefen des Hörsaals kommen sehen, wobei er sich ernsthaft mit einer kleinen Gruppe Zuhörer unterhielt, bei deren ekstatischem Verhalten und hingerissener Bewunderung Daisy an Chrissie denken musste, wenn sie zusammen durch die Clubs zogen. Und, nein, ihre Augen täuschten sie nicht: Etienne hatte sich tatsächlich einen dunkelblauen *Dufflecoat* über die Schulter geworfen. Daisy staunte. Hatte sie da irgendein ironisches Revival verpasst? Als er sie erblickte, entschuldigte Etienne sich und trat zu ihr.

»Hi, Etienne. Das hier sind meine Freundinnen: Marie-Laure, Claire und Amélie. Sie wollten gern mal Hallo sagen.«

Etienne lächelte nacheinander jedes der Mädchen an und verbeugte sich ganz leicht, dann sah er Daisy an.

»Meine Güte, Etienne«, meinte diese und grinste breit. »Ich hatte ja keine Ahnung!«

»*Keine Ahnung?*«

»Na ja, all der Applaus. Wie bei einem verdammten Rockstar.«

Marie-Laure, die wie ein Kind auf einem Bein gestanden hatte – etwas, das sie immer tat, wenn sie sich eingeschüchtert fühlte –, brachte den Mut auf, etwas zu sagen. »Ich glaube, Daisy übertreibt. Ich meine … was Sie tun, ist doch so seriös … so bedeutsam. Sie bringen den Menschen bei, wie man denkt, *comment penser le réel, en fait.*«

Lächelnd schüttelte Etienne den Kopf. »So weit würde ich nicht gehen.«

»Aber *mich* haben sie so viel gelehrt. Die Klarheit Ihrer Analysen. Die Eleganz Ihrer Metaphern«, schwärmte Marie-Laure und wechselte das Standbein.

»Marie hat *alle* Ihre Bücher gelesen, Etienne. Jedes einzelne.«

»Vielen, vielen Dank. Ich fühle mich geehrt.«

»Aber siehst du, wenn Etienne *wirklich* ein Rockstar wäre«, meinte Daisy scherzhaft, »dann könntest du ihn bitten, deinen BH zu signieren oder so was. Das wäre doch lustig, oder?«

»*Daisy!*«

»Ich mache doch nur Spaß!«

Claire, die kein Wort gesagt hatte, sah allmählich gelangweilt aus. »Daisy, wir gehen dann mal.« Sie nickte knapp mit dem Kopf in Richtung Etienne. »Nett, Sie kennengelernt zu haben. Wiedersehen, Marie.«

»Wartet auf mich! Auf Wiedersehen.« Marie-Laure reichte Etienne andächtig die Hand, dann verschwand sie mit den beiden anderen.

»Ihre Freundinnen sind reizend, Daisy. Gehen wir Mittagessen? Mögen Sie chinesisches Essen?«

»Oh ja. Ich mag alles.«

»Es gibt da ein nettes kleines Lokal um die Ecke, wo ich glücklicherweise noch nie irgendwelchen Kollegen begegnet bin. Dann können Sie mir alles über Erscheinungsbild und Wahrheit erzählen.«

»Okay. Und dann können *Sie* mir etwas erzählen … Sagt Ihnen der Name Paddington Bear irgendetwas, Etienne?«

»Paddington? Entschuldigung, was … ein Bier? Nein, eigentlich nicht.«

»Jep. Das dachte ich mir.«

27

Isabelle

»Das ist wirklich echt spitze. Aber ich glaube, wir brauchen die Wickelgamaschen, um den Look aufzubrechen. Zusammen mit der Lurexschürze? Oder vielleicht den Overall drunter? Wir müssen das Ganze ein bisschen aufmischen.«

»Savage will nicht, dass es zu hübsch aussieht. Savage kann hübsch nicht ausstehen. Bei hübsch muss sie kotzen.«

»Alles klar. Die Gamaschen, und vielleicht noch … ein Teacosy auf den Kopf oder so, einen Teewärmer. Vielleicht kann das kleine Fischgesicht mal lossausen und den holen, hmmm? Hey, wie heißt du noch mal?«

»Isabelle.«

»Ach ja. Also, hol mir mal das Teedings, Schätzchen, ja? Machen wir das Ganze ordentlich surreal.«

»Ja, und Savage will Per-sön-lich-keit in diesem Mantel haben! Okay, Darling?«, erkundigte sich Savage.

»Ich weiß, ich weiß, es ist nur, ihre Titten sind andauernd im Weg.«

»Kann sie die Dinger nicht einziehen oder so was?«

»Das sieht super aus, Süße, aber kannst du das Gesicht ein bisschen soften? Ich kriege hier nicht die richtigen Vibes für diesen Look.«

Isabelle räusperte sich, als sie ins Zimmer zurückkam. »*Heu* … es tut mir leid – ich habe im Accessoireschrank nachgeschaut, und ich glaube, das, äh, das Ding, von dem Sie gesprochen haben, ist nicht da.«

Langsam drehte Savage sich in ihrem Regiestuhl aus schwarzem Leder um und starrte Isabelle durch die rosafarbenen Gläser ihrer gigantischen Sonnenbrille an. Sie sah aus wie ein höchst glamouröses und sehr zorniges Kaninchen. Dann nickte sie Paquita zu, der Stylistin, die neben ihr stand.

Paquita seufzte und schüttelte kurz ihre zahlreichen Armbänder. »Oh ja, nein, im Accessoireschrank ist das Ding auch nicht, Schätzchen«, sagte sie mit mitleidigem Blick. »Wenn ich du wäre, würde ich's mal in der *Küche* versuchen, hmm? Aller Wahrscheinlichkeit nach findest du es auf der Teekanne.« Dann brach sie in langes, hohes Gelächter aus, und einen Augenblick später tat Savage es ihr nach. Die beiden wandten sich ab und konzentrierten sich wieder auf das Model, das teilnahmslos vor ihnen stand.

Als Isabelle in die Küche kam, fand sie dort Chrissie vor, der am Tresen lehnte und verstohlen einen Schokoladenkeks in eine Tasse Tee tunkte.

»Hallo, Herzchen. Sind Dorothy Discipline und ihre Schergen auf dem Kriegspfad?«

»Ja. Sie sind heute nicht besonders höflich. Chrissie, sie wollen etwas haben, was Ti, äh ... cosi heißt. Klingt italienisch.«

Chrissie streckte den Arm über den Küchentresen, griff nach etwas, das aussah wie eine gestrickte Skimütze, und ließ es um den Zeigefinger kreisen. »Kinderleicht. Das hier ist das fragliche *objet*, Darling: Ich nehme doch an, es soll *getragen* werden?«, erkundigte er sich interessiert.

»Ja.«

»Großer Gott, Paquita hat's *wirklich* drauf, nicht wahr? Die spielt in einer ganz eigenen Liga – oder sollte man lieber ›Welt‹ sagen? Hier, Schätzchen, bring das Ding *augenblicklich* zu Savage, sonst *schreit* sie zetermordio, und das geht *gar* nicht, weil, meine Wenigkeit hier fühlt sich heute Vormittag ein kleines bisschen *angeschlagen.*«

Isabelle eilte zurück ins Studio und hielt den Teewärmer in die Höhe.

»Ah, da ist sie ja«, bemerkte Paquita. »Wird auch Zeit. Oh, wow, Savage! Ich weiß, was wir machen! Soll das kleine Fischge- ... ich meine, du da, Schätzchen, es doch mal probieren. Komm schon, setz Greta das Ding auf den Kopf.«

»Ich? Oh, ich weiß nicht ...«

»Komm schon, komm schon – es muss wild, wild, wild aussehen.«

»Savage möchte wirklich gern, dass du es versuchst!«, drängte Savage erregt.

Isabelle trat zu dem Model, das eine völlig ausdruckslose Miene aufgesetzt hatte, und knetete dabei den Teewärmer mit beiden Händen. Sie musste daran denken, wie sie einmal mit Camille und Aude in dem Zoo im Bois de Vincennes gewesen war, als sie alle noch ziemlich klein gewesen waren, und wie sie zugesehen hatte, wie ein Mann eine Leiter hinaufgestiegen war, um den Kopf einer Giraffe zu waschen. Doch ehe sie fragen konnte, ob wohl eine Trittleiter (oder wenigstens ein oder zwei Bände der *Encyclopædia Britannica)* zur Hand wären, beugte das Mädchen die Knie, senkte den Kopf und ließ sich widerstandslos mit dem Teewärmer krönen.

»Oh, super, er passt«, verkündete Paquita erfreut. »Dem Himmel sei Dank, dass sie so einen winzig kleinen Kopf hat. Da sitzt noch keine Cellulite dran, wie, Schätzchen? Na, das ist mal'ne nette Abwechslung!«

Da sie nicht sicher war, was sie als Nächstes tun sollte, sie sich aber nur allzu deutlich der Tatsache bewusst war, dass irgendein mysteriöses Fashion-Statement von ihr erwartet wurde, rückte Isabelle den Teewärmer hierhin und dorthin.

»Oh, Schätzchen«, sagte Paquita herzlich. »Das ist einfach *affengeil!* Also, das kann unser Muster für die Produktion werden, denke ich, ja? Damit kannst du doch arbeiten, oder, Chrissie?«

»Auf jeden Fall«, beteuerte Chrissie, der hinter die anderen getreten war und klugerweise den Mund gehalten hatte.

»Savage will, dass der Hut mit Magic Mushrooms und blauen Raupen bestickt wird«, verkündete Savage.

»Oooh!«, jaulte Paquita auf. »Das ist ja *so* was von genial!«

Das Ereignis, das Isabelle in Savages Umlaufbahn katapultiert hatte, war Posys abrupter Abgang Anfang Januar gewesen. Nachdem sie fünf Jahre lang für die Designerin tätig gewesen war, hatte die zierliche kleine PR-Frau einen anderen Job angenommen, ohne auch nur zu kündigen, und so eine offene Stelle geschaffen, die einigermaßen dringend besetzt werden musste. Da ihm aufgefallen war, dass Isabelle seit ihrer Rückkehr aus Paris teilnahmslos und apathisch wirkte – sie verbrachte den größten Teil ihrer Zeit damit, am Küchentisch zu sitzen und ins Leere zu starren –, war Chrissie der Gedanke gekommen, Isabelle hätte vielleicht Lust, Posy zu ersetzen, zumindest für eine Weile. Ein Szenenwechsel würde ihr helfen, über die Trennung von diesem grauenvollen Clothaire hinwegzukommen, da sie behauptete, *das* sei der einzige Grund für ihre gedrückte Stimmung.

Also war vereinbart worden, dass Chrissie und Isabelle sich mit Savage treffen würden, bei einer Vernissage in einer kleinen Kunstgalerie im East End, in der die Designerin oft zu finden war. Umgeben von einer Schar eigentümlich gekleideter Menschen, hatten Chrissie und Isabelle das Exponat aus jedem denkbaren Blickwinkel betrachtet, aber trotzdem, dachte Isabelle einigermaßen entrüstet, blieb es genau das, was es war: Dutzende von Sojasoßenflaschen, die auf einem nicht allzu sauberen Tisch aufgereiht waren. Obgleich es ihr nicht höflich erschien, das laut zu sagen, da der

Künstler anwesend war (ein sehr schlanker und schweigsamer junger Mann in einem weißen Overall und mit herausfordernd asymmetrischem Haarschnitt), dachte Isabelle insgeheim doch, dass das hier sich eigentlich nicht mit auch nur einem einzigen Bild von Chardin oder Watteau messen konnte. Nachdem sie eine Stunde lang vergeblich auf Savage gewartet hatten, war ihre Geduld erschöpft.

»Oh, sie kommt schon noch, Darling«, meinte Chrissie gleichmütig.

»Aber du hast doch gesagt, sie wohnt gleich um die Ecke. Warum kommt sie so spät?«

»Sie operiert nun mal nicht im selben Zeitsystem wie wir gewöhnlichen *Sterblichen*.«

Isabelle, die man von klein auf gelehrt hatte, dass *l'exactitude est la politesse des rois* – dass Pünktlichkeit die Höflichkeit der Könige sei –, war empört.

»Chrissie, es ist unglaublich unhöflich, uns so warten zu lassen. Bleib hier, wenn du willst, aber mir reicht es. Wenn sie mich kennenlernen will, muss sie eben einen neuen Termin ausmachen.«

Chrissie stellte seine Bierflasche hin und musterte Isabelle mit einer Mischung aus Bewunderung und Belustigung. »Immer mit der Ruhe, mein kleiner französischer Knallfrosch! Na gut. Komm, ich bringe dich zur U-Bahn.«

Zusammen machten sie sich die leere, dämmrige Straße entlang auf den Weg. Kurz darauf bemerkte Isabelle in der Ferne eine Gestalt, die auf sie zukam. Die Silhouette war der des Michelin-Männchens nicht unähnlich.

»Oh, *Allmächtiger!*«, flüsterte Chrissie, packte Isabelle am Arm und zwang sie mit militärischer Entschlossenheit kehrtzumachen. »Das ist sie! Das *ist* sie! Lass uns zurückgehen. Sie wird *stinkwütend* sein, wenn sie mitkriegt, dass wir abhauen wollten.«

Isabelle ließ sich im Geschwindschritt zu der Galerie zurücklotsen, vor der sie standen und ganz locker an Bierflaschen nippten, als die ferne Erscheinung ein paar Minuten später bei ihnen anlangte. Bei näherer Betrachtung sah die schlanke Designerin ganz und gar nicht aus wie das Michelin-Männchen. Sie trug eine abstrus übergroße weiße Daunenjacke aus Seide über schmalen weißen Hosen und Stiefeln. Unter ihrem glatten silbernen Bob waren ihre großen dunklen Augen ringsherum mit lila Glitter nachgezogen worden, stellte Isabelle fest. Als Chrissie sie einander vorstellte, heftete sich Savages Glitzerblick mit unbeirrbarer Intensität auf die junge Französin, musterte ihr Gesicht, ihr Haar, ihre Kleider, ihre Schuhe und kehrte schließlich zu ihrem Gesicht zurück.

»Hallo«, sagte Isabelle höflich. »Schön, Sie kennenzulernen.«

Nach einem Augenblick des Schweigens lächelte Savage breit. »Dein Lippenstift gefällt Savage«, bemerkte sie mit hauchender Stimme.

»Vielen Dank«, antwortete Isabelle ein bisschen verdutzt. »Äh, der ist von Chanel.«

»Eine sehr elegante Farbe, sehr chic. Du bist sehr chic, sehr elegant.« Sie wandte sich an Chrissie und sagte mit sehr viel tieferer, lauterer und leicht überdrehter Stimme: »Savage ist *sehr* angetan!«

»Ich *wusste* es ja, Darling. Isabelle ist super, nicht wahr? Weißt du, sie ist *Französin.*«

»Französin? Französin! *Französin.*« Wieder lächelte Savage mit kindlichem Entzücken.

»*Ja*wohl. Also, was meinst du? Soll ich Isabelle morgen mitbringen? Und dann zeige ich ihr, wie alles läuft und all so was?«

»Das wäre … *cool*«, antwortete Savage und sah Chrissie mit eindringlicher Ernsthaftigkeit an.

Dann lächelte sie ätherisch und an niemand Bestimmten gerichtet, schwebte in die Galerie hinein und wurde alsbald von der Menge geherzt und gefeiert, als wäre sie die Queen auf Staatsbesuch. Selbst der mürrische junge Künstler erwachte bei ihrem Anblick zum Leben und kam herüber, um ihr seine Aufwartung zu machen.

»Bin ich eingestellt?«, fragte Isabelle konfus. »Aber weiß sie denn, dass ich gar keinen Abschluss in Mode habe?«

»Ach, Schätzchen. Savage ist in ihrer Herangehensweise ja so was von *unbürokratisch*. Ihr gefällt dein *Aussehen*. Das reicht.«

Seit jenem Tag hatte Isabelle Posys Pflichten übernommen. Dazu gehörte es, in Savages Studio das Telefon zu bedienen, sämtliche Post zu öffnen und sich um Presseanfragen zu kümmern. Tatsächlich jedoch wurde Isabelles Zeit zu einem großen Teil von anderen Dingen in Anspruch genommen, wie unter anderem von Savages komplizierten Tees. Heute zum Beispiel hatte die Designerin eine Tasse mit einem Gebräu verlangt, das zu einem Viertel aus Pfefferminztee, zu einem Viertel aus Brennnesseltee und zur Hälfte aus Lapsang Souchong bestand, gesüßt mit einem Achtel Teelöffel japanischem Reissirup; das Wasser musste Volvic sein. Doch das Rezept änderte sich ständig. Es war sicherer, sämtliche Mineralwassersorten vorrätig zu haben, je esoterischer, desto besser. Nur für den Fall, dass Savage ihren geschroteten Bulgur-Weizen, den sie zu Mittag aß, in etwas Schwedischem oder Sizilianischem gekocht haben wollte. Man wusste nie so recht, woran man war. Denn alles, was Savage aß oder trank, musste das Resultat eines spontanen Entschlusses sein – oder jedenfalls behauptete das ihr Ernährungsberater. Ferner gehörte zu Isabelles täglichen Pflichten auch noch ein langer Fußmarsch (oder mehrere) zum Naturkostladen, um eine ganz bestimmte Art von Seetang zu besorgen.

Gestern hatte es eine besonders ungute Szene gegeben, als sie mit der völlig falschen Sorte Miso zurückgekommen war. Savage hatte sich im Badezimmer eingeschlossen und sich geweigert herauszukommen, bis das Richtige beschafft worden war. Das hatte das

Team einen halben Tag Arbeit an der Kollektion gekostet. Savage war anstrengend: Sie schwenkte mit erschreckender Plötzlichkeit von Hochstimmung auf Wut um, nur um sich dann gelegentlich in unverständlichen, pseudo-poetischen Orakelsprüchen zu ergehen.

Trotzdem ärgerte sich Isabelle nicht allzu sehr über diese Eskapaden; vielleicht, weil nur ein oberflächlicher Teil ihres Bewusstseins sich tatsächlich mit der täglichen Fron bei Savage befasste. In Wirklichkeit war ihr Verstand mit anderen Dingen beschäftigt – nämlich mit dem Verbleib von Meredith Quinces Manuskripten. Sie war zu dem traurigen Schluss gelangt, dass sie sich nicht in Tom Quinces Haus befanden. Das hieß, dass sie keinen Grund hatte, noch einmal dorthin zu gehen. Oder Tom jemals wiederzusehen. Und traurig war das, weil …

Nun ja, weil Isabelle jetzt mit ihrer Suche ganz von vorn anfangen musste, nachdem sie wertvolle Zeit verschwendet hatte – Zeit, die sie damit hätte verbringen können, an ihrer Arbeit zu schreiben. Jetzt, wo Clothaire nicht mehr Teil ihres Lebens war, musste sie an reale Dinge denken, an solide Dinge, wie zum Beispiel ihre Karriere in Frankreich, wohin sie in ein paar Monaten für immer zurückkehren würde. Es war sinnlos, über … nun ja, über andere Möglichkeiten nachzugrübeln und sich etwas vorzumachen. Vollkommen, *vollkommen* sinnlos, sagte Isabelle sich mehrmals am Tag und während sie nachts wach lag und an die Decke starrte.

28
Daisy

»Das könnte *total* extrem werden«, wiederholte Raoul abermals und streichelte Daisys nackten Rücken.

»Ja, ja, natürlich«, antwortete Daisy und drehte sich auf die Seite, so dass sie ihn ansehen konnte. »Aber … sag mir noch mal, was genau dir vorschwebt.«

»Es geht alles um Rock'n' Roll. Diese coole Fünfzigerjahre-Mode würde an dir toll aussehen.«

»Ja-a, die gefällt mir ja auch«, gab Daisy zu. »Aber die Sache ist die …«

»Was denn, Liebling?«

»Na ja, eigentlich bist du doch kein Modezeichner, nicht wahr? Deine Spezialität ist, du weißt schon, Nacktheit.«

»Aber Baby, ich habe dich doch schon oft nackt gezeichnet.«

»Ja, aber das war privat. Das hier wäre …«

»Ich dachte, meine Sachen gefallen dir«, meinte Raoul und schmollte ein wenig.

»Tun sie ja auch, Raoul. Natürlich gefallen sie mir.«

Sie küssten sich.

Später, als sie gemeinsam einen Einkaufswagen durch die Gänge des nächstgelegenen Monoprix-Supermarktes schoben, fragte Daisy fröhlich: »Kannst du mir eine ungefähre Vorstellung von der Geschichte geben, in der ich da mitspielen soll? Wird da nicht auch Sex und all so was dazugehören?«

Raoul grinste sie wölfisch an. »Hältst du mich für einen *obsédé sexuel* oder so etwas? Bin ich ja auch, ein bisschen, das stimmt!

Okay. Ich denke an Cadillacs, Drive-ins, an Söckchen, niedliche Pferdeschwänze. Eine Menge *rock acrobatique«*, erläuterte er und wand die Handgelenke umeinander, um komplizierte Tanzfiguren anzudeuten. »Elvis Presley. Hey, weißt du was? Lass uns ein paar von diesen Nachos mitnehmen. Von den richtig scharfen.«

Als Daisy nach ein paar Nacho-Packungen griff, hätte sie die Chips beinahe zwischen den Händen zerbröselt, so heftig traf sie ein fürchterlicher Verdacht. »Moment mal, hast du gesagt *Elvis Presley?«*

»Ja, Baby.«

»Du meinst ... Oh Gott. Raoul?«

Raoul hatte den Einkaufswagen geparkt, um die Gläser mit Tex-Mex-Salsa zu begutachten. »Was denn, Süße?«, fragte er zerstreut.

»Wenn du glaubst, ich bumse mit Elvis Presley, dann hast du dich geschnitten!«

»Hör's dir doch erst mal an, Schatz. Du könntest ein schnuckeliger Cheerleader sein – du weißt schon, mit so Pompons und Miniröckchen –, die in ihrer Highschool einen Elvis-Presley-Fanclub aufgezogen hat, und dann ...«

Daisy starrte ihn an und hob den Zeigefinger. »Und gar nichts dann! Das kommt überhaupt nicht in Frage!«

Doch ein paar Tage später versuchte Raoul es von Neuem. »Lass mich einfach erklären, okay? Er wählt sie unter allen anderen Cheerleadern aus, weil sie die Schönste ist. Das ist doch cool, nicht?«

Daisy, die gerade dabei war, sorgfältig ihren Eyeliner aufzutragen, hielt inne und schnitt ihm im Spiegel eine kleine Grimasse.

»Ihre erste Liebe ist der King! Wie extrem ist *das* denn?«

»Ehrlich gesagt viel zu extrem.«

Raoul lachte, küsste sie auf den Scheitel und sagte: »Ah, aber vergiss nicht, das wirst ja nicht du sein – nur eine sehr erotische Figur, zu der du mich *inspiriert* hast. Das Ganze wird sehr geschmackvoll gemacht sein.«

Höchstwahrscheinlich, dachte Daisy müde. Und trotzdem fühlte sie sich bei dieser ganzen Vorstellung nicht wohl. Bedeutete das, dass sie unglaublich britisch und verklemmt war?

Raoul fing an, im Zimmer auf und ab zu tigern, und improvisierte unbekümmert drauflos. »Später begegnet sie dann Marlon Brando, denke ich, und seine Freunden, du weißt schon, in diesem Film, wo sie alle dicke Motorräder haben und schwarze Lederklamotten tragen?«

Daisy knallte den Schminkstift hin und richtete den Blick gen Zimmerdecke. »Okay, hör sofort auf! Das artet hier gerade total aus. Ich lass mich nicht als jemand darstellen, der mit jeder Menge berühmter Typen pennt, auch nicht mit coolen Vintage-Typen. Wofür hältst du mich eigentlich, für ein Groupie?«

»Wieso regst du dich denn so auf, Baby? Ich verstehe das nicht.«

»Nein, das sehe ich«, sagte Daisy langsam und betrachtete sein verwirrtes Gesicht.

»Ich dachte, bei all dem wäre für dich gar nichts dabei.«

»Äh, ja, das dachte ich auch«, erwiderte Daisy nachdenklich und knöpfte ihr Kleid zu.

Raoul schwieg und ließ die Idee zunächst ruhen, eine Weile jedenfalls. Später jedoch, als sie auf dem Weg zu Marie-Laures Haus am grünen Westrand von Paris waren, war Daisy sich der Tatsache schmerzhaft bewusst, dass er auf eine Möglichkeit sann, das Ganze erneut zur Sprache zu bringen. Allmählich wurde ihr klar, wie sehr Raoul in vielerlei Hinsicht wie ein Kind war: egozentrisch, verspielt ohne Ende und sehr, sehr stur.

Als sie ankamen, sprang sie aus dem Taxi und drückte bereits auf die Klingel, als Raoul sie einholte. Zu ihrer Überraschung wurde die Haustür von Octave geöffnet.

»*Bonsoir,* Daisy«, sagte Octave charmant und ohne eine Spur von Verlegenheit. »Schön, dich wiederzusehen. *Bonsoir«,* wiederholte er und schüttelte Raoul die Hand.

Sie folgten Octave ins Wohnzimmer, wo Marie-Laure auf dem Sofa lag, bekleidet mit einem eleganten schwarzen Seidenpyjama und das eine Bein im Gips.

Die völlig verdatterte Daisy ließ ihre Tasche fallen und stürzte an die Seite ihrer Freundin.

»Marie! Was ist denn mit dir passiert?«

»Ich bin die Treppe runtergefallen. Aber es ist nichts Ernstes – bitte mach dir keine Sorgen.«

»Du hättest mich anrufen sollen. Ist alles okay?«

»Alles bestens.« Marie-Laure lächelte und drückte Daisys Hand. »Du bist so lieb. Und«, fügte sie rasch hinzu, »Octave war eine große Hilfe. Weil, er war dabei, als ich gefallen bin, weißt du, und er hat mich ins Krankenhaus geschafft und mich dann nach Hause gebracht.«

Daisy warf Octave einen raschen Blick zu, der sie angrinste und sagte: »Ich gehe mal lieber in die Küche und schaue nach dem Rechten. Ich koche heute das Abendessen. *C'est moi le chef!«*

»Damit meint er, dass es Blinis gibt und *tarama* vom Traiteur und Salat aus der Plastiktüte«, meinte Marie-Laure lächelnd. »So was nennt Octave kochen.«

»Vielleicht kann ich ihm ja helfen«, schlug Raoul vor und folgte Octave.

Momentan verwirrt – worüber in aller Welt würden diese beiden sich in der Küche unterhalten? –, wandte Daisy sich wieder zu ihrer Freundin um.

»Eigentlich siehst du richtig gut aus, Marie«, meinte sie. »Du siehst aus ... als ob dir etwas unglaublich Tolles passiert wäre.«

Marie-Laure biss sich auf die Unterlippe und warf einen raschen

Blick in Richtung Küche, ehe ein unwiderstehliches Grinsen sich auf ihren Zügen breitmachte. Daisy lächelte zurück.

»Was genau ist passiert?«

»Ach, ich bin einfach gestolpert und die Treppe hier runtergefallen. Ich habe nicht geschaut, wo ich hintrete.«

»Ein Glück, dass Octave dabei war.«

»Ja, das war wirklich Glück.«

Daisy streckte die Hand aus und tippte einen der Ohrringe ihrer Freundin an. »Oh, sind die hübsch! Woraus sind die? Koralle?«

»Ja.«

»Neu?«

»Nein, sie sind nicht neu. Eigentlich … weißt du, welche das sind?« Marie-Laure rückte ein wenig auf dem Sofa herum und wandte einen Augenblick lang den Blick von Daisy ab. »Das sind meine alten Ohrringe, die, die … ich verloren habe. Erinnerst du dich?«

»Die, die du verloren hast«, wiederholte Daisy langsam. »Oh. Aber das heißt doch nicht etwa … die, die Octave …«

»Ja. Er hat sie mir zurückgegeben.«

Daisy schwieg einen Moment lang, dann lächelte sie. »Bevor du die Treppe runtergefallen bist oder hinterher?«

»Vorher. Das war vor Weihnachten. Er ist einfach hier aufgetaucht, mit einem geradezu lächerlich riesigen Blumenstrauß«, berichtete Marie-Laure und streckte die Arme aus. »Und er war so süß, Daisy. Und ich glaube, es tut ihm wirklich leid, wie er sich benommen hat.«

»Dann war diese Überraschung, die mir auf deiner Silvesterparty präsentiert worden wäre, also …«

»Das mit Octave und mir.« Nunmehr ein wenig erregt, versuchte Marie-Laure, sich aufzusetzen. »Ich hab nicht gewusst, wie … ich es dir sagen sollte, weil ich Angst hatte, du wärst vielleicht …«

»Oh nein, nein! Mach dir deswegen keine Gedanken. Das war alles irgendwie in einem anderen Leben.«

»Und als du erzählt hast, dass du mit Raoul so glücklich bist …«

»Oh ja, das bin ich auch. Absolut. Vollkommen glücklich«, beteuerte Daisy und nickte immer wieder heftig.

»Er scheint wirklich nett zu sein.«

»Das ist er auch«, bestätigte Daisy und seufzte ganz leise. Jetzt war nicht der richtige Zeitpunkt, Marie-Laure wegen ihres Pornografie-Dilemmas um Rat zu fragen.

»Dann können wir ja im April alle zusammen auf den Ball gehen!«, rief Marie-Laure beglückt. »Das gefällt dir bestimmt, Daisy. Die Oper ist wunderschön.«

Daisy lächelte zurück und war mit ihren Gedanken ganz woanders. Octave war nicht mehr gewesen als eine Schwärmerei, das war ihr jetzt klar. Doch sie hatte das ungute Gefühl, dass das auf Raoul genauso zutraf. Vielleicht lag das Problem ja bei ihr. Vielleicht war sie einfach nicht fähig, einen Menschen richtig zu lieben.

Mittlerweile begann Marie-Laure zu lachen. »Weißt du, das war komisch, als ich hingefallen bin. Octave hat mich im ganzen Haus herumgejagt und mich abgekitzelt. Ich bin unheimlich kitzlig – das weiß er noch von früher, als wir klein waren. Ich habe so sehr gelacht, dass ich gar keine Schmerzen gespürt habe. Und dann hat er sich so lieb um mich gekümmert.«

»Das ist doch toll. Sag mal, was halten denn die anderen *Pique-Assiettes* davon?«

»Octave hat sich von der *Confrèrie* losgesagt. Mir zuliebe. Natürlich sind die anderen immer noch seine Freunde, aber …«

»Kein Wettbewerb mehr? Kein schwarzes Büchlein mehr? Keine Trophäen?«

»Nein. Weil wir«, schloss Marie-Laure schlicht, und ihr Gesicht strahlte, »die ganze Zeit zusammen sein wollen.«

Später, im Taxi nach Hause, als Raoul mit dem Kopf auf ihrer Schulter einnickte, starrte Daisy aus dem Fenster und lächelte wehmütig. Es war schön gewesen, Marie-Laure so glücklich zu sehen. Natürlich passten sie und Octave hervorragend zusammen; diese Verbindung hatte lange gebraucht, um zustande zu kommen, würde aber wahrscheinlich halten. Man brauchte sie nur fünf Minuten lang zusammen zu sehen, um das zu wissen. Und jetzt hatte die mega-zynische Jules, die schon beim bloßen Gedanken an eine Romanze stets abfällig geschnaubt hatte, eine fantastische Beziehung mit Karloff. Jules hatte sogar angefangen, von der heidnischen Hochzeit zu reden, die sie zur Sommersonnenwende auf dem Moor von Yorkshire plante. Es hatte den Anschein, als fänden alle ihre Freundinnen, eine nach der anderen, die wahre, romantische Liebe. Was das anging, war sie mit Raoul nicht so sicher. Vielleicht war das, was sie mit ihm verband, ja immer nur Lust gewesen? An Lust war natürlich nichts auszusetzen. Lust machte Spaß. Doch es wäre schön, zur Abwechslung mal das andere zu empfinden und sich sicher zu sein … Ach, na ja, so wichtig war das doch auch wieder nicht, oder? Und was *war* Liebe überhaupt? Niemand schien das genau zu wissen. Das Wichtige war doch, eine schöne Zeit miteinander zu haben! Er schlief jetzt tief und fest, sollte er nur. Sie tastete in ihrer Manteltasche und zog den kleinen Gegenstand hervor, den Octave ihr beim Abschied wortlos in die Hand gedrückt hatte. Das Taxi hielt an einer Ampel, und sie öffnete im roten Widerschein die Hand. Daisy war froh, ihre Herzbrosche wiederzuhaben. Sie hatte sie wirklich sehr vermisst.

29

Isabelle

»Findest du nicht, dass das Ding ein bisschen zu eng ist?«, fragte Isabelle und betrachtete besorgt das, was sie da anhatte.

»*Unsinn,* Darling.« Selbstgefällig strich Chrissie seinen eigenen schwarzen Ganzkörperanzug über den schmalen Hüften glatt. »Das Teil *muss* sitzen wie eine Wurstpelle, verstehst du das nicht? Sonst wär's doch kein echtes *Fassadenkletterer*-Outfit, oder, hm?«

»Okay, wenn du meinst«, erwiderte Isabelle und zerrte recht ineffizient an dem glatten Lycra-Gewebe.

»Karloff, Baby!«, juchzte Chrissie, als Karloff schüchtern hinter einem Wandschirm hervorkam, ebenfalls in einem schwarzen Catsuit. »Jetzt *schau* sich einer das an! Seht ihr, das ist das Schöne an Savages ›All together now‹-Konzept. Es sind Einheitsgrößen – auf einen oder zwei Zentimeter mehr oder weniger …«

»Na schön«, meinte Jules und starrte ihren Mitbewohner kalt an. »Sind wir alle so weit?«

Chrissie stakste quer durchs Zimmer zu Ivy hinüber, deren ernstes kleines Gesicht aus ihrer schwarzen Sturmhaube hervorspähte.

»Großer Gott, Darling, du bist *so* winzig, dass das Ding an dir tatsächlich *Falten* wirft! Lass mich das mal, äh, ein bisschen zurechtziehen, *hier,* und *da* auch. So. *Viel* besser. Und was dich betrifft, Bella, also, du siehst *köstlich* aus, mein Herzblatt. Einfach zum *Anbeißen.*«

»Können wir dann vielleicht mal loslegen? Ich hab langsam genug vom Rumstehen.«

Chrissie kniff die Augen zusammen. »Gleich, Legend, Darling.

Hör zu, bist du *ganz* sicher, dass du dazu deine Lederjacke anziehen willst? *Wirklich?* Na schön, okay, aber das Einzige, was ich dazu sagen könnte, ist, dass du dem Ganzen *irgendwie* zuwiderläufst, weißt du, mit einem derartig *ungebremsten* Gothic-Individualismus.«

»Hör zu, Kumpel, ich bin keins von deinen Modeopfern, klar?«

»Also, ich wollt's ja nur *sagen*«, machte Chrissie unbeirrt weiter, als sie im schwarz gewandeten Gänsemarsch den Raum verließen. »Ich meine, diese Musterteile mögen ja nicht von mir entworfen worden sein, aber sie fallen in meine *Verantwortung* als Modemensch. Und *außerdem*«, legte er nach, während Isabelle und The Coven die Treppe hinuntertappten und Savages Lagerhaus im East End verließen, »glaube ich immer noch, dass es ein Fehler von dir war, Ju-Ju, mich zu nötigen, die Outfits zu trennen. Wir hätten uns an das ursprüngliche Design halten sollen – das ist viel *organischer*. Dann wäre das Ganze wirklich einer für alle und alle für einen gewesen, Darlings!«

»Chrissie«, entgegnete Jules mit ausdruckloser Stimme, »du spinnst. Wie sollen wir denn deiner Meinung nach über eine Mauer in einen Garten klettern, wenn wir alle aneinanderhängen? Oder in den Lieferwagen passen.«

»Und außerdem kannst du das ganze Ding doch wieder zusammennähen, Alter, oder? Das kriegen die doch nie mit, nicht wahr?«

»Oh, das ist *nett*, dass du dir deswegen Sorgen machst, Karloff, aber eigentlich sind das bloß Klettverschlüsse – wirklich clever, nicht? –, also ist das kein Problem.«

»Das ist echt klasse«, stellte Legend fest, als sie neben Jules und Belladonna in den Lieferwagen stieg. »Weil, ich hab schon immer mal was machen wollen, was ein bisschen illegal ist.«

»Eigentlich ist das, was wir tun werden, vollkommen illegal«, bemerkte Isabelle verständig und schnallte sich an. »Das ist eine *entrée par effraction,* weißt du, *heu* ... ich weiß nicht, wie das auf Englisch heißt.«

»Vielleicht *Einbruch,* Darling?«, fragte Chrissie leichthin.

»Isabelle? Nach rechts oder nach links?«, erkundigte sich Karloff vom Fahrersitz her.

»Ich weiß nicht genau«, antwortete sie mit mutloser Stimme. Das Gefühl, in einem irren Traum gefangen zu sein, wurde mit jeder Minute stärker.

»Nach links«, wies Jules Karloff entschlossen an. »Und dann immer den Schildern zum West End nach.«

»Keine Angst, Isabelle«, sagte Ivy freundlich. »Wir besorgen dir die Dinger, so einfach ist das.«

Isabelle lächelte sie automatisch an und biss sich auf die Lippe. Was gestern Abend als eine Art Scherz am Küchentisch seinen Anfang genommen hatte, geschah jetzt erstaunlicherweise tatsächlich. Sie hätte dem Ganzen viel früher Einhalt gebieten müssen, zum Beispiel als Chrissie den Geistesblitz mit dem perfekten Einbrecher-Outfit gehabt hatte, oder als Legend damit geprahlt hatte, dass es kein Schloss gäbe, das sie nicht aufbekäme. Noch war es nicht zu spät, das alles aufzuhalten. Doch als sie den Mund öffnete, legte Chrissie, der hinter ihr saß, ihr die Hände auf die Schultern.

»Also, Darling, du *musst* dich ein bisschen zusammenreißen. Es ist ja vielleicht illegal, bei dem Kerl einzubrechen, aber es gibt doch *absolut* keine andere Möglichkeit für dich, an diese Manuskripte ranzukommen, oder?«

»Ich meine, das hast du doch gestern Abend selbst gesagt«, fügte Legend hinzu. »Hört sich an, als wäre der alte Sack total misstrauisch. Ist doch ganz klar, dass der was zu verbergen hat.«

Rückblickend, dachte Isabelle verärgert, wäre es vielleicht besser gewesen, den Mund zu halten, nachdem sie gestern Abend vom

Treffen der Quince Society zurückgekommen war. War es so eine geniale Idee gewesen, Chrissie und The Coven von ihrer Entdeckung zu erzählen? Anfangs war ihre Eröffnung mit einem Chor aus »Was? Wer ist wieder aufgetaucht? Was für'n Paul?« aufgenommen worden.

Und tatsächlich hatte auch Isabelle einen oder zwei Augenblicke gebraucht, um zu erfassen, von wem Wendy sprach, als die schafähnliche Lady erwähnte, sie hätte Paul Celadon vor dem British Museum gesehen.

Isabelle hatte die Ohren gespitzt. Paul Celadon? Wo hatte sie diesen Namen schon einmal gehört?

»Wissen Sie, Isabelle, Paul war Merediths Literaturagent«, hatte Fern erklärt. »Vor vielen Jahren.«

Natürlich, dachte Isabelle: Paul Celadon war der Autor von *Mein Leben als Lesezeichen!* Er war derjenige, der Meredith weitere literarische Experimente ausgeredet hatte. Tatsächlich hatte Isabelle vor Weihnachten ein ganzes Kapitel über ihn verfasst. Doch sie hatte niemals darüber nachgedacht, dass er ein lebendiger Mensch sein könnte, und nicht nur ein bildlicher Ausdruck in Merediths Kreativlandschaft. Und seitdem war so viel passiert, dass der Name zu einer fernen Erinnerung geworden war.

»Paul? *Paul?*«, hatte Lucy gekläfft. »Ha! Der muss doch hundert Jahre alt sein. Wie dem auch sei, ich dachte, er ist nach Ostengland gezogen.«

»Sei doch nicht so albern, Lucy«, hatte Maud geschnaubt. »Leute wie Paul sterben nie. Die kriechen bloß unter irgendeinen Stein.«

In diesem Augenblick hatte der eichhörnchenhafte Herbert Merryweather sich beiläufig erkundigt: »Also, Miss Peppy-on, Sie hatten ja wohl kein Glück dabei, die Manuskripte aufzutreiben, wie? Nicht einmal«, fügte er mit wehmütigem Unterton hinzu, »das von *Der Tod der Bauchrednerin?*«

»Nein, leider nicht. Ich habe in Merediths Haus überall danach gesucht.«

»Ha, ja!«, hatte Lucy gebellt. »Anständig von dem jungen Quince, finde ich, Sie da so richtig rumwühlen zu lassen. Hat sich am Schluss ja doch als recht netter Kerl erwiesen.«

Zu ihrem Entsetzen hatte Isabelle das bedrohliche Kribbeln aufsteigender Tränen verspürt. »Oh ja, er ist sehr nett«, murmelte sie. »Er ist wunderbar.« Verzweifelt beschwor sie die Selbstbeherrschung der Papillons, während sie auf ihren Teller hinabstarrte und ein winziges Stückchen Pastinakenkuchen abbrach.

Lucy ließ ihre scharfen blauen Augen einen Moment lang auf ihr ruhen, dann schaute sie weg und fragte forsch: »Habt ihr beiden jungen Leute euch gut verstanden, Izbl?«

Isabelle schluckte und brachte es fertig, halbwegs gefasst zu antworten, Tom sei ihr bei ihrer Arbeit eine große Hilfe gewesen.

»Na ja, vielleicht trefft ihr euch ja bald mal wieder. Das wäre doch schrecklich nett, nicht wahr?«

»Nein, das glaube ich nicht«, entgegnete Isabelle mit schwacher Stimme.

»Und warum nicht?«

»Nun ja, ich konnte die Manuskripte nicht finden, deshalb … Das war's. Es ist vorbei.«

»Ha? Ich verstehe.«

Isabelle seufzte. Dieser Kuchen von Wendy war wirklich ziemlich ungenießbar, beschloss sie. Vielleicht konnte sie sich ja entschuldigen und nach Hause fahren. Mit zitternder Hand stellte sie ihren Teller hin.

»Natürlich habe *ich* mir nicht im Mindesten anmerken lassen, dass ich ihn erkannt habe«, fuhr Wendy fort und errötete ein wenig. »Schließlich war Paul nie sehr nett zu unserer lieben Meredith.«

»Na ja, er hat ihre Bücher für sie verkauft, und zwar mit einigem Erfolg«, gab Peter Holland zu bedenken.

»Es gibt *mehr* im Leben als *Geld*, mein teurer Peter!«, gab Wendy mit bebender Stimme zurück.

»Wissen Sie, Izbl«, hatte Maud zwischen zwei kleinen Schlucken Tee bemerkt, »Paul ist ein verschlagener alter Fuchs, und vielleicht weiß er ja irgendwas darüber, wo Merediths Manuskripte sind. Das würde ich ihm glatt zutrauen.«

»Ha! Dem würde ich alles zutrauen! Also, Izbl? Was meinen Sie?«

»Ich weiß nicht. Ich …«

Isabelle war ein wenig schwindlig gewesen; ihre Tränen waren vergessen. Der blendend helle Pfad, der zu den Manuskripten führte, einschließlich dem von *The Splodge*, hatte sich gerade vor ihren Augen von Neuem aufgetan. Sie sah es alles vor sich: Was immer auch seine Schwächen und Fehler gewesen sein mochten, inzwischen hatte Paul Celadon sich bestimmt in einen reizenden, weißhaarigen *grand-père* verwandelt, dem die Reliquien seiner Literaturklienten auf geradezu rührende Weise am Herzen lagen – die kostbaren Manuskripte. Er hatte ja keine Ahnung, dass eine eifrige junge Gelehrte namens Isabelle Papillon seine Neigung teilte! Endlich würde sich alles zusammenfügen. Höchst beklommen hatte Isabelle zugeschaut, wie Lucy die Telefonnummer des Agenten aus einem uralten Rolodex heraussuchte, und dann mit im Schoß gefalteten Händen dem Gespräch gelauscht, das darauf folgte.

Es war sogleich offenkundig, dass das Ganze keine gute Wendung nahm: Kaum hatte sie Paul davon in Kenntnis gesetzt, dass ein junges französisches Mädel mit ihm über Merediths Manuskripte sprechen wollte, musste Lucy auch schon mit einem Ruck vor dem Geräusch donnernder Flüche zurückfahren, das aus dem Hörer drang. Ein paar gekläffte Erwiderungen ihrerseits schlossen sich daran an, jedoch vergeblich. Paul Celadon legte mitten in der letzten davon auf. Lucy, deren hochrotes Gesicht jetzt einen scharfen Kontrast zu den weißen Teekannen bildete, die ihren leuchtend grünen Pullover zierten, verfluchte und verdammte die Unverschämtheit dieses Kerls wortgewaltig. Maud bemerkte knapp, dass es vielleicht besser gewesen wäre, Isabelle anrufen zu lassen, da Paul und Lucy nie miteinander klargekommen seien. Bald stritten sich sämtliche Mitglieder der Society darüber, wie Paul wirklich war und wie man am besten mit ihm umging. Während dieses Aufruhrs hatte sich Isabelle diskret Paul Celadons Telefonnummer und Adresse abgeschrieben, sich in Lucys Arbeitszimmer eingeschlossen und versucht, ihn selbst anzurufen. Doch sie hatte kaum Zeit gehabt, zu sagen, wer sie sei, bevor Celadon, der mit dünner, japsender und entrüsteter Stimme sprach, das Gespräch jäh beendete und sie genau wie Lucy einem unmelodischen Summton lauschte.

»Aber was *genau* hat er denn gesagt, Darling?«, hatte Chrissie später an diesem Abend wissen wollen, ohne von den Seiten von *Harper's Bazar* aufzublicken.

»Er hat gesagt, er wäre schon lange im Ruhestand, und überhaupt wüsste er nichts über die Manuskripte. Und dass er eine lange Reise machen würde und die nächsten Monate nicht in London wäre.«

»Viel zu viele Informationen«, bemerkte Ivy und nickte. »Da stimmt was nicht.«

Legend drehte den Deckel ihrer Bierflasche mit den Zähnen ab und tat dann mit einem Knurren ihre Zustimmung kund. Alle starrten sie einen Moment lang an.

»*Ledge.* Wie grauenvoll *ungehobelt,* Darling«, rügte Chrissie streng.

»Hi, hi, hi. Is' mir egal.«

»Das ist unheimlich cool«, stellte Jules mit gedämpfter Stimme fest. »Wie in einem Krimi.«

»Ja«, pflichtete ihr Karloff mit leuchtenden Augen bedächtig bei. »Als gäb's da so vermoderte alte Wälzer voller, na ja, unglaublicher Geheimnisse. Irgendwie in so einem uneinnehmbaren schwarzen Turm versteckt, oder was in der Art. Bewacht von einem Drachen oder so was Ähnlichem.«

»Also, ich hoffe wirklich, dass sie nicht vermodert sind«, warf Isabelle ein wenig besorgt ein.

»Sind die Dinger viel wert, Isabelle?«, wollte Belladonna träge wissen und lackierte einen weiteren langen Fingernagel dunkelviolett. »Vielleicht hat er sie ja längst bei eBay vertickt oder so.«

»Oh nein!« Isabelle war augenblicklich entsetzt, obwohl sie noch nie von eBay gehört hatte. »Ich hoffe, er hat sie nicht verkauft.«

»Ist nicht *allzu* wahrscheinlich«, warf Chrissie ein. »Fass das jetzt nicht falsch auf, Darling, aber Meredith Quince ist, ähm, wirklich was ziemlich *Ausgefallenes*, weißt du?«

»Es gibt eine Society in ihrem Namen«, verteidigte sich Isabelle.

»Äh, ja, aber die Leute da sind doch alle ziemlich *angestaubt*, oder?«

Angestaubt oder nicht, Isabelle hatte ihre Freunde aus der Quince Society durchaus ins Herz geschlossen. Wahrscheinlich würde Chrissie aus allen Wolken fallen, wenn er das erführe, aber ihre jüngste Bekanntschaft mit der Welt der Fashion-Pioniere hatte sie den eigenwilligen Kleidergeschmack jener schätzen gelehrt, die mit Mode überhaupt nichts am Hut hatten. Roberta und Selina hatten sich ihre Topf-Haarschnitte verpassen lassen, weil sie ihnen gefielen, und nicht, weil sie sie an irgendeinem brandheißen brasilianischen Model gesehen hatten. Maud trug ihre getönte Brille nicht in dem Bemühen, cool zu sein, sondern weil ihr klar geworden sein musste, dass sie damit auf andere herrlich respekteinflößend wirkte. Und was Lucy betraf, so war sich Isabelle ziemlich sicher, dass sie sich die Anregungen für ihre knallbunten Pullover und ihre Legwarmer nicht von der Titelseite der *Vogue* holte. Die kühnen Farbkombinationen waren ganz einfach Ausdruck ihrer Persönlichkeit. Nach zwei vollen Wochen mit Savage und ihrer Crew war dergleichen unbeschreiblich wohltuend.

Danach, erinnerte sich Isabelle, während Karloffs Lieferwagen in Richtung Clerkenwell durchs West End ratterte, konnte man vielleicht behaupten, dass das Ganze gründlich aus dem Ruder gelaufen war. Chrissie hatte für alle etwas vom Chinesen bestellt, und weil es ziemlich lange gedauert hatte, bis das Essen kam, hatte Isabelle leichtsinnigerweise zwei Gläser Wein auf nüchternen Magen getrunken und damit eine ihrer eigenen eisernen Regeln gebrochen. Das hatte ihre Selbstbeherrschung gefährlich beeinträchtigt. Später, als Chrissie, Ivy und Karloff angefangen hatten, einen »Sondereinsatz« zu planen, um die Manuskripte herbeizuschaffen, hatte Isabelle, anstatt etwas Vernünftiges und Ernüchterndes von sich zu geben, lediglich hilflos gelacht. Als Resultat waren sie jetzt alle hier und kletterten in den frühen Morgenstunden aus dem Lieferwagen auf das trübe beleuchtete Geviert hinaus, wo das selbst ernannte »Lesezeichen« sein Domizil hatte.

Zunächst verbrachten The Coven viel Zeit damit, zu kichern und sich gegenseitig laut zum Schweigen zu mahnen, während Chrissie und Jules darüber diskutierten, wie man am besten ins Haus des Agenten einbrechen sollte. Isabelle hörte mit einem Gefühl der Unwirklichkeit zu und sagte sich entschieden, dass das ganze verrückte Unterfangen sowieso bald abgeblasen würde. Doch ehe sie es sich versah, hockte sie oben auf der Ziegelmauer, die die Straße von den tiefer liegenden Privatgärten trennte. Jenseits der Gärten ragte eine beängstigende Reihe hoher Häuser auf. In einem davon wohnte der kontaktscheue Celadon und enthielt ihr sein Wissen über den Verbleib der Manuskripte vor. Es war verlockend – dieser Mann wusste alles über *The Splodge!* Sie blickte zu Jules, Chrissie und Karloff hinunter, die von den Blumenbeeten her winkten. Alles, was sie im Dunkeln erkennen konnte, waren die blassen Gesichter ihrer Freunde, die zu ihr heraufschauten. Während sie wie erstarrt dasaß, kletterten Ivy, Legend und Belladonna an ihr vorbei über die Mauer.

»*Darling!*«, rief Chrissie in gereiztem Bühnenflüsterton. »Hör auf zu *trödeln* und komm *sofort* hier runter!«

Wie elektrisiert sprang Isabelle mit einem Satz in die Finsternis.

»Verdammt! Wir haben nicht daran gedacht, was von diesem Klebezeug mitzubringen«, brummte Jules verärgert, als sie alle dastanden und zu Celadons dunklen Fenstern hinaufblickten.

»Klebezeug, Darling? Igitt! Eklig! Wofür denn?«

»Um eine Glasscheibe rauszunehmen, Dummkopf.«

»Hm, ja«, meinte Ivy nachdenklich. »Nur dass man dazu zuerst eine Leiter brauchen würde. Weil, er wohnt oben, nicht wahr?«

»Ich wünschte, wir hätten auch 'ne Taschenlampe mitgebracht«, knurrte Belladonna, nachdem sie zum zwanzigsten Mal mit dem geistesabwesenden Karloff kollidiert war.

»Können wir mal aufhören, hier rumzueiern, und machen, dass wir da reinkommen? Ihr macht mich alle total kirre.«

»Na schön, Legend, wenn du so schlau bist – was machen wir jetzt?«

»Kies gegen sein Fenster schmeißen.«

»Leg das Zeug wieder *hin*, du Idiotin. Willst du ihn etwa aufwecken?«

»Na klar. Dann fragen wir ihn direkt danach. Hallo, Alter, rück mal den Papierkram rüber, schönen Dank auch, und dann ab nach Hause und ins Bett.«

Während all dessen erregte ein leises Quietschen von der Gartenmauer her Isabelles Aufmerksamkeit. Eine Tür wurde von der Straße her geöffnet. Ehe sie Zeit hatte, ihre Freunde zu warnen, traf sie ein weißer Lichtstrahl aus einer starken Taschenlampe ins Gesicht. Sie riss die Hände vor die Augen. Das war's dann wohl: die Polizei! Sie würden alle im Gefängnis landen. Ihre akademische Karriere konnte sie abschreiben.

»Ihr da!«, ließ sich eine dünne, japsende, entrüstete Stimme vernehmen. Celadon! Erschrocken riss Isabelle die Augen auf. »Bleibt, wo ihr seid! Wisst ihr nicht, dass ihr euch unbefugt auf einem Privatgrundstück befindet?« Als Merediths Agent seine Taschenlampe auf die anderen Mitglieder ihrer Gang richtete, konnte Isabelle die drahtige Silhouette des alten Mannes erkennen, eingerahmt von einer winzigen Tür, durch die er gerade getreten war.

»Wer seid ihr?«, verlangte Celadon streng zu wissen. »Seid ihr Diebe? Von mir kriegt ihr nämlich kein Geld! Ich rufe die Polizei und lasse euch alle verhaft–«

»Hey, jetzt mal immer langsam! Für solche Sprüche gibt's echt keinen Grund«, wehrte Karloff ab und legte beschützend den Arm um Jules.

»Hab keine Furcht, Freund«, verkündete Belladonna mit sanftmütiger Stimme und streckte die Hände aus. »Wir kommen in Frieden, um wieder gutes Karma zu erzeugen.«

»Gutes *was?* Ist bei Ihnen alles in Ordnung, junge Frau?«

»Hör zu, Kumpel, genug gequatscht. Rück einfach das Zeug raus, und zwar zügig, klar?«

»*Nicht jetzt,* Ledge, Darling«, flüsterte Chrissie.

»Das Zeug? Das *Zeug?*« Paul Celadon stampfte mit dem Fuß auf. »Ich bin doch kein Drogenhändler. Nach eurem Zeug müsst ihr schon woanders suchen, ihr widerwärtigen Hooligans!«

Jetzt konnte Isabelle Paul Celadons vogelartiges Gesicht recht deutlich erkennen: Er sah wütend aus und schien außerdem die Taschenlampe als potentielle Schlagwaffe in der Hand zu wiegen.

»Monsieur Celadon«, sagte sie und machte einen Schritt auf ihn zu. »Ich heiße Isabelle Papillon. Wir haben heute Nachmittag telefoniert, wegen der Manuskripte.«

»Was?«

»Das hier ist alles meine Schuld. Es tut mir sehr leid. Wir wollten nicht unhöflich sein. Wir sind nur hergekommen, um ...«

»Das Zeug zu klauen ... Aua!«

»Ihnen mehr über meine Forschungsarbeit zu erzählen«, fuhr Isabelle fort, während Legend sich heftig den Arm dort rieb, wo dieser jäh Bekanntschaft mit Isabelles Ellenbogen gemacht hatte. »Ich versichere Ihnen, ich bin eine ernsthafte Wissenschaftlerin. Mein Doktorvater Professeur Sureau wird das gern bestätigen. Mir ist klar, dass ein Zusammentreffen wie dieses keinen besonders guten Eindruck macht, aber meine Absichten sind durchaus ehrenhaft. Wenn ich nur Meredith Quinces Manuskripte in Augenschein nehmen dürfte, dann könnte ich der akademischen Welt zeigen, was für eine großartige Schriftstellerin sie war. Bitte, werden Sie mir helfen?«

Während Isabelle sprach, hatte Celadon den Kopf schief gelegt und nickte. Das war vielversprechend. Erwartungsvoll sah sie ihn an.

»Meine liebe junge Dame, das ist ja alles ungemein rührend«, stellte der Agent in einem Tonfall fest, der von unendlichem Sarkasmus kündete. »Glauben Sie mir, wenn es nach mir ginge, wären Ihre Chancen, Merediths Manuskripte in die Finger zu bekommen ... *gleich NULL!*«, schrie er, und seine Stimme klomm in hysterische Höhen empor. »Und da es *SEHR WOHL NACH MIR GEHT, DÜRFTE ICH VORSCHLAGEN, DASS IHR EUCH ALLE AUS DEM STAUB MACHT UND MIR AUS DEN AUGEN GEHT! UND ZWAR SOFORT!*«

Isabelle seufzte. Einen Moment lang sagte niemand ein Wort, dann war plötzlich zu hören, wie Jules sich räusperte. Zu Isabelles großer Überraschung trat ihre Mitbewohnerin vor und richtete den Lichtstrahl von Celadons Taschenlampe auf ihr eigenes Gesicht.

»Hallo«, sagte sie schlicht.

Celadon schien völlig gebannt zu sein. Er öffnete den Mund und schloss ihn wieder, gab jedoch keinen Laut von sich.

»Sieh an, sieh an, sieh an«, sagte Jules streng und schob ihre Brille hoch. »Und was ist mit unseren Manieren passiert? Hm?«

»Guten Abend, Madam«, brachte Celadon schließlich hervor, während er sich aus der Hüfte heraus leicht verbeugte. Er sprach jetzt in einem ganz anderem Tonfall, seidig und ungemein unterwürfig. Isabelle, Chrissie und der Rest von The Coven standen regungslos da, völlig verblüfft ob dieser Verwandlung.

»Ja, ja, guten Abend«, erwiderte Jules. »Also? Ich warte.«

»Ich bedauere meinen Ausbruch zutiefst, verehrte Madam. Er war unverzeihlich.«

»Das finde ich auch. Sie haben diese Dame sehr unglücklich gemacht«, verkündete Jules und zeigte auf Isabelle.

»Ja«, murmelte Celadon. Er blickte auf seine Füße hinab und trat ein wenig von einem Bein aufs andere.

»Sie haben uns enttäuscht. Sie haben auch Meredith Quince enttäuscht. Aber am allermeisten, finde ich, haben Sie *sich selbst* enttäuscht.«

»Oh ja, das habe ich getan. Es tut mir schrecklich leid.«

»Also. Haben Sie jetzt die Manuskripte, ja oder nein?«

»Ja, ich habe sie. Sie sind oben in meinem Arbeitszimmer.«

»Und Sie sind natürlich bereit, sie Miss Papillon auszuhändigen?«

»Ja, gewiss. Es wäre mir ein Vergnügen, Ihnen auf jede mir nur mögliche Art und Weise behilflich zu sein, Madam«, beteuerte Celadon, an Isabelle gewandt.

»Vielen Dank«, murmelte Isabelle automatisch.

»Also gut«, stellte Jules fest. »Wir haben nicht die ganze Nacht Zeit. Gehen Sie schon, und holen Sie die Manuskripte, aber schnell!«

»Ja, Madam, selbstverständlich. Ich bin gleich wieder da. Gleich wieder da.«

Während Paul Celadon gehorsam in Richtung seiner Wohnung davontrabte, schauten alle Jules an.

»Was verdammt noch mal ist da gerade passiert?«, wollte Legend wissen und sprach für alle Beteiligten.

»Na ja«, antwortete Jules mit ausdrucksloser Stimme, »ich hab doch gesagt, dass die Kunden im House of Discipline alle unheimlich höflich sind, oder?«

Isabelle, der ein bisschen schwindlig wurde, dachte bei sich, dass Jules in Rätseln sprach.

Dann platzte Chrissie laut heraus und klatschte entzückt in die Hände. »Oh mein Gott, *natürlich,* dein Laden für *Perverse!* Darling, ich hab ja *immer* schon gewusst, dass du im Verkaufen *ganz* große Klasse wärst, vorausgesetzt, du verkaufst das Richtige. Erzähl mal, wie viele von euren *super*schweinischen Spielsachen hast du dem Typen verkauft?«

»Zufällig jede Menge. Der ist einer unserer besten Kunden. Er hat so ziemlich alles, was im Katalog steht.«

»Bestimmt kommt er nach heute Nacht wieder und kauft alles noch mal. Ich glaube, dem alten Knaben hat das hier echt Spaß gemacht.«

»Danke, Jules«, sagte Isabelle aufrichtig. »Du warst toll.«

»Ach, keine Ursache«, wehrte Jules bescheiden ab.

»Von *wegen* keine Ursache, Darling«, widersprach Chrissie salbungsvoll. »Da sieht man mal wieder, liebe Jungen und Mädchen, was ich *schon immer* geglaubt habe. Ein *ehrliches* Tagewerk – ob man dabei die guten Bürger von London mit S&M-Nippes versorgt oder nicht, ist *völlig* unwichtig – wird doch *immer wieder* belohnt.«

30
Daisy

Letztlich war es der Kuchen, der Daisy den Rest gab. So, wie er präsentiert wurde, gegen Ende eines Abends, bei dem ihr ziemlich die Spucke weggeblieben war, musste sie einfach ein Machtwort sprechen.

Besagter Kuchen war extra zu dem Zweck gebacken worden, Raouls Geburtstag zu zelebrieren. Daisy wusste noch, wie er vor etlichen Wochen angefangen hatte, von diesem bedeutenden Ereignis zu reden, und verschiedene Möglichkeiten erörtert hatte, den Tag zu feiern. Sollten sie nach Rio fliegen? Oder eine große Privatparty in seinem Lieblingsclub schmeißen, im Les Bains-Douches? Oder vielleicht beides? Und dann, nur drei Tage vorher, ging Raoul auf, dass er keine Zeit mehr hatte, irgendetwas auch nur ansatzweise Kompliziertes zu planen, und so entschied er sich stattdessen für eine simplere, häuslichere Art von Feier – eine Dinnerparty in seiner Wohnung mit Daisy und seinen engsten Freunden. Danach wollte er mit Daisy übers Wochenende nach Deauville fahren.

Obwohl sie bereits ein paar von Raouls zahlreichen Freunden kennengelernt hatte, war Daisy seinen engsten Vertrauten noch nicht vorgestellt worden, jenen Leuten, die er als seine »Familie« bezeichnete. Sie war neugierig, was das wohl für Menschen sein würden – höchstwahrscheinlich ein Haufen extrovertierter Machos, alle ebenso versessen auf Rugby wie er! Die Dinnerparty würde eine willkommene Abwechslung sein. Sie war in letzter Zeit so lustlos wie noch nie gewesen, was sie beim besten Willen nicht verstand. Auch der seltsame Traum machte ihr nach wie vor zu schaffen. Fast jede Nacht wanderte sie durch die dunklen, verlassenen Straßen von Paris und suchte voller Angst nach irgendetwas – oder irgendjemandem –, nach dem sie sich heftig sehnte, das oder den sie jedoch nie finden konnte. Wenn sie nur dahinterkommen könnte, was der Traum zu bedeuten hatte!

Als es am Abend seines Geburtstagsdinners zum ersten Mal klingelte, war Raoul noch beim Rasieren, und es war Daisy, die öffnete. Auf dem Treppenabsatz, beladen mit einem Haufen in rosagoldenes Papier eingewickelter Geschenke, einem Blumenstrauß und einer mit Alufolie bedeckten großen Auflaufform (denn Raoul, der nichts davon hielt, Zeit mit Kochen zu verschwenden, wenn er sich ebenso gut amüsieren konnte, hatte in weiser Voraussicht jeden seiner Gäste gebeten, einen anderen Gang des Abendessens mitzubringen), standen zwei umwerfend hübsche Mädchen. Daisy hatte den vagen Eindruck, dass sie den beiden irgendwo schon einmal begegnet war.

»*Salut!* Du bist Daisy, stimmt's?«, rief die eine, eine Blondine mit breitem Lächeln. »Ich bin Natacha.«

»Und ich bin Stéphanie. *On a apporté des lasagnes.*«

»Oh, super! Vielen Dank«, antwortete Daisy und trug die Auflaufform in die Essnische in der Küche. Die Mädchen folgten ihr und entledigten sich dabei ihrer Mäntel. Beide trugen Kleider, die extrem sexy waren, und Schuhe mit schwindelerregend hohen Absätzen, stellte Daisy fest. Natacha, die mit den blauen Augen und einer spektakulären goldenen Lockenmähne, machte sich sofort daran, den Ofen auf die richtige Temperatur einzustellen. Währenddessen öffnete Stéphanie, eine junge Frau mit südländischem Teint, die eine knallrote Afro-Perücke und riesige goldene Ohrreifen trug, den Kühlschrank, den Raoul bis zum Anschlag mit Magnumflaschen Rosé-Champagner gefüllt hatte. Sie zog eine heraus und öffnete sie mit nonchalanter Flinkheit, die von jahrelanger

Übung zeugte. Daisy holte Gläser vom Küchentresen, und Stéphanie machte sich ans Einschenken.

»So, Daisy«, meinte sie, »du bist also Raouls berüchtigte *petite chérie anglaise!*«

»*Santé!*« Natacha ließ ihr Glas sachte gegen das von Daisy klirren. »Schön, dich endlich kennenzulernen.«

»Danke«, erwiderte Daisy, gerührt von ihrer Freundlichkeit. »Dann sind wir uns also noch nie begegnet?«, erkundigte sie sich zögernd. »Weil, ich dachte, vielleicht doch.«

Wieder klingelte es.

»Ich mach schon auf, Baby«, rief Raoul aus seinem Zimmer.

Kurz darauf kam er in die Küche. Er trug Jeans und ein weißes Hemd, das bis zum Nabel offen stand, und bildete das zentrale Element einer Schar überschwänglicher junger Frauen – vier neue Gäste waren eingetroffen; sie umarmten ihn heftig und johlten dabei die ganze Zeit aufgeregt:

»*Ouais! C'est la fête!*«

»*On va s'éclater ce soir!*«

»*C'est trop!*«

»*Wou-hou!*«

Natacha und Stéphanie verteilten Champagnergläser, und Daisy wurde vier weiteren Glamour-Mädchen vorgestellt: Lola, Vanessa, Karine und Nathalie. Alle waren mächtig aufgedonnert und rochen wunderbar. Es war seltsam, dachte Daisy, während sie die Neuankömmlinge betrachtete, sie hatte das komische Gefühl, diese vier *auch* schon mal irgendwo gesehen zu haben. Raoul packte Schüsseln mit *taboulé, salade au Roquefort,* Chili con carne und *mousse au chocolat* aus und küsste jede Köchin auf die Wange. Lola, die einen hautengen Pailletten-Catsuit mit Overknee-Boots trug, und Karine, in einem silbernen Minikleid mit elegantem Faltenwurf und Stilettos, gingen zur Juke-Box hinüber. Bei den ersten Klängen von

»Macarena« erhob sich in jeder Ecke von Raouls Wohnzimmer begeistertes Quietschen, und sämtliche jungen Frauen sprangen auf, bildeten eine Reihe und hüpften gemeinsam zu dem Lied, die Hände in die Hüften gestemmt.

Raoul nahm Daisy bei der Hand. »Komm, wir tanzen.«

»Ach, ich kenne die Schritte doch gar nicht«, wehrte sie zaudernd ab.

»Mach einfach alles so wie die anderen«, sagte Raoul und demonstrierte, was er meinte, indem er im Takt der Musik vor und zurück hopste. »*Sympa, non?* Die verstehen wirklich was vom Feiern, meine Freundinnen, nicht wahr? Amüsierst du dich? Sie sind doch süß, oder? Gefallen sie dir? *Eeeeh, Macarena!*«

»Oh ja, sie machen wirklich einen sehr netten Eindruck«, erwiderte Daisy und ließ den Blick über die Szene schweifen, als es abermals klingelte.

Wenig später, als sie mit Mélodie, Juanita und Patricia auf dem weißen Ledersofa saß, alles atemberaubend schöne Geschöpfe in winzigen Kleidchen, und überlegte, wo sie *die* schon einmal gesehen haben könnte, verfiel Daisy darauf, sich zu fragen, wo eigentlich die männlichen Gäste blieben. Fand irgendwo ein wichtiges Rugbyspiel statt oder so etwas?

Raoul kam Arm in Arm mit Vanessa aus der Küche, die mit dem unbeschwertem Selbstvertrauen sehr schlanker, schöner Frauen Hotpants aus rotem Satin und ein dazu passendes Schlauchtop trug.

»Okay, *les filles!*«, rief er und hielt Vanessa eine Kasserolle hin, die mit einer Suppenkelle daraufdengelte. »Das Essen ist fertig. Kommt, lasst uns reinhauen!«

Daisy winkte ihn zu sich herüber und flüsterte ihm ins Ohr: »Meinst du nicht, dass wir noch ein bisschen auf die anderen Gäste warten sollten?«

»Welche anderen Gäste? Nein, nein, Baby, es sind doch alle da!« Raoul grinste. »Alle meine besten Kumpel, jawohl! Los geht's, Leute – *feeling hot, hot, hot!*«, schmetterte er, zog Daisy auf die Beine und führte eine Stampede aus singenden jungen Frauen in die Küche. Daisy war völlig verblüfft: Er hatte also *überhaupt keine* Männer eingeladen! Raoul war wirklich unglaublich!

Unter viel Gekicher und Schmollmund-Grimassen kletterten die Mädchen auf die hohen Barhocker an Raouls Küchentresen. Schüsseln begannen zu kreisen, und sie bedienten sich. Daisy, die neben Raoul saß, war bald mit Patricia, einem freundlichen Model auf ihrer anderen Seite, in ein Gespräch über die Pariser Mode vertieft. Ihr gegenüber unterhielten sich Vanessa und Stéphanie über Schönheitsbehandlungen. Neben ihnen plauderten Nathalie, Lola und Juanita über Yoga-Urlaube. Natacha erzählte Raoul von den Songs, die sie gerade für ihr nächstes Album aufnahm. Und am anderen Ende des Tresens redeten Stéphanie und Karine, beides Tänzerinnen, über ihre gegenwärtigen Engagements.

»Und, gefällt's dir im Moulin Rouge?«, wollte Karine wissen und nippte zierlich an ihrem Champagner. »Sind die Leute in Ordnung?«

»Ja, ich verstehe mich mit allen Tänzern«, meinte Stéphanie leichthin und kaute auf einer kleinen Gabelvoll Lasagne herum. »Viele von meinen Freunden sind da in der Truppe. Aber mit dem Crazy kann man's eigentlich nicht vergleichen. Du hast ja so ein Glück, dass du da arbeitest.«

Daisy spitzte die Ohren. *Das Crazy?* War das nicht dieser Club, von dem Raoul Weihnachten ihrem Vater erzählt hatte, der, wo sie diese Strip-Show hatten? Dann musste Karine also …

»*Eh oui,* immer noch Froufrou des Jarretelles«, sagte Karine genau in diesem Moment als Antwort auf eine Frage von Vanessa.

»Das kann man leicht behalten, und es passt wohl auch zu mir, stimmt's?«, fragte sie mit einer erotischen kleinen Bauchtanz-Bewegung. Die anderen klatschten Beifall, und ein paar »*Ay, ay, caramba!*«-Rufe waren zu hören.

Dann war Karine also früher mal mit Raoul zusammen gewesen, dachte Daisy ein wenig verdrossen. Er hätte ihr ja wirklich vorher sagen können, dass heute Abend eine von seinen Exfreundinnen kommen würde. Ach, na ja, sagte sie sich gleichmütig, wahrscheinlich hatte er gedacht, das spiele keine Rolle. Schließlich war er jetzt mit ihr, Daisy, zusammen, und wenn er mit Karine befreundet geblieben war, dann war das ja nur gut. Genau in diesem Augenblick bemerkte Patricia: »Weißt du, als *ich* damals mit Raoul zusammen war, hat er immer Chocolate-Chip-Cookies im Bett gegessen. All die Krümel! Sind überall rumgeflogen. Ich hoffe, das macht er nicht immer noch.«

»N-nein, ich ...«, setzte Daisy verdattert an.

»Das ist ja noch gar nichts!«, mischte Juanita sich ein. »Als *ich* mit ihm zusammen war, hat er Lederhosen ohne was drunter getragen.« Sie wandte sich um und zwinkerte Raoul zu, der zurücklächelte. »Ich hab ihn immer gefragt: ›Was ist denn daran geheimnisvoll?‹«

»Also, das mache ich nicht mehr!«, entrüstete sich Raoul zum Schein. »Auf gar keinen Fall!«

»Bei mir«, meldete sich Lola zu Wort und blies eine dünne Fahne Zigarettenrauch aus, »war's seine Wahnsinnsbegeisterung für Minigolf. *Jedes* Wochenende mussten wir spielen.«

»Minigolf finde ich immer noch toll«, gab Raoul zu. »Das können wir am Wochenende in Deauville spielen, Baby«, setzte er hinzu und beugte sich zu Daisy herüber. »Ich bringe es dir bei.«

Als erst Vanessa und dann Stéphanie ihre eigenen romantischen Erinnerungen vom Stapel ließen, dämmerte es Daisy allmählich.

Sämtliche Mitglieder von Raouls »Familie« waren Exfreundinnen, jede Einzelne.

»Okay, Raoul.« Mélodie klopfte mit dem Messer an ihr Glas, um sich die allgemeine Aufmerksamkeit zu sichern. »Bist du bereit für deinen ganz besonderen Geburtstagskuchen?«

»Aber hallo!« Raoul drückte Daisys Hand. Dann wandte er sich an sie und sagte: »Das wird dich umhauen. Lola ist echt eine Wahnsinnskünstlerin.«

Lola, die in der Kochecke letzte Hand an ihre Kreation gelegt hatte, drehte sich um und kam strahlend langsam zum Tresen geschritten, auf dem sie jetzt ein großes, rosa-weißes Gebilde abstellte, umgeben von einem leuchtenden Kerzenkreis.

Wie ein Sirenenchor stimmten die Gäste melodisch *»Joyeux Anniversaire«* an, und Raoul blies unter großem Einsatz die Kerzen aus.

»Bravo, Raoul! *Ouais! Wou-hou! Feeling hot, hot, hot!*«, schrien alle und warfen ihre Servietten in die Luft.

Danach konnte Daisy den Kuchen in seiner ganzen Herrlichkeit betrachten. Auf der runden Bodenplatte erhoben sich zwei vollendete Hügel aus weißem Baiserschaum in Gestalt zweier Brüste, einschließlich rosiger, aufrechter Zucker-Brustwarzen. Sprachlos starrte sie sie an.

»Oh«, brachte sie schließlich hervor. »Das ist …«

»Lola, Schatz«, erklärte Raoul feierlich. »Ich meine, wow … das ist wirklich echt extrem. Vielen Dank. Ich bin tief gerührt.«

Champagnergläser klirrten in der Runde und quer über den Tisch aneinander.

»*Hé,* Raoul. Ist doch schön, *entre nous* zu sein, *hein?*«, sagte Juanita. »Nur unsere kleine Clique.«

»Wisst ihr, woran mich das erinnert?«, fragte Stéphanie. Kichernd. »An *Planète Femme!* Es ist genau wie in deiner Geschichte. Als hätten wir komplett die Herrschaft über die Welt übernommen.«

Raoul brüllt vor Heiterkeit. »*Allez, les filles!* Aber natürlich könnte auch niemand einem so umwerfenden Alien wie dir widerstehen, Stéph!«

Mit weit aufgerissenen Augen sah Daisy Stéphanie an. *Jetzt* wusste sie, wo sie sie schon einmal gesehen hatte. *Planète Femme!* Einer der Gründe dafür, dass sie die Anführerin von Raouls Armee sexbesessener Invasoren nicht erkannt hatte, war vielleicht, dass ihre Haut im richtigen Leben nicht leuchtend blau war. Langsam ließ Daisy den Blick zu Natacha wandern. Jawohl. Wenn man *die* in ein Kostüm aus dem 18. Jahrhundert steckte, was kam dann dabei heraus? Caroline aus *La Filibustière,* natürlich! Und was Nathalie anging, das war ganz eindeutig: Sie war die bezaubernde Favoritin des Sultans aus *La Sultane.* Und so weiter und weiter, bis hinunter zu Vanessa, die, wie Daisy jetzt klar wurde, die Inspiration für Raouls Hauptfigur in seinem jüngsten Œuvre gewesen sein musste, dem psychedelischen Sex-Trip *Alice '69,* und demnach auch diejenige, die in seinem Leben ihre unmittelbare Vorgängerin gewesen war. Und die Nächste wäre dann ... natürlich sie selbst.

Beim Kaffee blieb Daisy still und in sich gekehrt und war so sehr in Gedanken, dass sie Raouls ratlose Blicke nicht bemerkte. Später, als ein paar der Gäste zu tanzen begannen und andere in der Küche blieben, um Tequila Slammer zu mixen, nutzte Daisy die Partystimmung, um in Raouls Zimmer zu schlüpfen und ihren Mantel und ihre Tasche zu holen.

»Was ist denn los, Süße?«, wollte Raoul wissen, der hereinkam und die Tür hinter sich zumachte. »Du gehst doch nicht etwa?«

»Doch. Ich bin sehr müde.«

»Ach, Baby, geh nicht! Meine Freundinnen sind alle ganz hin und weg von dir. Willst du denn nicht bleiben und ein bisschen Zeit mit ihnen verbringen?«

»Ich finde, deine Freundinnen sind alle sehr nett. Aber ich muss wirklich gehen.«

»Okay, cool«, sagte Raoul unbeschwert. »Wann sollen wir uns also morgen treffen?«

»Morgen?«, fragte Daisy unbestimmt.

»Um nach Deauville zu fahren. Weißt du nicht mehr?«

»Ach ja.« Daisy setzte sich auf Raouls Bett und sah zu ihm auf. »Raoul, hör zu. Ich weiß, du hast Geburtstag, aber ich glaube, ich würde dieses Wochenende lieber doch nicht wegfahren.«

»Nein?« Mit besorgter Miene setzte Raoul sich neben sie. »Was ist denn los, Daisy? Hast du zu viel Champagner abgekriegt? Fühlst du dich nicht gut? Keine Angst, Baby, leg dich hin, ich verpasse dir meine ganz spezielle Fußmassage.«

»Nein, es ist alles okay. Danke. Es ist nur ...« Daisy stockte. Wie sollte sie am besten erklären, was sie empfand? »Raoul, sind deine Geschichten alle von Exfreundinnen inspiriert?«

Raoul grinste. »Ja, ein bisschen.«

»Das dachte ich mir. Weißt du, du hättest mich ruhig warnen können, dass alle Gäste heute Abend Ehemalige von dir sind.«

»Oh, aber so denke ich doch gar nicht mehr über sie. Wir sind alle einfach wirklich gute Freunde.«

»Na ja, es ist so«, sagte Daisy und sah ihn ernst an. »Ich glaube, genau das sind wir beide auch: einfach nur richtig gute Freunde.«

Raoul schien überrascht. »Wieso sagst du das?«

»Ich meine ... weißt du noch, deine Idee für dein nächstes Heft, mit mir als nymphomanischem Cheerleader in den Fünfzigern?«

»M-hm.«

»Sag mir, bei deinen anderen Freundinnen, was kam da zuerst, die Trennung oder dass du sie in einer Geschichte verewigt hast?«

Schweigend starrte Raoul sie an.

Daisy schüttelte bedächtig den Kopf. »Nun ja, so oder so, das heißt, zwischen uns ist es vorbei, nicht wahr?«

»Aber Baby«, protestierte Raoul und nahm ihre Hand, »du verstehst das nicht: Ich liebe dich.«

Daisy seufzte und betrachtete ihn voller Zuneigung. »Ich weiß, Raoul. Aber die Sache ist die … du liebst *alle* Frauen.«

Raoul öffnete den Mund, um zu widersprechen, dann lächelte er und nickte. »Na ja, äh … ja, das stimmt wohl.«

Daisy begann zu lachen. »Ich meine, nimm doch mal heute Abend: Du bist der einzige Mann, der auf dem Planet der Frauen Zutritt hat! Ich find's toll, dass du so glücklich bist, aber … das Ganze ist … nicht das Richtige für mich. Tut mir leid.«

»Okay«, antwortete Raoul nach einem Moment. »Bist du sicher?«

»Ich bin wirklich, wirklich sicher. Und, Raoul, wegen dieser Cheerleader-Geschichte: Tu einfach, was du willst, okay?«, erwiderte Daisy und umarmte ihn. »Ich möchte deinen kreativen Trieben nicht im Wege stehen.«

Raoul schloss sie seinerseits in die Arme und küsste sie auf den Scheitel. »Du bist sehr lieb. Mach's gut, Daisy. Pass auf dich auf. *Hasta la vista,* Baby. See you later, alligator. After a while …«

Also wirklich, Raoul!, dachte Daisy und biss sich heftig auf die Lippe, um nicht loszuprusten.

31
Isabelle

Isabelle war fürchterlich geknickt gewesen, als sie fieberhaft den Stapel mit Merediths Manuskripten durchgesehen und sämtliche Romane vorgefunden hatte – nur nicht *The Splodge.*

Daraufhin hatte Jules kurzerhand bei Paul Celadon angerufen und ihren allerstrengsten Tonfall angeschlagen. Celadon hatte sich vielmals entschuldigt, *verehrte Madam,* hatte ihr jedoch versichert, dass sich das fehlende Manuskript nicht in seinem Besitz befände. Gott sei Dank sei es niemals veröffentlicht worden. Soweit es ihm bekannt sei, hätte es immer nur ein Exemplar gegeben, und ein einziger rascher Blick darauf hätte ihn damals davon überzeugt, dass es einfach nicht brauchbar gewesen sei. Er hatte Meredith geraten, dieses wertlose Geschwafel in die Mülltonne zu schmeißen. Seitdem hatte er überhaupt keinen Gedanken mehr daran verschwendet, und über sechzig Jahre später fürchtete er doch sehr, dass ihm nichts davon im Gedächtnis geblieben sei. Er entschuldigte sich abermals, wünschte Jules einen höchst erfreulichen Tag, *verehrte Madam,* übermittelte Isabelle seine Grüße, beteuerte wiederholt, dass sie die Manuskripte gern behalten könne, und damit hatte es sich.

Am nächsten Morgen rief Isabelle rein instinktiv bei Lucy Goussay an, die einen erregten Freudenschrei ausstieß und noch für denselben Abend eine Sondersitzung der Society anberaumte, als sie hörte, dass Merediths Manuskripte zur Besichtigung freigegeben waren. Solche Begeisterung erwies sich als ansteckend, und Isabelles Stimmung besserte sich dadurch erheblich. Als sie später mit den Manuskripten, die sie sorgfältig in ihrem kleinen Rollkoffer verstaut hatte, in Hampstead anlangte, wurde ihr eine Begrüßung wie für eine Heldin zuteil.

»Sie haben uns wirklich Ehre gemacht, Izbl«, verkündete Maud und musterte sie über ihre dunkle Brille hinweg mit so etwas wie Wohlwollen.

»Ja, bravo!«, bellte Lucy. »Ha, ha! Ungeheuer mutig von Ihnen, sich mit Paul anzulegen.«

»Meine Freunde haben mir geholfen«, erwiderte Isabelle und hielt es für das Beste, nicht auf die schillernden Details in Sachen House of Discipline einzugehen.

»Ich bin ja so froh, dass ich Sie damals zu uns eingeladen habe, an dem Tag, als Sie in die Buchhandlung gekommen sind«, sagte Fern und umarmte Isabelle herzlich. »Ich wusste einfach, dass Sie eine von uns sind.«

»Sie waren ein enormer Gewinn für unsere kleine Schar, *Mademoiselle«*, befand Peter Holland und zwinkerte ihr zu.

»Nehmen Sie sich doch einen fettfreien Johannisbrotkeks, Liebes«, drängte Wendy und bot einen Teller mit dunkelbraunen, runden Scheiben an. »Waren ein bisschen zu lange im Ofen, aber sie machen wirklich schlank. Und wie wär's mit einer Tasse Brennnesseltee?«

»Vielen Dank«, erwiderte Isabelle, die all die Aufmerksamkeit ein wenig verlegen machte. »Dabei waren Sie alle doch diejenigen, die so freundlich zu mir waren.«

Sie setzte sich neben Merediths Porträt und sah zu, wie Wendy und Fern mit größter Behutsamkeit die Papierstapel auspackten und sie in anmutiger Fächerform auf dem Couchtisch arrangierten. Dann ließ sich jedes Mitglied glückselig mit dem Manuskript seines Lieblingsromans nieder, und Schweigen senkte sich herab, nur gelegentlich durch ein zustimmendes Ächzen unterbrochen.

Während er sich daranmachte, die Seiten von *Der Tod der Bauchrednerin* durchzublättern, blickte Herbert Merryweather auf und bedachte Isabelle mit einem schüchternen Lächeln. Sie lächelte zurück. Es war schön, das Gefühl zu haben, dass sie das Richtige getan hatte. Als sie sie heute Vormittag angerufen hatte, hatte Agathe ihr geraten, sich gar nicht die Mühe zu machen, Professeur Sureau von den neuen Entwicklungen in Kenntnis zu setzen.

Was Isabelle da von horizontal, vertikal und diagonal eingefügten Korrekturen in blauer Tinte und Merediths entschlossener Handschrift berichtete, klang so vielversprechend – am besten zuerst gründlich überprüfen und Sureau dann mit einem echten Durchbruch überraschen! Und wie gewöhnlich hatte ihre Freundin Agathe recht gehabt: Isabelle war froh, ihre Entdeckung zuerst mit ihren Freunden von der Quince Society teilen zu können.

»Also«, sagte Roberta zu ihr, während sie weiterstrickte, »sind alle Manuskripte da?«

Bedauernd schüttelte Isabelle den Kopf. »Nein, ich meine, die *veröffentlichten* Bücher sind alle da, aber es gab da noch etwas anderes, das ich zu finden gehofft hatte. Ein interessantes stilistisches Experiment, aus dem nichts geworden ist. Aber leider hatte Mr. Celadon es nicht.«

»So ein Pech, Izbl!«, knurrte Lucy.

»Oh, Liebes, ich hoffe, Sie sind nicht allzu enttäuscht?«, erkundigt sich Fern ängstlich.

»Na ja, ein bisschen schon«, gab Isabelle zu und schaute wehmütig zu Merediths Porträt und dem Tintenklecks auf dem Schreibtisch hinauf. »Ich glaube, dass Meredith es leider vernichtet hat. Aber es ist wundervoll, dass wir das hier aufgetrieben haben«, fügte sie mit Blick auf die positive Seite des Ganzen hinzu, »denn so kann ich ihren Schreibprozess besser nachvollziehen – Sie wissen schon, die Sache mit den verschiedenen Erzählperspektiven, dem Verschleiern und *trompe l'œil* … die Poesie der kubistischen Erzählweise … all das.«

»Oh ja!« Fern kroch auf dem Sofa ein wenig in sich zusammen. »Das hört sich ganz wunderbar an.«

»Das mit diesem anderen Buch ist nicht wichtig«, fuhr Isabelle resolut fort. »Allmählich frage ich mich, ob mich mein Instinkt getrogen hat.«

»Vielleicht«, stimmte Maud zu, ehe sie energisch hinzusetzte: »Aber es ist doch noch ein bisschen früh, um das Handtuch zu werfen, nicht wahr, Izbl? Sagen Sie, haben Sie es schon bei Philip Quince versucht?«

Errötend schüttelte Isabelle den Kopf. Philip Quince war selbstverständlich Merediths Neffe und Toms Vater. Sich mit ihm in Verbindung zu setzen, war aus allen möglichen Gründen eine beängstigende Vorstellung.

»Nein, eigentlich nicht«, antwortete sie nach einem Augenblick des Zögerns. »Aber offensichtlich soll er überhaupt kein Interesse an dem haben, was sie geschrieben hat.«

»Das stimmt«, bestätigte Peter Holland und schaute von den Seiten von *Mord in Glacéhandschuhen* auf. »Ich persönlich habe Philip Quince immer für einen sehr ungehobelten Menschen gehalten. Kein Sinn für Kunst, keinerlei Sensibilität.«

Eine Pause entstand, während Maud, Fern, Wendy und Lucy unbemerkt von Isabelle, die das Porträt betrachtete, allesamt viel sagende Blicke wechselten.

»Ja!«, stieß Wendy mit bebender Stimme hervor und presste die Hände an den Busen. »Und es gibt doch *nichts* auf dieser Welt, was kostbarer ist als Sensibilität, nicht wahr, liebe Izbl?«

Betroffen sah Isabelle sie an. »Nun ja, vielleicht. Ich …«

»Was Wendy *meint*«, sagte Maud scharf, »ist, dass wir dachten,

Sie möchten die Manuskripte vielleicht auch diesem jungen Wie-hieß-er-noch-gleich zeigen, Philips Sohn …«

»Tom«, murmelte Isabelle leise.

»Ha! Ja, großartig!«, fiel Lucy ein. »Sehr anständig, das zu tun.«

»Und dann, verstehen Sie, dann wären Sie sogar in der Lage, ihn zu bitten, sich mit seinem Vater in Verbindung zu setzen«, gab Fern zu bedenken und spielte mit den Perlen ihrer Halskette.

»Aber das ist natürlich ganz und gar Ihre Entscheidung, Izbl«, meinte Maud und schenkte sich eine weitere Tasse Tee ein.

Lucy, Maud und Fern wandten sich nach und nach wieder ihrer Lektüre zu, während Wendy ein paar nervöse Bissen von einem Johannisbrotkeks nahm.

Isabelle drehte und wendete diesen Vorschlag im Geiste. An dem, was die Damen der Society sagten, war durchaus etwas dran. Doktorvater hin oder her – sie sollte Tom tatsächlich wissen lassen, dass sie die Manuskripte ausfindig gemacht hatte. Gewiss, er hatte sich nie die Mühe gemacht, die Romane seiner Großtante zu lesen, doch er hatte Isabelle im ganzen Haus danach suchen lassen.

»Nun, ich nehme an …«, fing Isabelle zögernd an. Augenblicklich wandten die vier Damen ihr erwartungsvolle Gesichter zu. »Ja, es wäre höflicher, ihm Bescheid zu geben und …« Sie hielt inne, als ihr ein Gedanke kam. »Eigentlich sollte ich sie ihm aushändigen. Weil sie doch Merediths Familie gehören, nicht wahr?«

»Allmächtiger! Wie wundervoll!«, juchzte Wendy freudig.

»Ganz ausgezeichnet!«, kläffte Lucy. »Feine Sache das.«

Resolut erhob sich Isabelle. »Dürfte ich wohl Ihr Telefon benutzen, Lucy?«

»Nicht nötig, Izbl. Er ist schon unterwegs«, wehrte Maud gelassen ab.

Isabelle setzte sich abrupt wieder hin. »Er … Wer?«

»Na, der kleine Quince natürlich!«, belferte Lucy. »Hab bei ihm durchgeklingelt, nachdem ich mit Ihnen gesprochen hatte. Hab ihn eingeladen. Mich für seine Einladung revanchiert, Sie wissen schon. Ist ja nur angemessen.«

»Deswegen hab ich auch gebacken, verstehen Sie?«, warf Wendy ein. »Er hat uns doch damals so einen reizenden Tee serviert.«

Lucy heftete die blauen Augen auf Isabelle, die wie gebannt regungslos dasaß.

»Sie haben doch nichts dagegen, oder, Izbl?«

»Nein, natürlich nicht. Ich bin nur ...«

Maud schaute zum Fenster hinaus. »Sollt mich nicht wundern, wenn das da sein Auto ist.« Sie stand auf und schritt zur Tür, eifrig gefolgt von Wendy.

Und dann, bevor Isabelle Zeit hatte, sich Gedanken darüber zu machen, wie sie aussah oder was sie sagen sollte, trat Tom ins Zimmer.

»Ha!«, bellte Lucy, während sie mit einem Satz vorschnellte, um ihn zu begrüßen. »Großartig, Sie wiederzusehen.«

In den sich entspinnenden Verwirrungen brauchte Tom einen oder zwei Momente, um zu Isabelle hinüberzugelangen, die wie angewurzelt unter Merediths Porträt verharrte. Dann war er plötzlich da, sehr nahe, und sie spürte seinen leichten Kuss auf ihrer Wange. Er sagte irgendetwas zu ihr, und es war so schön, seine Stimme zu hören, dass sie kein einziges Wort erfasste. Jetzt war sie an der Reihe, etwas zu sagen, doch ihr fiel einfach nichts ein – jedenfalls nichts Überzeugendes. Energisch von Lucy und Maud zusammengetrieben, verließen die anderen das Zimmer und scharten sich neben der Tür, um sich mit frischem Tee und Keksen zu versorgen. Isabelle und Tom blieben allein zurück. Er legte ihr die Hand auf den Arm, und sie ließen sich nebeneinander nieder.

»Lucy hat mir am Telefon eine sehr aufregende Geschichte erzählt«, begann er und lächelte sie an. »Ich glaube, es könnte unter

Umständen möglich sein, dass ich sie missverstanden habe. Sag, stimmt es, dass du mitten in der Nacht über eine Gartenmauer gestiegen bist, alles nur, um Merediths Manuskripte zu kriegen?«

»Ja, das stimmt«, bestätigte Isabelle und seufzte vor Verlegenheit. »Es fällt mir selbst schwer, das alles zu glauben.«

»Oh, *mir* nicht. Ich weiß noch, was zu Hause in der Bibliothek passiert ist, als du angefangen hast, ernstlich zu suchen. Ich habe die Erfahrung gemacht, dass eine entschlossene junge Wissenschaftlerin nichts zwischen sich und dem, was sie begehrt, stehen lässt.« Ganz kurz begegneten sich ihre Blicke, und Isabelle lächelte.

»Nun, hier sind sie endlich.« Fern kam zurück und deutete mit einer Geste auf die Manuskripte, die Wendy sauber gebündelt hatte. »Die Manuskripte der lieben Meredith. Ist das nicht wunderbar?«

Die anderen Mitglieder der Society folgten keksekauend und nahmen ihre Plätze in der Runde wieder ein.

Tom hob seine Tasse mit Brennnesseltee und sagte feierlich: »Im Namen der Nachlassverwalter von Meredith Quince möchte ich Isabelle Papillon dafür danken, dass sie das Werk meiner Großtante gerettet hat. Und das auf so dramatische Art und Weise. Ganz bestimmt hätte Meredith das zu schätzen gewusst.«

»Oh ja!«, rief Emily Merryweather und zog vor Aufregung die Nase kraus. »Genau so etwas hätte Lady Violet vielleicht getan. So etwas ungeheuer Schneidiges und Verwegenes.«

»Wie in *Pink Gin unter dem Rasen,*« meinte Tom, »als sie den russischen Spion mit einem großen Netz auf dem Dach eines fahrenden Zuges fängt?«

»Ooh, ja«, pflichtete Selina ihm wohlig bei. »Genau.«

»Oder in *Mord in Glacéhandschuhen*«, fuhr er ruhig fort, »als sie in ihrem Opernumhang in das brennende Schloss zurückrennt und es schafft, all die Kinder rauszuholen, bevor das ganze Ding zusammenkracht.«

Erstaunt sah Isabelle ihn an. »Aber ich dachte, du hättest ihre Bücher nie …«

»Ja, ja – und das war wirklich nachlässig von mir. Doch es wird dich freuen zu erfahren, dass ich angefangen habe, sie zu lesen. Ich finde sie hervorragend.«

Frohes Beifallsgemurmel war im Raum zu vernehmen.

»Und darf ich fragen, wieso Sie Ihre Meinung schließlich geändert haben?«, erkundigte sich Maud.

»Ich wollte wissen, wieso sie Isabelle gefallen«, antwortete Tom.

Isabelle errötete aufs Köstlichste und schaute zu Boden.

»Ha! Ganz richtig!«, stellte Lucy fest.

»Deshalb hätte ich jetzt große Lust, mal einen Blick auf die Manuskripte zu werfen, Isabelle«, sagte Tom.

Isabelle nickte. »Natürlich.«

»Ich habe mich gefragt«, fuhr er rasch fort und sah sie auf seine typische unbestimmte Art an, »ob es nicht das Beste wäre, wenn du sie zu mir nach Hause bringst. Und dann könntest du selbstverständlich jederzeit vorbeikommen und damit arbeiten. Du könntest Merediths Schreibtisch benutzen«, fügte er lächelnd hinzu.

»Man stelle sich das vor, an *ihrem* Schreibtisch zu schreiben!«, stieß Herbert Merryweather ehrfürchtig hervor.

»Gütiger Himmel! Wie aufregend!« Roberta war so bewegt, dass sie tatsächlich einen Augenblick lang ihr Strickzeug sinken ließ

Das wäre in der Tat ziemlich aufregend, dachte Isabelle bei sich.

»Und Sie könnten Tom all das mit dem … Poetischen und … Sie wissen schon … mit all dem erklären«, meinte Fern.

»Ich würde wirklich gern alles darüber hören«, beteuerte Tom. »Natürlich könnte ich sie einfach mitnehmen«, fuhr er fort. »Aber ich finde, *du* solltest sie nach Hause bringen. Als symbolische Geste«, setzte er hinzu und blickte zu dem Porträt seiner Großtante hinauf.

Isabelle nickte lächelnd.

»Wollen wir gleich fahren?«, fragte Tom.

Warum nicht?, dachte Isabelle. Wenn sie wusste, dass die kostbaren Manuskripte wohlbehalten in ihrem rechtmäßigen Heim angelangt waren, würde sie sich endlich von ihrer anstrengenden Expedition im Catsuit erholen können.

Als sie mit den Manuskripten im Kofferraum in Toms Wagen davonfuhren, konnte sie im Rückspiegel sehen, dass sich die gesamte Quince Society vor Lucys Haustür versammelt hatte, um ihnen nachzuwinken. Wendy schien tief gerührt zu sein. Das war reizend von ihr: Das Schicksal der Manuskripte musste ihr wahrhaftig am Herzen liegen. Isabelle lehnte sich in ihrem Sitz zurück.

»Übrigens noch nachträglich frohes neues Jahr«, sagte Tom, nachdem sie ein paar Minuten gefahren waren.

»Oh ja. Dir auch.«

»War's schön in Paris?«

»Ja, danke. Es war wunderschön«, antwortete Isabelle schläfrig.

Tom nickte und blickte starr nach vorn auf die Straße.

Isabelle gähnte. »Entschuldige, Tom, aber ich bin so müde.«

Tom streckte den Arm herüber und schaltete das Radio an. »Entspann dich einfach«, sagte er sanft. »Wir sind bald da.«

Als sie angekommen waren, packte Tom die Manuskripte aus, während Isabelle wie ein übermüdetes Kind am Küchentisch saß.

»Es ist komisch«, meinte sie nach einer Weile. »Ich komme mir vor, als wäre ich lange auf Reisen gewesen.«

»Na ja, dies ist das Ende deiner Suche«, antwortete Tom und ging zum Kühlschrank hinüber. »Hast du Lust auf eine Kleinigkeit, zum Feiern? Diese Kekse waren ein bisschen merkwürdig, fand ich.«

»Danke, nein«, wehrte Isabelle ab und legte den Kopf auf die verschränkten Arme. »Ich bin zu müde, um irgendwas zu essen oder zu trinken. Ich fahre wohl lieber nach Hause.«

»Du könntest im Gästezimmer übernachten, wenn du möchtest.«

»Ich wusste gar nicht, dass es hier ein Gästezimmer gibt«, erwiderte Isabelle und öffnete ein Auge.

»Oh, es gibt eins. Komm, ich zeig's dir.«

Sie gingen zusammen die Treppe hinauf, und Tom blieb im ersten Stock stehen, vor der Tür von Merediths Zimmer.

»Ach, *dieses* Zimmer?«, fragte Isabelle, die sich an die trübsinnige Rumpelkammer erinnerte, die sie bei ihrem ersten Besuch kurz gesehen hatte. »War da wirklich ein Bett drin?«

»Jetzt ist eins drin«, sagte Tom und öffnete die Tür.

Isabelle trat ein und sah sich staunend um. Alles Gerümpel war aus dem Raum entfernt und die Wände mit einem hübschen Chinoiserie-Muster in Altrosa tapeziert worden. Tom hatte Merediths Kommode und ihr kleines Himmelbett vom Dachboden heruntergeschafft. Beides war poliert worden und roch jetzt köstlich nach Bienenwachs. Schneeweiße Bettwäsche zierte das Bett, und Vasen mit Massen von Papageientulpen waren überall im Zimmer verteilt.

»Wie unglaublich schön«, sagte Isabelle leise.

»Na ja, die Möbel waren da, also kam es mir blöd vor, sie nicht zu benutzen. Gefällt es dir?«

»Natürlich, ich finde es hinreißend«, beteuerte Isabelle und drehte sich zu ihm um.

»Dann steht es dir zur Verfügung.«

»Mir? Wie meinst du das?«

»Ich habe nicht die Absicht, dieses Zimmer zu einem Schrein für Meredith zu machen. Jetzt ist es ein gemütliches Schlafzimmer mehr hier im Haus, und du kannst es jederzeit benutzen.«

»Aber Tom, ich verstehe nicht. Ich meine, als wir uns vor Weihnachten verabschiedet haben, war ich mir nicht einmal sicher …«

»Dass du jemals hierher zurückkommen würdest?«, fragte er und lehnte sich an den Türrahmen. »Also, ich erinnere mich, mal gelesen zu haben, dass die Höflinge im 16. Jahrhundert immer das schönste Zimmer in ihrem Haus fix und fertig bereitgehalten haben, für den Fall, dass die Queen mal aus einer Laune heraus vorbeischaut.«

Verblüfft sah Isabelle ihn an.

»Ich habe wohl so etwas Ähnliches gedacht«, bemerkte er.

»Tom, es ist wunderschön«, sagte sie errötend.

»Brauchst du eine Zahnbürste?«

»Ja, danke. Das wäre toll.«

»Sonst noch etwas?«

»Nein, eigentlich nicht.«

»Warte hier. Ich hole dir eine Zahnbürste und ein Handtuch.«

Nachdem sie Tom Gute Nacht gesagt hatte, ging Isabelle in das Zimmer zurück und zog die Vorhänge zu, während sie gedankenverloren vor sich hin sang. Plötzlich war sie so erschöpft, dass sie sich an Ort und Stelle auszog und ihre Sachen – höchst untypisch für sie – einfach auf einen Haufen zu Boden fallen ließ. Als sie mit vor Müdigkeit kribbelnder Haut in die kühle Bettwäsche schlüpfte, atmete sie den köstlichen Duft von Lavendel ein. Im Stillen dankte sie Tom dafür, dass er an alles gedacht hatte. Sie wühlte sich in die Kissen, um ein vollendetes Nest für ihr Gesicht zu schaffen, und streckte Arme und Beine aus. Dann reckte sie einen Arm, um die Nachttischlampe auszuknipsen. Zum ersten Mal seit Wochen entspannte sich ihr Körper. Sie schlief.

Am Morgen erwachte sie von Vogelgesang. Ein Satzfetzen, möglicherweise das Überbleibsel eines Traums, hallte wie ein Mantra hartnäckig in ihrem Kopf wider. Er lautete »ein unschlagbares

Blatt«, und sie sah ihn noch immer vor sich, in Relief-Schönschrift unter dem kristallklaren Bild der Spielkarten, die bei jenem ersten Mal in Toms Hutband gesteckt hatten. Isabelle räkelte sich genussvoll. Wieso hatte sie eigentlich niemals gern etwas riskiert? Ihr ganzes Leben lang hatte sie Risiken gemieden wie die Pest. Jetzt fürchtete sie sich plötzlich nicht mehr davor. Wahrscheinlich weil sie so tief und fest geschlafen hatte, war nichts von dem mentalen Chaos und der Beklommenheit zu merken, die sie frühmorgens für gewöhnlich überkamen. Ihr Kopf fühlte sich leicht und klar an und beherbergte nur einen einzigen Gedanken. Dieser Gedanke war, wie wunderbar es wäre, Tom jetzt gleich zu sehen, ihm nahe zu sein.

Sie stieg aus dem Bett, ging zum Fenster und zog einen Vorhang zur Seite. Draußen sah es schön aus. Der Garten lag friedlich im blassen Sonnenschein da. Da sie ein wenig fror, sah sie sich nach etwas zum Überziehen um. Eine zusammengefaltete, karierte Wolldecke war aufmerksamerweise auf dem Sessel deponiert worden, für den Fall, dass sie sie nachts nötig gehabt hätte. Sie schüttelte sie aus und legte sie sich in einer Art Indianerstil um die Schultern. Die Decke war vielleicht ein bisschen kurz, aber absolut ausreichend.

Es war durchaus möglich, dass Tom noch schlief. Sie wusste nicht mehr, wo sie ihre Uhr hingelegt hatte, und hatte keine Ahnung, wie spät es war. Egal. Leise tappte sie ins oberste Stockwerk hinauf. Seine Schlafzimmertür stand weit offen. Er war nicht da. Sie ging nach unten in die Küche. Dort war Tom auch nicht, doch es waren Anzeichen zu sehen, dass hier vor Kurzem Tee getrunken worden war, und auf der Tischplatte lagen ein paar Krümel. Isabelle befühlte die Teekanne. Sie war noch warm. Warum nicht schnell draußen nachsehen? In ihrem ungemein klarsichtigen Zustand kam es ihr nicht in den Sinn, nach oben zu gehen und sich anzuziehen. Das hätte eine titanische Anstrengung bedeutet. Es sah nicht so als, als wäre es draußen besonders kalt. Sie musterte die Reihe schlammverschmierter Gummistiefel neben der Tür und entdeckte ein Paar, das ungefähr ihre Größe zu haben schien. Warum nicht einfach hineinschlüpfen und so hinausgehen, wie sie war?

Langsam schritt sie den Gartenweg hinunter und blieb hin und wieder stehen, um die Rinde eines Baumes zu betasten oder Blätter zwischen den Fingern zu reiben. Es hatte etwas Magisches, dachte Isabelle, wie still und warm es in Toms Garten war. Es war wie ein mildes Mikroklima, das nichts mit dem winterlichen Wetter zu tun hatte, welches anderswo herrschte. Ein Stück weiter entfernt konnte sie das Gewächshaus sehen. Und dort war der Gartenschuppen, den er vor Kurzem in einem hübschen Blaugrauton gestrichen hatte.

Die Tür stand halb offen. Im Innern des Schuppens war es sehr sauber, mit geschrubbtem Fußboden und tiefen Holzregalen voller Gartenutensilien, die sie nicht zu benennen wusste, an den Wänden. Mysteriöserweise lag ein leichter, aber durchdringender Geruch nach Äpfeln in der Luft. Am anderen Ende des Schuppens saß Tom unter einem Fenster und war anscheinend gerade dabei, eine Pflanze einzutopfen.

»Hallo«, sagte Isabelle, nachdem sie ihn einen Moment betrachtet hatte.

»Oh, hi«, sagte er und drehte sich um. »Hast du gut geschlafen?«

»Ich habe seit Monaten nicht mehr so gut geschlafen. Bist du schon lange auf?«

»Nicht besonders.« Tom sah zu, wie sie näher kam, sah die Stiefel und die um ihren Körper geschlungene Decke. Er lächelte sie an. »Du siehst aus, als ob du eigentlich auf einem Pferd sitzen und eine Armee anführen solltest – eine Kriegerkönigin. Mit einem

Speer in der Hand, oder vielleicht auch mit einer Armbrust. Ich glaube, das da könnte durchaus das Schönste sein, was ich jemals an dir gesehen habe.«

Direkt vor und über Tom zu stehen und ihm in die Augen zu blicken hatte dieselbe Wirkung auf Isabelle wie ein Schwall reiner Sauerstoff; ihr Kopf wurde noch klarer. Ohne auch nur einen Augenblick zu zögern, warf sie die Wolldecke ab und ließ sie zu ihren Füßen zu Boden fallen.

»Weißt du, ehrlich gesagt«, meinte Tom bedächtig, zog erst die Handschuhe aus, nahm dann die Brille ab und legte beides auf den Tisch, »ich nehm's zurück. Das hier ist sogar noch schöner.«

Er zog sie auf seinen Schoß und küsste sie, strich mit der Hand leicht über ihre Brüste, ihren Bauch, ihre Schenkel. Schließlich lösten sie sich aus dem Kuss und sahen einander an.

»Ich war so vollkommen, vollkommen dumm«, sagte Isabelle. »Verzeih mir.«

»Überhaupt nicht. Es ist doch völlig normal, vor übermächtigen Gefühlen zuerst einmal Angst zu haben. Daran muss man sich erst gewöhnen.« Er hielt sie mit einem Arm um die Taille gefasst, beugte sich hinunter und zog ihr mit der anderen die Stiefel aus. »Versteh mich nicht falsch, ich möchte auf keinen Fall, dass du glaubst, diese ›Nackt-mit-Gummistiefeln‹-Nummer macht mich nicht wahnsinnig an. Schließlich bin ich Gärtner. Aber es besteht keine Notwendigkeit, meinetwegen des Guten zu viel zu tun. Und du hast sehr hübsche Füße.«

»Ich hatte Angst vor dir«, sagte Isabelle und küsste langsam und mit Bedacht jeden Teil seines Gesichts. »So was Dämliches. Wieso hattest *du* keine Angst?«

»Ich hatte gar keine Zeit, Angst zu haben.«

Zusammen erhoben sie sich und sanken auf der Wolldecke auf die Knie.

»Ich gebe mir die Schuld an dem, was damals passiert ist«, gestand Tom, während er mit halsbrecherischer Geschwindigkeit sein Hemd aufknöpfte und es sich vom Leibe riss. »Ich habe beim ersten Mal zu viel Tempo gemacht und dich verschreckt.«

Isabelle presste sich gegen seine Brust. »Ach, es war nicht deine Schuld.«

»Es war blöd von mir. Wir hätten es langsamer angehen lassen sollen.«

»Nein, nein, das glaube ich nicht«, wehrte sie ab, öffnete rasch seinen Gürtel und zog den Reißverschluss seiner Hose herunter. »Ich war nur ganz verwirrt von dem, was ich empfunden habe«, erklärte sie, während sie ihn geschickt befreite und liebkoste. »Das ist mir jetzt klar.«

Tom warf einen raschen Blick an sich hinunter auf das, was sie tat. Als sie sein scharfes Einatmen hörte, schaute Isabelle auf. »Tue ich dir weh?«

»*Nein*. Ganz im Gegenteil.« Er küsste sie heftig, die Finger tief in ihrem Haar, dann sagte er: »Korrigier mich, wenn ich mich irre, Isabelle, aber heißt das, dass du dich in Paris *nicht* verlobt hast?«

Isabelle grinste ihn an.

»Ganz im Gegenteil.« Sie ließ sich zurücksinken und zog ihn mit sich zu Boden.

Als sie mit unfassbarer Unbeschwertheit wieder begannen, schloss Isabelle einen Moment lang die Augen. Vor ihrem geistigen Auge konnte sie einen Pfeil durch einen blauen Himmel dahinschießen sehen, ein wunderschönes Bild des freien Fluges. Sie hatte das Gefühl, sie und Tom schössen gemeinsam durch die Luft. Sie waren der Pfeil, die unbeirrbare Zielsicherheit des Pfeils und der anmutige Bogen, den er beschrieb, ehe er mit einem befriedigenden »Tock!« in der Mitte der Zielscheibe einschlug – konzentrische Kreise in leuchtendem Technicolor-Rot, -Gelb und -Blau.

Als sich ihre Schenkel hoben und um ihn schlossen, öffnete sie die Augen und biss ihm entzückt in die Schulter. Kurz darauf, von den rhythmischen Vibrationen, die ihre Aktivitäten erzeugten, losgeschüttelt, fiel ein kleiner Gegenstand von einem der Regale, prallte von Toms heftig arbeitenden Rücken ab und rollte auf den Boden. Zu diesem Zeitpunkt bemerkte er es nicht, und Isabelle auch nicht.

Später, als Isabelle sich auf einen Ellenbogen stützte und Tom betrachtete, der in höchst reizvoller Pose platt auf dem Bauch lag, fiel ihr der kleine Meteorit auf dem Boden auf, und sie griff danach. Es war etwas Rundliches, eingewickelt in ein Stück dünnes Papier.

»Tom, was ist das?«

Er rollte sich auf die Seite und begutachtete mit zusammengekniffenen Augen den Gegenstand in ihrer Hand. »Oh, ich dachte doch, ich hätte irgendwas gefühlt. Das ist ein Apfel, ist bestimmt von einem von den Borden gefallen. Wahrscheinlich ein Egremont Russet. Davon hatte ich diesen Herbst unheimlich viele. Eine sehr feine Apfelart – nussig. Iss ihn ruhig, wenn du magst.«

Vorsichtig wickelte Isabelle das Papier von dem Apfel ab. »Du lagerst hier Äpfel?«

»Ja, dafür sind diese Borde da – zum Lagern. Das Papier ist zum Schutz.«

»Oh … der ist ja wunderschön.«

»Ja, nicht wahr? Lass mich mal abbeißen, okay?«

Gemeinsam machten sie dem Apfel den Garaus, dann hob Isabelle das zusammengeknüllte Papier auf, in der Absicht, das Kerngehäuse darin einzuwickeln. Auf dem Papier war etwas gedruckt, und automatisch wanderte ihr Blick über die Worte.

»Tom?«

»Mmm?«

»Womit hast du deine Äpfel eingewickelt?«

»Na ja, normalerweise hätte ich Zeitungspapier genommen, aber der Recyclingwagen war gerade erst da gewesen, deshalb hat Rosie die Dinger in irgendwelches Altpapier gewickelt, das sie irgendwo gefunden hat.«

»Altpapier, das sie *wo* gefunden hat?«, wollte Isabelle wissen und erhob sich plötzlich in aller Eile. »Hast du noch mehr davon?«

»Ja, auf den Borden. Ich glaube, sie hat alles verbraucht. Wir hatten wirklich eine ganz schöne Ernte.«

Isabelle schwirrte der Kopf. Sie starrte die ringsum im ganzen Schuppen aufgestellten Trockenborde an, bestückt mit Dutzenden sorgfältig eingewickelter Äpfel. Dann strich sie das Blatt Papier glatt, das sie in der Hand hielt, und reichte es Tom.

»Was glaubst du, was das hier ist?«

Er ging nackt zum Tisch hinüber, um seine Brille zu holen, und studierte das Blatt einen Augenblick lang.

»Ungewöhnlich. Eine Art … Gedicht?«

»Ein Gedicht«, wiederholte Isabelle mit zitternder Stimme. »Ja, oh ja! Tom, hilf mir: Wir müssen all die Äpfel wieder auswickeln.«

32

Daisy und Isabelle

»Grund*gütiger*, Schätzchen! Tittentorte auf der Miezen-Fete! Also, *das* nenne ich *jenseits* von Gut und Böse!«, sagte Chrissie mit aufrichtigem Mitgefühl in sein Handy.

Als er über den Küchentisch hinweg Jules' ausdruckslosem, nichtsdestotrotz aber perplexem Blick begegnete, platzte er laut heraus. »Ich erklär's dir später, Ju-Ju. Ist 'ne *lange* Geschichte.«

Jules nickte, schob ihre Brille bis zur Nasenwurzel hoch und wandte sich wieder ihrem Toast zu. Die nächsten paar Minuten blieb Chrissie ungewöhnlich stumm und lauschte gespannt, dann sagte er: »Sekunde, Süßerchen. Ju-Ju?«

»Ja?«

»Hast du dieses bodenlange lila Teil noch, das du dir in Amsterdam gekauft hast?«

»Um ehrlich zu sein, ja. Hab ich seit Ewigkeiten nicht mehr getragen.«

»Also«, meinte Chrissie grinsend, »die Zeit ist gekommen, das gute Stück mal wieder an die frische Luft zu lassen. Weil nämlich du *und* ich, mein Herz«, verkündete er dramatisch, »ausgehen und in eine Atmosphäre eintauchen werden, die vor Klasse nur so *kreischt!*«

»Chrissie, wovon quatschst du da eigentlich?«

»In aller *Kürze,* Darling – und für dich *auch,* Darling«, sagte er ins Handy, »ich hatte soeben den spannendsten Geistesblitz aller Zeiten. Hör zu, Ju-Ju: Wir gehen auf den *Ball! Freust* du dich nicht?«

»Auf was denn für einen Ball?«

Chrissie seufzte und verdrehte die Augen. »›Auf was denn für einen Ball?‹, fragt sie«, sagte er ins Handy. »Bloß auf diesen absolut *unfassbar* noblen Ball in der *Pariser Oper!* Mit Smoking und allem Drum und Dran! *Tausende* von Gästen! Allem Anschein nach werden jede Menge Männer in *voller Uniform* da sein! Und dann *Walzer* tanzen! Das Ganze wird dir schlicht und ergreifend den *Rest* geben, Jules!«

»Hat Daze sich mit der königlichen Familie von Frankreich angefreundet, oder was?«

»Weißt du, ich *glaube*, so was haben die da drüben nicht mehr, Darling«, antwortete Chrissie langsam. »Denen haben sie doch die Köpfe abgehackt, oder? Nein, das ist so eine Riesen-*Wohl*tätigkeitsnummer … Wie war das, Darling?«, fragte er ins Telefon. »Ah, okay. Daze sagt, das Ganze wird von irgend so einem großen, berühmten *Kadetten*-College organisiert. Deshalb auch die leckeren Uniförmchen.«

»Und wieso gehen *wir* dahin?«, wollte Jules wissen und kaute ungerührt ihren Toast.

»*Weil*«, erläuterte Chrissie geduldig, »Daisy eigentlich mit Rrraoul auf diesen Ball gehen wollte – oh *Gott*, ich werde diesen Namen *nie* richtig aussprechen können. Diese Rrrs – die kriege ich einfach ums Verrecken nicht hin. Aber auf jeden Fall, die Sache ist die, Rrr… – verdammt, du weißt schon, wen ich meine – fungiert *nicht* mehr als Daisys Begleiter. Das erkläre ich dir auch gleich. Und jetzt ist Daze völlig von der *Rolle* und überlegt, ob sie trotzdem hingehen soll. Also, *mir* will scheinen, Darling«, fuhr er an das Handy gerichtet fort, »dass es für dein Dilemma eine geradezu *lachhaft* simple Lösung gibt. Ich bin vollkommen ungebunden, schade eigentlich, und Kazza hat bestimmt nichts dagegen – für uns ist das Ganze sowieso nur ein Tagesausflug. Also gehen wir *beide* als deine Begleiter hin! Jules und ich!«

Während Jules dasaß und über diese Eröffnung nachsann, waren Schritte auf der Treppe zu hören, und Isabelle kam in die Küche, Hand in Hand mit Tom.

»Aber hallo«, bemerkte Jules und lächelte ein wenig.

Chrissie schnappte hörbar nach Luft und wandte sich halb ab. »Daze, hör *zu*«, flüsterte er lautstark ins Handy, »ich *muss* dich gleich noch mal zurückrufen. Hier geht gerade was total-vollkommen-absolut *Unglaubliches* ab, und ich muss da im Augenblick *unbedingt* hundertprozentig dranbleiben. Aber pass *auf*, sieh zu, dass du Karten für uns bekommst, okay? Bis nachher. Küsschen!«

Er legte das Handy weg und eilte um den Tisch herum, um Tom und Isabelle in die Arme zu schließen.

»Meine Süßen, meine *Süßen!*« Freigiebig verteilte er Luftküsse an beide. »Isabelle, du siehst aus wie die *Katze,* die die Sahne … Und was *dich* betrifft, mein Lieber, also, *na ja* … Und jetzt hört euch das an: Jules und ich gehen mit Daisy auf diesen *fantastischen* Ball in der Pariser Oper! Ist das nicht irre?«

»Oh ja«, pflichtete Isabelle ihm bei. »Ehrlich gesagt, wir gehen auch hin.«

Vor ein paar Tagen hatte Agathe angerufen, den Ball beiläufig erwähnt und angedeutet, dass Isabelle diesmal auf gar keinen Fall hingehen könne, um die Gefühle des armen Clothaire nicht zu verletzen. Einigermaßen verblüfft über sich selbst, war Isabelle anderer Meinung gewesen als ihre Freundin.

»Zum einen«, hatte sie der erstaunten Agathe mitgeteilt, »muss ich um diese Zeit sowieso in Paris sein, wegen eines Termins mit Professeur Sureau. Und außerdem, Clothaire hin oder her, ich mag diesen Ball wahnsinnig gern. Ich freue mich das ganze Jahr darauf, und ich werde hingehen.«

»Ist das nicht ziemlich egoistisch?«, hatte Agathe pikiert gefragt.

Natürlich war ihre liebe Agathe verdutzt: Sie wusste nichts von

Clothaires Untreue oder davon, dass Marie-Laure möglicherweise etwas mit ihm gehabt hatte. Isabelle zog in derartigen Angelegenheiten stets Diskretion vor, und sie hatte keins von diesen Themen ansprechen wollen. Jetzt, wo sie mit Tom zusammen war, war es ohnehin unerheblich.

»Und ich bringe Tom mit«, fuhr Isabelle fröhlich fort. »Auf die Weise kann er euch alle kennenlernen.«

Wenn sie jetzt ein Bild von sich selbst auf dem Ball heraufbeschwor, dann befand sie sich darauf in Toms Armen, und das fühlte sich an wie das Natürlichste der Welt.

Und so standen drei Wochen später Isabelle, Tom, Jules und Chrissie an einem schönen, sonnigen Tag um die Mittagszeit vor dem Gare du Nord, nachdem sie im Eurostar unter dem Kanal hindurchgesaust waren.

»Wir treffen uns heute Abend um sechs auf einen Drink, okay?«, sagte Isabelle. »Und dann fahren wir zur Oper.«

»Alles klar, Schätzchen«, ließ sich Chrissie hinter einer riesigen Flieger-Sonnenbrille hervor vernehmen. »Komm, Jules, meine Süße. Wir haben *lebenswichtiges* Shopping zu erledigen, und wir sollten lieber *tout de suite* die Hufe schwingen: In einer Stunde treffen wir uns mit Daisy bei Anouk. Also, *wo* kriegt man denn hier wohl ein Taxi?«

»Da, wo ›Taxis‹ dransteht, du Trottel«, antwortete Jules mit monotoner Stimme. »Du kannst mit dem Ding da überhaupt nichts sehen, stimmt's? Außerdem siehst du damit aus wie irgendwas aus *Die Fliege*.«

»Gar nicht *wahr!* Ich sehe damit aus wie der absolute Gipfel *de la fachonne*. Isabelle?«

»*Trés chic*«, bestätigte Isabelle lachend.

Während sich Jules und Chrissie auf den Weg zu ihrem Hotel machten, gingen Isabelle und Tom in ihre Wohnung, die Daisy freundlicherweise für diesen Abend geräumt hatte; sie würde bei Anouk übernachten. Als sie durch die sonnigen Straßen zur Rue de la Harpe fuhren, dachte Isabelle, dass sie sich wirklich darauf freute, Daisy endlich persönlich kennenzulernen. Sie verdankte ihr eine Menge.

Als sie in ihrer Wohnung angekommen waren und Tom unter der Dusche stand, öffnete Isabelle ihren Koffer und holte ihr Ballkleid und die blaue Mappe hervor, welche *The Splodge* enthielt, dessen Seiten sie und Tom eine nach der anderen gewissenhaft gebügelt hatten. Ersteres hängte sie auf einen Bügel und schüttelte die Falten heraus, und Letzteres legte sie auf ihrem Schreibtisch für den Termin bei Professeur Sureau am Montagmorgen bereit. Sie hatte ihm sämtliche, bisher geschriebenen Kapitel ihrer Doktorarbeit zum Lesen gegeben, und er wollte ihr das eine oder andere dazu sagen. Er hatte ja keine Ahnung, dass sie ihm ihre allerneuste, umwerfende Entdeckung bringen würde! Auf die Meldung hin, dass sie *The Splodge* endlich gefunden hatte, hatte Agathe ihr gratuliert und plötzlich sogar nichts mehr dagegen gehabt, dass Isabelle Tom zu dem Ball mitbrachte. So lasse sich das Ganze durchaus gebührend feiern.

In Isabelle nahm bereits eine neue Ausrichtung ihrer Doktorarbeit Gestalt an. So etwas wie »Sinnliche Regungen: Die Suche nach *The Splodge*« vielleicht, oder wie wäre es mit »Meredith als Vertreterin der Moderne: Die Neuerfindung der Liebesdichtung«?

Obgleich ganz anders, als Isabelle sich vorgestellt hatte, war *The Splodge* doch genauso eine Offenbarung gewesen, wie sie es sich erhofft hatte. Ein langes, wunderschönes Gedicht, im freien Versmaß verfasst, erzählte es die Geschichte einer leidenschaftlichen Liebesaffäre, und der Tonfall war so freimütig bekennend und verzückt, dass es schwer war, nicht daraus zu schließen, dass es sich auf etwas in Merediths Privatleben bezog.

»Du hast vollkommen recht«, hatte Tom gesagt, als er nach dem Telefonat mit seinem Vater zu Isabelle in den Garten gekommen war. »Ich musste ihm ein bisschen Druck machen, aber Dad hat schließlich höchst ungern zugegeben, dass es in Merediths Leben – irgendwann kurz bevor sie zwanzig war – mal eine Art ›Freie-Liebe‹-Episode gegeben hat, mit jemandem, den er als ›unpassend‹ bezeichnete – einem Künstler. Die Familie war entsetzt und hat dem Ganzen ein Ende gemacht, und der Mann hat danach jemand anderes geheiratet.«

»Die arme Meredith«, sagte Isabelle leise; ihre Augen standen voller Tränen. Die Schlusszeilen des Gedichts fielen ihr ein:

Durch finstere Forste schreitend,
Schleppt ihr mondweißes Gewand aus Seide
Schwarze Tinte hinter sich her.
Mit der schrieb sie von dir
Auf den Rand des Himmels.
Und beinah ungehört verhallt die hell tönende Glocke,
Ruft Lebwohl, Lebwohl,
Lebwohl

»Ja. Wahrscheinlich hat sie deshalb niemals geheiratet«, hatte Tom ihr zugestimmt, sich neben sie auf die Bank gesetzt und sie in die warme Umschlingung seiner Arme gezogen. »Stattdessen hat sie eine superschlaue, mutige Romanfigur erfunden, ebenfalls unverheiratet, die alle möglichen tollkühnen Abenteuer erleben durfte.«

Isabelle nickte nachdenklich. Meredith hatte in der Tat später wunderbare Bücher geschaffen, doch wie sehr musste sie um ihre verlorene Liebe getrauert haben!

»Also …«, hatte Tom nach kurzem Schweigen gesagt, »in Paris wartet ein Job auf dich.«

»Ja, das stimmt«, hatte sie erwidert und zum Obstgarten hinübergeschaut. Dann, nach einer weiteren Pause, hatte sie hinzugefügt: »Ich habe gehört, ihr habt hier in England ein paar ganz respektable Universitäten.«

»Durchaus respektabel, ja.«

»Vielleicht könnte ich ja …« Sie hatte den Satz unvollendet gelassen und sich lächelnd zu ihm umgewandt.

Tom hatte ihr in die Augen geschaut und dann bedächtig gesagt: »Es ist bestimmt schön, mit jemandem verheiratet zu sein, den man liebt, meinst du nicht?«

»Ich kann mir nichts Schöneres vorstellen«, hatte sie erwidert und ihm das Gesicht entgegengehoben.

In ihrer Pariser Wohnung stand Isabelle einen Augenblick lang vollkommen regungslos da und lächelte bei dieser Erinnerung; dann ging sie wieder ins Schlafzimmer und kehrte zu ihrem offenen Koffer zurück, in der Absicht, auf ihre übliche methodische Weise auszupacken. Als sie sich mit einem Stapel sauber gefalteter Kleidungsstücke in den Händen aufrichtete, fühlte sie plötzlich, wie sich Toms Arme um sie schlangen.

»Komm ins Bett«, sagte er, und seine Lippen liebkosten zärtlich ihren Nacken.

Isabelle ließ den Kleiderstapel fallen und drehte sich zu ihm um. Er lächelte, Haar und Wimpern noch nass von der Dusche. Ihr Blick wanderte zu der glatten, festen Fläche seines Bauches hinunter, zu seinen Hüften und … Oh, Widerstand war zwecklos. Seufzend trat sie einen Schritt vor und in seine Arme.

»Aber ich bin nicht sicher, ob wir Zeit dafür haben«, gab sie zu bedenken und rieb das Gesicht an seiner Brust. »Vermutlich willst du vor heute Abend noch das eine oder andere besichtigen.«

Er lachte, seine Fingerspitzen glitten aufreizend zwischen die Knöpfe ihrer Bluse, und er flüsterte ihr etwas ins Ohr, das ihr Blut sehr viel schneller pulsieren ließ.

»Es ist nur, dass … ich habe einen sehr interessanten Besichtigungsplan ausgearbeitet«, protestierte sie, während ihre Stimme ein wenig schwerer und dunkler wurde.

»Oh, ich auch«, entgegnete er, hielt ihre Handgelenke hinter ihrem Rücken umfasst und zog sie fester an sich.

Nebenan schrillte das Telefon

»*Merde*«, stöhnte Isabelle.

»Lass es klingeln«, sagte Tom, während sich seine Hand über ihre Brust legte.

Nach ein paar Mal Klingeln sprang der Anrufbeantworter an, und Isabelle fuhr zusammen, als sie Professeur Sureaus Stimme vernahm: »Guten Tag, *Mademoiselle*. Sureau hier. Ich rufe an, um unseren Termin am Montag abzusagen. Ich habe Informationen bezüglich Ihrer Forschungsarbeit erhalten, und ich muss sorgfältige Überlegungen anstellen, ehe wir Weiteres besprechen. Ich rufe Sie an, wenn die Situation sich etwas geklärt hat. Auf Wiedersehen.«

Mit wild hämmerndem Herzen stürzte Isabelle zum Telefon und nahm den Hörer ab. Zu spät: Sureau hatte bereits aufgelegt. Sie versuchte sofort, in seinem Büro in der Universität anzurufen, doch das Telefon klingelte nur wieder und wieder.

»Was meinst du?«, erkundigte sich Anouk lächelnd. »Ich habe dich sofort darin vor mir gesehen, als ich es bekommen habe. Es ist so traumhaft feminin, aber gleichzeitig auch radikal.«

Als Daisy in ihrer eleganten, minimalistisch eingerichteten Wohnung aufgekreuzt war, hatte Anouk, die viel Sinn fürs Theatralische hatte, sie gebeten, die Augen zu schließen, und sie dann wortlos ins Wohnzimmer geführt. Daisy machte nach ein paar Sekunden die

Augen wieder auf und sah, dass der Raum in Finsternis getaucht war, abgesehen vom Schein eines einzigen starken Spotlights. Dieses warf sternenweißes Licht auf das Abendkleid, das Anouk auf einer der Stahlrohr-Schaufensterpuppen aus ihrer Boutique drapiert hatte. Daisy schnappte vor Staunen leise nach Luft und ging langsam um das Kleid herum, betrachtete das trägerlose Mieder, den zur Hälfte freiliegenden Mini-Reifrock, die wallende Kaskade aus Stoff, die hinten in einer bodenlangen Schleppe auslief. Sie streckte den Arm aus und berührte das Kleid. Es war aus Organza, in einem himmlischen Schmutzigpink und mit unregelmäßig angeordneten Rosen in anderen, ganz leicht dunkleren Rosatönen verziert.

»Das ist von diesem fantastischen jungen französischen Designer, den ich neulich entdeckt habe«, erklärte Anouk, erfreut über Daisys Reaktion. »Er hat wirklich eine Vision. Verstehst du, er wollte nicht, dass die Seidenblumen zu vollkommen aussehen, deshalb ist er damit auf die Straße gegangen und hat darauf herumgetrampelt, bevor er sie angenäht hat«, fuhr sie fort und faltete hingerissen die Hände. »Er sagt, das, was er macht, ist ›Anti-Couture‹-Couture. *Ah, quel talent!* Das hier ist nur ein Musterstück, aber ich habe beschlossen, seine Kollektion zu unterstützen. Ich glaube, er wird es weit bringen …«

»Es ist einfach wunderschön«, stieß Daisy hervor. »Darf ich …«

»Es anprobieren? Aber natürlich, *mon petit*«, antwortete Anouk, zog das Kleid rasch von der Puppe und reichte es Daisy. »Geh in mein Schlafzimmer – da ist ein großer Spiegel. Ich bringe dir auch noch ein Paar Schuhe.«

Anouk half ihr in ein Paar zierliche silberne Stilettos hinein und richtete sich dann auf, um den Anblick als Ganzes auf sich wirken zu lassen.

»*Ah, oui, magnifique*«, befand sie und umarmte Daisy. »Die Ballkönigin.«

Daisy stand da und betrachtete ihr Spiegelbild; in ihr Entzücken mischte sich ganz leise Melancholie.

»Und dein Haar, das steckst du hoch, ja?«, wies Anouk sie an. »Aber lass es ein bisschen durcheinander aussehen, ein bisschen Rock'n' Roll. Wenn du willst, mache ich es dir zurecht.« Sie wandte sich von Daisy ab, um nach Haarnadeln zu suchen, und fügte hinzu: »Weißt du, *mon petit,* es ist überhaupt nichts dabei, ohne *copain* auf ein Fest zu gehen. Bestimmt hast du mit deinen Londoner Freunden einen wunderbaren Abend.«

»Oh ja!«, beteuerte Daisy vergnügter, als ihr zumute war. »Natürlich.«

»Hast du in letzter Zeit mal mit Raoul gesprochen?«

»Ehrlich gesagt, er hat etwas unheimlich Nettes getan«, berichtete Daisy, und ein Lächeln machte sich auf ihrem Gesicht breit. »Er hat so eine Mappe vorbeigebracht, voll mit Zeichnungen, die er von mir gemacht hat. Hat sie mir einfach vor die Tür gelegt, als Überraschung.«

Als sie die Mappe geöffnet hatte, die den Titel *Die Ballade der Daisy K.* trug, hatte Daisy darin eine Serie sehr hübscher Pastell-Cartoons im Stil der 50er Jahre vorgefunden. Sie hielten ihre Zeit in Paris fest; die Bilder zeigten sie, wie sie vor einem Café saß und die *Vogue* las, wie sie mit einem winzigen Pudel an der Leine die Straße hinunterging, wie sie aus der Dior-Boutique trat, dicht gefolgt von Raoul (sehr notdürftig als Page getarnt) mit einem schwankenden Riesenstapel bändergeschmückter Schachteln. Auf der letzten Zeichnung stand sie auf Zehenspitzen auf dem Eiffelturm, die Arme ausgestreckt wie eine Ballerina.

»Raoul, ich finde, die sind fantastisch«, hatte sie gesagt, als sie ihn später angerufen hatte, um ihm zu danken. »Die Klamotten sind wirklich alle ganz toll – sehr Bardot-mäßig. Aber was wird dein Verleger sagen?«

»Wie meinst du das, Süße?«

»Was ist aus dem Elvis-Bumsen geworden?«

Lachend hatte Raoul ihr erklärt, dass er es sich anders überlegt hätte, was das anginge, und hatte hinzugefügt, dass die Zeichnungen ohnehin nicht zur Veröffentlichung gedacht seien, sondern dass sie sie behalten solle, als Souvenir.

»Ah, *un vrai* Gentleman«, stellte Anuok fest und nickte.

»Na, ich *weiß* nicht. Das Beste hast du noch gar nicht gehört. Weil, *danach* hat er gesagt, so ganz zärtlich und schwermütig« – Daisy grinste und legte ein erotisch-gallisches Grollen in ihre Stimme –, »›Ach, ich werde bis ans Ende der Welt ziehen müssen, um dich zu vergessen, Baby.‹ Und *dann* erzählt er mir, dass er für ein paar Monate nach Brasilien fährt, ans Meer! Ist das zu fassen? So ein Schuft! Irgendwie glaube ich nicht, dass es ihm schwerfallen wird, mich zu vergessen, wenn er erst da ist.«

Anouk kicherte nachsichtig und steckte die letzte Strassklammer fest. »*Voilà!* Wie findest du es?«

Daisy lächelte sie im Spiegel an. »Es ist *wirklich* toll. Vielen Dank, Anouk.«

Während sie sich hierhin und dorthin drehte und wendete, damit ihre Organzaschleppe glamourös raschelte, dachte Daisy bei sich, dass es eigentlich albern war, irgendeine Party als Ball zu bezeichnen. Das Problem bei einem Ball war, dass sich das anhörte wie etwas aus einem Märchen. Und das war alles Blödsinn, denn so war das Leben in Wirklichkeit nicht. Und eine Party, selbst wenn sie riesig und elegant war und in einem großen, palastartigen Gebäude Marke Gold-und-Marmor veranstaltet wurde, war im Grunde genommen immer noch eine Party. Sie war auf *jeder Menge* Partys gewesen, und sie würde auf dieser total klarkommen. Erst recht mit Jules und Chrissie an ihrer Seite. Also bitte.

»Ich verstehe das nicht«, sagte Isabelle zum hundertsten Mal zu niemand Bestimmtem. »Was für Informationen über meine Forschungsarbeit? Es hört sich wirklich schlimm an!«

»Wahrscheinlich nur irgendwelcher Verwaltungskram«, meinte Jules. »Vielleicht hast du ja ein Formular vergessen?«

Tatsächlich waren im Laufe der letzten Jahre viele komplizierte Formulare auszufüllen gewesen, dachte Isabelle. Hatte sie irgendwo irgendeinen schrecklichen Fehler gemacht? Aber wo? Hatte sie unwissentlich eine Art Meineid geleistet?

»Und jetzt ist Freitagabend, und vor Montag bekomme ich ihn nicht zu fassen. Einfach furchtbar«, jammerte Isabelle, den Kopf in die Hände gelegt.

»*Bitte* sei nicht so schlecht drauf, Darling«, sagte Chrissie sanft. »Hey, ich *weiß* was: Warum ziehst du dich nicht *um*, hm? In deinem schönen Kleid fühlst du dich bestimmt *viel* besser.«

Ohne etwas wahrzunehmen, sah Isabelle erst ihr Kleid und dann wieder ihre Freunde an, beide prachtvoll für den Abend herausgeputzt. »Ich bin angespannt und verunsichert«, sagte sie schließlich. »Ich wäre bestimmt keine angenehme Gesellschaft. Aber ihr solltet hingehen. Daisy rechnet mit euch.«

»Oh, warte nur, bis du ihr *Kleid* siehst, Darling! Sie hatte es an, als wir angekommen sind! Eins von Anouk. Einfach *wunderbar!* Du fällst bestimmt *tot* um!«

»Sie hat mit Sicherheit kein Problem damit, wenn wir ein bisschen später kommen«, setzte Jules etwas gelassener hinzu. »Ich ruf sie an.«

Isabelle schaute zu Tom hinüber, der an ihrem Schreibtisch lehnte, gekleidet in die Jeans und das Polohemd, die er auf der Herfahrt angehabt hatte, und mit einer Tasse Tee in der Hand.

»Ich verstehe, wie dir zumute ist, Isabelle«, meinte er. »Aber ich glaube, Chrissie hat recht.«

»Wirklich, Euer Quincigkeit? *Ergebensten* Dank!«

»Keine Ursache.« Tom bedachte Chrissie mit einem raschen Lächeln, ehe er sich wieder Isabelle zuwandte. »Bist du sicher, dass wir deinen Professor vor Montag nicht erreichen können?«

»Ja, leider.«

»Dann würde ich sagen, Umziehen und Ausgehen ist genau das Richtige. Es wird bestimmt schön für dich, all deine Freunde wiederzusehen.«

Natürlich würde es wunderbar sein, Agathe, Claire, Amélie, Octave und den Rest der Clique zu treffen, dachte Isabelle wehmütig. Und selbstverständlich auch Marie-Laure, trotz jenes hartnäckigen Verdachts. Oh, aber war ihr all das jetzt wirklich wichtig?

»Ach, ich weiß nicht«, sagte sie mit gedrückter Stimme. »Wahrscheinlich wird Clothaire da sein, also …«

»Nein, nein, nein, nein, *nein*, Darling!« Energisch wedelte Chrissie mit dem Finger. »Der Klo-Terrier *darf* dir nicht mehr verbieten, dich zu amüsieren. Das war *damals*, weißt du noch? *Das* da«, fuhr er fort und zeigte auf Tom, »ist *jetzt!*«

Isabelle lächelte Tom an, der zurücklächelte und leise sagte: »Wenn du allerdings wirklich lieber hierbleiben möchtest, dann werde ich mein Bestes tun, dich zu unterhalten.«

»Ach, *komm* schon, Darling!«, drängte Chrissie und stampfte mit dem Fuß auf. »Carpe diem! *Nutze* den verflixten Tag. *Nutze* ihn! Mir zuliebe!«

»Hör zu«, sagte Jules, schlug die Beine übereinander und enthüllte die derben Doc-Martens-Schnürstiefel, die bis dahin unter ihrer Samtrobe verborgen gewesen waren, »du warst lange weg von zu Hause. Du musst zeigen, dass du wieder in der Stadt bist. Das ist eine Frage der territorialen Ansprüche – wie bei einer Katze. Paris gehört doch wohl nicht Clothaire, oder?«

»N-nein«, gab Isabelle zu.

»Und wie lange gehst du schon auf diese Feier?«

»Die letzten drei Jahre, aber immer ...«

»Mit all deinen Freunden, ich weiß«, vollendete Jules den Satz mit ungewöhnlicher Wärme. Sie straffte die Schultern. »Also, dieses Jahr gehst du mit uns. Wir sind auch deine Freunde. In Ordnung?«

Allmählich fühlte Isabelle sich besser. »In Ordnung.«

»Ich mache dir die Haare und schminke dich, Schätzchen!«, erbot sich Chrissie und nahm Isabelles Hand in die seine. »Verlass dich auf mich, ich werde mich *selbst* übertreffen!«

Unwillkürlich musste Isabelle lächeln. »Solange ich dann nicht aussehe wie Savages Models.«

Den Pressemitteilungen zufolge war das Make-up für die Frühjahrsschau »natürlich, aber gleichzeitig konzeptuell«, was jedoch die höchst befremdliche Wirkung der glänzenden rot-weißen Horizontalstreifen nicht ganz wiedergab, die quer über die Gesichter der Mädchen gemalt gewesen waren, als sie in den fantastischen Kreationen der Designer herumstolziert waren: ein Korsett und ein übergroßer Ballonrock, mit winzigen Spiegelquadraten besetzt. Ein Kleid in Form eines Hauses mit nur jeweils einem Loch für einen Arm und ein Bein und, eine Gratwanderung zwischen sublim und lächerlich, ein aufblasbares, eiförmiges Kleid, aus dem das gestreifte Gesicht des Models trotzig-glamourös hervorgeschaut hatte.

»Schon gut, schon gut«, wiegelte Chrissie ab, als Isabelle spöttisch die Brauen hochzog. »*Ganz* so was Radikales werde ich *nicht* mit dir anstellen, aber ich *verspreche* dir, du wirst *umwerfend* aussehen.«

»NOCH EIN LETZTER TUPFER ROUGE UND WIR KÖNNEN«, las Daisy auf dem Display ihres Handys. Also, heute noch wäre nett, dachte sie mit einem kleinen Seufzer. Es war typisch für Chrissie, zu allem zu spät zu kommen, sogar zu einem Event, bei dem er eigentlich ihre Begleitung sein sollte oder jedenfalls die eine Hälfte ihrer Begleitung. Der Abend hatte nicht gut angefangen. Zuerst hatte die Londoner Gang sie eine halbe Stunde in der Bar am Place de l'Opéra warten lassen, dann hatte Jules angerufen und verabredet, dass man sich stattdessen vor der Oper treffen sollte. Vor dem Opernhaus war sie dann, wie der Teufel es wollte, ausgerechnet dem Menschen begegnet, auf den sie am wenigsten Wert legte: Clothaire, der einen eleganten dunklen Mantel über seinem Dinnerjackett trug.

»*Bonsoir,* Daisy«, sagte er kühl und führte seinen üblichen Trick vor, sich von ihr auf die Wange küssen zu lassen, ohne dabei seinerseits ihr Gesicht mit den Lippen zu berühren. Nach einem Augenblick unbehaglichen Schweigens, während dem Daisy vergeblich nach einem vertrauten Gesicht Ausschau hielt, hatte Clothaire schließlich einen kurzen Blick auf die Uhr geworfen, seine Zigarette ausgedrückt und dabei gereizt geknurrt: »Hör zu, ich will da nicht allein reingehen. Das sieht blöd aus. Gehen wir zusammen?«

Charmant wie immer, hatte Daisy insgeheim gedacht.

»Oh, es wäre mir eine *Ehre!*«, hatte sie sarkastisch erwidert und seinen Arm genommen, woraufhin sie inmitten einer schnatternden Franzosenmenge zusammen ins Opernhaus getreten und zwischen zwei Reihen ernster Republikanischer Gardisten Seite an Seite die monumentale *grand escalier d'honneur* hinaufgestiegen waren.

Als sie Clothaire begegnet war, hatte Daisy automatisch an Etienne denken müssen – mit leisem Bedauern, denn die Treffen mit ihrem intellektuellen Freund hatten ein Ende gefunden. Während der letzten Wochen waren sie immer seltener geworden, und gestern dann hatte Etienne verkündet, er hätte alles, was er an Material brauchte. Daisy war überrascht und nicht wenig enttäuscht gewesen. Ihre Gespräche hatten ihr wirklich großen Spaß gemacht. Etienne hatte ihr sehr höflich für all ihre Hilfe gedankt und sie nett zum Mittagessen eingeladen, ehe er ihr Lebwohl gesagt hatte. Und damit hatte es sich. Soweit sie wusste, war er jetzt dabei, das Buch zu schreiben. Vielleicht würde sie es eines Tages in einer Buchhandlung sehen und daran erinnert werden, dass sie an der Entstehung beteiligt gewesen war.

Nachdem sich alle Anwesenden in den Zuschauerraum begeben hatten, um sich das Ballett anzusehen, das einen Teil der Abendunterhaltung darstellte, blieb Daisy draußen, lehnte sich auf das gewaltige Geländer und wartete auf die Ankunft ihrer Freunde. Als sie sich umblickte, musste sie zugeben, dass das Opernhaus überwältigend war – überall roter Samt, Kristall und Marmor. Doch wahrscheinlich hätte sie sehr viel mehr Freude daran gehabt, wenn sie sich nicht so verlassen und mies gefühlt hätte.

»*Ça va,* Daisy?«, erkundigte sich ein schüchternes Stimmchen neben ihr. Es war Claires Schwester Amélie, die hinzufügte: »Du siehst ein bisschen traurig aus.«

»Nein, nein, mir geht's prima!«, beteuerte Daisy und lächelte ihre kleine Freundin strahlend an, ehe sie sie umarmte. »Hi! Bist du mit den anderen hier?«

»Mit Claire und Agathe. Hast du Isabelle schon gesehen? Mit ihrem neuen englischen Freund?«

»Nein, noch nicht. Was glaubst du, wie der so ist?«

»Ich weiß nicht. Netter als Clothaire, hoffe ich.«

Daisy lächelte wissend und verdrehte die Augen. Vorhin, über einer hastigen Tasse Tee bei Anouk, hatte Chrissie Isabelles Neuen als »oberleckeren, supernetten Adonis« beschrieben. Jules hatte lediglich mit ausdrucksloser Miene gemeint, er sei »in Ordnung«, was allerdings in Anbetracht ihrer systematischen Neigung zu Untertreibungen ungefähr auf dieselbe Lobeshymne hinauslief. Daisy seufzte tief. Isabelle konnte sich glücklich schätzen, in ihren supernetten Adonis verliebt zu sein. Natürlich wünschte Daisy den beiden alles Gute, trotzdem kam es ihr ein bisschen unfair vor, dass anscheinend niemand *sie* lieben wollte.

»Oh, du bist *wirklich* traurig!«, rief Amélie und betrachtete besorgt Daisys Gesicht. »Was ist denn?«

»Ich weiß es nicht«, stieß Daisy hervor und brach in Tränen aus. »Oh, Amélie, es tut mir leid.«

»Nein, nein. Komm, setzen wir uns hin.«

»Es ist nur …« Daisy hielt inne, um sich die Nase mit dem Taschentuch zu putzen, das Amélie aus einem kleinen Abendtäschchen hervorgezogen hatte. »Ach, ich weiß nicht. Manchmal frage ich mich wirklich, was mit mir nicht stimmt.«

»Aber mit dir stimmt doch alles, Daisy. Du bist doch wirklich nett.«

»Ich weiß ja, dass ich mich albern anstelle«, fuhr Daisy fort und wischte frische Tränen fort, »aber nach einer Weile macht einen das wahnsinnig, immer dieses Gefühl, dass Männer einen nie ernst nehmen. Nie tut das jemand, verstehst du« – sie schaute in den Spiegel gegenüber ihrer Bank und erblickte sich selbst in ihrem Dampfwolken-Kleid –, »weil sie denken, ich bin bloß … irgend so ein hirnloses dummes Ding. Das *weiß* ich. Und vielleicht *bin* ich das ja auch. Ach, nicht so wichtig.«

»Du bist dem Richtigen einfach noch nicht begegnet, das ist alles. Aber das kommt schon noch, ganz bestimmt.«

»Ich habe einfach das Gefühl, dass irgendwie alles ein bisschen … schal geworden ist, weißt du? Nach Paris zu kommen war so eine Riesensache für mich, und ich habe mich *so* darauf gefreut«, fuhr Daisy fort und schüttelte wehmütig den Kopf. »Und eine Weile ist es mir wirklich so vorgekommen, als würde sich mein Leben ändern. Ich habe sogar gedacht ... dass ich vielleicht gern hier leben möchte. Aber das Jahr ist fast vorbei, und ich habe aus meiner Zeit hier nichts gemacht, außer einen sinnlosen Blog für *Sparkle* zu schreiben.«

»Daisy, das stimmt doch gar nicht«, wehrte Amélie ernst ab. »Mir zum Beispiel hast du wirklich geholfen. Weißt du, du bist viel mehr meine Schwester, als Claire es jemals gewesen ist.«

Dies war Amélies erster Ball, und sie sah hinreißend aus in dem altmodischen weiß-goldenen Abschlussball-Kleid, das sie bei einem gemeinsamen Streifzug zum Marché aux Puces de Clignancourt entdeckt hatten.

»Und das Jahr ist auch noch gar nicht vorbei«, fuhr Amélie fort und schob ihren Arm durch den von Daisy. »Du hast noch den ganzen Sommer. Warum kommst du nicht mit uns auf die Île de Ré? Alle anderen werden auch dort sein.«

»Na ja, vielleicht«, antwortete Daisy lächelnd. »Komm, ich brauche ein bisschen frische Luft. Ich glaube, ich sehe ein bisschen ... fleckig aus.«

Als sie auf die nächste der hohen, blanken Fenstertüren zuhielten, konnte Daisy die Umrisse eines Mannes und einer Frau erkennen, die auf dem gigantischen Balkon standen und auf die Lichter der Stadt hinausblickten. Mit Champagnergläsern in der Hand lachten sie miteinander und sahen aus wie der leibhaftige Glamour. Der Mann hatte der Frau den Arm um die Taille gelegt. Daisy seufzte – noch ein glückliches Paar! Allmählich kam sie sich wirklich vor wie das ultimative fünfte Rad am Wagen! Dann drang die Stimme der Frau zu ihnen herüber, klar und selbstsicher, und Daisy und Amélie blieben wie angewurzelt stehen.

»Keine Sorge«, sagte die Frau gerade, »Isabelle ist mir nicht gewachsen. Das war sie noch nie. Ich dachte, da wären wir uns einig.«

»Natürlich«, erwiderte der Mann. »Aber woher willst du wissen, ob es klappt?«

Daisy und Amélie sahen sich an: Es waren Agathe und Clothaire!

»Isabelle wird es *niemals* wagen, sich mit mir anzulegen«, fuhr Agathe abfällig fort. »Sie ist doch bloß ein kleines Mäuschen.«

»Ich weiß nicht«, entgegnete Clothaire unbehaglich. »Sie hat sich ziemlich verändert. Sie kann sich jetzt ganz schön durchsetzen.«

Agathe lachte. »Wir werden ja sehen. Du bist doch bestimmt meiner Meinung, dass es ein Jammer wäre, wenn jemand wie Isabelle eine Dozentenstelle an der Sorbonne bekäme? Dafür wäre ich doch offensichtlich so viel besser geeignet. Vielleicht ist sie da ja durch Zufall auf etwas Interessantes gestoßen, aber ich bin diejenige, die daraus etwas richtig Geniales machen kann. Nein, nein, Clothaire, jemand wie Isabelle gehört an irgendeine kleine Provinzuni. Ich finde, das würde viel besser zu ihr passen. Und glaub mir, wenn ich morgen früh erst mit Professeur Sureau geredet habe, dann ist sie erledigt.«

»Aber bist du denn bereit für Sureau?« Clothaire klang nervös. »Er ist mit allen Wassern gewaschen.«

»Nun, er kann mich ins Kreuzverhör nehmen, so lange er will. Ich weiß alles, was es über Meredith Quince zu wissen gibt. Vergiss nicht, ich habe Isabelles sämtliche Dateien.«

»Sogar die mit den Vorrecherchen?«

»Oh ja! Die habe ich mir unter den Nagel gerissen, sobald sie nach England abgereist war. Damals hätte Daisy mich in ihrer Wohnung fast erwischt, aber sie hat nichts gemerkt. Sie ist nicht unbedingt die Hellste, nicht wahr?«

Clothaire lachte kurz und hämisch auf. Daraufhin wollte Amélie vorwärtsstürzen, doch Daisy hielt sie zurück.

»Geh zurück zu deiner Schwester«, flüsterte sie. »Um das hier kümmere ich mich schon.«

Amélie zögerte einen Moment lang, dann gehorchte sie.

»Und wie du weißt, hatte ich danach keinerlei Probleme mehr, mich in regelmäßigen Abständen zu bedienen«, fuhr Agathe selbstgefällig fort. »Isabelle mailt ihre Arbeit gern an ihre eigene Adresse, zur Sicherheit. Nun, vor mir war sie nicht sicher – ich kenne ihr Passwort. Und jetzt brauche ich nur noch das Manuskript von *The Splodge*. Sobald sie hier aufkreuzt, verdrücke ich mich und hole es aus ihrer Wohnung. *Das* sollte Sureau doch wohl überzeugen, denke ich.« Sie schlang die Arme um Clothaire.

Die beiden küssten sich.

»Aber ihre Freunde in London?«, gab Clothaire nach einem Augenblick des Schweigens zu bedenken. »Vielleicht können die ja für sie sprechen.«

»Oh bitte, Clothaire. Ein Haufen debiler Exzentriker und ein *Gärtner?* Glaubst du wirklich, Sureau würde ihre Aussage ernst nehmen? Ganz ruhig, Clothaire. Ich verspreche es dir: Es kann nichts schiefgehen.«

Daisy trat vor.

»Oh doch!«, rief sie und zitterte vor fassungslosem Staunen und vor Wut. »Und ich verspreche dir, hier wird *einiges* schiefgehen!«

»Hallo, Daisy«, erwiderte Agathe gelassen. »Was für ein … *ungewöhnliches* Kleid! Wie lange hast du schon …«

»Lange genug. Ich weiß, was du vorhast. Agathe, wie kannst du nur? Ich dachte, du bist Isabelles Freundin! Und *du!*«, fuhr sie fort und wandte sich Clothaire zu, der unter ihrem zornigen Blick ein wenig zusammenschrumpfte. »Du bist wirklich das Allerletzte!«

»Rede nicht so mit mir!«, fauchte er zurück. »Das hier geht dich überhaupt nichts an!«

»Das entscheide ich schon *selbst,* vielen Dank auch!«, gab Daisy unbeirrt zurück.

»Clothaire, lass mich allein mit Daisy sprechen«, sagte Agathe ruhig und bedeutete ihm mit einer Geste zu verschwinden. »Ich glaube, es ist besser, wenn ich ihr das alles erkläre.«

Mit einem wütenden Blick schlich Clothaire davon.

»Na schön. Dann erklär mal«, verlangte Daisy

»Ja, natürlich. Komm, wir gehen ein Stück. Dabei fällt es mir bestimmt leichter, die richtigen Worte zu finden.«

Daisy, die sich alle Mühe geben musste, um ihre Gefühle im Zaum zu halten, folgte ihr wieder nach drinnen.

In ihrem eleganten schwarzen Kleid wirkte Agathe vollkommen beherrscht. Sie blickte nach rechts und links und fragte dann: »Wollen wir an der Bar etwas trinken, Daisy?«

»Keine Lust«, gab Daisy knapp zurück. »Lass lieber deine Erklärung hören.«

»Ich weiß, was du denkst«, sagte Agathe leise und richtete den Blick ihrer klaren Augen auf Daisy. »Dass ich … ein Miststück bin, nicht wahr? Und das kann ich verstehen. Aber es ist nicht so, wie es aussieht. Du weißt nicht alles.« Damit setzte sie sich von Neuem langsam in Bewegung, und Daisy schloss sich ihr an. »Du hast Isabelle nie persönlich kennengelernt, glaube ich?«

»Na ja, nein«, gab Daisy zu. »Aber …«

»Oh, deine Freunde in England haben dir bestimmt erzählt, dass sie ganz toll ist.« Agathe lächelte ein wenig.

»Ja, genau das haben sie getan!«, gab Daisy scharf zurück.

Sie schritten erst durch einen, dann durch einen zweiten prachtvollen Salon mit vergoldetem Stuck, antiken Spiegeln und Kristalllüstern. Das Ballett war zu Ende, und die Gäste kamen nach und nach aus dem Zuschauerraum, auf der Suche nach einem Drink vor dem Abendessen. Daisy konnte hören, wie ein Orchester im Erdgeschoss einen geradezu ärgerlich romantischen Walzer spielte.

»Daisy, du musst verstehen, dass Isabelle sehr viel Charme hat. Sie kann sehr überzeugend sein.«

»Wirklich? Aber habe ich dich nicht sagen hören, sie wäre nichts als ein kleines Mäuschen?«

»Nun«, fuhr Agathe fort, während sie sich einen Weg durch die wachsende Menge der Feiernden suchten und in einen weiteren prächtigen Salon traten, »ich meinte, sie kann sich interessanter geben, als sie in Wirklichkeit ist.«

Daisy schaute über die Schulter und überlegte, ob Chrissie und Jules vielleicht mit Isabelle eingetroffen waren. Doch sie konnte später immer noch zu ihnen stoßen. Das hier war wichtig.

»Du denkst schlecht von mir, nicht wahr?« Agathe sah beschämt aus. »Ich gebe es zu, Clothaire und ich haben schon lange eine Affäre. Mir ist klar, dass das falsch war, aber ich konnte nicht anders.«

»Ach, tatsächlich?«

»Verstehst du, ich liebe ihn«, sagte Agathe ernst. »Und ich glaube, dass wir zusammengehören.«

Daisy sann über diese Worte nach. Sie wusste sehr gut, wie schwer es war, gegen die eigenen Gefühle anzukämpfen. Doch sie durfte sich nicht von Agathe einwickeln lassen.

»Aber gleichzeitig willst du Isabelle bloßstellen und ihre Karriere ruinieren!«, parierte sie. »Oder kannst du da auch nicht anders?«

Agathe blieb vor einer weiteren gewaltigen Flügeltür stehen, die geschlossen war. Rasch sah sie sich um und drückte versuchsweise dagegen. Die Tür öffnete sich.

»Gehen wir hier hinein. Da drin ist es ruhiger.«

»Isabelles Arbeit gehört *ihr*«, fuhr Daisy ernsthaft fort, während sie Agathe durch die Tür folgte. »Du *darfst* nicht behaupten, dass sie von dir ist. Das ist, als ob man die Kollektion eines anderen Designers stiehlt.«

»Ah, typisch Daisy, denkt ständig an Mode«, bemerkte Agathe und lächelte sie an. »Verstehst du, Professeur Sureau hat andauernd davon geredet, wie klug Isabelle ist – das hat mich wahnsinnig gemacht. Denn eigentlich, Daisy, woher willst du wissen, dass die Idee für Isabelles Arbeit nicht ursprünglich von mir stammt?«

Das ließ Daisy verstummen. Denn natürlich hatte Agathe recht – genau wusste sie das nicht. Sie standen jetzt in einem leeren, weniger prunkvollen Raum. Die Geräusche des Balles schienen viel weiter entfernt.

»Warst du schon einmal in der Oper, Daisy?«, erkundigte sich Agathe im Plauderton. Daisy schüttelte den Kopf. »Es ist wirklich ein prachtvolles Gebäude. Hast du gewusst, dass da oben mal die Ballettschule war, in den Räumen unterm Dach?«, fragte sie weiter und zeigte zur Decke. »Da sind immer die *petits rats* herumgelaufen, die kleinen Mädchen, die Ballerinas werden wollen, in ihren rosa Tutus. Das war ganz reizend.«

»Agathe, sag mir die Wahrheit«, verlangte Daisy, ein wenig aus dem Gleichgewicht gebracht. »*Hat* Isabelle die Idee für ihre Doktorarbeit von dir? Ja oder nein?«

»Nun ja, auf jeden Fall haben wir über Meredith Quince gesprochen«, antwortete Agathe, schlug die Augen nieder und biss sich auf die Unterlippe. »Ich versuche gerade, mich daran zu erinnern, wie viel genau ich Isabelle gesagt habe, aber, weißt du, als ich ihre Kapitel gelesen habe, da kam mir das alles wirklich bekannt vor. Also habe ich angefangen, mir Gedanken zu machen, und dann schien es einfach nicht richtig, dass sie den ganzen Erfolg einstreichen soll. Was meinst du, Daisy?«

»Ich weiß nicht«, antwortete Daisy mit gefurchter Stirn.

»Siehst du?«, meinte Agathe mit einem kleinen Achselzucken.

Daisy sah sie an und wurde plötzlich unsicher. Vielleicht hatte sie die Situation ja *wirklich* falsch eingeschätzt, und doch …

»Aber warum hast du Isabelle nicht direkt darauf angesprochen? Es kommt mir echt gemein vor, hinter ihrem Rücken zu ihrem Professor zu gehen.«

»Wie gesagt, du weißt nicht, wie Isabelle ist. Du lachst mich jetzt bestimmt aus, aber … ich hatte Angst.«

»Du, *Angst?*«

»Nun ja, ja.« Mit entwaffnender Selbstkasteiung lächelte Agathe Daisy an.

Sie hatten langsam den Raum durchquert und standen jetzt vor einer weiteren, unauffälligeren Tür. Agathe blieb stehen und sagte in verschwörerischem Tonfall: »Weißt du, Daisy, ich glaube, hier geht's nach oben, dahin, wo die Ballettschule war. Die Räume wollte ich immer schon mal sehen. Bestimmt ist das eigentlich nicht erlaubt, aber sollen wir mal versuchen, ob wir dort hinfinden? Kommst du mit? Bitte?«

»Dafür habe ich wirklich keine Zeit«, wehrte Daisy ab und öffnete ihre Tasche, um einen prüfenden Blick auf ihr Handy zu werfen. »Ich wette, Chrissie und die anderen sind inzwischen längst da.«

»Ach komm, es geht auch ganz schnell«, drängte Agathe und legte Daisy die Hand auf den Arm. Dann holte sie tief Luft und fügte hinzu: »Und dann gehen wir und reden gemeinsam mit Isabelle, ich verspreche es!«

Daisy starrte Agathe an. Meinte sie das wirklich ernst?

»Na ja, das wäre das Richtige«, gab sie zu und klappte ganz automatisch ihre Tasche wieder zu.

»Danke! Du hast mich dazu gebracht, es mir noch einmal zu überlegen.« Agathe lachte ein wenig und drückte Daisys Arm. »Ich bin bestimmt mutiger, wenn du dabei bist.«

Sie öffnete die Tür, und die beiden traten auf den Absatz einer schmalen Holztreppe hinaus. Agathe machte einen Lichtschalter ausfindig, hob dann den Saum ihres Kleides und schickte sich an, die Treppe hinaufzusteigen. Sie winkte Daisy, ihr zu folgen.

»Das ist doch aufregend, nicht?«, stieß sie kichernd hervor. Sie erreichten das oberste Stockwerk. »Jetzt lass mal sehen. Hier entlang, glaube ich«, verkündete sie, fand einen weiteren Lichtschalter und führte Daisy einen Korridor hinunter. Sie kamen an mehreren geschlossenen verglasten Türen vorbei, hinter denen geheimnisvolle dunkle Räume lagen.

»Sind das die Räume, die du gemeint hast?«, wollte Daisy wissen und blieb stehen, um durch die Glasscheiben zu spähen. Sie versuchte sich an einer der Türen; sie war verschlossen. »Ich glaube nicht, dass man da viel sehen kann. Vielleicht sollten wir zurückgehen.«

»Ja, vielleicht«, antwortete Agathe vage. Doch sie ging immer weiter, und Daisy folgte ihr, bis sie zu einer Stahltür mit einem großen roten Schild kamen, auf dem DANGER – ACCÈS INTERDIT stand.

Begeistert verschlang Agathe die Hände ineinander. »Oh, Daisy, schau nur! Ich glaube, das ist die Tür zum Dach. Kannst du dir vorstellen, was für eine tolle Aussicht man von da hat?«

»Aber auf dem Schild steht ...«, begann Daisy.

»Ach, sei doch nicht so ein Feigling«, wehrte Agathe ab und lachte leichthin. »Schau, der Schlüssel steckt.«

Sie schloss die Tür auf, und Daisy fühlte einen Schwall frischer Nachtluft auf ihrem Gesicht.

Agathe streckte den Kopf hinaus und schnappte nach Luft. »Oh! Einfach unglaublich! Wir sind so nahe bei den wunderbaren Statuen. So eine Chance bekommen wir nie wieder.« Sie drehte sich um und packte Daisy am Arm. »Komm schon«, sagte sie.

»Na gut, okay«, antwortete Daisy widerstrebend. »Nur mal kurz gucken.«

Als sie hinaustrat, machte Agathe einen Schritt rückwärts, riss Daisy ihre Abendtasche aus der Hand und warf sie auf den Boden des Korridors. »Die wirst du nicht brauchen«, zischte sie, als Daisy sie verdattert anstarrte. »Und wenn du mich jetzt entschuldigen würdest, Daisy«, fuhr sie fort und beförderte die Tasche mit einem Fußtritt außer Reichweite, »ich habe etwas Wichtiges zu erledigen. Es gibt da ein Manuskript in Isabelles Wohnung, das für mich bestimmt ist, und ich will nicht, dass du mir in die Quere kommst, okay?« Woraufhin sie Daisy einen gewaltigen Stoß versetzte und sie noch weiter aufs Dach hinausschubste. Instinktiv setzte sich Daisy zur Wehr; sie bekam Agathes Haar zu fassen und zerrte mit aller Kraft daran.

»*Aïe!*«, keifte Agathe. »Lass los!«

Einen Augenblick lang rangen sie verzweifelt auf der Schwelle, keuchten und kreischten, dann fühlte Daisy, wie einer ihrer Stiletto-Absätze nachgab und mit einem Knacken abbrach. Mit wedelnden Armen stolperte sie rückwärts auf das Dach hinaus.

»*Et voilà!*«, schrie Agathe triumphierend, knallte die Tür zu und drehte den Schlüssel im Schloss. Daisy warf sich gegen die Tür und trommelte wild dagegen. Doch es nützte nichts. Agathe war verschwunden.

Allmählich machte Amélie sich Sorgen. Sie hatte überall nach Daisy gesucht, vergeblich. Wohin war ihre Freundin nur verschwunden? Gerade hatte sie Agathe vorbeigehen sehen, hatte sich jedoch nicht getraut, sie anzusprechen. Agathe hatte sie nie ernst genommen und würde sie nur abweisen wie ein lästiges Kind. An wen sollte sie sich bloß wenden?

Zuerst war Daisy tapfer gewesen, hatte sogar über ihre eigene Dummheit gelacht. Wie hatte sie nur so blöd sein können, sich so von Agathe aussperren zu lassen? Ihre französische »Freundin« hatte gar nicht so falschgelegen, als sie gesagt hatte, Daisy sei nicht eben die Hellste. Im Grunde war das sogar die Untertreibung des Jahrhunderts gewesen!

Dann, während sie darauf wartete, dass Agathe zurückkam – bestimmt *würde* sie doch zurückkommen? –, hatte Daisy sich selbst zerfleischt, indem sie den Film ihres Pariser Lebens erneut hatte ablaufen lassen und dabei bei jedem Beispiel ihrer eigenen Naivität verweilte. Letzten Endes jedoch, sagte sie sich unglücklich, war das, was ihr widerfahren war – zwei gescheiterte Liebesbeziehungen, eine rein imaginäre Freundschaft mit Agathe und, just in diesem Moment, die Tatsache, dass sie in einem zerrissenen, zerknitterten Kleid und mit Strümpfen voller Laufmaschen vor Kälte zitterte –, das alles war wirklich ein Klacks. Nein, richtig schrecklich war, dass sie dadurch, dass sie sich von Agathe auf diese Weise hatte kaltstellen lassen, Isabelle die Doktorarbeit ruiniert hatte. Genau jetzt raffte Agathe wahrscheinlich das Manuskript an sich, das Isabelle aus London mitgebracht hatte, und morgen würde sie bei Professeur Sureau eine ebenso gelungene Vorstellung abliefern wie die, die Daisy auf diesem verdammten, sehr, sehr kalten Dach hatte landen lassen. Währenddessen amüsierte sich die arme Isabelle gewiss ganz unschuldig dort unten und kam nicht einmal im Traum auf den Gedanken, dass Agathe ihr mit einer Guillotine auflauerte oder irgendetwas in der Art. Dicht an die Kuppel gekauert, schaute Daisy zu den schimmernden Sternen hoch und begann zu weinen.

Unsicher, was sie tun sollte, kehrte Amélie unwillkürlich zu ihrer Schwester zurück, die gerade mit ihrem Handy telefonierte.

»Das ist Octave«, flüsterte Claire ihr zu. »Sie sind gleich hier.«

Einem Impuls folgend, streckte Amélie die Hand aus. »Ich möchte gern mit ihm sprechen.«

»Okay«, antwortete Claire verdattert. »Octave, Amélie möchte dich kurz sprechen. Aber mach schnell«, setzte sie hinzu, als sie ihrer Schwester das Handy reichte. »Ich dachte, du möchtest die Quadrille sehen?«

»Ja, ja, wir treffen uns dort.«

»Wie du willst«, schniefte Claire gereizt, ehe sie in einer raschelnden Wolke aus blassgrünem Chiffon davonstolzierte.

»*Allô, Octave?*«, sagte Amélie, sobald Claire fort war.

»*Allô, petite Amélie*«, antwortete Octave freundlich. »Und, amüsierst du dich?«

»Nein, eigentlich nicht! Hör zu, ich brauche deine Hilfe. Ich kann Daisy nirgends finden. Ich habe Angst, dass ihr irgendwas passiert ist.«

»Keine Sorge«, erwiderte Octave leichthin. »Daisy hat wahrscheinlich auf dem Ball eine neue Eroberung gemacht, das ist alles.«

»Bitte hör zu, Octave!«, flehte Amélie den Tränen nahe. »Agathe und Clothaire haben irgendetwas vor! Du musst Isabelle warnen! Sag ihr, sie soll das Manuskript verstecken, das sie aus London mitgebracht hat, weil Agathe es stehlen will!«

»Agathe will … was stehlen?« Jetzt schlug Octave einen ernsteren Ton an. »Ganz ruhig, Amélie, und fang noch mal ganz von vorne an.«

Amélie schilderte kurz das Gespräch, das sie und Daisy belauscht hatten.

Octave hörte aufmerksam zu, dann sagte er: »Ich verstehe. Mach dir keine Sorgen. Marie und ich sind gerade ganz in der Nähe von Isabelles Wohnung. Bertrand und Stan sind auch bei uns, und außerdem Gaspard und ein paar von seinen *cataphile*-Freunden. Das sind eine Menge Roller. Wir holen Isabelle und ihre Freunde ab, und dann treffen wir uns in einer Viertelstunde am Eingang. Behalte du inzwischen Agathe und Clothaire im Auge, okay?«

»Ah, *chers amis*, da seid ihr ja endlich!«, rief Octave eine halbe Stunde später mit seiner weltgewandtesten und charmantesten Stimme. »*Bonsoir!*«

Agathe und Clothaire hatten zusammen dagestanden und zugesehen, wie Männer in Uniform und junge Frauen in rot-schwarzen Kleidern durch eine Quadrille von militärischer Präzision gewirbelt waren. Sie drehten sich um und wurden von Octave, Marie-Laure, Amélie und Stanislas begrüßt.

»*Ah, bonsoir*«, knurrte Clothaire mit seiner üblichen sauertöpfischen Miene.

»Was für ein hübsches Kleid, Marie. In Mitternachtsblau siehst du immer toll aus«, bemerkte Agathe beifällig. »Ist Isabelle bei euch?«

Marie-Laure nickte mit starrem Gesicht.

Agathe wechselte einen bedeutungsvollen Blick mit Clothaire und sagte: »Ehrlich gesagt, mir ist gerade eingefallen, dass ich unten etwas in meinem Mantel vergessen habe. Bis gleich.«

Als sie sich umdrehte, um zur Garderobe zu eilen, fasste Stanislas sie am Arm.

»Bleib doch noch einen Moment, Agathe«, sagte er mit sardonischem Lächeln. »Wir sind doch gerade erst angekommen.«

»Mit der Gang aus London«, setzte Octave hinzu und deutete mit einer Geste auf Chrissie, Jules und Tom, die auf sie zukamen, allen voran Isabelle in ihrem roten Kleid. Sie sah extrem erbittert und entschlossen aus.

»Oh Gott!«, murmelte Clothaire.

»Schau dir das an, Darling: Rotkäppchen wird zum Rambo!«, flüsterte Chrissie Jules ins Ohr

Isabelle trat direkt vor Agathe hin, die sie mit einem strahlenden »*Salut! Ça va?*« begrüßte.

»*Ça va, merci*«, antwortete Isabelle kalt. »Wo ist Daisy?«

»Hmmm, ich weiß es wirklich nicht«, beteuerte Agathe unbekümmert. »Ich denke mal, sie tanzt irgendwo.«

»Agathe«, sagte Isabelle, und in ihrer Stimme lag eine gefährliche Schärfe, »ich habe keine Zeit für deine Spielchen. Clothaire kannst du haben, das ist mir wirklich egal. Du kannst auch den Job an der Sorbonne haben, wenn du so scharf darauf bist – ich habe jetzt vor, in England zu bleiben. Aber *The Splodge* kriegst du nicht. Habe ich mich klar ausgedrückt?«

»Wie kommst du dazu, so über mich zu reden?«, empörte sich Clothaire lautstark.

»Sei still«, befahl Isabelle, ohne ihn anzusehen.

Clothaire stotterte und war dann still.

Chrissie stieß einen begeisterten kleinen Juchzer aus. »*Bravo*, Darling! Was für eine Diva! Schau sie dir an, Tom – ich schwör's, sie zeigt mehr Haltung als sämtliche Models in der ganzen *Vogue!*«

Agathe sah einen Augenblick lang verdutzt aus, dann richtete sie sich zu ihrer vollen Größe auf und erwiderte, ohne auf Clothaires immer heftigeres Kopfschütteln zu achten: »Nun, dann kann ich dir ja wohl ebenso gut sagen, dass Clothaire und ich schon seit einer Ewigkeit ein Paar sind. Das hat schon angefangen, lange bevor er dich kennengelernt hat, und danach haben wir einfach genauso weitergemacht wie vorher. Ich habe gewusst, dass er dich irgendwann leid wird.«

»Ich habe dich geliebt, Isabelle«, beteuerte Clothaire. »Gewissermaßen.«

»Nur dass du eben nur *mich* wirklich liebst«, stellte Agathe selbstgefällig fest.

»Ach ja? Und was ist mit *mir?*«, rief eine andere, sehr zornige Stimme. Alle drehten sich um. Hinter ihnen stand Claire und kochte vor Wut.

»Nicht jetzt, Claire, bitte«, flehte Clothaire mit höchst unbehaglicher Miene.

»Und warum nicht jetzt?«, wollte Claire wissen und funkelte

ihn wütend an. »Sag mir, weiß Agathe von deiner kleinen Londoner Eskapade mit mir?«

»Was – für – eine – Londoner – Eskapade?«, verlangte Agathe in arktischem Tonfall zu wissen. »Clothaire?«

»Claire!«, entrüstete sich Marie-Laure. »Wenn ich gewusst hätte, dass du dir meinen Mantel *dafür* borgen wolltest, hätte ich Nein gesagt!«

»Das ging doch nur eine Woche«, knurrte Clothaire gereizt. »Wenn überhaupt.«

»Du vergisst all die Monate vorher in Paris«, stellte Claire erbarmungslos fest.

Agathe bedachte Clothaire mit einem vernichtenden Blick.

Er trat von einem Fuß auf den anderen und sah aus wie ein ungemein mürrischer Bär, der sich sehr unwohl fühlte.

»Außerdem vergisst du«, fuhr Claire fuchsteufelswild fort, »was du mir in London gesagt hast – wie besitzergreifend Agathe doch sei und dass ich die Einzige für dich wäre.«

Isabelle schaute von Claire zu Marie-Laure. Beide waren groß, langgliedrig und dunkelhaarig und glichen sich oberflächlich betrachtet durchaus. Jetzt verstand sie: Es war Claire gewesen, die Bella in London mit Clothaire gesehen hatte – Claire in dem roten Mantel, den sie sich von Marie-Laure geliehen hatte!

Stanislas klopfte dem aschfahlen Clothaire auf die Schulter und sagte lachend: »Na dann, viel Glück, *mon vieux*.«

»Dir fällt bestimmt etwas ein, wie du da wieder rauskommst«, fügte Octave hinzu und legte Marie-Laure den Arm um die Schultern.

»Seid ihr dann alle fertig?«, erkundigte sich Isabelle energisch. »Schön. Und jetzt bringt mich *sofort* zu Daisy.«

Einen Moment lang versuchte Agathe, ihrem Blick standzuhalten. Dann knickte sie ein. »Sie ist auf dem Dach, da durch und dann die Treppe hinauf«, gestand sie, holte den Schlüssel aus ihrer Tasche und reichte ihn Isabelle.

»Ich *liebe* diese Treppe«, trillerte Chrissie, der mit Daisy oben an der *grand escalier d'honneur* stand. »Glaub mir, wenn ich nicht ein Paar *sehr* teuere und so gut wie unersetzbare Bondage-Hosen von Westwood anhätte, dann würde ich hier rauf und runter hüpfen wie Audrey Hepburn in *Funny Face!*«

Daisy lächelte und zog ihren leuchtend rosafarbenen Pashmina enger um sich. Nachdem sie gerade zusammen mit ihren Freunden in einem riesigen, atemberaubenden Spiegelsaal ein wunderbares warmes Abendessen eingenommen hatte, fühlte sie sich allmählich viel besser.

Gerade als sie angefangen hatte, ernsthaft Angst zu bekommen, dass ihr Exil auf dem Dach niemals enden würde, war die Tür wie durch Zauberhand aufgeflogen und eine kleine, schlanke junge Frau in Rot, das Haar zu einem fantastischen Knoten aufgesteckt, war auf das Dach hinausgetreten: Isabelle! Hinter ihr tauchten Jules und Chrissie auf, gefolgt von einem hochgewachsenen Fremden, den Daisy augenblicklich als den oberleckeren Adonis namens Tom identifizierte.

Isabelle hatte die Hand ausgestreckt, um Daisy aufzuhelfen. »*Salut,* Daisy. Alles in Ordnung?«

»Oh, hi!«, hatte Daisy zitternd geantwortet. »Ja, alles okay. Danke, dass du mich gerettet hast.«

»Danke, dass du *mich* gerettet hast!«, hatte Isabelle erwidert und ihre Hand gedrückt. »Komm, ich helfe dir. Pass auf, dass du nicht ausrutschst.«

Jetzt war es fast Mitternacht, und das Tanzen war in vollem Gange. Nachdem sie sich die Disco angesehen hatten, waren Daisy, Chrissie, Tom, Isabelle und Jules zur *grand escalier d'honneur* zurückgekehrt, um die herum Hunderte von Menschen Walzer tanzten.

»Ihr könnt *sagen,* was ihr wollt, Darlings«, sinnierte Chrissie und ließ sich auf ein kleines, vergoldetes Stühlchen fallen, »ich finde, *Standardtänze* sind bei einem Ball immer noch am besten.«

»Und das kommt ausgerechnet von dir!«, meinte Jules mit ausdrucksloser Stimme und ließ sich neben ihm nieder. »Ich hab nämlich gedacht, du lässt uns glatt stehen, als wir eben in die Disco reingeschaut haben und sie da Sister Sledge gespielt haben.«

»Einmal discogeschädigt, *immer* discogeschädigt, erinnerst du dich? Dagegen kann ich *überhaupt* nichts machen.«

Einen Moment lang saßen die drei in freundschaftlichem Schweigen beieinander und schauten in den glitzernden Ballsaal hinaus, der voller anschwellender Musik und umherkreiselnder Paare war. Als sie die Leute näher betrachtete, konnte Daisy Octave mit Marie-Laure tanzen sehen und nur ein kleines Stück weiter Stanislas mit Amélie.

Und da drüben, das rote Aufblitzen dort, das war Isabelles Kleid, das wallte und wirbelte, während sie hingerissen mit Tom tanzte.

»Verzeihung«, ließ sich eine angenehme Männerstimme an Daisy gerichtet vernehmen. »Dürfte ich um diesen Tanz bitten?«

Daisy blickte auf und sah einen großen, dunkelhaarigen jungen Mann in schwarzer Uniform mit goldenen Knöpfen – vermutlich einer der Studenten der École Polytechnique – mit hoffnungsvollem Lächeln vor sich stehen. Sie lächelte zurück und schüttelte den Kopf. »Oh, vielen Dank. Aber Walzer kann ich nicht.«

»Ich kann es Ihnen beibringen, wenn Sie möchten«, schlug der Kadett höflich vor.

»Das ist wirklich nett von Ihnen, aber ich habe auch keine Schuhe an«, erklärte sie und streckte die bestrumpften Füße vor.

»Ich verspreche Ihnen, ich werde Ihnen nicht auf die Zehen treten.«

»Tut mir leid. Aber trotzdem vielen Dank.«

Nachdem sie zugesehen hatten, wie der junge Mann sich bedauernd verbeugte und davonging, drehten Chrissie und Jules sich um und starrten Daisy an.

»*Darling*«, fragte Chrissie mit großer Eindringlichkeit, »bist du *verrückt?* Der war doch *umwerfend!* Hast du gesehen, wie er dich angeschaut hat?«

»Und ein Schwert hatte er *auch*«, fügte Jules gleichmütig hinzu. »Wie ein Ritter. Was ziemlich cool ist.«

»Ich glaube, ich brauche mal eine Auszeit von all so was«, sagte Daisy und nippte an ihrem Champagnerglas. »Schaut euch doch an, was mir das letzten Endes gebracht hat: absolut gar nichts.«

»Daisy, mein Engel«, erwiderte Chrissie und schlang die Arme um sie, »gönn dir nur dein kleines Keuschheits-Intermezzo, aber sobald du wieder nach London zurückkommst, suchen wir dir einen erstklassigen, umwerfend gut aussehenden, *super*leckeren Typen, das *verspreche* ich dir.«

»Danke, Chrissie.« Daisy drückte ihn ihrerseits fest an sich.

»Wo wir gerade beim Thema sind …«, fuhr Chrissie langsam fort und sah plötzlich völlig gebannt aus. »Wer ist *das?*«

Daisy folgte seinem Blick. Alles, was sie ausmachen konnte, war Bertrand, der allein auf einem kleinen vergoldeten Sofa saß und träumerisch einen Teller voll *petits fours* vertilgte.

»Das ist Bertrand, ein Freund von Octave. Aber ich dachte, ihr seid alle zusammen hergekommen? Du hast ihn doch bestimmt vorhin kennengelernt.«

»Darling, *glaub* mir, an *diese Wangenknochen* würde ich mich erinnern, wenn's so wäre«, entgegnete Chrissie und betrachtete Bertrand wohlgefällig. »Das muss der gewesen sein, der den Helm aufhatte, als sie uns in ihren *göttlichen* Lederklamotten abgeholt haben. Und dann ist er auf mysteriöse Weise *verschwunden*, als wir hier angekommen sind.«

»Ja, das kommt hin«, bemerkte Daisy und nickte. »Bertrand macht sich immer sofort auf den Weg zum Buffet, wenn er auf eine Party kommt.«

Als sie sah, wie Chrissie aufstand und sich zu der verspiegelten Wand umdrehte, um mit flinken, geübten Bewegungen seine weiße Krawatte zurechtzurücken, sagte sie sanft: »Chrissie, warte. Bertrand ist vollkommen hetero.«

Chrissie sah sie ernst an. »Ah ja, *natürlich*, Darling«, pflichtete er ihr bei, ehe er den Kopf in den Nacken warf und ein silbriges Lachen ausstieß.

Daisy grinste zurück. Der Instinkt ihres Freundes hatte sich in der Vergangenheit als ziemlich unfehlbar erwiesen.

»Hilf mir mal, Daisy-Darling. Ich brauche einen Tipp, wie ich ihn ansprechen kann. Was heißt noch mal ›Auge‹ auf Französisch? *La œil?*«

»*L'œil*«, verbesserte ihn Daisy automatisch. »Im Französischen ist das Auge maskulin.«

»Wie passend«, stellte Chrissie fest, die eigenen Augen noch immer auf Bertrand gerichtet. »Und ›Stern‹ heißt … *l'étoile?*«

»Ja«, bestätigte Daisy kichernd. »Aber ›Augenstern‹ kann man nicht wirklich ins Französische übersetzen. Versuch's mal damit, stattdessen ›*Bonsoir*‹ zu sagen.«

»Geht klar. Bis später, meine Engel.« Entschlossen glitt Chrissie in Richtung Bertrand davon.

Daisy und Jules sahen, wie er sich neben dem jungen *Pique-Assiette* niederließ und sich ein *petit four* schnappte, während er die ganze Zeit lebhaft plauderte. Bertrands Gesicht, bemerkte Daisy, schien aufzuleuchten.

Minuten später lachten die beiden miteinander.

»Chrissie verblüfft mich doch immer wieder«, meinte Daisy. »Ihr beide habt mir wirklich gefehlt.«

»Ja«, brummte Jules, räusperte sich und schob ihre Brille hoch.

Daisy lächelte. Ihre Freundin, das wusste sie, war zutiefst gerührt und wollte es nicht zeigen. Schweigend saßen sie da, dann fragte Jules kurz und knapp: »Also, Paris: gute oder schlechte Zeiten?«

Daisy schloss die Augen. Sie sah es alles vor sich, wild durcheinander: Ihre Picknicks in Isabelles kleiner Wohnung, das blanke Schaufenster von Anouks Boutique, der Strand am Seineufer voller eleganter Pariser, Etiennes Gesicht, während er aufmerksam ihren Überlegungen zum Thema Mode lauschte, und die Kinoleinwand auf der Party in den *catacombs*, auf der wieder und wieder der Satz »Paris Gehört Uns« aufleuchtete.

»Oh, gute Zeiten! Auf jeden Fall!«, erwiderte sie und öffnete die Augen wieder. »Es war ein echtes Abenteuer. Ich habe ein paar tolle neue Freunde gefunden. Und außerdem habe ich eine Menge über das Leben gelernt.«

»Klar. Was denn, zum Beispiel?«

»Vielleicht … dass man nicht immer alles haben kann«, antwortete Daisy bedächtig. »Und dass das völlig okay ist. Man muss es so nehmen, wie's kommt.«

Wortlos schob Jules ihren Arm unter den von Daisy. Ihre Freundin lächelte sie an und lehnte sich auf ihrem Stuhl zurück.

»Das Jahr ist fast vorüber. Bald komme ich nach Hause. Und dann kann ich auf das alles zurückblicken und sagen: ›Auf Wiedersehen, Paris – es war schön.‹«

ENDE

Nun ja, nicht ganz …

Epilog

Daisy rollte sich von der Wand weg und räkelte sich schläfrig. Wie spät war es überhaupt? Vermutlich mitten in der Nacht. Mit geschlossenen Lidern zählte sie langsam fünfzig Schäfchen, dann öffnete sie die Augen wieder und schaute zur Decke hoch. Die kam ihr ungewohnt vor, viel höher als sonst. Sie brauchte einen Moment, um zu begreifen, wo sie war: In Anouks riesigem Wohnzimmer natürlich. Jetzt erinnerte sie sich auch daran, wie ihre Freunde sie nach dem Ball hier abgesetzt hatten und wie sie ein paar Minuten später auf das Schlafsofa gekippt war, das Anouk für sie zurechtgemacht hatte.

Ein paar verschwommene Rückblenden von dem Ball folgten, ihr Abenteuer auf dem Dach und das Ende des Abends, als sie mit Jules aus der Oper gekommen war und laut überlegt hatte, wo Chrissie wohl abgeblieben sei. Wortlos hatte Jules ihr drei atemlose SMS gezeigt, die ihr Chrissie im Verlauf der letzten Stunde geschickt hatte:

»SORRY, MÄDELS, MUSSTE WEG. HAB MICH GANZ UNERWARTET VERLIEBT. OH GOTT, OH GOTT. JU-JU, WIR SEHEN UNS IM HOTEL ZUM BERICHT.«

Dann: »UUPS, NEUER PLAN, SCHATZ. WIR SEHEN UNS MORGEN.«

Und schließlich: »NEIN, GECANCELT. BITTE DAS REIZENDE HOTEL, MEINE SACHEN ZU BUNKERN. HOLE SIE BALDMÖGLICHST – ABER EIGENTLICH IN ABSEHBARER ZUKUNFT KEINE KLAMOTTEN NÖTIG. BLEIBE

VIELLEICHT NOCH EIN BISSCHEN IN P. BON VOYAGE MORGEN, JU-JU. ++LG AN DAZE!«

»Jep – er ist mit dem Augenstern durchgebrannt«, hatte Jules abschließend konstatiert.

Es passte überhaupt nicht zu Chrissie, solches Desinteresse an seinen geliebten Klamotten an den Tag zu legen, dachte Daisy verschlafen, von seinen Körperpflege-Utensilien ganz zu schweigen. Ganz offensichtlich war etwas höchst Ungewöhnliches geschehen – etwas Impulsives, Romantisches. Nun, Bertrand war ja auch sehr süß. Lass es krachen, Chrissie.

Sie reckte sich. Wie spät war es denn nun? Gestern Abend hatte sie ihre Armbanduhr nicht umgehabt, weil sie nicht zu dem Kleid gepasst hatte. Sie musste ihr Handy finden. Träge drehte sie den Kopf und schaute auf den Fußboden. Sie konnte gerade noch ihre Abendtasche dort ausmachen, wo sie sie gestern Nacht fallen gelassen hatte; der Großteil des Inhalts war ausgekippt – ein Gewirr aus Schlüsseln, Geldbörse, Lippenstift und Miniatur-Haarspray. Aber kein Handy. Wo konnte das nur sein? Vielleicht in ihrer Manteltasche?

Daisy rollte sich herum, streckte den Arm nach dem Stuhl aus, auf den sie ihre Kleider geschmissen hatte, und fand ihren pinkfarbenen Mantel. Halbwach sackte sie wieder zurück und tastete sich in die erste Tasche hinein. Zu ihrer Überraschung stießen ihre Finger auf etwas Unerwartetes. Sie zog es heraus – es war ein weißer Briefumschlag. Daisy runzelte die Stirn: Wo kam der denn her?

Sie gähnte. Irgendwo gab es hier eine Leselampe – ja, dort. Sie riss den Umschlag auf und zog ein einzelnes Blatt Papier hervor, das sie sich dicht vors Gesicht hielt und mit verschlafenen Augen anblinzelte. Es war in Französisch beschrieben, und begann recht traditionell mit der Begrüßungsformel »*Chère Daisy*«.

»*Als ich Dich zum ersten Mal gesehen habe*«, ging es weiter, »*wuss-*

te ich, dass ich meine große Liebe gefunden habe. Ich hatte nicht den geringsten Zweifel daran.«

Daisy setzte sich bolzengerade im Bett auf. Der Rest des Briefes lautete:

»Bestimmt hast Du bereits erraten, wie ich für Dich empfinde, obwohl ich alles tue, was in meiner Macht steht, um es zu verbergen. Ich denke ununterbrochen an Dich. Ich kann weder essen noch schlafen. Ich lebe nur für diese kostbaren Momente, wenn wir uns treffen und ich in Dein wunderschönes Gesicht blicken kann. Du bist der liebenswerteste Mensch, dem ich jemals begegnet bin, und ich liebe Dich über alles.

Ich habe noch nie eine derartige Leidenschaft für jemanden empfunden, und ich kenne mich gut genug, um mir darüber im Klaren zu sein, wie unwahrscheinlich es ist, dass ich jemals wieder so fühlen werde. Für mich gibt es niemand anderen als Dich.

Daisy, es ist mir viel leichter gefallen, Dir meine Liebe zunächst schriftlich zu gestehen. Würdest Du mir jedoch jetzt erlauben, persönlich mit Dir darüber zu sprechen?

Bitte komm morgen Mittag zur Pont des Arts, zwischen dem Louvre und der Bibliothèque Mazarine. Ich hoffe wirklich sehr, dass Du dort sein wirst.

Wenn nicht, werde ich nichts von all dem jemals wieder zur Sprache bringen, das verspreche ich Dir.

Dein Etienne

Daisy sank auf ihr Kissen zurück und formte mit den Lippen lautlos die Worte »Oh mein Gott!«. Obwohl sie über ein gewisses Maß an Erfahrung mit Männern verfügte, hatte sie noch nie zuvor einen solchen Brief erhalten. Mittlerweile hellwach, las sie ihn noch ein paar Mal mit jener gespannten Aufmerksamkeit durch, die sie normalerweise nur für die Exklusivberichte über die neuesten Kollektionen aufbrachte.

Es war echt ein Ding, ja, aber da stand es, schwarz auf weiß. Etienne, der immer so kühl und distanziert gewirkt hatte, der anscheinend so völlig in seiner Arbeit aufging. Etienne, von dem sie immer gedacht hätte, er sei für sie völlig unerreichbar. Der ernsthafte Etienne mit seinen langen Wimpern und dem seltenen, jäh aufblitzenden Lächeln. Etienne *liebte* sie. Er liebte sie wirklich.

Und sie, was empfand sie? Nun ja, sie ... Ihr war gleichzeitig heiß und kalt, sie fühlte sowohl freudige Erregung als auch lähmenden Schrecken, alles auf einmal. Und jetzt wurde ihr ein mächtiges Gefühl in ihrem Inneren bewusst, etwas, das schon seit langer Zeit da war und das nun wie die Flut anwuchs. Es lag ihr auf der Zunge, wie eine Erinnerung, die an die Oberfläche kam, sich ihr jedoch nicht enthüllen wollte. Was war das? Was bedeutete das? War es möglich, dass sie ... dass sie Etienne tatsächlich liebte? Es gab nur eine Möglichkeit, das verlässlich herauszufinden. Selbstverständlich würde sie nachher hingehen und sich mit ihm auf der Brücke treffen. Dann würden sie über alles reden. Oh, was zog man zu einem solchen Anlass bloß an?, überlegte sie und breitete ihr Haar auf dem Kopfkissen aus. Nachher würde sie shoppen gehen und sich etwas *ganz besonders* Hübsches kaufen, etwas *Unwiderstehliches*. Daisy drehte sich im Bett herum, so dass sie die Füße gegen die Rückenlehne des Sofas stemmen konnte, und las Etiennes Brief noch einmal.

Da fiel ihr das Datum oben auf der Seite auf. 14. Februar. Natürlich, Valentinstag. Das romantischste Datum des Jahres, wie wunderbar ... Augenblick mal! Was? Nein, das *konnte* nicht sein, denn am Valentinstag, daran erinnerte Daisy sich noch ganz genau, war sie abends mit Raoul in einem mega-trendigen chinesischen Restaurant essen gewesen. Und das war ... sieben Wochen her!

Wieder setzte sie sich auf und dachte scharf nach. Ihr pinkfarbener Mantel! Den hatte sie schon eine ganze Weile nicht mehr getragen. Tatsächlich hatte sie ihn ... genau, am Valentinstag das letzte Mal angehabt. Damals hatte sie sich nachmittags mit Etienne getroffen, bevor sie abends mit Raoul ausgegangen war. Jetzt war ihr alles klar! Etienne hatte beschlossen, sie mittels eines handgeschriebenen Briefes wissen zu lassen, dass er sie liebte. Doch er hatte nicht gewagt, ihr den Brief persönlich zu geben, deshalb hatte er ihn heimlich in ihre Manteltasche gesteckt und gedacht, sie würde ihn finden, wenn sie nach Hause kam. Doch das war nicht geschehen. Zum einen war sie noch nie besonders methodisch vorgegangen, wenn es darum ging, die Taschen von Kleidungsstücken auszuleeren. Und dann, erinnerte sie sich, war das Wetter eine Zeitlang außergewöhnlich warm gewesen, und sie war tagelang ohne Mantel herumgelaufen.

Und in der Zwischenzeit ... Oh, in der Zwischenzeit hatte Etienne auf der Pont des Arts vergeblich auf sie gewartet, vor all diesen Wochen! Und seitdem ... nun, das war sogar noch schlimmer, dachte Daisy und presste die Hände auf die Stirn. Er und Daisy hatten sich weiterhin getroffen und über seine Forschungsarbeit gesprochen – und sie hatte natürlich *von nichts gewusst!* Während sie vage registriert hatte, dass Etienne ein wenig verschlossen wirkte, hatte sie geplappert und alberne Witze gerissen wie früher. Er musste sie für dermaßen gemein und gefühllos gehalten haben, für dermaßen kaltherzig – ein richtiges Ungeheuer. Jetzt fielen ihr die dunklen Ringe wieder ein, die sie unter seinen Augen bemerkt hatte. Und es hatte Gelegenheiten gegeben, wo er ausgesehen hatte, als hätte er sich nicht einmal rasiert, obwohl er für gewöhnlich doch immer so makellos gepflegt war. Sie hatte das auf die schwere Arbeit geschoben, die ihn unleidlich machte. Doch es war keine Unleidlichkeit gewesen. Es war Traurigkeit gewesen, vielleicht sogar Verzweiflung.

Daisy schwang die Beine herum und blieb im Nachthemd auf der Bettkante sitzen. Sie würde ihn anrufen. Genau das musste sie tun. In der anderen Manteltasche fand sie ihr Handy: Es war halb sechs. Egal. Mit hämmerndem Herzen suchte sie nach seiner Nummer. Vier, fünf, sechs, sieben Rufzeichen waren zu hören, dann setzte sie eine elektronische Stimme auf Französisch davon in Kenntnis, dass zur Zeit niemand erreichbar sei. Der Signalton piepte, und sie zuckte zusammen.

»Oh! Äh, hallo, Etienne, hier ist Daisy. Hi! Es ist sehr früh, und es tut mir leid, dass ich dich aufwecke. Aber eigentlich wecke ich dich ja gar nicht auf, weil, du gehst ja nicht ran. Das ist gut so. Es ist sogar *toll,* dass du schläfst. Aber, äh, ich wollte so bald wie möglich mit dir reden, weil ...«

Weil was? Weil ich deinen Brief von vor zwei Monaten eben erst gekriegt habe, weil ich nämlich in einem etwas langsameren Paralleluniversum lebe?

Daisy schwankte innerlich, dann fuhr sie in heller Panik fort: »Äh, also, ich glaube, am besten wäre es, wenn wir uns treffen könnten. Ich meine, ich weiß, du hast mit dem Buch viel zu tun, aber ... Ruf mich an, sobald du das hier abgehört hast. Okay, Wiedersehen«, schloss sie atemlos.

Jetzt würde sie warten müssen, bis Etienne aufwachte, seinen Anrufbeantworter abhörte und sich meldete. Anders ging es nicht. Oder ... sie konnte einfach zu ihm gehen. Jetzt gleich, sofort. Kein Rumeiern – einfach den Mantel anziehen und los! Schließlich wusste sie, wo er wohnte. Und wenn das hier kein Notfall war, was war dann einer? Daisy stand auf und verschwendete zum ersten Mal seit ihrem achten Lebensjahr – als sie angefangen hatte, sich ihre Kleider selbst aus dem Bestellkatalog auszusuchen – keinen Gedanken daran, was sie anziehen sollte. Eilig streifte sie den Mantel über ihr Nachthemd. Da drüben lag einer der ausgelatschten pinkfarbenen Turnschuhe, die sie gestern angehabt hatte, bevor sie sich für den Ball umgezogen hatte. Sie brauchte kaum eine Minute, um seinen Partner hinter dem Sofa ausfindig zu machen. Nachdem sie sich ihren Pashmina um den Hals geknotet hatte, kritzelte sie einen Zettel für Anouk, schnappte sich ihre Abendtasche und ging hinaus auf die Straße.

Anouk wohnte in einer winzigen Straße im Marais. Daisy hatte gehofft, draußen ein Taxi zu finden, doch es waren keine da, also machte sie sich kurz entschlossen auf den Weg zur Rue de Rivoli, und von dort aus zum Fluss. Es war noch dunkel, und die Straßen waren still, doch es gab schon Anzeichen dafür, dass Paris erwachte: Müllmänner waren in ihren grünen Lastwagen unterwegs, Zeitungsbündel wurden vor den Kiosken abgeladen. Daisy ging weiter. So musste es sein, wenn man eine Brieftaube war. Ein paar Minuten, nachdem sie die Brücke überquert hatte, kam sie auf der Rue des Écoles heraus.

Eines der sehr wenigen privaten Dinge, die sie über Etienne wusste, war, dass er eine *chambre de bonne* gemietet hatte – eine winzige Einzimmerwohnung –, von der er behauptete, sie wäre die kleinste von ganz Paris. Dies war ein vorübergehendes Arrangement, während seine eigene Wohnung renoviert wurde.

Daisy bog in die Rue Monge ein, und da war er plötzlich, der Place du Cardinal-Lemoine; alle Geschäfte waren noch geschlossen und die Eisengitter davor heruntergelassen. Etienne wohnte in einer Straße gleich hinter dem Platz, in der Rue des Boulangers. Hurra: Da war sie, genau vor ihr. Nachdem sie Etiennes Wohnhaus ausfindig gemacht hatte, stand Daisy vor der *porte cochère* und starrte frustriert auf das unbezwingliche Tastenfeld mit Zahlen und Buchstaben, das die Tür bewachte. Man konnte das Gebäude nur betreten, wenn man den richtigen Code eingab.

Daisy kannte ihn nicht und hatte keine Möglichkeit, ihn zu erraten. Es war jetzt fast sechs Uhr. Sollte sie noch einmal versuchen, ihn anzurufen? Oder später noch einmal wiederkommen? Gerade wandte sie sich zum Gehen, als die Tür sich plötzlich weit öffnete, wie als Antwort auf ihr Sehnen. Eine alte Dame kam heraus, mit einem eleganten kleinen Hund an der Leine – ein brauner Terrier in einem karierten Mäntelchen. Die Frau hielt Daisy die Tür auf, die sich bedankte und eintrat.

Nur eine Treppe und kein Fahrstuhl. Dankbar für das Training, das sie in Isabelles Apartmenthaus in den letzten Monaten absolviert hatte, sprang Daisy mit großen Sätzen die Stufen hinauf bis ins oberste Stockwerk. Dort gab es sieben Türen, doch der Name Etienne Deslisses stand deutlich lesbar über einer der Klingeln. Sie kniff sich in die Wangen und schüttelte ihr Haar aus, und dann, bevor sie sich selbst in Angst und Schrecken versetzte, indem sie zu viel darüber nachdachte, was sie tat, drückte sie auf die Klingel. Auf der anderen Seite der Tür war es still. Sie klingelte abermals, zweimal, und dann noch einmal, denn drei war eine Glückszahl. Diesmal war einiges an Unruhe zu vernehmen; vermutlich ging Etienne gerade senkrecht an die Decke, ehe er aus dem Bett fiel.

»*Oui?*«, brummte er hinter der Tür und klang nicht eben erfreut.

»Etienne, ich bin's, Daisy.«

Eine volle Minute des Schweigens folgte dieser Bekanntmachung. Dann hörte Daisy ihn herumhantieren – möglicherweise zog er sich eilig etwas über. Schließlich öffnete sich die Tür, und er stand in Jeans und einem Sweatshirt auf der Schwelle, das er verkehrt herum angezogen hatte. Offensichtlich hatte er auch versucht, sein Haar einigermaßen glatt zu streichen, doch Daisy sah am Hinterkopf ein vorwitziges Büschel emporstehen. Er starrte sie an.

»Du bist es wirklich.«

»Ja, ich bin es wirklich! Hi! Darf ich reinkommen?«

»Selbstverständlich«, antwortete Etienne, ließ sie vorbei und schloss die Tür hinter ihr. »Sag, brennt es irgendwo oder so?«

»N-nein, brennen tut's nicht«, sagte Daisy langsam.

Das Zimmer, in das sie trat, war noch schlafwarm. Die Jalousie vor dem Fenster war heruntergezogen. Sie blickte sich um, sah einen Tisch und zwei Stühle vor dem Fenster, überall Bücherstapel und das Bett, aus dem er gerade gestiegen war; die weiße Daunendecke war zurückgeschlagen wie die Schaumkrone einer Meereswoge. Daisy legte ihre Tasche neben einem Gegenstand von erheblichem Alterswert – Etiennes Schreibmaschine – auf den Tisch. Dann rieb sie sich das Gesicht, atmete tief durch und drehte sich zu ihm um. Er lehnte mit verschränkten Armen an der Tür. Sie sprang kopfüber ins kalte Wasser.

»Das hört sich jetzt total verrückt an, aber die Sache ist die, ich habe heute deinen Brief bekommen. Deinen Brief vom Februar. Ich meine, ich habe ihn gerade erst gelesen. Ich habe ihn heute Morgen gefunden.«

Etiennes Augen wurden schmal, während er diese Neuigkeit verarbeitete.

»Es tut mir so leid«, fuhr Daisy fort. »Er hat die ganze Zeit in meiner Manteltasche gesteckt.«

Etienne fuhr fort, schweigend an der Tür zu lehnen. Daisy wandte sich ab, um ihm Zeit zu lassen, und stellte fest, dass er die Wahrheit gesagt hatte: Seine Küche war sogar noch winziger als die von Isabelle. Er lebte *tatsächlich* in einer Dachkammer. Absolut fantastisch! Ohne auf ihre zitternden Hände zu achten, redete sie weiter. »Ich dachte, ich sollte es dir gleich sagen. Weil, bis vor einer Stunde habe ich es nicht gewusst. Ich habe gar nichts gewusst.«

Sie warf ihm einen schnellen Blick zu. Er sah nachdenklich aus, rieb sich mit dem Handrücken über den Mund.

»Was ich damit meine, ist, wenn ich … wenn ich deinen Brief im

Februar gefunden hätte, dann wäre ich … dann wäre ich da gewesen, auf der Brücke. Das ist eigentlich alles, was ich sagen wollte.«

Etienne ließ langsam die Hand sinken. Sein Blick begegnete dem von Daisy auf der anderen Seite des Zimmers.

»Und deshalb bist du gleich hergekommen, einfach so?«, fragte er und trat ein paar Schritte von der Tür weg.

»Ja!« Daisy verdrehte die Augen. »Ich habe sogar noch mein Nachthemd an.« Sie schlug eine Seite ihres Mantels auf. »Ta-da!«

Etienne begann zu lachen. »Und ich dachte, das ist wieder so ein abgefahrenes Designer-Outfit.«

»Nein. Obwohl«, überlegte Daisy laut und schaute kritisch an sich herunter, »jetzt, wo du's sagst, das könnte sogar funktionieren, aber mit anderen Schuhen. Vielleicht mit so klobigen Motorradstiefeln. Und das hier ist in Wirklichkeit ein Männernachthemd, also glaube ich, man würde einen Gürtel brauchen, damit man es am Tag anziehen kann. Das würde auch viel schmeichelhafter aussehen, wie ein Hemdblusenkleid oder so was. Aber ich hatte gar keine Zeit, über all *so was* nachzudenken«, beteuerte sie hastig, als ihr der Zweck ihres Besuchs wieder einfiel. »Ich wollte dich sehen. Es tut mir leid, dass ich so grässlich früh dran bin. Und außerdem natürlich auch grässlich spät.«

Etienne nickte lächelnd. »*Mieux vaut tard que jamais.*«

»Besser spät als nie? Ja, das finde ich auch.«

»Möchtest du Kaffee?«

»Ja, das wäre wunderbar.«

Sie versuchte, ihm in die Küche zu folgen, doch es wurde sehr bald klar – nachdem sie fast zusammengerumpelt waren, als Etienne nach dem Wasserkessel griff und feststellte, dass er sich undenkbar dicht an sie heranquetschen müsste, um an die Tassen und den Zucker heranzukommen –, dass dort nur Platz für eine Person war. Daisy nahm stattdessen am Tisch Platz.

»Wie geht es dir überhaupt?«, erkundige sie sich nach ein paar Augenblicken des Schweigens nervös.

»Ich bin gerade ziemlich erschlagen, glaube ich. Aber ansonsten gut«, antwortete Etienne und brachte die Tassen.

»Das ist super. Weil ich nämlich fand, in letzter Zeit hast du ausgesehen, als sei es dir irgendwie … mies gegangen.«

»Ist es auch. Sehr mies.«

Etienne goss ihnen beiden Kaffee ein und bot Daisy die Zuckerschale an. Sie ließ ein Stück in den Kaffee plumpsen und rührte um.

»Ich wünschte, ich hätte es früher gewusst, du weißt schon, das mit, äh … Hast du Milch?«

»Ah, nein. Entschuldige.« Jäh erhob er sich. »Ich gehe und hole dir welche.«

Mein Held, dachte Daisy.

»Bitte, nein, es geht schon«, wehrte sie eilig ab. »Bestimmt sind alle Läden noch zu. Ich trinke ihn schwarz, wie die Franzosen. Das wird ein Abenteuer.«

Etienne setzte sich wieder. Beide nippten an ihrem Kaffee, dann sagte er: »Entschuldigung, normalerweise bin ich nicht so … Du hast mich überrumpelt, vollkommen. Ich kann gar nicht glauben, dass du hier bist.«

»Ich bin hier. Wirklich.«

»Nein, das glaube ich dir nicht«, widersprach er, das Kinn in die Hand gestützt. »Das ist ein Traum.«

Daisy streckte die Hand aus und kniff ihn sachte in den Arm. Etienne fing ihre Hand mit der seinen ein. Langsam verschlangen sich ihre Finger ineinander.

»Ist die neu?«, erkundigte er sich und deutete auf die Herzbrosche auf ihrem Mantelrevers. »Die habe ich noch nie gesehen.«

»Oh, die habe ich schon seit Jahren. Aber sie war eine Weile irgendwie … verschollen. Dann habe ich sie wiedergefunden, ist noch gar nicht lange her.«

Etienne nickte und legte ihre Hand auf sein eigenes Herz. Dann zog er die andere an den Mund und küsste die Handfläche. Daisy war froh, dass sie saß. Das Zimmer schwankte ein wenig.

»Ich glaube, wir sollten gehen«, sagte Etienne nach einer weiteren Pause. »Ein Stück spazieren.« Er stand auf und hielt noch immer ihre Hände umfasst. »Es gibt viele Dinge, die ich dir sagen muss. Alles, was ich im Februar sagen wollte. Und jetzt ist es Morgen. Schau.«

Daisy schaute: Goldenes Licht drang überall an den Rändern der Jalousie herein. Sie lächelte Etienne an. Jetzt konnten sie einander viel besser sehen.

»Gehen wir zum Fluss«, schlug Etienne vor und lächelte zurück.

Draußen waren die Straßen immer noch still, und eine Weile hatte es beinahe den Anschein, als wären sie und Etienne allein in der Stadt. Sie fanden ein wenig mehr Betriebsamkeit vor, als sie am Flussufer herauskamen. Etliche *bouquinistes* stellten bereits ihre Stände auf.

Ein paar Fitness-Enthusiasten joggten an ihnen vorüber. Seite an Seite gingen Etienne und Daisy an der Seine entlang, vorbei an Notre-Dame und auf die Pont des Arts zu. Zuerst waren sie beide stumm, dann nahm Etienne abermals ihre Hand und fing an, ihre erste Begegnung in allen Einzelheiten zu beschreiben: Wie Daisy ausgesehen hatte, was sie gesagt hatte.

»Ich war nicht auf dich gefasst gewesen, weißt du. Damals hattest du diesen rosa Mantel an, der, von dem du gesagt hast, er bringt Glück. Ich habe nicht damit gerechnet, dass du so schön bist. Ich dachte, du bist mehr –«

»Ein abgedrehter Modefreak?«

»Nun ja, meine Quelle war Clothaire. Er hat gesagt, du wärst *pas mal, physiquement*, aber ... Sagen wir einfach, er hat sehr rigide Vorstellungen davon, wie sich junge Frauen kleiden sollten«.

»Ja. *Chacun à son goût.*«

»Genau. Und dann hat sich herausgestellt, dass du so unglaublich interessant warst, eine viel größere Expertin, als man mich hat glauben lassen. Du warst ein Geschenk des Himmels. Und ... am Ende unseres zweiten Treffens war ich bis über beide Ohren in dich verliebt. Ein Glück, dass ich all unsere Gespräche aufgezeichnet habe, damit ich sie später noch einmal abspielen konnte. Weil, die meiste Zeit war ich so abgelenkt von deinem ... Aussehen ..., dass ich mich überhaupt nicht konzentrieren konnte.«

»Warst du *deswegen* die meiste Zeit so still?«

»Ja. So um Weihnachten herum wusste ich, dass es ernst war. Der Januar war ein schlimmer Monat. Ich habe die ganze Zeit nur noch daran gedacht, wie ich es dir sagen sollte, aber ich wusste ja, dass du einen Freund hattest, und du schienst glücklich zu sein. Und außerdem wollte ich deinen Gedankenfluss nicht unterbrechen. Unsere Gespräche waren kostbar für mich.«

Entzückt drehte Daisy sich zu ihm um. »Du hast dich wirklich für das interessiert, was ich zu sagen hatte?«

»Natürlich«, antwortete er verblüfft. »Mode ist für dich mehr als eine Leidenschaft – sie ist deine Lebensphilosophie. Eine ergiebigere Wissensquelle hätte ich mir gar nicht erhoffen können.«

Sie waren jetzt am Quai de Conti. Die Pont des Arts war in Sicht. Sie stiegen die Stufen hoch, die zu ihr hinaufführten, gingen zu einer Bank nahe der Mitte und setzten sich.

Daisy blickte in die Ferne, auf die Spitze der Île de la Cité – rosa Häuser und ein winziger Flecken Grün –, dann wandte sie sich zu ihm um. »Wie lange hast du gewartet? Damals, an dem Tag?«

»Eine Weile. Daisy, das ist jetzt wirklich nicht mehr wichtig.«

»Oh!«

Er musste stundenlang hier gewesen sein, alle möglichen Gründe ersonnen haben, warum sie zu spät kommen könnte. Jede junge Frau, die vorüberkam, hatte bestimmt so ausgesehen wie sie, aber keine von ihnen war sie gewesen. Daisy konnte sich vorstellen, wie seine Stimmung, zuerst freudig erregt und voller Hoffnung, nach und nach in ein Gefühl der allerschrecklichsten Enttäuschung und des Scheiterns umgeschlagen war. Und dann war er ganz allein nach Hause gegangen. Sie fror schon bei dem bloßen Gedanken daran.

»Aber du hättest mich doch anrufen können«, sagte sie sanft. »Warum hast du's nicht getan?«

Er furchte die Stirn. »Weil du hier sein oder nicht hier sein solltest. So hatte ich es mir im Kopf zurechtgelegt.«

»Und in dem Brief, den ich nicht gefunden hatte.«

»Ja«, gab er lachend zu. »Mein Plan hatte eine Schwachstelle. Ich habe schon immer viel zu sehr dazu geneigt, mich auf abstrakte Theorien zu verlassen.«

»Aber hinterher, als wir uns ein paar Tage später wieder getroffen haben, hast du da nicht gemerkt, dass ich keine Ahnung hatte, dass irgendetwas los war?«

»Ich dachte, das Ganze zu ignorieren, so zu tun, als wäre es nie passiert, wäre deine Art –«

»Dich auf die sanfte Tour abblitzen zu lassen? Ist das dein *Ernst?* Du musst ja gedacht haben, ich wäre das Hinterletzte!«

»Nein«, sagte Etienne und schaute auf den Fluss. »Ich habe alles akzeptiert, was von dir kam.«

»Wie hast du das ausgehalten?«

»Nicht besonders gut.« Er wandte sich wieder um und sah Daisy an. »Aber am Ende hat es sich gelohnt.«

Daisy schob die Hand unter seinen Arm und legte den Kopf auf seine Schulter. Ohne zu sprechen saßen sie da. Währenddessen drehte und wendete sie eine Frage in ihrem Kopf, über etwas, das sie noch immer verwirrte.

»Etienne? Erinnerst du dich noch an meine Freundin Marie-Laure? Du bist ihr einmal in der Sorbonne begegnet.«

»Ja, ich glaube schon.«

»Also, sie hat gesagt, um so ein brillanter Intellektueller zu sein wie du, müsste man sich ganz und gar den geistigen Dingen widmen. Sonst dürfe einem nichts und niemand im Leben wichtig sein. Dass man sein müsste wie … ein Mönch oder so etwas.«

Etienne starrte sie an. »*Ein Mönch?*«

»Das hat sie gesagt. Und das Gefühl hatte ich auch bei dir.« Sie biss sich auf die Lippe und verstummte.

»Ah, dann hast du also gedacht, ich wäre über fleischliche Dinge erhaben«, meinte Etienne nachdenklich. »*Très intéressant.*«

Noch immer beklommen, warf Daisy ihm von der Seite her einen raschen Blick zu. »Aber, ich meine, das *bist* du doch nicht, oder? Darüber erhaben, meine ich?«

Er hielt ihren Blick mit dem seinen fest. »Daisy, ich würde dich mit Freuden jetzt sofort auf dieser Bank flachlegen. Das ist dir doch bestimmt klar.«

»Oh. Okay«, antwortete sie atemlos. »Ich meine, es ist mir klar.«

Sanft drückte er ihren Arm mit seinem. »Möchtest du Frühstück? Sollen wir zurückgehen? Wir können uns unterwegs ein paar Croissants holen, wenn du magst.«

»Das wäre schön.«

Als sie sich erhoben und einander gegenüberstanden, kehrte ein wenig von der ursprünglichen Spannung zurück. Ein paar Herzschläge später zog Etienne Daisys Gesicht zu sich heran und küsste sie auf den Mund. Es war eine unendliche Erleichterung, sich gegen ihn sinken zu lassen und seinen Kuss hingebungsvoll zu erwidern. Wie erstaunlich, dachte Daisy, als sie sich widerstrebend von ihm löste, um wieder zu Atem zu kommen, und in seine dunklen Augen blickte, dass man jemandem körperlich so nahe kommen und ihn immer noch so rätselhaft finden kann.

Eine kurze Pause entstand, dann sagte Etienne ernst: »Weißt du, was schrecklich wäre?« Er zog mit dem Daumen den Umriss ihres Mundes nach.

»N-nein? Was?«, brachte Daisy hervor.

»Wenn sich nach all dem – dem Brief, den du nicht gefunden hast, dem Missverständnis, deinem Besuch heute Morgen – herausstellen würde, dass wir nicht kompatibel sind. Sexuell.«

»Oh ja«, flüsterte sie in seine Schulter hinein, »das wäre schrecklich.«

»Es läuft immer auf Theorie *und* Praxis hinaus, nicht wahr? Ich weiß nicht, vielleicht sollten wir ein bisschen experimentieren, nur um sicher zu sein.«

»Das ist eine gute Idee.«

»So zum Beispiel«, meinte Etienne, schob die Hände unter ihren Mantel und küsste mit langsamer, quälender Bedächtigkeit ihren Hals; gerade genug, um die Brücke, auf der sie standen, träge und wohlig schwanken zu lassen. Daisy schloss die Augen und bog den Kopf zurück. Sie hätte schwören können, dass sich die Pont des Arts aus ihrer Verankerung gelöst hatte und jetzt langsam die Seine hinuntertrieb, wie ein Floß mitten auf dem Ozean.

»Also *doch* kein Mönch«, murmelte sie nach einem Augenblick des Schweigens.

»Nein, absolut nicht«, bekräftigte er. Sein Gesichtsausdruck war eine bezaubernde Mischung aus Durchtriebenheit und Verlangen. »Immer noch interessiert?«

»Ja!«, antwortete Daisy und schlang die Arme fest um seinen Hals. »Und auf der Grundlage dieses überaus wissenschaftlichen Experiments würde ich sagen, wir sind *durchaus* kompatibel.«

Durch halbgeschlossene Lider sah sie über seine Schulter hinweg zu, wie zwei Straßenmusiker mit einer Gitarre und einem Saxofon auf sie zukamen. Sonnenverbrannt und zerzaust, sahen die beiden aus wie australische Surfer, die ein Jahr auf Weltreise waren. Sie zögerten einen Moment lang und schauten sich um, dann entschieden sie sich für eine Stelle gegenüber der Bank, auf der sie und Etienne gesessen hatten. Der mit der Gitarre legte seinen offenen Instrumentenkoffer hin und baute daneben einen kleinen Stapel CDs auf. Der andere stand da und schaute wie in Trance auf den Fluss hinaus. Daisy konnte ihn gut verstehen. Es war ein absolut vollkommener Frühlingsmorgen. Von Grün gesäumt, schimmerte das Wasser der Seine prachtvoll in der Sonne, während die ersten weißen Flussdampfer des Tages behäbig unter der Brücke vorbeizogen.

Sie bog sich ein wenig zurück, um Etienne ins Gesicht sehen zu können, und lächelte kess zu ihm hinauf. »Dann sag mir doch mal, *Monsieur,* hat dein unerhörter Intellekt es jemals zugelassen, dass du manchmal nachts im Bett an mich gedacht hast?«

»Andauernd. Ich habe nicht besonders viel geschlafen, also habe ich sehr viel nachgedacht. Und wenn ich es doch geschafft habe einzuschlafen, dann warst du in meinen Träumen, wenn ich Glück hatte.«

»Schöne Träume?«

»Oh, sehr, sehr schöne«, erwiderte er und küsste ihr Haar. »Hin und wieder.«

»Ich verstehe.«

»Ja. Das macht dir nichts aus?«

Lächelnd schüttelte Daisy den Kopf. Mit einem Ohr lauschte sie den ersten, tastenden Jazz-Akkorden der Gitarre, den ersten forschenden Arpeggios des rauchigen Saxofons.

»Aber weißt du, meistens«, fuhr Etienne fort, während er zärtlich ihr Gesicht streichelte und ihr in die Augen blickte, »hatte ich so furchtbare Angstträume, wie Albträume. Es war immer dasselbe: Ich habe nachts in den Straßen überall nach dir gesucht. Die Hälfte der Zeit wusste ich nicht einmal, wo ich war oder wo ich hingegangen bin. Es hat sich angefühlt, als würde ich dich niemals finden. Daisy, warum weinst du denn? Ich hoffe doch, das sind Freudentränen.«

Unfähig, zu sprechen, nickte Daisy. Die Flut war jetzt zu voller Höhe aufgelaufen, die flüchtige Erinnerung kam an die Oberfläche. Was ihr auf der Zunge gelegen hatte, war Etiennes Name gewesen – das war alles! Seine Träume, ihre Träume! Das war es, was sie bedeutet hatten, von Anfang an! Au *warte!*, wie Chrissie es ohne Zweifel ausdrücken würde. Das war es jetzt also – die ganz große Nummer.

»Etienne, ich liebe dich!«, stieß sie hervor.

»Ach, *du*«, murmelte er, den Mund auf dem ihren. »Sag das noch mal.«

»*Je t'aime.*«

»*Je t'aime aussi.* Du zitterst ja.«

»Ein bisschen. Aber mir ist nicht kalt.«

»Ich weiß. Komm her.«

Die Musiker legten an Tempo zu und stimmten ein Lied an, das Daisy noch nie gehört hatte. Mittlerweile war die Sonne wunderbar warm, und die vergoldete Kuppel der Bibliothèque Mazarine funkelte in einem leuchtend blauen Pariser Himmel. Etienne zog Daisy an sich, und sie begannen ganz langsam zu tanzen.

Danksagung

Herzlichen Dank an meine Agentin Teresa Chris für ihren Eifer und beißenden Witz sowie an meine Lektorin Gillian Green und an das Verlagsteam bei Ebury Publishing für all die harte Arbeit und klugen Ratschläge.